W0372163

Née en Malaisie, **Dinah Jefferies** est arrivée en Angleterre à l'âge de neuf ans. Sa passion pour l'Asie du Sud-Est et l'Extrême-Orient ne s'est jamais démentie, et elle ne manque jamais une occasion de s'y rendre. Après avoir vécu en Italie et en Espagne, elle habite désormais dans le Gloucestershire avec son mari (et un norfolk terrier malicieux) et se consacre à l'écriture.

De la même autrice :

La Mariée de Ceylan
La Fille du marchand de saphirs
La Disparue de Birmanie
Une comtesse en Toscane
Les Sœurs de soie

CE LIVRE EST ÉGALEMENT DISPONIBLE
AU FORMAT NUMÉRIQUE

www.editions-hauteville.fr

Dinah Jefferies

La Disparue de Birmanie

Traduit de l'anglais (Grande-Bretagne) par Fanny Adams

Hauteville

Hauteville est un label des éditions Bragelonne

Titre original : *The Missing Sister*
Copyright © Dinah Jefferies, 2019
Publié avec l'accord de Penguin BooksGroup.
Tous droits réservés.

© Bragelonne 2020, pour la présente traduction

ISBN : 978-2-38122-125-0

Bragelonne – Hauteville
60-62, rue d'Hauteville – 75010 Paris

E-mail : info@editions-hauteville.fr
Site Internet : www.editions-hauteville.fr

Chapitre premier

Rangoon, Birmanie, 1936

Bella redressa les épaules, rejeta vivement ses longs cheveux roux flamboyant en arrière et, le cœur battant d'émoi, ouvrit de grands yeux fixes tandis que le navire sur lequel elle se trouvait amorçait son indolente entrée dans le port de Rangoon. C'était elle ! La cité des rêves : silhouette encore nimbée de mystère dans le lointain mais apparaissant en pleine lumière à mesure que le bateau fendait les flots. Le ciel, d'azur incroyablement vif, semblait plus vaste que jamais ; et la mer, presque bleu marine en ses abîmes, offrait à sa surface un aspect de métal en fusion où Bella eût presque pu se mirer. L'air même était agité de frémissements, comme si le soleil avait condensé les embruns en de minuscules tourbillons cristallins. De petites embarcations parsemant les eaux s'élevaient puis retombaient alternativement ; et le rire de Bella se mêla aux cris stridents des oiseaux de mer qui faisaient des piqués en bataillant. La jeune femme n'était pas dérangée par le bruit. Au contraire, celui-ci renforçait chez elle l'impression bouleversante d'une nouveauté radicale. Depuis toujours elle avait désiré voyager, et voici que son rêve s'était réalisé.

Un bourdonnement dans les oreilles, elle inspira à pleins poumons, comme si elle entendait s'imprégner de la moindre parcelle de ce magnifique instant, et garda les yeux fermés pendant quelques minutes. Lorsqu'elle les rouvrit, elle poussa un petit cri d'émerveillement. Ce qui la fascinait, ce n'était pas le port débordant d'activité avec ses hautes grues, ses cargos chargés de tek, ses pesants pétroliers, ses embarcations à vapeur et ses petits bateaux de pêche rassemblés dans l'ombre des bâtiments de gros tonnage. Ce n'était pas non plus les impressionnants édifices coloniaux tout blancs qui entraient à présent dans son champ de vision. Se dressant à l'arrière-plan, une monumentale construction recouverte d'or semblait flotter en suspens au-dessus de la ville, tel un coin de paradis dépassant l'imagination qui serait descendu sur Terre. Ensorcelée par le scintillement de l'or sur le ciel de cobalt, Bella était fascinée. Pouvait-il y avoir spectacle plus envoûtant au monde ? Elle eut alors la certitude qu'elle s'apprêtait à vivre une histoire d'amour avec ce pays.

La chaleur, toutefois, était oppressante. Ce n'était pas une chaleur sèche mais une sorte de touffeur moite qui collait à ses vêtements. C'était assurément différent de ce qu'elle avait connu jusque-là, mais elle s'y habituerait, ainsi qu'à l'atmosphère saline et aux odeurs de brûlage qui la prenaient à la gorge. Elle entendit qu'on l'appelait par son nom et pivota pour s'aviser de la présence de Gloria, la passagère dont elle avait fait la connaissance sur le pont au début de la traversée. Coiffée d'un chapeau à larges bords, celle-ci était appuyée au bastingage. Bella s'apprêtait à se retourner lorsque Gloria la héla de nouveau ; puis elle entreprit de la rejoindre, une main gantée de blanc levée en l'air.

— Alors, retentit la voix distinguée de Gloria, tirant Bella de sa rêverie. Comment trouvez-vous la pagode Shwedagon ? Impressionnante, non ?

Bella acquiesça d'un hochement de tête.

— Elle est recouverte d'or véritable ! précisa Gloria. Drôles de gens, ces Birmans… Tout le pays est parsemé de sanctuaires et de pagodes dorées. On ne peut pas faire un pas sans tomber sur un moine.

— J'imagine que ce doit être un grand peuple pour avoir construit un monument aussi magnifique que celui-ci.

— Comme je vous le disais, les pagodes sont partout. Bon, mon chauffeur m'attend sur le quai. Je vous déposerai à notre excellent *Strand Hotel*. Il donne sur le fleuve.

Bella considéra le contour des yeux noirs profondément enfoncés dans leurs orbites de Gloria et s'efforça de deviner son âge. Elle découvrit nombre de rides, mais la femme avait ce qu'il est convenu d'appeler du charme. Plus singulière que belle, elle avait le nez fortement aquilin, des pommettes saillantes et des cheveux noirs lisses et brillants ramenés sur sa nuque en un chignon élégant. Mais quant à son âge, bien malin celui qui pourrait le deviner ! Elle avait probablement une bonne cinquantaine.

Gloria – femme dotée d'une réputation qu'elle entendait préserver et du visage qui allait avec – s'était exprimée avec les airs de celle qui possède la ville. Bella se demanda à quoi elle pouvait ressembler sans son masque de maquillage savamment appliqué, ses sourcils dessinés avec soin et ses lèvres de star du cinéma. Tout cela ne risquait-il pas de fondre à cause de la chaleur ?

— Je descends de temps à autre au *Strand* après une courte nuit. De fait, c'est ce que je m'apprête à faire ce soir, même si, naturellement, je possède ma propre demeure à Golden Valley, expliqua Gloria.

— « Golden Valley » ?

Bella ne put réprimer sa curiosité.

— Oui, vous connaissez ?

Bella fit signe que non et, après un instant d'hésitation, décida de ne rien dire. Non qu'elle ignorât tout de l'endroit.

Elle n'était tout simplement pas disposée à en parler avec une quasi-inconnue.

— Non, absolument pas, répondit-elle. C'est simplement que le nom m'est agréable à l'oreille.

Gloria la regarda d'un air perplexe, et Bella, malgré ses résolutions, se surprit à songer au passé. Une année s'était écoulée depuis le décès de son père, et celle-ci n'avait pas été faste. Pour tout emploi, elle avait trouvé un poste dans une librairie tenue par un ami, mais chaque semaine elle avait épluché le dernier numéro en date de *The Stage* aussitôt livré. Et puis un jour, ô joie, elle avait repéré une annonce : on recherchait des artistes de scène pour des hôtels de prestige à Singapour, Colombo et Rangoon. Elle avait passé une audition à Londres, où elle était restée ensuite pendant deux jours pénibles à attendre anxieusement une réponse.

Bella avait beaucoup lu, avait découvert que Rangoon était sous domination britannique depuis 1852 et que, de simple bourgade de paillottes, elle s'était transformée en une ville immense et en un port florissant qui allaient devenir son cadre de vie désormais. Tandis que Gloria lui désignait du doigt les imposantes administrations gouvernementales, des demeures privées et des commerces, Bella souffrait de la touffeur qui régnait dans la voiture et avait hâte d'en descendre pour sentir à nouveau la caresse de l'air sur sa peau. Gloria avait dit vrai : les moines en robe safran erraient partout, ainsi que quelques moniales. Ces dernières étaient vêtues de la tête aux pieds d'une étoffe rose délavée.

— Des nonnes ! s'exclama Gloria, manifestement guère impressionnée. Ce sont des moines et des moniales bouddhistes. Mais les moniales sont plutôt rares.

Gloria poursuivit en lui racontant que le Strand avait été la première artère à faire l'objet d'aménagements par les Britanniques. Avec le pâté de maisons de Phayre Street, c'était la meilleure domiciliation professionnelle que l'on pouvait souhaiter. Bella n'était pas vraiment intéressée. Elle aurait tout le temps plus tard d'explorer la ville. Tout ce dont elle avait envie pour l'instant, c'était d'un grand verre bien frais et de sentir à nouveau le sol sous ses pieds.

— Phayre Street vous plaira, ajouta Gloria. Elle porte le nom du premier haut-commissaire de Birmanie. Elle suit le fleuve, exactement comme le Strand. Elle est bordée de magnifiques albizias et, qui plus est, c'est là que se trouvent tous les joailliers et les négociants en soieries.

Bella ne dit mot mais se passa une main sur le front où des gouttes de sueur perlaient déjà à la naissance de ses cheveux.

— Nous y sommes ! lança Gloria lorsque le chauffeur arrêta la voiture devant un somptueux portique flanqué de deux grands palmiers magnifiques. Mais, Dieu tout-puissant, engouffrons-nous sous un ventilateur !

Deux porteurs vinrent sans rien dire chercher leurs valises, et lorsqu'elles atteignirent les énormes portes vitrées, un portier en turban s'inclina et leur ouvrit. À l'intérieur, le hall d'entrée était haut de plafond et il y régnait une fraîcheur rassérénante.

— J'adore voir le fleuve miroiter à travers les grands bambous qui font face à l'hôtel, lança Gloria en se retournant face à la porte. Regardez !

Bella s'exécuta.

— J'imagine qu'ils vous auront mise à l'arrière dans l'une des petites chambres du nouveau bâtiment ou au grenier. On raconte qu'ils envisageraient de combler la piscine afin de construire davantage de chambres, voyez-vous, mais ce n'est pas encore fait, et j'espère que cela n'arrivera jamais.

Elle tira de son sac à main en peau de crocodile un paquet de cigarettes et en proposa une à Bella.

Bella porta une main à sa gorge.

— Je ne peux pas. Ma voix. Je dois en prendre soin.

— Bien sûr, suis-je sotte !

Après un silence, Gloria ajouta :

— Petite mise en garde : si j'étais vous, je me tiendrais à l'écart du port et des rues étroites qui longent les rives du fleuve, surtout après le coucher du soleil. C'est là que vivent les Chinois, dans un véritable labyrinthe de ruelles dérobées. On y risque sa vie.

Un petit homme aux traits plutôt impassibles, aux gestes trop empressés et à la moustache en trait de crayon sur un visage rougeaud se dirigea vers elles d'un pas énergique pour souhaiter la bienvenue à Gloria.

— Mrs de Clemente, commença-t-il en s'inclinant obséquieusement avec ce qui ressemblait à un accent du nord de l'Angleterre qu'il s'efforçait de dissimuler. Sans oublier votre charmante invitée. Pardon de m'immiscer, mais si votre amie a besoin de nos services, je peux lui attribuer une chambre immédiatement.

À ces mots, il se tourna, tout sourires, vers Bella.

— Oh, non ! s'exclama-t-elle, soucieuse de rectifier la méprise. Je ne suis pas une cliente. Je suis une artiste. Une chanteuse, pour tout vous dire.

Il contracta les muscles de sa mâchoire et, faisant comme si Bella n'était pas là, s'adressa à Gloria :

— Comme vous n'êtes, sans doute, pas sans le savoir, Mrs de Clemente, nous disposons d'une entrée réservée au personnel. Avec tout le respect que je vous dois, je demanderai donc à votre compagne de l'utiliser.

Gloria haussa brusquement les sourcils et le gratifia d'un sourire courtois bien que glacial.

— Mais, Mr Fowler, Miss Hatton n'est pas une bonne. En tant qu'artiste et, ajouterai-je, en tant qu'amie à moi, elle dispose de certains droits. J'espère ne jamais apprendre qu'ils ont été floués.

Là-dessus, elle pivota dédaigneusement sur ses talons et traversa le hall d'un pas raide jusqu'à la réception.

Fowler était encore plus rouge que jamais et, lançant un regard furieux à Bella, il lui ordonna de le suivre en pestant.

— Je suis désolée, murmura-t-elle, devinant que le léger incident ne jouerait pas en sa faveur.

Après l'avoir entraînée à l'écart du hall, il fit halte et se redressa de toute sa hauteur, qui n'était pas grande.

— Je suis certain que vous trouverez un moyen de vous racheter auprès de moi. Souvenez-vous, je suis le sous-directeur, et, en tant que tel, c'est à moi que vous rendez des comptes.

Tout en l'écoutant, Bella faisait un gros effort pour ne pas rire en voyant s'agiter ses sourcils extrêmement mobiles. On s'attendait à chaque instant à ce qu'ils se désolidarisent du visage de Fowler pour vivre leur propre vie. Elle devina qu'il n'était pas homme à se laisser facilement moquer, aussi se retint-elle de glousser.

Il affichait un sourire crispé.

— Je me fais un point d'honneur d'avoir des yeux derrière la tête. Rien ne m'échappe, c'est ma spécialité. Et, si je peux me permettre, vous ne semblez pas appartenir au genre d'artistes que nous recevons habituellement.

Bella haussa les épaules.

— Vous êtes d'où, alors ? De quel comté ?

— Cheltenham, dans le Gloucestershire.

— Cela ne change rien. Ma foi, j'ignore comment vous vous entendrez avec les autres filles. La plupart d'entre elles viennent de l'East End. J'espère que vous ne vous croyez pas trop bien pour ce boulot.

Bella se rembrunit.

— « Les autres » ?

— Les danseuses.

Il haussa les sourcils et la regarda d'un air bizarre.

— Les minauderies ne vous mèneront pas loin ici.

— J'espère parvenir à m'intégrer, répliqua-t-elle, impatiente de le voir s'en aller et se réjouissant lorsqu'il fit un pas en arrière.

— Bien, j'ai assez perdu de temps en bavardages, marmonna-t-il avant de tourner à l'angle, de l'entraîner trois étages plus haut par un étroit escalier de service et de s'arrêter devant la première d'une série de quatre portes peintes en blanc le long d'un couloir obscur.

— Votre chambre, annonça-t-il. (Il lui remit une clé.) Vous la partagez avec Rebecca.

— Je la partage ?

Le moral de Bella connut soudain une légère baisse.

Mais bon, songea-t-elle, *cela sera peut-être amusant.*

Chapitre 2

Ce ne fut pas avant le lendemain matin que Bella fit la connaissance de sa camarade de chambre. S'étant mise au lit la nuit précédente pour attendre le retour de Rebecca, harassée de fatigue, elle avait sombré dans un lourd sommeil, ne se réveillant en sursaut qu'à la sonnerie du réveil. Impatiente de commencer sa nouvelle vie, elle se redressa, droite comme un piquet, et tourna son regard vers la fenêtre où deux grosses mouches – du moins identifia-t-elle ces insectes comme appartenant à cette espèce – frappaient rageusement contre la vitre. Sans la moindre hésitation, elle rejeta la mince literie, s'assit au bord du lit dans un mouvement de balancier et se pencha en avant afin d'ouvrir la fenêtre.

La petite mansarde était recouverte d'une peinture blanc cassé et meublée de deux lits simples, dont l'un, situé sous la petite fenêtre qu'elle venait d'ouvrir, était manifestement déjà réservé ; aussi Bella avait-elle dormi dans l'autre. Une unique commode, un petit bureau et une armoire constituaient le reste du mobilier. Toutefois, lorsqu'elle avait ouvert en grand la porte de l'armoire pour y accrocher ses propres affaires, elle l'avait trouvée remplie des vêtements de sa camarade de chambre.

Grâce à une vasque placée dans l'angle, Bella se passa de l'eau sur le visage et pria pour que sa peau claire ne se couvre pas d'un amas de taches de rousseurs sous la lumière crue du soleil birman. Son physique irrésistible (yeux vert d'eau, visage ovale symétrique, lèvres généreuses et nez droit) la faisait sortir du lot, et cela lui avait bien rendu service lorsqu'elle avait auditionné pour ce travail. Toujours en chemise de nuit, elle se brossa les cheveux, lesquels étaient probablement ce qu'elle avait de plus beau, et songea à ceux de sa mère, qui avaient été un peu plus sombres que les siens, même si Bella n'aurait pu jurer de l'exactitude de son souvenir. Cela faisait si longtemps…

Profitant de ce que l'absence de sa camarade de chambre se prolongeait, elle ouvrit de nouveau l'armoire, se demandant si les vêtements qui s'y trouvaient la renseigneraient sur le caractère de leur propriétaire. Il y avait là tout un tas de soieries au lustre rouge. Elle tira une robe courte pour l'examiner de plus près.

C'est alors que la porte s'ouvrit en grand et que quelqu'un fit irruption dans la chambre.

— Elle te plaît, j'espère ?

— Oui. Elle est jolie, confirma Bella.

Résolue à ne pas se laisser décourager par l'attitude hostile de la jeune femme, elle lui fit un grand sourire.

— « Jolie » ? C'est un amour de robe, oui ! M'a coûté un mois d'économies, alors si ça ne te dérange pas, je préférerais que tu enlèves tes sales pattes de dessus.

Bella marqua un temps d'hésitation.

— Désolée, je…

La fille la considéra en plissant les yeux.

— Mieux vaut mettre les choses au point dès le début.

— Oui, bien sûr. Je me demandais simplement où j'allais pendre mes affaires.

La fille jeta un coup d'œil à l'énorme malle de Bella.

— Mince alors ! Tu as apporté l'évier de la cuisine et tout le tralala ?

Bella haussa les épaules.

— C'est la malle de mon père, dit-elle inutilement entre ses dents.

— Je m'appelle Rebecca, lança la fille en lui tendant la main.

Bella la serra.

— Annabella, mais tout le monde m'appelle Bella.

— Je suis danseuse, ajouta Rebecca. Nous sommes quatre.

Bella acquiesça et contempla l'aspect ébouriffé de la fille, les coulures de maquillage autour de ses grands yeux bleus, son nez retroussé, ses lèvres charnues peintes en rouge et sa robe moulante en coton qui ne contribuait guère à dissimuler ses formes voluptueuses.

— Tu dois être la nouvelle chanteuse. J'espère que tu sais chanter au moins ! La dernière était complètement nulle. Passait son temps à chialer. L'était malheureuse comme la pierre et chapardeuse aussi. Un beau matin, elle a pris la poudre d'escampette en emportant mes boucles d'oreilles préférées.

— Avait-elle le mal du pays ?

— Qu'est-ce que j'en sais, moi ? M'en fiche comme d'une guigne. J'espère que t'es pas pleurnicheuse, toi aussi.

Elle se tut et scruta le visage de Bella comme si elle y cherchait des signes de faiblesse.

— C'est la première fois que t'es loin de chez toi ? s'enquit-elle.

— Non, j'ai vécu à Paris et à Londres.

La fille hocha la tête.

— Alors, t'es d'où, comme ça ?

— De l'ouest. Cheltenham.

— Ville de rupins.

Bella poussa un soupir. Allait-il toujours en être ainsi ? Sans doute aurait-elle dû mentir et prétendre qu'elle venait plutôt de Birmingham. D'ailleurs, n'y avait-elle pas brièvement travaillé ?

— T'as de la famille ? s'enquit Rebecca.

Bella fit « non » de la tête.

— T'as de la chance. Chez nous, ça grouille de marmaille et je suis l'aînée. Bien sûr, je les aime tous, mais j'avais hâte de m'en aller.

— Peut-être qu'ils viendront te voir ?

Rebecca gloussa.

— Y a peu de chances. N'ont pas l'argent. Sont pauvres comme Job.

— Ah !

— Bon, tant que tu ne te mêles pas de mes affaires. Celle que tu remplaces venait de Solihull, elle se prenait pas pour n'importe quoi ! Si y a une chose que je supporte pas… Bref, faut que je pique un petit roupillon maintenant. Tu sors ?

— Je pensais plutôt défaire mon bagage.

— Elle « pensait plutôt », voyez-vous cela ! répéta Rebecca, imitant l'accent de Bella. Ma foi, cette demoiselle est tout à fait comme il faut. Pour l'instant, j'ai besoin de passer quelques heures à l'horizontale. Tu déballeras tes affaires après.

— Très bien, mais il faut que je me lave et que je m'habille avant de sortir.

Rebecca se contenta de hausser les épaules.

— Je t'ai attendue hier soir, lança Bella. Il me semblait un peu impoli de m'endormir avant de nous être présentées. Tu es allée où ?

Rebecca tapota l'aile de son nez.

— Moins tu en sais, moins tu en diras.

— Oh, bon sang…

— T'es pas sainte-nitouche alors ?

Bella se hérissa.

—Bien sûr que non!

—Nous verrons cela. La salle de bains est en face. Mais vaut mieux y aller tôt. On est cinq à s'en servir, et l'eau chaude vient à manquer.

Bella eut la gorge nouée d'effarement lorsqu'un lézard de trente centimètres de long se mit soudain à escalader le mur derrière l'armoire en remuant la queue et en émettant un son étrange et atroce.

Rebecca s'esclaffa.

—Ils vivent dans les maisons et gardent les dormeurs éveillés la nuit. On rencontre aussi des insectes dans les intérieurs, plus gros que ceux d'Angleterre, et aussi un écureuil de temps en temps.

—Dans la chambre?

Pour toute réponse, Rebecca tira d'un coup sec sur sa robe et, après l'avoir laissée retomber en tas sur le sol, elle se glissa dans son lit en sous-vêtements. Quelques secondes plus tard à peine, la jeune femme releva la tête tandis que Bella s'apprêtait à ouvrir la porte pour gagner la salle de bains.

—T'as des cheveux vachement beaux, et je parie que c'est leur couleur naturelle, avec ces reflets rouges, lança-t-elle.

Puis elle se retourna de l'autre côté.

Bella sourit intérieurement. Après tout, le partage de la chambre avec Rebecca ne s'annonçait peut-être pas si mal?

La veille, peu après l'arrivée de Bella, Mr Fowler, rempli de suffisance, lui avait fait visiter l'hôtel. Depuis le hall d'entrée aux murs couverts de miroirs, aux divans de cuir sombre, aux parquets de bois cirés et aux tables basses en verre, il l'avait conduite jusqu'à la luxueuse salle de réception. Des lampes aux abat-jour de soie rose pâle parsemaient la pièce, et les murs étaient ornés de peintures représentant des scènes birmanes qui jouxtaient des portraits d'Européens pleins de dignité flanqués de leurs épouses parées de bijoux. Les tables étaient déjà recouvertes de nappes propres damassées.

Elle avait exprimé son admiration à mi-voix de manière suffisamment expansive pour satisfaire son guide, et, à dire vrai, elle était réellement impressionnée et se réjouissait grandement de travailler dans un tel établissement. Ensuite, il lui avait montré d'autres parties de l'hôtel, lui apprenant que l'endroit avait été entièrement rénové en 1927.

— Naturellement, je n'étais pas là à l'époque.

— Depuis combien de temps êtes-vous ici ?

— Pas longtemps, avait-il répondu, éludant la question avant de poursuivre sur sa lancée. Notre hôtel est le plus confortable et le plus moderne de Rangoon. Nous disposons même de notre propre bureau de poste et d'une boutique de joaillerie à l'enseigne de *I. A. Hamid and Co.*

Suivit une salle joliment apprêtée qui, l'informa Fowler, servait de salon pour le petit déjeuner et également de salon de thé plus tard dans la journée. Bella avait jeté un coup d'œil aux chaises en osier et aux fins couverts. Tout cela était charmant, et il émanait de l'endroit une ambiance plus détendue que dans la grandiose salle à manger. L'hôtel était réputé pour le thé de 17 heures, avait fait valoir Fowler, avec une pointe de fierté dans la voix.

— Il reste parfois des gâteaux que nous réservons au personnel, avait-il ajouté, un sourire magnanime aux lèvres, comme si cet acte de générosité avait dépendu de lui seul.

Ensuite vinrent les réserves, puis une vaste cuisine haute de plafond qui s'ouvrait sur une arrière-cuisine où les employés prenaient leurs repas. Enfin, ils avaient visité la salle de concert du Strand qui s'élevait derrière l'annexe. La salle était dotée d'un vestiaire pour ces dames et d'un petit jardin sur l'arrière.

—Nous avions l'habitude de recourir à des orchestres, des danseuses et des chanteurs de passage. Le fait d'avoir une formation à demeure est chose récente. Il nous reste encore à nous assurer que tout fonctionne parfaitement.

—Sont-ce seulement des Anglais qui viennent ici ?

Il acquiesça puis ajouta :

—Et aussi des Écossais. Beaucoup d'Écossais.

—Et qu'en est-il des gens qui travaillent ici ? Sont-ils tous britanniques ?

—Bien sûr que non. Nous avons des garçons de cuisine indiens, et vous avez vu le portier.

—Pas de Birmans ?

Fowler fit signe que non.

—Le Birman – de basse extraction, j'entends – n'aime pas travailler.

—Du tout ?

—Pas pour nous.

—Oh !

—On trouve quantité de Birmans instruits dans les ministères d'État.

Là, de même que dans le bâtiment principal, les zones réservées au public étaient incroyablement somptueuses. De retour dans le hall, elle avait désigné du doigt le chemin d'escalier moelleux qui s'élançait jusqu'aux étages supérieurs, mais le sous-directeur avait eu un geste de dénégation.

—Les chambres des invités, suites et salons privés. Vous n'avez rien à faire là-haut.

Aussitôt, Bella avait été prise du désir irrépressible de les voir de ses propres yeux.

S'avisant de la curiosité de la jeune femme, Fowler avait ouvert en grand une porte battante qui donnait sur un couloir plongé dans la pénombre. Au bout de quelques mètres, il lui avait pris la main droite et avait posé son autre main sur son épaule gauche. Elle s'était dégagée tant bien que mal tandis qu'il tentait de la pousser quelque peu en arrière.

—Il est donné de temps à autre à une fille de choix de visiter une chambre vide, vous savez, entre deux clients, si vous voyez ce que je veux dire. Êtes-vous l'une de ces filles de choix, Miss Hatton ?

Elle s'était vivement éloignée.

—J'en doute, Mr Fowler.

Il avait penché la tête de côté et plissé légèrement les yeux avant de lancer :

—Eh bien, nous verrons cela, n'est-ce pas ?

Bella n'était pas inquiète. Ce n'était pas le premier homme de son espèce qu'elle rencontrait.

À présent, disposant d'une journée entière, rien ne s'opposait à ce qu'elle prenne possession de ses quartiers et de son nouveau territoire avant la répétition du lendemain qui promettait d'être chargée. Aussi décida-t-elle d'aller explorer la ville. En sortant de l'hôtel, elle salua d'un signe de tête le portier enturbanné et cligna des yeux à cause de la poussière qui flottait dans l'air. Elle passa devant les bureaux d'un agent de transit tout à côté d'un bureau de poste rouge qui croulait sous les ornementations. Puis, changeant d'idée, elle fit demi-tour et prit la direction inverse.

Elle s'imprégna de l'atmosphère chargée d'humidité qui embaumait des éclatantes senteurs d'Orient. *D'où peuvent bien provenir ces arômes* ? se demanda-t-elle. Elle fit halte, tendant l'oreille au carillon des temples qui lui parvenaient de tous côtés. Sur la chaussée, l'affluence de rickshaws, de bicyclettes, d'automobiles et de piétons l'obligeait fréquemment à s'ôter du chemin. À en juger par la diversité des langues qu'elle entendait – sans doute de l'hindoustani en plus du birman et, naturellement, de l'anglais –, un vaste ensemble de population peuplait l'endroit. Les Indiens paraissaient affairés et énergiques, les Chinois soucieux de vendre leurs marchandises ; mais c'étaient les Birmans qui l'enchantaient le plus. Les hommes fumaient des *cheeroots* et inclinaient la tête sur son passage. Quant aux femmes, dans leurs impeccables habits de soie rose, leur beauté rappelait celle de toutes petites poupées. Elles portaient leurs cheveux ramenés en chignons très serrés qu'elles ornaient d'une fleur au côté. Toutefois, Bella s'étonna de constater qu'elles maquillaient leur visage à l'aide d'une épaisse pâte jaunâtre. Sous le charme de leur doux sourire, elle leur rendit la politesse. Elle fut également intriguée par le fait qu'hommes et femmes portaient tous des jupes avec une veste courte. Elle avait déjà appris que la jupe était indifféremment appelée *longyi*, même si celle que portaient les femmes était davantage plissée à la taille que celle des hommes. Elle remarqua aussi qu'en règle générale ceux-ci étaient coiffés d'un turban rose, tandis que les femmes semblaient accorder leur préférence à un châle de soie diaphane qu'elles jetaient sur leurs épaules.

Plus loin, une vague odeur de caniveau se mêlait aux arômes épicés caractéristiques émanant des divers étals et commerces. Elle se tint à un carrefour et prêta l'oreille au fracas des roues à chape métallique des *gharries* hippomobiles, sorte de caisses antédiluviennes montées sur roues et disponibles à la location. Bella s'émerveillait de la manière dont passé et présent cohabitaient dans ces rues. Au bout d'un moment, elle prit à gauche dans Merchant Street.

Tout le long de Strand Road et au-delà, des signes qui ne trompaient pas attestaient de la domination britannique sur la ville. Cependant, Bella aspirait à quelque chose de plus palpitant que ces monuments élevés à la gloire du colonialisme. Elle prit à sa droite, passant devant le bâtiment tarabiscoté de la Haute Cour où, pensait-elle, son père avait dû officier ; puis elle bifurqua de nouveau et, prenant brusquement une grande bouffée d'air, arriva devant le but de sa déambulation. Il ne pouvait s'agir que de la pagode Sule, qui était de moindres dimensions que la pagode Shwedagon aperçue du bateau. Ravie par cette découverte étincelante d'or en plein cœur du centre-ville de Rangoon et au milieu de l'agitation et du vacarme quotidiens, elle fit halte pour l'admirer. Le réceptionniste de l'hôtel lui avait appris que la pagode avait deux mille deux cents ans et que l'activité sociale de la capitale s'était toujours organisée autour d'elle.

Tandis qu'elle la contemplait – l'édifice séduisant l'œil par l'étincellement et le scintillement de tous ses ors –, prise de vertige, elle jeta un coup d'œil alentour. Elle avait omis d'emporter un chapeau ou un parapluie ; et comme les mouches la harcelaient de leur bourdonnement, elle les chassa avec la main et se mit en quête d'un endroit où prendre un verre. Les étalages de thé qui bordaient les rues ne lui parurent pas des plus ragoûtants. *Où, alors ?* Elle chercha plus avant et aperçut Gloria qui sortait de chez *Rowe and Co*, imposant grand magasin crème et rouge nanti d'une tour d'angle, d'un dernier étage rehaussé de balconnets en encorbellement et de fenêtres richement décorées. Bella la héla et lui fit signe de la main.

Chapitre 3

Diana

Cheltenham, 1921

Enfin j'ai reçu une lettre de Simone. Je suis si contente que je pourrais virevolter dans la pièce. Je pense à ses yeux d'ambre pleins de bonté, à ses cheveux blond-blanc et à son joli teint de pêche. Me souviens aussi du bon temps inouï que nous avons partagé. Elle était l'épouse de mon médecin, mais était également ma meilleure amie en Birmanie. Elle m'informe de la mauvaise nouvelle du décès de son mari, Roger, et de son retour en Angleterre, quelque part dans l'Oxfordshire, qui n'est pas loin d'ici. Je dévale l'escalier jusqu'au rez-de-chaussée, prends mon sécateur et mon panier de jardin dans le petit couloir situé à l'arrière de la maison et file à l'extérieur, levant brièvement la tête vers le ciel car j'aime sentir la chaleur du soleil sur mon visage, et coupe quelques roses pour la salle à manger.

Je me souviens de l'éclat des fleurs de Birmanie et de ma vie là-bas. Ma vie pleine d'effervescence et d'éclats de rire, de cocktails, de dîners et de plantureuses réceptions en plein air qui duraient toute la nuit. Pur plaisir de sentir la soie d'une robe de soirée parisienne effleurer ma peau ; mon mari me serrant si fort que j'avais l'impression d'être la plus belle femme du monde. Puis regarder, un peu pompette à cause d'un léger excès de champagne, les lanternes roses et orange danser dans le vent tandis que le ciel virait à l'indigo peu avant l'aube.

Mais le plus beau était notre jardin, avec ses fleurs qui embaumaient et l'immense voûte des arbres aux branches desquelles les singes se balançaient. L'un contre l'autre, nous riions à les voir faire. Nous étions jeunes – du moins l'étais-je – et si amoureux ! C'était notre retraite coupée du monde. Elle n'appartenait qu'à nous et nul ne pouvait voir ce que nous y faisions. Personne ne se doutait que c'était précisément dans ce sanctuaire que mon austère et honorable mari désirait le plus ardemment me faire l'amour, au point qu'il en avait le souffle coupé.

Je m'arrête là.

Oublie ce jardin !

Chapitre 4

Gloria traversa gaiement la rue à grands pas en imprimant à son sac à main un mouvement de balancier. Bella lui rendit son sourire, et Gloria l'embrassa sur la joue de ses lèvres de star de cinéma peintes en carmin.

— Comment notre petit oiseau chanteur trouve-t-il Rangoon ?

— Je n'ai pas encore eu le temps de beaucoup visiter, mais j'en raffole déjà. Il y a tant à voir !

Elle s'interrompit pendant un instant pour s'essuyer le front avec la main.

— Mais bon sang qu'il fait chaud ! ajouta-t-elle. J'étais à la recherche d'un endroit pour boire un verre. Je meurs de soif.

— Je connais un endroit. Et, tant que nous y sommes, nous irons vous acheter un chapeau. Nous en trouverons sûrement un chez *Rowe*. Je ne doute pas qu'ils aient ce qu'il vous faut. Là-bas, vous devez absolument prendre un exemplaire de leur catalogue. On y trouve absolument tout.

— Cela me semble parfait.

— De plus, c'est magnifique à l'intérieur. Des ventilateurs partout, sols de marbre frais blanc et noir d'un bout à l'autre et rien que des Britanniques pour vous servir. Le *Harrods* de l'Orient, ma jolie.

Bella arbora un large sourire.

— Vous êtes très gentille.

— Ma chère, vous vous trompez. À vrai dire, vous m'intriguez. Je m'ennuie si facilement, voyez-vous.

Comme pour illustrer son propos, elle émit un long soupir alangui et ajouta :

— Et vous semblez avoir besoin que quelqu'un s'occupe de vous.

Bella craignit de devenir une sorte d'amusette aux yeux de son amie plus âgée, du genre dont on se désintéresse aussi vite que l'on s'en est entiché. Quant à avoir quelqu'un pour s'occuper d'elle, cela faisait longtemps qu'elle avait pris l'habitude de s'en charger elle-même. Mais après tout, si Gloria voyait les choses différemment, eh bien soit ! Elle régla son pas sur celui de cette dernière et elles traversèrent les jardins de Fytche Square avant de s'engager à nouveau dans Merchant Street.

— La pâte jaune sur le visage des gens, qu'est-ce ? s'enquit Bella.

— Cela s'appelle *thanaka*. Ils pensent que c'est bon pour le teint et que cela préserve également des coups de soleil.

— Elle paraît affreusement sèche. L'avez-vous essayée ?

— Ce n'est pas ma tasse de thé, ma jolie.

Bella comprit alors que les pommettes saillantes de son amie ne seraient jamais souillées par les onguents du cru.

Une fois dans le bar, Gloria commanda deux grands verres de Pimm's glacé.

— Oh, pas d'alcool, lança Bella.

Elle se méfiait des effets de la boisson. Si l'alcool vous donnait de l'assurance, il vous transformait également en loque. Elle s'était juré de ne jamais en boire, depuis qu'à l'âge de huit ans elle avait découvert que, moyennant un peu de volonté, elle parvenait à faire durer une seule barre de chocolat plus longtemps que n'importe qui.

— C'est… un peu tôt, ajouta-t-elle. Puis-je avoir du thé ?

Gloria s'esclaffa.

— « Du thé » ! Il est absolument infect ici. À moins de le prendre avec du lait condensé. Je sais que certains le font.

— Pourquoi du « lait condensé » ?

— La population de ce pays considère qu'il est répugnant de traire une vache. Quoi qu'il en soit, vous vouliez boire un verre et, dans mon langage à moi, cela ne peut signifier qu'une seule chose.

Bella lui lança un regard décidé.

— Une citronnade fera l'affaire, franchement.

Gloria secoua la tête d'incompréhension et la considéra de son air faussement attristé.

— Vous passez à côté de quelque chose ! Le Pimm's qu'ils servent ici est le meilleur de la ville. Mais ce n'est pas grave, racontez-moi ce que vous avez fait depuis notre arrivée.

— Pas grand-chose. J'ai pris mes repères, surtout.

Gloria sourit, visiblement satisfaite d'elle-même.

— Eh bien, j'ai quelque chose à vous dire qui pourrait bien vous intéresser.

— Je vous écoute.

Le lendemain soir, avant de monter en scène pour son premier tour de chant, Bella vérifiait mentalement l'ordre de passage des chansons tout en se maquillant. Elle regarda fixement son reflet dans le miroir brillant de tous ses feux de la loge et rehaussa la couleur de ses lèvres d'un rouge à lèvres bordeaux qui souligna la rousseur flamboyante de ses cheveux. Elle n'avait toutefois pas encore décidé de sa coiffure. Laisserait-elle retomber ses cheveux librement ou bien les attacherait-elle ?

Était-ce de la nervosité, qu'elle éprouvait ? Oui, mais modérément, car elle avait appris à maîtriser ses nerfs lorsqu'elle chantait. Qui plus est, une joie nouvelle l'habitait.

Bella était absolument déterminée à faire bonne impression. Ils commenceraient par quelques-unes de ses chansons préférées – signe de bon augure. Elle adorait Billie Holiday, bien sûr, mais également Bessie Smith, la reine du blues. N'importe laquelle de leurs chansons comptait inévitablement parmi ses préférées. Mais elle avait choisi *Nobody Knows You When You're Down and Out* et *Careless Love.*

Après avoir salué les danseuses, elle s'était concentrée au point de ne pas prêter grande attention au fait que celles-ci se changeaient à l'autre bout de la pièce. Mais à présent, elle s'apercevait que son nom faisait l'objet de chuchotements assourdissants, très certainement dans l'intention qu'elle les entende. Elle fit mine de ne pas avoir remarqué et continua à se maquiller.

Les chuchotements continuèrent, et Bella discerna que ses camarades prétendaient qu'elle ne devait qu'à ses relations avec Gloria de Clemente d'avoir obtenu la place. Elle pivota sur sa chaise et fixa son regard sur les visages grimaçants des quatre filles.

— Je la connais à peine, lança-t-elle en souriant, dans l'espoir de dissiper leur mauvaise humeur. Vraiment.

Rebecca braqua les yeux sur elle.

— Normal que tu dises ça, non ? Annie ici présente allait décrocher ce boulot et tout à coup tu débarques du même bateau que Mrs de Clemente, comme un diable qui sort de sa boîte.

— Et je t'ai vue dans un bar avec elle hier, intervint la fille qui répondait au nom d'Annie. Vous étiez comme larronnes en foire !

— J'ai fait la connaissance de Gloria sur le bateau.

— Gloria, voyez-vous ça ! Elle ne nous a jamais permis de l'appeler Gloria, nous autres.

Bella sentit la colère monter et se dressa sur ses jambes.

— Oh, bon sang, c'est ridicule. J'ai lu une annonce et j'ai postulé comme n'importe qui d'autre.

— Mais oui, et moi, je suis le roi d'Angleterre, grommela Rebecca.

Annie pouffa et Bella serra les dents tandis qu'elle se retournait d'un geste vif pour la regarder bien en face.

— Peut-être bien que tu n'as pas eu la place parce que tu étais sacrément mauvaise. Cela ne t'a jamais traversé l'esprit ? lança-t-elle.

— Facile à dire. On en a vu passer d'autres ici, des filles dans ton genre…

— Des filles dans mon genre ? Vous ne savez rien de moi. Rien !

Bella sentit le feu lui monter aux joues, mais elle avait déjà recouvré son calme lorsqu'elle ajouta :

— Maintenant, si vous n'y voyez pas d'inconvénient, j'ai un tour de chant à préparer.

Elle s'assit d'un geste raide, s'efforçant de ne pas laisser paraître sa contrariété et de se montrer indifférente. Laisser flotter en toute liberté son esprit avait toujours été sa manière d'éviter le conflit, et elle y excellait. Cependant, elle avait espéré que ses relations avec sa camarade de chambre seraient plus amicales, car cette désagréable passe d'armes lui déplaisait. Au bout de quelques lentes respirations, elle recouvra son sang-froid mais ne put s'empêcher de craindre que cette friction ne nuise à son chant. Évidemment, c'était précisément le but de leur attaque. Eh bien, il ne manquerait plus qu'elle ait fait tout ce chemin pour se laisser savonner la planche par une poignée de filles jalouses et amères ! Elle allait monter sur scène avec le sourire et mettre tout son cœur dans son interprétation.

Chapitre 5

Diana

Cheltenham, 1921

Tandis qu'à Pittville Park j'observe les pigeons par la fenêtre – petites formes sombres alignées sur le toit de l'un des logements situés à l'autre extrémité de la vaste étendue du parc –, j'entends ma fille appeler son père. Elle doit avoir faim. Je déborde d'énergie, aussi attrapé-je ma robe de chambre et me hâté-je de descendre les trois étages qui mènent aux entrailles de la maison. Il y a des œufs et du pain, à n'en pas douter. Je lui préparerai ses œufs à la coque avec ses bâtonnets de pain grillé préférés. Mais lorsque j'entre précipitamment dans la cuisine en trébuchant d'impatience, je suis accueillie par le fumet d'un ragoût de bœuf qui vient me chatouiller les narines. Je devine que je dérange en la voyant assise à la table en pin brut en compagnie de Mrs Wilkes, notre gouvernante. Elles sont à côté l'une de l'autre, et toutes deux me dévisagent. Je les considère d'un battement de cils avec l'envie de leur faire remarquer que je suis à ma place dans cette cuisine, que c'est moi qui ai le plus d'ancienneté dans cette maison.

Soudain, je décroche mon attention du moment présent et remonte le fil des années jusqu'à l'époque révolue où cette demeure appartenait à mon père, avant que je n'en hérite au décès de ma mère, qui fut emportée par une épouvantable épidémie de grippe. Mon père alla s'installer à Bantham, dans le Devon, où se trouvait notre résidence d'été, et y vit toujours en reclus. Ma mère lui manque ; aussi me suis-je vraiment astreinte à lui faire des visites, jusqu'à ce que voyager ne me devienne trop pénible. Mais avant cela, j'ai été plutôt heureuse, enfant, dans cette vieille bâtisse.

J'aimerais bien continuer de contempler ainsi un passé plus rassurant, mais Mrs Wilkes se lève et, au même moment, la lucarne du souvenir se referme d'un coup et me voilà brusquement ramenée à la réalité.

— Je me suis attardée. J'espère que cela ne vous dérange pas, Madame. Mais la petite avait besoin de manger.

J'acquiesce d'un hochement de tête mais prends note du verdict dans sa voix.

— Ma chérie, commencé-je en me tournant vers mon enfant, voudras-tu que je te lise ton histoire avant de t'endormir ce soir ?

Elle relève la tête et me regarde droit dans les yeux.

— Non, merci, maman. Papa a promis qu'il le ferait.

Je me mords la lèvre inférieure et déglutis. Puis je tourne les talons et me dirige vers l'escalier, les yeux piquants de larmes.

Les gens ici me lancent des regards nerveux et disent que c'est mes nerfs. Un jour, j'ai entendu notre gouvernante échanger des ragots avec le livreur. Le livreur !

— Elle souffre le martyre à cause de ses nerfs.

Mais ce ne sont pas mes nerfs, que je crains, c'est la *voix*.

De retour dans ma chambre à l'étage, la pluie bat contre les carreaux et le parc prend un aspect lugubre tandis que le crépuscule cède la place à la nuit. Quoi qu'il en soit, je parviens encore à distinguer les lumières des maisons, de l'autre côté des arbres. Ces petits rectangles d'or qui brillent comme des phares me redonnent espoir. J'imagine qu'ils abritent des familles heureuses – le mari, de retour du travail, jette son chapeau et prend sa femme dans ses bras. Les enfants – ils sont peut-être trois – descendent l'escalier en trombe en criant : « Papa, notre papa est rentré ! » Et la femme s'écrie « oust ! » avant de les chasser dans la salle de jeux afin que leur père puisse lire son journal fraîchement repassé en savourant en paix un whisky Laphroaig. « Je te sers un verre, mon chéri ? » s'enquiert-elle bientôt, ignorant la précarité des choses.

Chapitre 6

Le soir de son second tour de chant, profitant de ce que les autres filles n'avaient pas encore fait leur réapparition dans la loge après les deux premières danses, Bella prit son carnet dans son sac et en sortit les coupures de journaux. La première fois qu'elle les avait lues, sa curiosité avait été piquée au plus haut point et, assurément, cela ne s'était pas atténué. L'année précédente, lors du décès de son père, lui avait échu la tâche peu enviable de ranger son abondante bibliothèque. Les coupures de journaux friables et jaunies étaient bien cachées à l'intérieur d'un volume poussiéreux, et si celles-ci n'en étaient pas tombées au moment où Bella mettait la dernière main au rangement, elle serait restée dans l'ignorance. Elle avait glissé les articles dans son propre petit carnet où ils ne risqueraient pas de se perdre, et ils n'en avaient plus bougé. Relisant à présent la première des deux coupures, elle secoua la tête d'incrédulité, ayant encore peine à y croire.

The Rangoon Post
10 janvier 1911
ENLÈVEMENT DANS UN JARDIN : UN BÉBÉ DISPARAÎT MYSTÉRIEUSEMENT

Notre correspondant est au regret de devoir nous informer de la disparition d'une petite fille. L'enfant,

Elvira Hatton, à peine âgée de trois semaines, est la fille de notre honorable fonctionnaire du ministère de la Justice Mr Douglas Hatton, magistrat à la Haute Cour de Rangoon, et de sa femme Diana. C'est hier que le bébé a disparu, tandis qu'il se reposait dans son landau à l'ombre d'un tamarinier dans le jardin des Hatton situé dans le quartier de Golden Valley. La police a lancé un appel à témoins en spécifiant que ceux-ci devaient se faire connaître de toute urgence.

Tandis que les autres filles pénétraient dans la pièce dans un murmure d'effervescence, Bella jeta un coup d'œil à sa montre et remit les articles dans son sac. Ayant encore cinq minutes devant elle avant de remonter en scène, elle choisit une robe ivoire en crêpe de rayonne qui lui couvrait les pieds et était ornée de perles fantaisie à l'encolure et à la taille. Après l'avoir enfilée en toute hâte, elle inspecta son reflet dans le miroir et évalua son allure scénique. Elle avait mis longtemps avant de s'habituer à porter autant de maquillage. À son goût, très peu suffisait, et elle préférait laisser retomber ses cheveux librement sur ses épaules selon leur ondulation naturelle. Elle paracheva son œuvre à l'aide d'un brillant à lèvres rouge et attacha ses cheveux aux tempes grâce à deux barrettes en strass.

Quelques instants plus tard, elle montait sur scène dans un frisson d'exaltation, sachant que le nœud qu'elle avait à l'estomac ne tarderait pas à disparaître dès qu'elle commencerait à chanter, exactement comme la veille.

La première chanson fut accueillie avec enthousiasme, même si Bella eût préféré se produire devant un public plus nombreux. Mais on n'était que jeudi soir. Un peu plus tard, au bar, Gloria, toute vêtue de noir et arborant un ras-du-cou surmonté d'un vrai rubis, lui dit que les jours de grande affluence étaient réservés aux week-ends. Lors de leur dernière rencontre en ville, Gloria avait évoqué le fait que son frère, qui occupait un poste important dans la haute administration britannique, viendrait tout exprès samedi écouter Bella chanter. Et voici qu'elle levait enfin le voile sur la nouvelle formidable qu'elle n'avait fait qu'effleurer l'autre jour : son frère avait des contacts dans le monde du spectacle aux États-Unis. De sorte que, si Bella jouait les bonnes cartes, eh bien, tout pouvait arriver…

— Vraiment ? Savez-vous qui sont-ils, ces contacts ?

Incapable de dissimuler son engouement, Bella se demandait par ailleurs quelles pouvaient bien être ces fameuses cartes qu'il lui faudrait jouer.

— Je crains de ne pas le savoir, répondit Gloria. Quoi qu'il en soit, ma jolie, vous étiez fantastique. La façon dont l'orchestre a entonné l'air, surtout la trompette, suivie de votre voix ! Oui, votre voix est un rayon de soleil, et comme elle swingue ! Fabuleux ! Tout le monde s'est levé. Et regardez-vous ! Les yeux pétillants, le visage rayonnant. Vous avez trouvé ce pour quoi vous êtes faite, dirais-je.

Bella jubilait mais elle se contenta de lui exprimer son soulagement que la soirée se soit si bien passée.

— Tout ce qu'il faut faire, pour réussir dans ce monde, c'est croire en soi-même, et si on en est incapable, eh bien, croyez-moi sur parole…, s'esclaffa Gloria, bientôt rejointe par Bella dans sa liesse.

Au même moment, cette dernière aperçut Rebecca qui les observait d'un air malveillant. Bella lui lança un bref sourire, mais l'autre lui jeta un regard noir avant de se détourner.

— Que se passe-t-il ? s'enquit Gloria, faisant cas de l'incident.

Bella fit une moue évasive.

— Les autres filles me font quelques difficultés. Ce n'est rien.

— Cela leur passera.

— Elles pensent que j'ai obtenu la place uniquement parce que je vous connais.

Gloria haussa les sourcils.

— Je peux peut-être arranger ça ?

— En toute franchise, je préfère m'en occuper moi-même.

Bella marqua un temps d'hésitation avant de poursuivre :

— En fait, dit-elle enfin, jugeant qu'il valait la peine d'essayer, il est un point sur lequel vous pourriez peut-être m'aider.

Gloria lui fit son plus chaleureux sourire.

— Rien qui ne me fasse plus plaisir que d'aider une amie. Dites !

— Voilà, mes parents ont vécu autrefois en Birmanie. Je me demandais s'il vous serait possible de me mettre en contact avec toute personne susceptible de les avoir connus.

— Vous ne m'en aviez rien dit !

— Je l'avoue.

— Leur nom ?

— Eh bien, Hatton, naturellement, comme moi.

Gloria plissa imperceptiblement les yeux.

— Oh oui. Je me suis effectivement demandé si je n'avais pas déjà entendu ce nom-là quelque part.

— Ils s'appelaient Douglas et Diana.

Gloria parut décontenancée.

— Dans ce cas, vous avez, vous aussi, déjà vécu ici ? Je ne m'en étais pas rendu compte.

— Non. C'était avant ma naissance. C'est une affaire extrêmement triste, en réalité.

Elle s'interrompit, ne sachant trop si elle devait continuer, mais elle poursuivit néanmoins :

— Ils ont perdu un bébé.

Gloria la regarda d'un air entendu.

— Il y a tant de maladies infectieuses ici.

— Non, je veux dire qu'ils l'ont perdu, au sens littéral. Il était dans leur jardin et il a disparu, ici à Rangoon, en 1911.

— Bonté divine ! C'est effroyable.

— J'en conclus que vous n'en aviez jamais entendu parler.

Gloria sembla quelque peu déconcertée, comme si elle manquait soudain d'assurance. Puis elle baissa la tête et fouilla dans son sac pendant plus longtemps, sembla-t-il à Bella, qu'il n'était strictement nécessaire, avant d'en extraire enfin son étui à cigarettes et un briquet.

— Ma foi, lança Gloria en étirant les voyelles pendant qu'elle tirait sur la braise, je ne devais pas être là à l'époque, mais, voyez-vous, cela me dit bel et bien quelque chose. J'ai dû le voir dans le journal. Mon frère Edward s'en souviendrait probablement. C'est à lui que vous devriez poser la question.

Un bref moment d'indécision s'ensuivit lorsqu'elle s'interrompit soudain pour examiner minutieusement le visage de Bella.

— Bon sang, reprit-elle, c'est pour cette raison que vous avez débarqué ici ?

— Non. Seulement pour le travail. Ce qui est arrivé remonte à il y a si longtemps. Cela fait vingt-cinq ans. C'est pourquoi j'ai pensé que je ne nuirais à personne en venant.

Bella prit la décision de ne pas en dire davantage au sujet de ses parents, mais comment échapper au souvenir des jours qui s'égrenaient dans leur énorme maison, avec sa mère et Mrs Wilkes pour toute compagnie ? Quant aux occasions où elle avait détesté sa mère dans un déchaînement de fureur qui l'ébranlait, cela s'était toujours mal terminé. Bella avait même dit à sa mère qu'elle regrettait que celle-ci fût en vie.

— J'aimerais bien lire dans vos pensées.

— Oh, ce n'est rien de bien important. Parlez-moi de vous.

— Une chose que vous devez savoir sur mon compte est que je ne dis jamais la vérité. C'est un principe.

Bella gloussa.

— Et je n'ai qu'un seul but dans la vie : transgresser toutes les règles.

— Il semblerait que je me fasse toujours pincer quand cela m'arrive.

Gloria, en virtuose du sourire éblouissant et du sourcil narquois, sourit d'un air suffisant.

— Oh, mais je me fais pincer en permanence, ma jolie. Le truc est de s'en moquer lorsque cela arrive. La bravade, mon chou, voilà ce qui permet de s'en tirer. Je m'en contrefiche, tout simplement.

Bella s'esclaffa de nouveau en songeant à la bravade, attitude qu'elle connaissait déjà si bien.

Chapitre 7

Le samedi soir venu, Bella fit la connaissance d'Edward, le frère de Gloria. Au premier abord, il lui fit l'effet d'un homme affable. Lorsque Gloria fit les présentations, Edward en profita pour l'observer du sombre éclat de son regard, puis il lui tendit la main. Bien qu'il ne fût pas de très grande taille (leurs yeux étaient au même niveau), elle se sentit troublée, à son grand étonnement. Elle n'aurait pu l'exprimer avec précision, mais quelque chose dans son allure lui était familier – un rien de suranné qui lui rappelait l'un des plus séduisants amis de son père. Accoutumé à mener une vie de privilèges, Edward avait hérité de la prestance et de l'assurance qui en découlent, ainsi que, présumait-elle, de la croyance innée que tout lui était dû. Ses cheveux bruns, ses tempes grisonnantes – une distinction en soi ! – et quelque chose dans ses traits, sans oublier ses yeux marron, lui faisaient penser à un renard enjôleur. *Il doit avoir la cinquantaine*, songea-t-elle. Après avoir assimilé tout cela en un instant, elle se demanda ce qui pouvait bien l'intéresser à ce point chez elle et disciplina une mèche rebelle d'un geste de la main.

—Ainsi, j'ai enfin l'honneur de rencontrer la dernière protégée en date de ma sœur, lança-t-il. Je suis enchanté.

Bella sentit le rouge lui monter au visage. Hormis les taches de rousseur, rougir de manière ostentatoire était le principal désavantage de son teint de peau.

— Ravie de faire votre connaissance, répondit-elle.

Puis, se touchant la joue du plat de la main, elle ajouta :

— Bon sang, il fait chaud, ne trouvez-vous pas ?

— Nous pourrions tenter une retraite vers le jardin. À moins que nous nous rapprochions du ventilateur, bien qu'il soit tout près du bar et nettement plus bruyant.

Bella acquiesça.

— Je n'ai qu'une demi-heure avant de remonter sur scène.

— Et bravo pour votre performance. C'était tout simplement splendide. Le monde est à vous, ma chère.

— Ne te l'avais-je pas dit ? intervint Gloria à l'intention de son frère.

Bella esquissa un sourire plein de modestie.

Pendant qu'Edward commandait à boire – un whisky pour Gloria et une citronnade pour Bella –, les deux femmes s'installèrent sous le ventilateur de plafond. Toutefois, comme les rires et les éclats de voix qui résonnaient dans le hall bondé atteignaient leur apogée aux environs du bar, Gloria cria à l'oreille de Bella :

— Tout bien réfléchi, allons dehors. C'est à peine si l'on s'entend penser ici.

— Et votre frère ?

— Il saura nous trouver. Quoi qu'il en soit, je veux vous dire un mot.

— Ah ?

Tandis qu'elles pénétraient dans le patio, Gloria se tourna vers Bella.

— J'ai parlé à Fowler au sujet des autres filles.

Bella fut horrifiée et mit aussitôt la main devant sa bouche. *Me voilà sous son aile pour de bon*, songea-t-elle.

Et c'est là le problème. Si l'on n'y prenait garde, les gens se comportaient comme si vous leur apparteniez.

— S'il leur dit quoi que ce soit, cela ne fera qu'aggraver les choses.

Gloria lui tendait la main lorsque Edward refit son apparition, un serveur sur les talons.

— Pardon d'interrompre cette petite conversation entre filles.

Après un silence, il sourit avec douceur et ajouta :

— Allons, ma chère, ne laissez pas Gloria se mêler de vos affaires, parce qu'elle ne pourra pas s'en empêcher, vous savez.

Le sourire de Gloria s'estompa très légèrement, et Bella crut voir passer de l'animosité entre eux. *Probablement qu'ils ne s'entendent pas toujours très bien*, songea-t-elle. Mais n'était-ce pas naturel entre frère et sœur ? Comment aurait-elle pu le savoir ?

— Allez, petite sœur, l'encouragea Edward, bois un coup !

Pendant qu'ils sirotaient leur verre, Bella observa ses deux nouveaux amis, et plus particulièrement Edward. Il était d'une minceur plutôt athlétique qu'efflanquée, et avait de très belles mains. Il lui sourit. Il avait le sourire facile. Mais lisait-il dans ses pensées ? Quelque chose dans ses yeux… Des yeux enjôleurs qui vous entraînaient dans une intimité où l'on n'aurait pas voulu s'aventurer de son propre chef. L'idée même de devenir intime avec cet homme ne la rebutait pas, malgré la différence d'âge. Plus précisément, forte de sa liaison avec Nicholas qui, plus âgé qu'elle, avait produit son dernier spectacle, cette perspective ne la rebutait *presque* pas. Edward salua d'un signe de tête emphatique diverses connaissances, ainsi que l'avait fait Gloria.

— Vous semblez connaître tout le monde, fit remarquer Bella.

— Il faut croire que c'est le cas, convint-il. À présent, écoutez-moi. Gloria me dit que vous souhaiteriez rencontrer des gens susceptibles d'avoir connu vos parents ?

Bella confirma.

Il leva les yeux vers un éclairage juste situé au-dessus de Bella avant de la regarder droit dans les yeux. Elle se sentit désarçonnée. Lors de sa rencontre avec Nicholas, elle avait ressenti le même chavirement, avec, en prime, une sorte de picotement dans le bas du ventre. Bien que leur relation ait duré presque une année entière, ils avaient vécu séparément. De son côté, elle caressait toujours le rêve de voyager, de voir le monde. Par conséquent, lorsqu'il lui avait demandé de poser ses valises et de devenir sa femme, elle avait refusé. Elle n'était pas sans savoir que la plupart des filles auraient vendu père et mère pour faire un tel mariage. Toutefois, son père l'avait élevée en lui inculquant l'indépendance d'esprit, et elle y attachait la plus haute importance. Avec Nicholas, elle aurait fini par penser comme lui, par croire ce qu'il croyait. Même si, pour être honnête, ce n'était pas la seule raison de sa rupture. En vérité, elle ne l'avait pas suffisamment aimé. Ainsi, lorsque la tournée était arrivée à son terme, Bella était sortie de sa vie. L'eût-elle fait un peu plus tôt, elle aurait risqué de perdre son travail.

— Existe-t-il une Mrs de Clemente ? s'enquit-elle.

Les mots lui avaient échappé.

Dieu du ciel ! Que lui arrivait-il pour poser une telle question ?

Les yeux d'Edward clignèrent brièvement d'étonnement.

— Eh bien, en fait, oui. Il y a Gloria, bien sûr, qui a repris son nom de jeune fille depuis que son mariage a pris fin…

Tout sourires, Gloria les interrompit :

— Vous imaginez l'inextricable imbroglio pour les nouveaux venus qui en concluent que je suis la femme d'Edward.

Ce dernier haussa les sourcils, semblant sous-entendre qu'être la cause d'imbroglios était depuis toujours le but poursuivi par Gloria.

— Et il y a ma femme, qui vit en Angleterre avec mes enfants.

Désormais, Gloria considérait la scène avec amusement. Bella bredouilla une réponse quelconque, pleinement consciente d'être à présent écarlate.

— Ne vous laissez pas troubler par mon frère, ma petite. Il fait cela dans le seul but de se divertir.

Edward secoua la tête en signe de dénégation.

— Bella, ma chère, vous vous apercevrez que ma sœur, qui est, cela ne fait aucun doute, une femme raffinée à bien des égards, peut parfois se montrer un tantinet fantaisiste.

Gloria soupira et intervint :

— Croyez ce que vous voulez.

— Bref, de quoi parlions-nous ? s'enquit-il.

— De gens qui auraient pu connaître mes parents, répondit Bella.

— Ah, oui, Gloria m'en a touché un mot.

— Donc, vous pensez pouvoir en retrouver ?

— Ma foi, cela fait si longtemps… Nombre de ceux qui appartiennent à l'ancienne génération ont pris leur retraite et sont retournés au pays.

— Cela me ferait tellement plaisir si vous pouviez vous renseigner, insista-t-elle en le gratifiant de son plus sensuel sourire.

Il hocha la tête.

— Je ferai de mon mieux.

— Juste par curiosité : étiez-vous ici en 1911 ?

— Sûrement, mais je devais être là depuis peu. J'imagine que ce devait être une situation étrange. Je travaillais à Londres, mais à l'époque, une proposition de poste ici, dans la police militaire, n'était pas le genre de chose que je pouvais refuser.

— Et vous travaillez toujours pour eux ?

Il fit une moue.

— Pas exactement.

— Suffit ! les interrompit Gloria. Ce qu'il vous faut, ce sont des amis. Tout un tas d'amis. On donne un peu plus tard une soirée au club de natation. Pourquoi ne seriez-vous pas mon invitée quand vous en aurez terminé ici ?

— J'adorerais cela, assura Bella. Mais ne sera-t-il pas trop tard, cependant ?

Gloria partit d'un grand rire.

— Quel âge avez-vous, Bella ? Vingt et un ? Vingt-deux ?

— Vingt-trois ans.

— Eh bien, il vous reste beaucoup à apprendre.

— Ce que veut dire ma sœur, c'est qu'à cause de la chaleur, nos festivités ont tendance à commencer – et à se prolonger – plus tard qu'en Angleterre. J'aurais plaisir à vous revoir dit Edward en lui touchant le bras.

Tandis que le frère et la sœur se retournaient pour faire signe à une connaissance, Bella continua de les surveiller du coin de l'œil. C'est alors que le souvenir de son père lui revint en mémoire, sans doute parce qu'ils avaient évoqué le temps où ses parents vivaient en Birmanie. Elle se souvenait très nettement de lui, de l'étincelle qui brillait dans ses yeux lorsqu'il la voyait, de la manière dont il serrait les mâchoires quand il se concentrait sur un livre. Il avait été un homme bon, malgré une certaine rigidité – même à l'époque –, et elle avait appris à ne pas le contredire.

Elle s'aperçut que Gloria la regardait d'un air interrogateur. Bella reprit ses esprits et afficha un sourire de commande.

— Juste un souvenir, marmonna-t-elle.

— Je ne pense jamais au passé. Je m'en fais un point d'honneur. La vie est faite pour être vécue, et telle est bien mon intention !

Bella gloussa puis redevint sérieuse.

— Qu'est-il arrivé à votre mari ?

— Qui vous dit que je m'en souviens ?

— Mais vous le savez bien ?

— Comme je vous le disais…, commença Gloria. (Puis elle s'interrompit avant de laisser échapper un long éclat de rire, les yeux brillants d'espièglerie.) Je vous propose un marché. Promettez-moi que vous m'accompagnerez à la soirée du club de natation, et je vous promets de vous dévoiler mon histoire sordide.

— Comment pourrais-je refuser ? s'esclaffa Bella à son tour.

Plus tard, tandis qu'elle était seule dans la chambre qu'elle partageait avec Rebecca, Bella pensait toujours à son père. Elle se souvint de la fois où, sur le point de frapper à la porte de son bureau, elle avait entendu résonner des voix. L'esprit en proie à l'agitation, elle était restée là sans bouger, à écouter ses parents se disputer.

« *Qu'est-ce que les émotions* ? avait lancé son père. *Rien d'autre qu'une fiction de notre propre imagination. Il n'y a pas lieu de perdre ainsi ton sang-froid.* »

À ce moment-là, sa mère avait dû jeter un objet en travers de la pièce, car Bella avait entendu un grand fracas, puis sa mère avait fondu en larmes.

Son père avait continué à argumenter, mais un ton plus haut.

« *C'est une fabrication de ton propre esprit, Diana. Pourquoi refuses-tu de l'admettre* ? »

Pour Bella, il n'avait pas dit cela par cruauté. C'était seulement sa façon à lui de se protéger du monde.

Elle laissa le souvenir s'estomper peu à peu et passa sa chemise de nuit liberty en linon – c'était sa préférée – puis se mit au lit. Rebecca n'avait toujours pas montré le bout de son nez ; la dernière fois qu'elle l'avait vue, celle-ci était accoudée au comptoir en compagnie d'un membre de l'orchestre. Malgré sa résolution, Bella profita de l'occasion pour feuilleter les dernières pages de son carnet, là où elle avait glissé une deuxième coupure de journal. Elle tendit la main pour s'en saisir tandis que l'article faisait mine de s'envoler et considéra le texte.

The Rangoon Post
15 janvier 1911
MYSTÈRE DE LA DISPARITION DU BÉBÉ : LA MÈRE INCULPÉE

Au cours d'un rebondissement sans précédent, Mrs Diana Hatton a été placée en garde à vue afin d'être entendue par la police au sujet de la disparition de son bébé Elvira. En outre, notre correspondant tient d'une source anonyme que Mrs Hatton s'était comportée de manière suspecte dans les jours ayant précédé les événements. Selon nos informateurs, des signes inquiétants portent à croire qu'elle sera bientôt inculpée pour meurtre. D'autres informations filtreront sans doute prochainement, et The Rangoon Post sera toujours le premier à vous les annoncer.

Bella regrettait d'avoir trouvé ces fichues coupures de presse et s'irritait de les avoir emportées avec elle. Elle n'avait pas envie d'imaginer pourquoi ses parents avaient gardé le silence sur ce qui était arrivé. Elle n'osait pas non plus réfléchir à ce que sa mère avait pu ressentir à la perte de sa petite fille. Non, cela lui était tout simplement impossible. Car si elle s'aventurait sur ce terrain-là… alors il lui faudrait reconsidérer son enfance tout entière. Elle secoua la tête de dépit. Non, ce n'était pas une chose à faire. Elle était venue ici pour une seule et unique raison : chanter. Naturellement, elle désirait savoir ; qui ne l'aurait pas souhaité ? En tout cas, elle n'avait absolument aucune intention de s'appesantir sur le passé. Le monde était à elle. C'était ce qu'Edward avait dit, et elle avait bien l'intention d'en profiter.

Chapitre 8

Diana

Cheltenham, 1921

Lorsqu'ils m'ont inculpée, la terre s'est ouverte sous mes pieds, exactement comme sous l'effet d'un coup de hache. Le jour de l'incendie, un orage se préparait. Je m'étais endormie dans le pavillon d'été au fond du jardin. Roger – le mari de Simone qui était aussi notre médecin – m'avait administré un calmant suffisamment fort pour me faire dormir. Bref, j'ai dû renverser accidentellement la lampe à huile. J'ignore comment. Mais je me souviens de m'être éveillée avec l'envie de me rendormir aussi sec, ce que j'ai fait. Peut-être me suis-je brièvement levée avant cela ? C'est alors que j'aurais renversé la lampe ? Je ne m'en souviens pas. Ce dont je me souviens, en revanche, c'est de la fumée et de Douglas me tirant des flammes. Juste à temps, a-t-on dit.

Ensuite, Simone est restée auprès de moi.

L'incendie a causé ma perte. La police a cru que je l'avais déclenché volontairement dans le but de faire disparaître le cadavre de mon pauvre bébé. Ils avaient déjà fouillé le pavillon d'été, naturellement, mais n'avaient pas soulevé les lames du plancher. Après que l'incendie eut tout détruit, il ne restait plus rien.

Alors ils ont repris l'interrogatoire de zéro.

— Avez-vous remarqué quoi que ce soit d'inhabituel le jour où vous dites avoir trouvé le landau vide ? me demanda le policier chauve au regard perçant.

Je fis signe que je n'avais rien remarqué.

— Je vous ai déjà dit que non.

Je le regardai dans les yeux dans l'espoir d'y trouver un peu de compassion, mais n'en vis aucune, seulement un grand vide qui lui servait à dissimuler ce qu'il pensait vraiment de moi.

Je fus saisie de picotements sur tout l'épiderme. La touffeur ambiante n'était pas seule en cause. Malgré mes efforts pour me contenir, je me levai d'un bond et laissai exploser ma colère.

— Pourquoi ne recherchez-vous pas la personne qui a pris mon bébé ? Pourquoi ne me laissez-vous pas tranquille ?

Il fit mine de me faire asseoir de nouveau d'une pression de la main, mais tandis que j'esquissais un mouvement, il s'arrêta net.

— Allons, allons, Mrs Hatton… Diana, je vous l'ai déjà dit, cette attitude hostile ne plaide pas en faveur de votre affaire. S'il vous plaît asseyez-vous.

— Mon « affaire » ? répétai-je à mi-voix. Comment ça ? M'inculpez-vous ?

— Pour l'instant, vous êtes simple témoin de l'enquête. Mais revenons au jour de la disparition. Avez-vous eu le sentiment que quelque chose ne tournait pas rond ? Vous vous trouviez dans le pavillon d'été ce jour-là aussi, n'est-ce pas, avec le landau sous les yeux ? Forcément, vous gardiez un œil sur votre enfant ? Confirmez-vous que vous n'avez rien entendu ni rien vu ?

Je secouai la tête, rendue apathique par l'épuisement.

L'interrogatoire dura toute la journée, tournant en rond. « À quelle heure avez-vous quitté le jardin ? Depuis combien de temps le bébé était-il seul ? Qui avez-vous vu dans le jardin ? Pourquoi n'avez-vous pas immédiatement appelé du secours ? »

Ne te laisse pas envahir par l'obscurité tapie au fond de ton âme. Cette pensée résonna si bruyamment dans ma tête que, pendant un instant, je fus certaine de l'avoir prononcée, mais le policier me regardait avec un sourire hypocrite, le genre de sourire qui n'illumine pas le regard.

— Faites-moi plaisir, Mrs Hatton, lança-t-il, les bras croisés, à présent inamical, l'air sévère. Si vous me parliez des problèmes de votre couple avant que cette disparation n'ait lieu ?

Je n'osai le regarder en face.

J'avais cru tout avoir : une somptueuse maison à Rangoon, un mari attentionné, la maison de mon enfance en Angleterre et un jardin dans lequel j'avais peiné jour après jour. Je n'étais pas au courant qu'il y avait des problèmes dans notre couple, excepté celui, énorme, que l'on ne pouvait pas ne pas remarquer. Quoi qu'il en fût, je n'allais pas commettre une indiscrétion pour complaire à ce policier.

— Mrs Hatton ?

— Oui ?

— Aimez-vous votre mari ?

Ma réponse se laissa un peu trop attendre.

Les domestiques avaient dû lui dire que je me comportais de façon étrange depuis la naissance d'Elvira. Les souvenirs s'embrouillent. Tout ce que je sais, c'est que je l'aimais au point d'en avoir le cœur au bord de l'explosion. Et pourtant… il y avait les crises de larmes d'Elvira, que j'étais incapable de calmer. J'étais divisée. Quoi que je fisse, je ne parvenais pas à la consoler, ni à garder mon sang-froid. Je pleurais sans arrêt et étais si honteuse que j'allais souvent dans le pavillon d'été y cacher ma honte.

Quant à savoir ce qu'il est arrivé à Elvira, je n'en ai aucune idée.

Chapitre 9

Gloria n'avait pas précisé que ce serait une soirée au clair de lune, et Bella se troubla lorsqu'elle avisa l'affiche au portail d'entrée qui rappelait que l'accès était réservé aux seuls détenteurs d'une invitation officielle. Parvenait à ses oreilles le bruissement des conversations portées par la brise depuis, supposa-t-elle, l'arrière du bâtiment. Tandis qu'elle poussait le portail, une Chinoise sortit de la pénombre d'un cabinet et lui tendit la main.

— Je n'ai pas de carton d'invitation, commença Bella. Mais l'on m'a invitée.

La Chinoise secoua la tête.

— Seulement avec carton, dit-elle avec un fort accent chinois.

Bella essaya une autre tactique.

— C'est Mrs de Clemente qui m'a invitée. Peut-être pourriez-vous aller la chercher ?

La femme haussa les épaules mais ne bougea pas d'un pouce.

La journée avait été extrêmement longue, et Bella était fatiguée. Elle s'était réveillée tôt et avait convié Rebecca à la rejoindre pour prendre une collation, mais celle-ci ne s'était pas montrée au café. Plus tard avaient suivi de longues séances de répétition avec l'orchestre et les danseuses.

Chaque soir ou presque, le ballet exécutait sa chorégraphie au son de l'orchestre, mais en prévision des soirées où Bella était sur scène, on avait mis au point un numéro en fonction des titres interprétés par la chanteuse. Il était également indispensable que Bella dansât avec les danseuses, si bien que les répétitions avaient été ardues. Elles avaient agi avec professionnalisme mais en gardant leurs distances, et Bella avait à quelques reprises cédé à la panique, craignant qu'elles ne la prennent volontairement à contre-pied. Finalement, le spectacle s'était bien passé et, contente qu'il soit terminé, Bella éprouvait du soulagement.

Toutefois, cela lui avait coûté une énergie colossale. Aussi, profitant de ce que la Chinoise s'était éloignée, elle décida de limiter les dégâts et de rentrer chez elle pour se mettre directement au lit. Cela n'aurait aucune incidence.

Tandis qu'elle s'apprêtait à rebrousser chemin, se demandant si elle trouverait un rickshaw dans les parages, un inconnu d'assez grande taille s'approcha. Dans la lumière bleutée de la lune, elle eut quelque difficulté à se faire une idée de sa couleur de peau, mais elle put se rendre compte qu'il avait le visage taillé à la serpe et arborait un grand sourire.

— Bonsoir, lança-t-il. Vous n'entrez pas ?

Elle expliqua la situation.

— Aucun problème. Je peux vous faire entrer avec moi.

— Êtes-vous certain ?

Il lui fit un sourire en coin.

— Certain. Au fait, je m'appelle Oliver, Oliver Donohue.

Sur ces mots, il lui tendit la main.

— Eh bien, merci. Je m'appelle…

Il ne la laissa pas achever :

— Je sais qui vous êtes, Miss Hatton. Je vous ai vue sur scène ce soir. Vous avez même fait du scat à un moment donné. Sacrément impressionnant !

— Ah !

— Alors, nous entrons ?

Il montra son carton d'invitation puis lui offrit son bras dans l'intention de la guider parmi les convives.

— Vous êtes américain, devina-t-elle, tandis qu'ils contournaient le bâtiment en direction de la liesse, qui se faisait plus sonore à présent.

Elle n'écouta pas la réponse, car à l'angle, une surprise l'attendait. Tout était bien plus joli et beaucoup plus festif qu'elle ne s'y était attendue. La piscine étincelait sous le feu des lanternes de papier accrochées aux arbres qui faisaient tout le tour. Sur la terrasse, des lampes à huile illuminaient les personnes réunies en petits comités et des guirlandes électriques pendaient en travers de l'entrée jusqu'à l'abri de piscine. Tout en tendant l'oreille à la musique diffusée en sourdine, Bella remarqua quelques couples qui dansaient joue contre joue.

— Je ne m'attendais pas à ce que ce soit aussi charmant, confia-t-elle.

— Les Britanniques ne font jamais les choses à moitié.

Elle leva les yeux vers lui, croyant déceler une pointe de reproche dans sa voix. Mais il était tout sourires. Grâce à la luminosité ambiante, elle put constater qu'Oliver avait des yeux d'un bleu éblouissant entourés de cils noirs incroyablement longs. Elle s'obligea à détourner le regard pour ne pas se laisser absorber par le sien. Il avait le nez droit et volontaire, des cheveux châtains ébouriffés et plutôt rebelles, un bronzage soutenu. *Il se distingue des autres*, songea-t-elle, tout en prenant note de son amusement à peine dissimulé, comme si la vie n'était pour lui qu'une suite sans fin d'occasions de se divertir.

Il alla au bar chercher à boire, et Bella profita de son absence pour jeter un coup d'œil alentour, apercevant Gloria et Edward qui riaient de quelque plaisanterie de l'autre côté de la piscine. Lorsque Gloria lui fit signe de la main et entreprit de la rejoindre, Bella, reconnaissant en son for intérieur qu'elle eût espéré passer un peu plus de temps seul à seul avec Oliver, ressentit une vague déception.

— Vous êtes là ! Je suis contente, s'exclama Gloria. Comment s'est passé votre spectacle ?

— Bien, merci.

Oliver rapporta une coupe de champagne pour Bella et une bière pour lui. Bella hésita, pesant le pour et le contre, mais, finalement, elle accepta la coupe.

— Oh, s'exclama à nouveau Gloria, je vois que vous avez fait la connaissance de notre journaliste américain !

Oliver fit une révérence railleuse.

— Correspondant à l'étranger du *Washington Post*, pour vous servir…

— Et j'en passe…, ajouta Gloria avec une pointe de sarcasme dans la voix.

Oliver haussa les épaules et, faisant comme si Gloria n'était pas là, s'adressa à Bella :

— Mrs de Clemente fait allusion à mes éditos pour la *Rangoon Gazette.*

— Éditos qui ne sont pas très flatteurs pour nous autres, il faut le dire, fit remarquer Gloria.

— « Nous autres » ? s'enquit Bella.

— Les Britanniques, mon enfant. Vous et moi.

Elle désigna l'assemblée des convives d'un geste vague de la main.

— Nous tous. Il pense que la Birmanie devrait être aux Birmans. Enfin, j'ai des gens à voir.

Se tournant vers Oliver, elle ajouta :

— Ne monopolisez pas notre nouvel ange. Elle aussi a des gens à voir.

Puis elle embrassa Bella sur la joue, salua Oliver d'un rapide signe de tête et s'éloigna.

— Je suis surpris qu'elle ne vous ait pas entraînée avec elle, avoua-t-il, un sourire ironique aux lèvres.

— Ce n'est pas votre plus fervente admiratrice, semble-t-il, mais disait-elle vrai ?

Il la regarda d'un air amusé.

— Bien sûr. Je ne m'en cache pas : je ne suis pas un inconditionnel de l'orgueil impérialiste des Britanniques. Je n'approuve pas non plus leur aveuglement eu égard aux obstacles moraux inhérents au colonialisme.

— Ah, rétorqua-t-elle. Alors, dans ce cas, vous ne verrez peut-être pas d'inconvénient à ce que je vous demande pourquoi vous êtes ici ?

— Eh bien, c'est toute la question. Énigmatique, n'est-ce pas ?

Bella leva vers lui des yeux inquisiteurs.

— Ce n'est pas une réponse.

Oliver sourit, et une lueur illumina soudain son regard.

— Il se pourrait que j'aie envie d'assister au spectacle lorsque Rome sera la proie des flammes.

— Vraiment ?

Il haussa les épaules.

— La Birmanie me fascine. C'est là qu'on trouve les plus beaux rubis au monde, sans oublier le tek, le pétrole et le riz à profusion. Grâce auxquels, soit dit en passant, les Britanniques ont accumulé des fortunes colossales. Mais les temps changent, et je ne veux pas rater ça.

— Que voulez-vous dire ?

— Je veux dire que le temps des Britanniques est compté.

— Ce n'est pas l'impression qu'ils donnent, objecta-t-elle en promenant son regard sur les visages insouciants de la foule.

— Ils portent des œillères, tous autant qu'ils sont. Mais restez dans les parages, et vous verrez. La grève des étudiants, il y a seize ans, a montré le chemin.

— Une « grève » ?

— Les membres des conseils de l'université et du personnel administratif étaient tous britanniques et nommés par le gouvernement. Les étudiants en éprouvaient du ressentiment.

Bella haussa les épaules.

— On ne peut pas vraiment leur en vouloir.

Oliver acquiesça.

— Exactement. En conséquence, malgré les menaces des autorités, la grève s'est étendue, et elle n'était que partiellement résorbée lorsque des changements furent opérés.

Un long silence s'ensuivit pendant lequel il ne la quitta pas des yeux. Se sentant rougir, Bella palpa ses joues. Il avait une manière si directe de regarder les gens ! Sans doute était-ce une arme utile chez un journaliste.

— Et depuis cette époque ?

— Les Birmans qui travaillent au secrétariat sont payés bien moins que leurs équivalents britanniques, et cela aussi est une source de mécontentement.

— J'imagine.

— Ah oui ? dit-il.

— Bien sûr !

— Alors, vous êtes l'une des rares. Nombre de Britanniques continuent de croire que la seule façon de maintenir l'ordre est de traiter les Birmans en inférieurs. Et certains d'entre eux, qui ont passé ici l'essentiel de leur vie, ne parlent même pas un mot de birman.

Bella secoua la tête.

— Cela défie l'entendement.

— Ça, c'est certain. Être accusé d'être en faveur des Birmans passe pour une insulte.

— Et vous l'êtes ?

— Je suppose que oui. Les choses changent, mais je ne supporte pas la manière dont certains Anglais continuent d'agir en Birmanie comme si c'était une petite Angleterre.

Il s'interrompit, paraissant ne pas savoir s'il devait poursuivre.

— Et ?

— Eh bien, si vous voulez vraiment le savoir…

— Je veux vraiment le savoir.

— À cela il faut ajouter la répression brutale, l'exploitation, le travail forcé, les souffrances des démunis. C'est un système injuste. De bout en bout.

Il marqua une nouvelle pause.

— Mais ne me lancez pas sur le sujet. Racontez-moi plutôt votre histoire à vous.

Bella se sentit quelque peu mal à l'aise. Cet inconnu travaillait pour un journal, après tout, et son père s'était toujours défié des journalistes.

— Tout se résume à une histoire à vos yeux ? rétorqua-t-elle enfin.

— Désolé, s'esclaffa-t-il, je reformule : et si vous me parliez de vous ?

Elle fit taire ses doutes et, à mesure qu'ils échangeaient au sujet de leurs expériences, elle se sentit de plus en plus attirée par lui. Il était originaire de New York mais avait refusé de faire carrière dans l'affaire d'import-export que possédait sa famille, préférant mettre un point d'honneur à découvrir le monde et à écrire sur ce qu'il voyait, parvenant finalement à décrocher des emplois de pigiste dans divers journaux. Il avait eu de la chance, estimait-il, qu'un petit héritage lui ait permis de financer les deux premières années en attendant de pouvoir gagner sa vie.

Bella lui parla de Cheltenham et de sa carrière, puis, de manière complètement inattendue, elle se trouva à lui parler de ses parents et de la sœur qu'elle n'avait jamais connue.

Il l'écouta très attentivement, comme s'ils étaient seuls au monde, et son attitude encouragea Bella à lui en dire encore davantage. Il semblait lui tirer les mots de la bouche sans effort grâce à l'attention qu'il lui accordait. Bella était heureuse d'avoir rencontré quelqu'un qu'elle appréciât vraiment et qui semblait l'apprécier en retour. Elle lui confia même que ses parents avaient jadis vécu à Golden Valley.

Le silence s'instaura entre eux. Il sembla réfléchir, et Bella espéra n'en avoir pas trop dit.

— Si cela vous fait plaisir, nous pourrions aller faire un tour dans leur ancien quartier. Peut-être y trouverons-nous un habitant qui se souvient de quelque chose. L'endroit vous plaira. Golden Valley est le jardin de Rangoon, et il y a de très beaux points de vue qui donnent sur la pagode Shwedagon.

Bella, touchée par sa gentillesse, fit signe qu'elle était d'accord.

— J'adorerais. Mais ce n'est pas tout. Je ne vous ai pas tout dit.

— Rien ne vous y oblige.

— Je le veux. En fait, ma mère a été arrêtée dans l'affaire de la disparition de ma sœur. J'ai les coupures de presse en ma possession.

Oliver haussa les sourcils.

— Vos parents ont dû déplaire à quelqu'un pour que cela fasse l'objet d'articles. Habituellement, les Britanniques font front commun, surtout à cette époque-là. Ça sent l'embrouille. Vous pourriez vous renseigner à la police. Ils auront des archives. Je peux vous mettre en relation avec un de mes contacts.

— Vous feriez cela ?

Après un silence, elle ajouta :

— Pour être franche, je ne suis pas certaine de vouloir trop en apprendre, mais il me serait agréable de voir l'endroit où ils ont vécu.

— Je vous laisserai un mot à votre hôtel avec le nom de mon contact. Quel est votre jour de relâche ?

— Le mercredi.

— Dans ce cas, que diriez-vous de faire une excursion à Golden Valley mercredi ?

Bella leva la tête et lui sourit ; elle vit que le regard d'Oliver était attiré par quelque chose qui se passait derrière elle.

— De bonne heure ? s'enquit-elle.

— Ça roule ! Écoutez, le frère de Gloria se dirige vers nous. Lui et moi… Eh bien, disons que nous nous détestons cordialement.

Il lui effleura brièvement la main. Il avait des étoiles dans les yeux.

— À mercredi matin. Huit heures, ça ira ? Avant que la chaleur nous paralyse.

Bella acquiesça, ravie.

— Et, au fait, je ne sais pas si l'on vous a mise en garde, mais tenez-vous à l'écart des chiens. Certains ont la rage. Et soyez prudentes si vous vous approchez des bars qui bordent les quais. La plupart servent de couverture à des fumeries d'opium et à des bordels.

— Bon sang, personne ne m'en a parlé !

— On aurait dû. La ville est construite sur un ancien marais, c'est pourquoi les épidémies de choléra reviennent chaque année. Loin de moi l'envie de vous conseiller de vous cantonner aux quartiers britanniques et au centre-ville, mais toute seule, c'est préférable.

Tandis qu'Oliver s'éloignait, Edward, affichant une élégance décontractée, s'approcha. Il salua Bella avec son charme habituel, mais celle-ci décela une expression étrange sur son visage, qu'il s'efforçait, apparemment, de dissimuler. Était-ce davantage qu'une simple aversion envers Oliver ?

— Je suis tellement content que vous soyez venue. Je voulais vous dire que le meilleur endroit pour rencontrer des personnes susceptibles d'avoir vécu ici à l'époque de vos parents est sûrement le *Pegu Club*. C'est le fief des hauts fonctionnaires à la retraite. Si nous disions dimanche prochain à l'heure du déjeuner ?

— C'est très aimable à vous.

— Du tout. À présent, je sais que ma sœur aimerait vous parler. Elle veut vous emmener à la Corniche aux commères.

— Ce doit être un endroit affreux ! s'esclaffa Bella.

— Un endroit de rêve, en fait, qui surplombe les grands lacs royaux. C'est là que les femmes se réunissent.

Il exerça une pression sur son bras et, d'un ton chaleureux, ajouta :

— Écoutez, je sais que cela ne doit pas être facile de tourner la page, mais il ne faut pas vivre dans le passé.

Bella se rembrunit.

— Je ne… Je vous assure… C'est une simple curiosité. Rien de plus.

— Alors, c'est bien.

Elle contempla ses chaussures et ne dit plus rien.

— C'est bien, répéta-t-il. (Il lui donna une tape à l'épaule.) Alors, passez une excellente semaine. Amusez-vous bien.

— Je n'y manquerai pas.

— Je passerai vous prendre dimanche prochain sur le coup de midi. Et n'oubliez pas, si vous avez besoin de quoi que ce soit, vous pouvez me passer un coup de fil n'importe quand. On vous donnera mon numéro à l'hôtel.

Bella le remercia. Cependant, celui qui avait retenu toute son attention était le journaliste américain avec sa proposition de l'accompagner à Golden Valley.

Chapitre 10

Diana

Cheltenham, 1921

J'avais une véritable passion pour le jardin situé à l'arrière de notre maison de Golden Valley : les roses en juin et juillet, les énormes massifs d'étoiles de Noël avec leurs fleurs rouge vif, les langues de feu, les asters violets assiégés par de riches volées de papillons bleu pâle et l'exquis bauhinia aux feuilles en forme de cœur et aux fleurs blanc et rose. Sans oublier les oiseaux : notamment ceux au plumage vert intense et les faucons qui rayaient le ciel bleu immaculé de leurs descentes en piqué au-dessus du vénérable padouk dont la présence était bien antérieure à la construction de la maison.

Lors de notre emménagement, j'avais demandé au jardinier birman quel était le nom du padouk dans notre langue. Il m'avait répondu qu'on l'y désignait sous le même nom, qu'il appartenait à la famille des pois et qu'il donnait un bois dur proche du palissandre. Il me proposa de l'abattre et je refusai. J'eus l'occasion de m'en féliciter lorsque, en avril, la chaleur et la poussière battant leur plein à n'y plus tenir, il s'épanouit soudain dans une explosion de fleurs et prit du jour au lendemain une teinte dorée. Ensuite, tandis que le délicat parfum du padouk embaumait le soir, Simone et moi nous asseyions dehors, surveillant du coin de l'œil les serpents qui vivaient dans les arbres et chassant les insectes volants en battant des mains. Nous buvions du gin tonic et nous riions des excentricités de nos maris, finissant parfois tout à fait soûles. À cette époque-là de l'année, nous nous levions à 5 heures du matin pour échapper à la chaleur, et je passais la majeure partie de la journée à dormir.

Ce fut également le jardinier qui m'apprit que nous étions en plein Thingyan, la fête de l'eau du nouvel an birman, période durant laquelle quiconque s'aventure à l'extérieur reçoit immanquablement un seau d'eau sur la tête. Aucun mal à cela, songeai-je, vu la météo, malgré les mises en garde de Douglas, avec qui il n'était jamais judicieux d'entrer en désaccord.

Notre maison était magnifique. Peintes en blanc, les chambres spacieuses recevaient le souffle d'air venu de la terrasse couverte qui entourait le bâtiment. Il m'arrivait souvent de passer l'après-midi à me reposer sur une chaise longue à l'étage, dans la pièce commune qu'un courant d'air traversait, m'aidant à supporter quelque peu la chaleur. Tous les parquets étaient teintés et cirés au point que, sans mentir, on pouvait voir son reflet dans leur patine. Les volets en bois, qui avaient été à l'origine vert vif, s'étaient rapidement décolorés pour prendre une teinte plus pâle qui avait ma préférence. De grands palmiers abritaient la façade du soleil et des arbustes et des plantes des tropiques bordaient un étang qui faisait un coude sur le côté de l'habitation.

Parmi nos autres arbres figuraient un figuier des pagodes, un acacia et un tamarinier ombreux où l'*ayah* laissait le landau de ma petite chérie.

Je n'oublierai jamais le jour où ils ont fouillé le sol de mon cher jardin et dragué l'étang, tuant les poissons et détruisant les plantations. Et qu'ont trouvé les policiers à se donner tant de mal à creuser comme des forcenés dans cette épouvantable chaleur brûlante ?

Chapitre 11

Tôt le lundi matin, et sachant qu'elle commettait probablement une erreur, Bella se mit en route pour le poste de police. Elle repensa à sa conversation avec Oliver Donohue et, se souvenant de son regard bleu perçant, s'aperçut qu'elle avait hâte de le revoir mercredi. En dépit de sa posture anticoloniale, une certaine générosité émanait de lui qui inspirait confiance à Bella. En outre, il avait tenu parole, laissant pour elle à la réception un mot où figurait le nom de son contact: Norman Chubb. Elle avait déjà pu se rendre compte que la plupart des emplois subalternes dans les forces de police étaient occupés par des sikhs, mais que c'étaient des Britanniques qui exerçaient les fonctions de commandement. Quant à ce Norman Chubb, il était inspecteur; ce qui ne pouvait qu'être un bon signe.

Elle pénétra dans l'imposant bâtiment et promena un regard scrutateur dans le hall d'entrée. Quatre portes se dressaient, closes et menaçantes. Elle frappa un petit coup à la plus grande, dans l'espoir que ce lourd monceau de bois brun foncé soit le bon.

Silence.

Elle attendit puis frappa de nouveau, mais quelle ne fut pas sa consternation lorsque quelqu'un lui cria de l'intérieur d'un ton courroucé d'aller se faire voir! Son souffle s'accéléra et son cœur se mit à battre la chamade. N'écoutant que son courage, elle tenta de nouveau sa chance, ouvrant cette fois elle-même la porte sur un petit cabinet où un gros type aux cheveux roux vif clairsemés était avachi derrière un énorme bureau où s'entassaient des piles de paperasses dans un désordre affligeant.

— Nom de Dieu ! s'exclama-t-il, sans lever le nez. Qu'est-ce que c'est encore, bon sang ? Vous ne voyez pas que j'essaie de faire une petite sieste ?

Bella toussota.

— Excusez-moi…

Il leva brusquement la tête, lui révélant un visage qu'elle estima être celui d'un homme dans la cinquantaine.

— Qui diable êtes-vous ? demanda-t-il d'un ton autoritaire.

— Je m'appelle Annabella Hatton. Je cherche Mr Norman Chubb.

— Voyez-vous cela ! Et puis-je connaître la nature de vos relations avec l'inspecteur Chubb ?

— Nous n'avons aucune relation. Une connaissance m'a indiqué son nom.

— Et qui est cette connaissance ?

— Oliver Donohue.

— Ah, le journaliste américain.

— Vous le connaissez ?

— À votre avis ?

Il se tut puis ajouta :

— Tout le monde ici connaît Oliver Donohue.

— L'inspecteur Chubb est-il ici ?

— Non.

Ayant soudain très chaud et se sentant excessivement moite, Bella eut un moment d'hésitation, ne sachant pas très bien si le mieux était de s'en aller pour revenir plus tard quand Chubb serait de retour. Finalement, elle décida d'adresser sa demande à cet inconnu.

— Verriez-vous un inconvénient à ce que je m'assoie ? s'enquit-elle poliment en gratifiant le policier d'un sourire qui se voulait enjôleur.

Pour toute réaction, il lui désigna d'un geste brusque une chaise située face à lui. Elle s'assit, rajustant anxieusement sa robe humide et ayant exactement la même impression qu'elle avait eue à l'école lorsque Mrs Richards l'avait convoquée pour lui demander des comptes.

— Qu'est-ce qui vous amène ?

Bella resta bouche bée devant les joues rubicondes et la moustache hérissée du fonctionnaire de police. *Il doit au moins peser cent vingt kilos*, pensa-t-elle. *Il ressemble à un cochon, avec ses petits yeux nichés entre deux bourrelets de chair.* Elle tourna autour du pot en commençant par lui demander s'il était occupé.

— Toujours, Miss… comment déjà ?

— Hatton.

— Ah, oui. Eh bien, Miss Hatton, sachez que je suis toujours occupé.

— Je suis sincèrement désolée de vous interrompre.

Après un silence, elle ajouta :

— Auriez-vous l'amabilité de me dire votre nom, s'il vous plaît ?

Il se redressa sur sa chaise, passa une main sur son front dégouttant de sueur puis dans ses cheveux.

— Je suis l'inspecteur en chef Johnson, le supérieur de Chubb. Tout ce que vous vouliez lui dire, vous pouvez me le dire à moi.

— C'est un peu délicat.

— Venez-en simplement aux faits, mademoiselle. Je suis très occupé.

Bella en doutait, mais elle sourit néanmoins d'un air confus et en vint effectivement aux faits, l'informant de son désir de consulter d'éventuelles archives concernant la disparition d'un bébé dans le jardin d'une maison de Golden Valley.

Il secoua sa graisse et fouilla à vitesse d'escargot dans les papiers qui s'entassaient sur son bureau.

— Je ne m'en souviens pas, dit-il enfin. C'est récent ?

Bella fit signe que non.

— Cela remonte à 1911.

Il parut stupéfait, devint encore plus rouge, puis s'étrangla de rire.

— Si j'ai bien compris, commença-t-il une fois son hilarité calmée, vous venez me voir au sujet d'une affaire vieille de vingt-cinq ans ?

— Oui.

Il fit la moue.

— Et pourquoi vous y intéressez-vous ?

Elle jeta un coup d'œil à l'éclatant soleil dont les rayons se déversaient à flots par la petite fenêtre – protégée par des barreaux remarqua-t-elle –, puis elle tourna de nouveau son attention vers le policier. Mieux valait ne pas se montrer trop véhémente avec lui, même s'il lui était difficile de prendre au sérieux cet homme à l'allure bouffonne.

— Les parents du bébé étaient mes parents. Le bébé aurait été mon aînée.

— Ah, je vois. Et le but dans lequel vous souhaitez consulter les archives ? Vos parents sont toujours en vie ?

— Non. Mon père est décédé récemment, mais depuis quelque temps je m'interroge sur les événements qui se sont déroulés ici.

— Eh bien, Miss… Hatton, je peux vous dire que j'étais en poste à l'époque et que j'en ai gardé quelques souvenirs.

Si je me rappelle bien, l'affaire a été classée, malgré toutes sortes d'hypothèses, et de rumeurs. Oh, ça oui.

— Quelles sont-elles ?

— À mon sens, la plus plausible était qu'un guérisseur de l'une des tribus Wa de réducteurs de têtes avait commandité l'enlèvement du bébé contre de l'argent.

— Mais pourquoi ?

Johnson gonfla ses joues d'air.

— Êtes-vous sûre de vouloir le savoir ?

Bella acquiesça.

— On pense qu'il voulait utiliser les organes comme remèdes.

Elle fut parcourue d'un frisson.

— Une autre hypothèse était qu'un gang de malfrats avait enlevé le bébé pour le vendre à une riche famille siamoise. Rien de concluant. Certains ont fait courir le bruit que ce devait être un assassinat perpétré en représailles par un détenu envoyé en prison par votre père.

— Vous pensez que le bébé est mort ?

— J'en ai peur, oui.

Bella choisit minutieusement ses mots avant de parler.

— Et ma mère ?

— Si mes souvenirs sont exacts, votre mère a été assignée à résidence.

— Son innocence a-t-elle été établie ?

Il tordit la bouche d'un côté puis de l'autre.

— Tout s'est déroulé de manière assez singulière, en réalité. Je crois qu'il était question de l'inculper, mais ensuite vos parents ont filé à l'anglaise de Rangoon. Personne n'a su ce qu'était devenue la petite. Enfin, je dis « personne », mais quelqu'un devait bien être au courant. Ça s'est fait dans le plus grand secret.

— Dans ce cas, serait-il possible de consulter les archives de l'enquête ?

Il la regarda d'un air peiné.

— Malheureusement non. Elles ont été détruites dans un incendie quelques années après. Il a fallu reconstruire le poste de police dans son entier.

Elle se demanda pendant un instant si cela était vrai, puis elle chassa cette idée de son esprit. Quelle raison aurait-il de mentir ? Elle le dévisagea dans l'espoir qu'il lui en révèle davantage. Mais son expression ne trahit absolument rien. Il inspira profondément puis expulsa l'air de ses joues bouffies dans un claquement sonore.

— Ç'a été un plaisir de faire votre connaissance, Miss Hatton, lança-t-il.

Saisissant la balle au bond et ne souhaitant pas tenter sa chance plus avant, elle se dressa machinalement sur ses jambes.

Johnson parut rassuré de voir qu'elle s'en allait. Il se souleva de son siège et la raccompagna jusqu'à la porte.

Bella, irritée à cause de son entretien avec le policier, reprit en toute hâte la direction de l'hôtel. Johnson avait fait mine de vouloir l'aider. Pourtant, elle avait la désagréable impression qu'il ne lui avait pas dit toute la vérité. Elle chassa son trouble d'un haussement d'épaules puis, passant devant un quartier commercial animé, s'arrêta. Elle avait très envie d'expérimenter quelque chose qui n'aurait rien de britannique. Ainsi, faisant fi des mises en garde d'Oliver qui l'avait invitée à la prudence, et puisque ce quartier était situé en plein milieu de l'une des artères principales, elle se dit qu'il ne pouvait rien lui arriver.

Une façade arborait une rangée d'étals miteux où l'on vendait de la nourriture, si bien qu'au premier abord, elle n'avait pas compris que c'était l'entrée d'un bazar. Quoi qu'il en fût, les bonnes odeurs épicées qui lui parvenaient par bouffées de l'intérieur réveillèrent l'exploratrice qui sommeillait en elle. Les multiples ruelles obscures, la poussière, le vacarme et la foule auraient dû la rebuter. Mais à mesure qu'elle s'enfonçait jusqu'au cœur du bazar, dans la cohue et la bousculade – qui n'étaient jamais agressives cependant –, elle put constater qu'il s'agissait plutôt d'une sorte d'immense entrepôt surmonté d'une charpente. Chaque allée bordée d'éventaires regorgeait de marchandises, y compris de magnifiques *longyis* et étoles, sans compter les soieries et autres tissus en tout genre. Ceux-ci accaparaient toute son attention, mais dès qu'elle en touchait un, les commerçants, surtout des Indiens en chemise et pantalon blancs, surgissaient sans crier gare de leur banc où ils se tenaient accroupis à l'arrière des étals. Là, ils la conjuraient d'acheter. Naturellement, elle n'avait aucune idée précise de ce qu'ils disaient, mais cela tombait sous le sens. Elle marmonnait quelques mots, signifiant à quelque chose près qu'elle reviendrait plus tard, et poursuivait son chemin à la poursuite des odeurs d'épices qui l'avaient attirée là.

Le secteur suivant était dévolu à de jeunes Birmanes joliment vêtues de *longyis* et de vestes courtes qui se tenaient derrière d'énormes sacs remplis de grains divers. Elles baissèrent modestement la tête puis gloussèrent, une main devant la bouche. Bella n'avait aucune idée du contenu des sacs, et lorsqu'elle leur demanda la direction des épices, elles gloussèrent encore davantage. Enfin, après délibération, elles tendirent un doigt dans des directions opposées. Bella passa ensuite devant des marchands de morceaux de bois dont on fait le *thanaka*, cette étrange pâte jaunâtre que les femmes s'appliquaient en couche épaisse sur le visage. D'autres encore vendaient des graines et des noix.

Se laissant surtout guider par son odorat, elle tomba enfin sur les étals d'épices, desquels s'échappaient d'enivrantes senteurs. Les volumineuses panières de poudres aux couleurs éclatantes, jaune, rouge et orange, attirèrent son regard, de même que les sacs de piments de toutes tailles et formes. D'étranges épices brunes noueuses étaient disposées à côté de coupes emplies de racines. Elle en porta une à ses narines et la huma : cela lui rappela l'odeur des biscuits au gingembre. Ailleurs, on vendait des peaux de tigre, en plus de crânes d'animaux et d'autres éléments variés de squelettes qu'elle ne put identifier.

Quoi qu'il en soit, les odeurs entêtantes l'enchantaient, lui rappelant qu'elle était en Birmanie et que cela n'avait absolument rien de britannique. Elle acheta un peu de gingembre et un petit sachet d'une poudre rouge au parfum merveilleusement safrané, puis elle regarda alentour en quête de la sortie. Mais ce marché gigantesque était trompeur, et elle fut incapable de retrouver son chemin. Après un bref moment de panique, elle décida de prendre tout simplement n'importe quelle direction et de la suivre jusqu'à ce qu'elle retrouve enfin la lumière du jour. Finalement, un effluve de braises de charbon lui signala qu'elle approchait du but, et tout près d'un accès, elle aperçut des fruits et légumes, dont certains lui étaient totalement inconnus. Elle acheta un gros melon vert dans l'intention de le partager avec Rebecca. Puis, contournant une femme fruste à l'allure de paysanne qui empestait l'alcool de riz et qui vendait du gâteau de riz solidifié coupé en cubes crasseux, elle se retrouva dans la rue. Un oiseau bleu à large bec orange se tenait tel un grand manitou sur la capote d'un rickshaw. Extrêmement fière d'elle-même, Bella héla le chauffeur et lui demanda de la ramener à l'hôtel.

Dans la pénombre du couloir qui longeait leur chambre, un type élancé avançait vers elle à grandes enjambées. Lorsqu'il arriva à sa hauteur, il la salua d'un signe de tête et poursuivit son chemin d'un bon pas. Sans doute était-ce un membre du personnel, songea Bella, même s'il était quelque peu étrange de croiser un homme, surtout un Eurasien, dans le couloir réservé à ces demoiselles. Elle entra dans la chambre où elle trouva Rebecca assise par terre en tailleur, plongée dans la lecture de son carnet, réceptacle occasionnel de ses pensées intimes et cachette des coupures de presse. Elle se précipita sur elle et, dans un accès de rage, le lui arracha des mains.

— Tu ne manques pas d'air ! C'est personnel !

Rebecca leva la tête et la fixa du regard.

— Ne monte pas sur tes grands chevaux. Je l'ai trouvé ouvert sur le plancher. Désolée, je ne pensais pas que ça te dérangerait.

— Espèce de menteuse ! Je l'avais rangé.

— Je te le jure !

— C'est ça ! Même si tu n'as pas inventé la poudre, ce n'est pas la peine de sortir de Harvard pour comprendre qu'un carnet avec mon nom dessus n'est pas censé être lu par quelqu'un d'autre que moi ! À moins que les gens ne sachent pas écrire là d'où tu viens ?

Rebecca se dressa sur ses jambes.

— Pas la peine de m'insulter. J'ai dit que j'étais désolée.

Bella eut soudain le visage en feu, et, sans crier gare, les larmes se mirent à couler sur ses joues brûlantes. Elle les essuya d'un geste de colère, mais elles n'en continuèrent pas moins de couler.

Rebecca fit un pas en avant, posa une main sur son épaule et la serra doucement.

— Hé ! Calme-toi, ce n'est qu'un carnet.

— Mais c'est..., sanglota Bella, s'interdisant d'en dire davantage. C'est intime, et il contient des choses qui...

Rebecca la conduisit jusqu'au lit.

— Allons, assieds-toi. Je vais aller te chercher un brandy.

— Je n'en ai pas vraiment env..., commença Bella.

Mais sa compagne de chambrée avait déjà quitté la pièce.

Elle ne parvenait toujours pas à arrêter ses larmes, malgré ses efforts pour démêler l'écheveau embrouillé de ses pensées. Et si Rebecca avait lu l'article au sujet de l'inculpation de sa mère ? Elle se tança, regrettant de ne pas avoir laissé les coupures dans sa malle. Et si Rebecca savait désormais ? Tandis que toutes sortes d'images défilaient dans son esprit, tout ce qu'elle avait accumulé jusque-là de souffrance s'épanchait enfin : la mort de son père, l'horrible découverte de l'enlèvement de sa sœur, l'attitude du policier, la manière dont les autres filles l'avaient traitée…

Enfant, il lui avait manqué quelqu'un qui pressente lorsqu'elle n'allait pas bien, mais il n'y avait eu personne. Mrs Wilkes avait fait de son mieux, mais c'était le genre de femme qui s'affairait en permanence et ne supportait pas les sensibleries. S'activer constamment était sa façon à elle de faire face à un monde injuste. Bella se souvenait de ses yeux étincelants et de son volumineux arrière-train. Cette chère Mrs Wilkes, qui faisait des tartes délicieuses avec les pommes Bramley qui poussaient dans le petit verger au fond du jardin, pommes dont elle faisait également des conserves dans des bocaux. Se sentant un peu mieux, elle essuya ses larmes et, pour la première fois, s'efforça pour de bon d'imaginer cette sœur, dont elle n'avait jusque-là pas même soupçonné l'existence, sous les traits d'un bébé, d'un simple petit bébé.

Rebecca revint, s'assit à côté de Bella et lui mit un verre de brandy dans la main.

Elle en avala une gorgée et une sensation de chaleur se répandit dans ses veines. Peut-être était-il temps pour elle de changer d'attitude vis-à-vis de l'alcool. Après tout, elle n'était pas sa mère…

— Allons, commença Rebecca avec douceur, pourquoi tant d'histoires ?

—Je croyais avoir laissé mon carnet sous mon oreiller.
—Sans blague, il était par terre.
—Je suis partie en hâte. Il a dû tomber, je suppose.
—Alors ?
—Tout le monde me déteste.
—Tu veux parler des filles ?
Bella renifla d'un air malheureux.
—Oui.
—Ne t'en fais pas. Je m'occupe d'elles.
Sur ces mots, Rebecca lui tendit un mouchoir.
—Il est propre. Allez, dis-moi tout, qu'est-ce qui ne va pas ? Ça ne peut pas être seulement à cause des filles.

Bella tendit l'oreille au ronronnement de la circulation en contrebas. Puis, pour la seconde fois ce jour-là, elle s'entendit évoquer le décès de son père et sa découverte de l'enlèvement de sa sœur. Elle inspira un grand coup par le nez, s'étonnant que, malgré tous ses efforts pour ne pas y accorder trop d'importance, cette affaire soit soudain devenue plus concrète à ses yeux. Rebecca savait écouter et elle attendit en silence que Bella ait terminé.

—Maintenant, parle-moi du carnet, suggéra-t-elle enfin. Je n'avais presque rien lu quand tu es entrée.
—Il contient des choses au sujet de ma mère.
—Elle est toujours en vie, hein ?
Bella ne sut que répondre.
—Tu as des frères ou des sœurs ?
—Non, aucun.
Rebecca prit Bella par le cou.
—Ma pauvre vieille. Et maintenant que tu es là, nous autres on est méchantes avec toi.
—Ça n'a pas d'importance.
—Si, au contraire. Et ça va changer. Promis.
Bella esquissa un faible sourire.
—Quelle mauviette je fais ! Désolée.

— T'en as gros sur le cœur.

— J'ai fait la connaissance d'un homme qui m'a dit pouvoir m'emmener à l'endroit où vivaient mes parents.

— Qui ?

— Oliver Donohue, un journaliste.

— Beau à croquer en plus de ça ! fit remarquer Rebecca avant de partir d'un éclat de rire. Il ne crache pas sur ces dames, à ce qu'on raconte.

— Ah oui ?

Rebecca haussa les épaules et se leva.

— Je n'en sais pas plus que toi. Viens, sèche tes larmes, passe-toi un peu d'eau sur le visage et mets une jolie robe. Jeune fille, nous sortons !

— Mais j'ai une sale tête et j'ai des répétitions.

— Pas avant plusieurs heures. Viens. Oh, j'allais oublier, c'est pour toi, ajouta-t-elle, prenant une enveloppe et la tendant à Bella.

— De qui est-ce ?

— Je m'en voudrais de le savoir, répliqua Rebecca, tout sourires. Si tu l'ouvrais ?

Bella déchira l'enveloppe en espérant que c'était un mot d'Oliver. Ce n'était pas un mot de lui. Elle lut deux fois le billet avant de relever enfin la tête.

— Tu es toute blanche, fit à nouveau remarquer Rebecca, l'air inquiet. Qu'est-ce que ça dit ?

Bella lui passa la feuille, et Rebecca lut à voix haute :

Vous pensez savoir à qui vous fier ? Cherchez mieux…

— Oh, bon sang ! s'exclama Bella, qui fut secouée d'un tremblement de peur. Qu'est-ce que ça signifie ?

— Ça signifie que quelqu'un s'amuse à jouer avec tes nerfs.

— Mais à qui peut-il bien faire allusion ? demanda Bella dans un étranglement de voix.

Rebecca secoua la tête, signifiant qu'elle ne savait pas, puis, lançant un regard à Bella par en dessous, elle dit :

— C'est peut-être une mise en garde sincère, qui sait ?

— Mais tu ne le crois pas vraiment ?

— Non. Comme je te le disais, un idiot essaie de te faire peur.

Bella n'en était pas convaincue. En revanche, pour ce qui était de lui faire peur, c'était réussi. Plus que cela, elle était terrorisée et ne savait plus que penser désormais.

— La question est pourquoi ? poursuivit Rebecca.

Un bref silence s'ensuivit. Puis elle ajouta :

— Bon, de tous ceux que tu as rencontrés jusque-là, en qui as-tu confiance ?

Bella ne répondit pas mais réfléchit. Au bout de quelques instants, elle se tourna vers Rebecca.

— J'ai vu un homme dans le couloir. Un Eurasien, je crois. C'est lui qui l'a apporté ?

— Pas vu. On l'a glissé sous la porte.

— Dommage.

— Allez, oublions ce mot à la noix.

— Tu crois que je devrais aller voir la police ?

— Tu veux aller te plaindre à eux, pour leur dire quoi ? « Quelqu'un m'a envoyé un mot médisant. » Ils te riront au nez.

Elle se tut un instant.

— Écoute, poursuivit-elle, après le petit cadeau que je te réserve, j'ai bien envie de prendre une cuite. Tu en es ?

— Je n'ai même jamais été pompette.

— Voyez-vous ça !

Chapitre 12

Diana

Cheltenham, 1921

Ils n'ont rien trouvé lorsqu'ils ont retourné mon beau jardin en Birmanie, excepté le chausson, alors à quoi bon ? Ici, tandis que les premières lueurs rosées de l'aube filtrent au travers des rideaux, j'entends le chœur des oiseaux qui saluent l'arrivée du jour. Je reste un long moment à la fenêtre à regarder le soleil teinter d'or le sommet des arbres. Penchant la tête, je vois un homme coiffé d'un feutre gris et vêtu d'un imper bleu marine tourner l'angle de l'entrée principale de la propriété. Je chancèle. Il est encore tôt. Viennent-ils déjà me chercher ? Soudain, des voix retentissent au rez-de-chaussée. Je me dirige à pas de loup jusqu'à la porte de ma chambre et l'entrouvre à peine, faisant très attention à ne pas faire craquer les lames du plancher sous mes pieds. La cloche retentit. On ouvre. De nouveau des voix me parviennent. Mais cette fois-ci, c'est dans le hall qu'elles résonnent, plus sonores que précédemment, bien que toujours étouffées et pas assez fortes pour que je puisse entendre ce qui se dit.

Je m'agrippe à l'encadrement de la porte et, malgré le vertige dû à l'angoisse, je sors sur le palier. Là, en appui contre la balustrade, je me penche au-dessus de la cage d'escalier. Une porte à l'intérieur de la maison se referme et le vestibule se vide. Tout devient absolument silencieux. Je pousse un soupir de soulagement et retourne dans ma chambre. Sans doute l'inconnu est-il un des confrères de Douglas et sa venue ne me concerne-t-elle en rien.

Cette chambre mansardée au dernier étage est devenue ma prison, à moins qu'elle ne soit mon refuge et ma consolation. Quoi qu'il en soit, je me sens en sécurité ici, dans les combles. Pourvu que j'avale les cachets que notre gouvernante me donne avec un verre d'eau matin et soir, ils disent que je ne suis pas un danger pour moi-même, ni pour quiconque. Cela m'amuse. Car pour cela, il faudrait que je les avale et ne me contente pas de les cacher sous ma langue…

À nouveau des voix. Derechef sur la pointe des pieds jusqu'à la porte. Du palier où je me tiens, j'aperçois l'homme à l'imper bleu marine. Il lève à présent les yeux vers moi et me regarde fixement. Il sourit, me fait signe de la tête et entreprend de gravir les marches.

Malgré mon cerveau embrouillé, je suis sûre d'une chose : je ne suis pas prête.

Chapitre 13

Bella s'arrêta au niveau d'un temple et tomba en admiration devant celui-ci. À l'intérieur, des colonnes peintes en rouge et ornées de caractères et de symboles chinois soutenaient un toit à charpente de bois. Puis ses yeux se posèrent à l'endroit où Rebecca, partie devant, l'attendait.

— Qu'est-ce ? s'enquit-elle.

— Un temple chinois. Entre, si tu veux.

Bella hocha la tête et fit quelques pas à l'intérieur mais fut aussitôt assaillie par l'air saturé d'encens qui s'élevait en volutes de coupes où brûlaient des bâtonnets. La gorge prise, elle toussa tout en s'efforçant de s'acclimater en admirant un dais recouvert d'or qui encadrait des sculptures de lions chinois et diverses idoles qu'elle ne put identifier. Peut-être des représentations de Confucius ou du Bouddha ? Des chrysanthèmes jaunes et rouges se dressaient dans des vases posés sur des crédences ouvragées en ébène. À la verticale des vases, des lanternes de mêmes couleurs étaient suspendues aux madriers.

Un homme en habit religieux aborda Bella et, dans un anglais approximatif, lui demanda si elle souhaitait qu'il lui prédise l'avenir. Encouragée par les énergiques hochements de tête de Rebecca, elle accepta. Il lui demanda de formuler une question. Ne parvenant pas à s'ôter de l'esprit le billet reçu à l'hôtel, elle demanda s'il y avait quelqu'un à qui elle ne devait pas se fier à Rangoon. Lui dire la bonne aventure se révéla une affaire complexe impliquant l'utilisation de baguettes de divination et d'un objet sphérique en bois peint en rouge et divisé en quartiers comme une orange. Finalement, elle s'entendit simplement répondre qu'elle avait posé la mauvaise question et qu'elle ferait bientôt un voyage.

Bella lança un regard à Rebecca qui se contenta de hausser les épaules et de dire :

— Veinarde !

Au sortir du temple, elles passèrent sans s'arrêter devant les salons de thé et les étals de nourriture à l'angle des rues pour gagner le quartier tumultueux en retrait du front de mer, là où, dixit Gloria, vivaient les Chinois. Tandis qu'elle faisait connaissance avec son dédale de ruelles dérobées et l'odeur étouffante du jasmin et du riz cantonais, Bella se souvint malgré elle de la mise en garde et de la devise de Gloria :

« La vie est faite pour être vécue. »

— On ne risque rien ? s'enquit-elle, rendue nerveuse par la houle humaine qui se déversait de par les rues confinées envahies de vapeur.

Rebecca laissa échapper un éclat de rire et rejeta ses cheveux blonds en arrière.

— Si tu étais toute seule, à la rigueur, mais pas tant que tu me suis de près.

— Qu'est-on venues faire ici ?

— *Primo*, tu t'apprêtes à goûter la meilleure cuisine chinoise de ta vie ; *secundo*, tu t'apprêtes à te faire plaisir !

Bella ne lui avoua pas qu'elle n'avait jamais mangé chinois.

Elle contempla les nombreuses constructions commerciales aux volets clos qui formaient d'étroits pâtés de maisons en bois serrées les unes contre les autres, la plupart arborant une échoppe au rez-de-chaussée – plats cuisinés, légumes, poisson, bibelots et autres marchandises y étaient proposés à la vente – et un logement au-dessus.

Déjà passablement désorientée par les sonorités suraiguës de l'impénétrable langue des vendeurs de rue chinois, elle fut réduite à l'état d'observatrice lorsque des poulets criaillant et des porcelets couinant enfermés dans des cages en bambou ajoutèrent au tintamarre. Tandis qu'elles esquivaient les nombreux chiens qui ondoyaient dans les rues à la recherche de déchets, et les enfants téméraires qui faisaient la course entre les bicyclettes et les jambes des passants, Bella sentit battre en elle le pouls de la ville.

Une fois plongées au cœur de ce quartier, les effluves de jasmin diminuèrent pour laisser place à présent à un mélange d'odeurs de feu de charbon, de poisson frit et de caniveaux. Rebecca ouvrait la marche d'un bon pied sans jeter un seul coup d'œil en arrière ; si bien, qu'une fois encore, Bella se demanda si elle pouvait vraiment faire confiance à sa camarade de chambre. Et si soudain elle disparaissait, la laissant en rade dans ce quartier ? C'est alors que Rebecca fit halte et s'inclina face à une minuscule boutique dissimulée dans une ruelle qui se faufilait en retrait d'un goulet plus large.

— Voilà ! s'exclama-t-elle, tout sourires, en faisant des moulinets avec les bras.

Bella contempla la vitrine, s'étonnant d'y découvrir, soigneusement pliées, un assortiment de soieries aux couleurs éclatantes, allant des teintes d'un coucher de soleil birman, avec son rose clair et son jaune chatoyant, aux douces nuances de bleu nacré.

— C'est le meilleur magasin de Rangoon, mais aussi le moins cher. Les Britanniques n'aiment pas venir ici, alors ils paient dix fois le prix chez *Rowe.* On entre ?

— Et comment !

Rebecca poussa la porte en bois finement décorée qui s'ouvrit en grand au tintement d'une clochette.

Une fois à l'intérieur, Bella s'arrêta net, puis, tous ses sens en alerte, elle effleura les rouleaux de brocarts.

— J'adorerais en acheter, mais qu'en ferais-je ?

— C'est là que j'entre en scène ! J'ai une amie chinoise qui travaille comme serveuse au *Silver Grill*. Tu y es déjà allée ?

Bella fit signe que non.

— Eh bien, il faut absolument qu'on y aille. Mais bon, l'important est que cette amie m'a présentée à la propriétaire de cette boutique, et sa fille est une excellente couturière. Elle peut copier n'importe quel modèle sorti des ateliers de haute couture.

— Et où est-elle ?

— À l'étage, gloussa Rebecca. Et elle a des tonnes de magazines. Elle te fera le prix qu'elle fait aux gens d'ici, ou à peu près. Tu montes, tu sélectionnes le modèle, elle te dit combien de mètres il te faut acheter, et il ne te reste plus qu'à choisir le tissu.

— Nous pouvons monter maintenant ?

— Je savais que tu serais pressée. Je n'ai pas parlé de cet endroit aux autres filles.

— Pourquoi m'en avoir parlé à moi ?

— Tu étais si malheureuse. Rien de tel qu'une nouvelle robe, non ? Surtout quand elle ne coûte pas les yeux de la tête. Pas de scrupules. Et puis, je voulais me faire pardonner.

Bella aurait pu la prendre dans ses bras.

Elles gravirent l'étroit escalier de bois. Là-haut, Bella fit la connaissance de Mai Lin, la couturière. Après avoir feuilleté plusieurs exemplaires de *Vogue*, elle arrêta son choix sur une robe fourreau à dos nu, coupée de biais, qui caressait doucement les hanches et découvrait audacieusement le dos tout entier. Elle choisit une veste de soirée assortie à la coupe droite exquise pour les soirées plus fraîches ou lorsqu'elle irait boire un verre après le spectacle.

Bella se vit offrir du thé vert dans de toutes petites tasses en porcelaine ; puis l'on prit ses mensurations, et elles redescendirent afin de choisir la soie. Confondue devant toutes ces couleurs resplendissantes, Bella ne parvenait pas à se décider. Après mûre réflexion et de nombreux changements d'avis, elle opta pour une soie unie mais d'une couleur argentée magnifique, aux reflets bleu très pâle.

— Et maintenant, allons manger ! s'exclama Rebecca, dès que Bella eut réglé.

— Tu n'achètes pas de tissu aujourd'hui ?

Rebecca secoua la tête.

— Pas cette fois. J'ai commandé une nouvelle robe la semaine dernière seulement.

Tandis qu'elles sortaient de la boutique, Bella prit une vue d'ensemble de la rue.

— Viens, traînarde ! lança Rebecca, déjà loin devant.

Cependant, quelque chose – ou plutôt quelqu'un – avait capté l'attention de Bella. De l'autre côté de la chaussée, Edward marchait en compagnie d'une rousse. Bella s'apprêtait à lever la main pour lui faire signe, mais, en pleine conversation, il ne l'avait pas remarquée. Reprenant sa route, Bella eut l'impression d'avoir déjà vu cette femme quelque part mais elle ne parvint pas à se rappeler où. C'est alors qu'elle comprit que l'inconnue lui rappelait quelque peu sa mère. Mais était-ce tout ? Se pouvait-il que… ? Pouvait-il s'agir d'Elvira ? Bella chassa cette idée qui lui paraissait trop invraisemblable.

Chapitre 14

Le mercredi venu, Bella mit une robe en coton bleu électrique et ne put s'empêcher de rire lorsque Oliver fit son apparition dans une chemise de la même couleur, qui s'accordait parfaitement avec le bleu de ses yeux. Ils prirent le tram et suivirent la chaussée bordée d'arbres non loin de l'endroit où avaient vécu jadis ses parents. Ils passèrent devant des maisons de style colonial qui donnaient sur la rue d'un côté et sur une zone boisée de l'autre. Elle marchait en silence du même pas qu'Oliver. Ces demeures dataient de la fin du siècle précédent et appartenaient aux personnalités. Elles étaient plantées à bonne distance les unes des autres au milieu de grands parcs entourés de palissades. Par les portails des allées, Bella aperçut des jardiniers indiens occupés à arroser les gazons, tandis que de jeunes Chinoises balayaient les terrasses et passaient un chiffon sur le mobilier d'extérieur en osier.

— Avez-vous vu Norman Chubb ? s'enquit Oliver à brûle-pourpoint, en lui lançant un de ses sourires en coin.

Bella fit « non » de la tête.

— Il n'était pas là. J'ai parlé à un certain inspecteur en chef Johnson.

— Bah, il ne vous a pas été d'une grande aide, j'imagine.

— Il m'a dit qu'un incendie a détruit toutes leurs archives.

Oliver poussa un grognement.

— Comme c'est pratique !

— Vous n'en croyez rien ?

Il haussa les épaules.

— Et vous ?

Ils étaient arrivés devant le numéro 19.

— Nous y sommes presque, fit-il remarquer. Au 23, c'est cela ?

Bella acquiesça tout en continuant d'avancer. Les mots lui manquaient. C'était un sentiment étrange de penser que ses parents avaient autrefois arpenté cette rue, exactement comme elle le faisait alors. Quel rôle s'apprêtait-elle à jouer dans leur histoire ? Si tant était qu'elle y jouât un rôle.

Lorsqu'ils arrivèrent en vue du numéro 23, elle se figea.

— Mais on dirait que la maison a été laissée à l'abandon, fit-elle remarquer en contemplant les grands palmiers qui projetaient leurs ombres sur la bâtisse. Je ne m'attendais pas à cela.

— Je vais aller voir si le portail est ouvert, suggéra Oliver.

Mais après vérification, il s'avéra qu'un cadenas rouillé en interdisait l'ouverture, depuis longtemps à en juger par l'épaisse couche de corrosion qui en rongeait les ornements.

— Il y a peut-être une autre entrée ? lança Oliver.

— Quelqu'un vit peut-être encore ici…, suggéra Bella.

Oliver fit une moue dubitative.

— Ce n'est pas impossible, même si cela paraît peu probable.

Ils remarquèrent tous deux la peinture écaillée des portes et des fenêtres, ainsi que des pans de murs entièrement moisis qui avaient dû être autrefois d'un blanc immaculé. Une terrasse faisait le tour du premier étage. Elle était brisée en maints endroits. Des volets en bois pendaient, ayant cessé de protéger des fenêtres crasseuses. En fait, on eût dit que ses parents n'avaient pas même pris la peine de les fermer en quittant définitivement la maison.

— Ce devait être magnifique à l'époque, fit remarquer Bella.

Elle fut envahie par une onde de tristesse.

— Une bien belle demeure ! Ils menaient grand train.

Un coup d'œil suffit à Bella pour deviner sa pensée.

— Je sais que vous désapprouvez.

— Je n'ai rien contre les particuliers, c'est le système qui me déplaît. Nous venons dans ces pays et prenons le contrôle, comme si nous exercions un droit divin.

Elle le regarda s'éloigner le long d'une grille rouillée envahie par la végétation. Au bout d'un moment, il lança :

— Il y a un accès ici !

Doutant qu'il fût sage de suivre un homme qu'elle connaissait à peine dans un lieu abandonné – un homme précédé par sa réputation, en outre –, elle ralentit le pas. Elle s'était attendue à trouver une résidence occupée impeccablement entretenue, comme l'étaient toutes les autres, et à devoir se contenter de l'observer depuis la rue.

— Voulez-vous bien passer devant ?

— Ça marche !

Cet endroit oublié la décontenançait, mais elle finit quand même par s'approcher de l'ouverture par laquelle Oliver avait disparu.

— Faites attention ! lança-t-il. Il y a des ronces.

Bella remarqua qu'il avait ouvert une sorte de sentier dans la végétation. À présent hors de vue, il la pressait de le suivre. Pourtant, elle hésitait encore, et au bout de quelques instants, il resurgit dans la rue.

Le regardant bien en face, elle dit :

— Vous savez, j'ai l'impression de faire quelque chose de mal. Comme si je m'apprêtais à espionner le passé de mes parents.

Il s'approcha et lui tendit la main.

— Vous pouvez aller jusqu'au bout ou rebrousser chemin. Dans les deux cas, cela me va.

Elle inspira profondément pour s'aider à réfléchir avant d'expulser lentement l'air de ses poumons.

— Allons-y.

Ils pénétrèrent dans le parc et gravirent le perron de la maison pour s'arrêter au pied de ce qui avait été autrefois une imposante porte d'entrée, mais qui était désormais délavée par le soleil et dont le bois massif aurait eu grand besoin d'être passé à l'huile de lin. Là, Oliver frappa avant de tambouriner à l'aide de son poing.

Aucun bruit à l'intérieur ne semblait indiquer qu'on venait ouvrir.

Sous l'emprise d'un soudain regain d'énergie, Bella sauta au bas des marches et s'élança à toute vitesse, ne se retournant qu'une seule fois pour s'assurer que le journaliste suivait.

— Venez ! Je vais jeter un coup d'œil derrière.

Il la rattrapa et ils se mirent à courir l'un à côté de l'autre sur une allée de gravier constellée de nids-de-poule qui menait directement vers l'arrière de la demeure. Un étang asséché entièrement envahi par les mauvaises herbes en épousait les contours. Derrière la maison, ils découvrirent une vaste terrasse qui donnait sur un très grand parc.

— Bon sang ! s'exclama-t-elle, s'arrêtant pour contempler cette verdure. C'est la jungle, ici !

Pendant ce temps, Oliver regardait à l'intérieur par l'unique fenêtre poussiéreuse qui n'avait pas été condamnée. À l'instar des autres, elle avait dû être fermée par des planches, mais quelqu'un les avait enlevées.

— Nous ne sommes pas les premiers, semblerait-il.

— Vous voyez quelque chose ?

— Il reste quelques meubles.

Bella le rejoignit.

— Ce n'est pas possible que quelqu'un vive ici.

Oliver lui jeta un regard interrogateur.

— Je vais aller voir si l'une des portes de service est ouverte. Pas d'objection ?

Elle acquiesça. Il essaya d'ouvrir la plus grande, puis une autre, plus petite, située sur le côté du bâtiment. Il actionna la poignée, mais elle ne s'enclencha pas. Il appuya alors l'épaule contre le battant à la peinture écaillée et donna une forte poussée. Cette fois, la porte bougea sur ses gonds.

— Elle est pas fermée, lança-t-il. Juste coincée. Je pense pouvoir la débloquer.

Bella lui sourit en guise d'encouragement.

Il donna plusieurs poussées et la porte s'ouvrit enfin en grand dans un grincement retentissant.

— Venez, ordonna-t-il en lui tendant la main.

Mais Bella resta en retrait, faisant une moue réticente.

— Il n'y a personne ici, ajouta-t-il. J'en suis sûr.

— Ce n'est pas cela… J'ignore pourquoi, mais j'ai l'impression de commettre une indiscrétion, avoua-t-elle en haussant les épaules, un sourire désabusé aux lèvres.

— Si vous voulez, nous pouvons repartir. D'ailleurs, d'autres personnes que vos parents ont peut-être vécu ici depuis.

Bella fit un signe de dénégation.

— Quelque chose me dit que non.

Ils pénétrèrent dans une pièce où régnait la plus totale obscurité.

— Que la lumière soit ! s'exclama-t-il avant de mettre une main à sa poche et d'en sortir une torche.

Soudain, un faisceau lumineux éclaira le mur du fond où s'étalaient des rayonnages couverts de crasse. À mesure qu'Oliver dirigeait l'éclairage en direction de différentes parties de la pièce, Bella poussait de petits cris d'exclamation.

De lourds drapés de toiles d'araignées pendaient au lustre et voilaient également les angles de leur noirceur. Quelques chaises cassées étaient posées là en désordre sur une table branlante, et chacune était le siège d'un tas d'immondices. Les dalles du sol, recouvertes d'une épaisse croûte noire de cadavres d'insectes et de poussière, auraient eu besoin d'un bon récurage. De vieux journaux, de vieilles chaussures et quelques emballages dégoûtants gisaient là où on les avait abandonnés. Tout cela sentait le renfermé, la mort.

Ils déambulèrent dans les pièces du rez-de-chaussée envahies pas une végétation montée à l'assaut des encadrements de fenêtres autour desquels elle s'était enroulée.

Du liseron, songea Bella, *ou quelque autre plante capable de s'introduire dans les plus étroits interstices.* Bien malin qui eût pu se faire une idée de l'endroit du temps de sa splendeur. Les planchers avaient, jadis, dû luire de tout leur éclat, mais à présent il fallait enjamber les vides laissés par les lattes manquantes et faire attention aux planches pourries. Des meubles qu'on avait omis d'emporter étaient alignés contre les murs des salles de réception hautes de plafond. Lourdes pièces de mobilier malaisées à déplacer que personne n'avait pris la peine de déménager. Ici, les fenêtres n'avaient pas été condamnées ; en conséquence, ils purent constater que tout ce qui pouvait être emporté à bras d'homme, tel que les tables basses ou les lampes, avait disparu. Ils aperçurent d'autres mauvaises herbes qui se faufilaient par de petites fissures dans le plâtre des cloisons tachées de moisissure.

L'odeur de pourriture et de délabrement les accompagnait d'une pièce à l'autre, et dans chacune d'elles Bella s'arrêtait pour humer l'air. Une grande tristesse imprégnait inexplicablement cet endroit. Dès qu'elle avait compris que la maison était à l'abandon, elle avait espéré y trouver une grotte pleine de secrets, ce qui, au vu du nombre d'années écoulées, n'était guère réaliste. Cependant, elle ne décela pas même une indication de l'horrible tension qui avait dû forcément régner en ces lieux. Seul demeurait un relent de mélancolie.

Oliver, qui était parti devant, revenait à présent en sautillant d'enthousiasme. Bella se surprit à sourire lorsqu'il passa une main dans ses cheveux rebelles. *Il me plaît,* pensa-t-elle, *c'est plus fort que moi, quoi qu'en dise Rebecca au sujet de sa réputation d'homme à femmes.* Il était si pétillant de vie. Plus libre, plus franc que ces colons britanniques qui portaient leur sens du devoir et de l'honneur en bandoulière, sans oublier leur conviction d'agir pour le bien de tous. Pendant une seconde, elle envisagea de lui parler du billet anonyme.

Elle promena son regard alentour : il lui semblait que ses parents étaient partis précipitamment. Peut-être avaient-ils trouvé leur salut dans la fuite. Cette pensée la fit frémir.

— Ça va ? s'enquit Oliver.

Bella s'aperçut alors que malgré ses manières désinvoltes, son sourire était plein de tendresse.

Ils se tenaient à présent dans l'immense vestibule qui s'ouvrait sur un grand escalier majestueux.

— De l'acajou, fit remarquer Oliver. C'est déplorable de le voir dans cet état. Si nous montions ?

Bella hocha la tête.

Avec précaution, ils gagnèrent une grande galerie qui donnait à l'étage sur six portes ouvertes donnant elles-mêmes sur six chambres où entrait la lumière du soleil.

— Voilà qui est mieux ! s'exclama Bella, tout sourires.

Dans la première, les fenêtres étaient recouvertes de saleté, mais un grand lit – sans matelas – y trônait encore, ainsi que deux armoires massives. Bella supposa que l'une de ces chambres avait été celle de ses parents. Dans la deuxième, des portes vitrées s'ouvraient sur la terrasse. Peut-être était-ce celle-ci ? Elle actionna le loquet ; la porte s'ouvrit en couinant. Elle mit un pied dehors, prenant garde à éviter les trous dans le sol de la terrasse. La vue était superbe, et Bella imagina ses parents, se tenant exactement au même endroit, d'où ils pouvaient contempler leur magnifique jardin.

Quand elle fut de retour à l'intérieur, Oliver l'attendait près d'une porte latérale qu'il avait entrouverte.

— Venez voir, ordonna-t-il.

Elle traversa la pièce et s'arrêta sur le seuil d'une chambrette vide. Avait-ce été la chambre du bébé ? Elle n'avait relevé jusque-là aucune trace de sa mère dans la maison, sauf ici. Mais d'une façon inattendue. Dans cette chambre, la présence de sa mère était si forte qu'elle eut peine à se persuader que celle-ci n'y était pas. La pièce embaumait… le parfum.

Oliver avait ouvert les portes des placards encastrés mais n'y avait rien trouvé, à l'exception de quelques pétales et feuilles séchés. Il les broya dans sa main et, tandis qu'ils s'émiettaient et tombaient en pluie, s'exhala exactement le même arôme qu'avait senti Bella.

— Des herbes officinales, dirait-on, et des pétales de rose, peut-être, fit remarquer Oliver.

Elle le rejoignit et examina les placards.

— Que dites-vous de ça ? lança-t-elle, avant de se pencher pour tirer sur la poignée ivoire d'un étroit tiroir situé dans la partie inférieure.

Il semblait bloqué. Oliver sortit un canif de la poche de son veston et, après quelques minutes de crochetage, parvint à l'entrouvrir.

— Rien ! s'exclama-t-il.

— Faites voir. J'ai de plus petites mains.

Bella trouva aussitôt le fond du tiroir et toucha des doigts quelque chose de mou qui semblait être coincé. Elle tira doucement, puis plus énergiquement. Lorsqu'elle ressortit la main, elle tenait ce qui ressemblait à un châle de baptême en mousseline, à présent jauni, dans lequel était enveloppé un objet solide.

— Dieu du ciel ! s'exclama-t-elle, en soulevant sa trouvaille. Il est ancien.

— Qu'y a-t-il à l'intérieur ?

Bella ouvrit délicatement le châle et, devant sa découverte, ne put retenir ses larmes.

Chapitre 15

DIANA

Cheltenham, 1921

Tandis que l'homme en imper bleu monte l'escalier, je regrette soudain désespérément que Simone ne soit pas là. Elle m'a donné un cadeau pour Elvira à un moment où je me sentais démoralisée : un très beau hochet en argent. Il était si joli que lorsqu'elle m'a dit que cette sombre période ne durerait pas, je l'ai crue. Elle a été infirmière et s'efforce toujours de voir le bon côté des choses. Elle aurait su quoi dire à cet homme en imperméable. Tout ce qui me vient à l'esprit, c'est de courir me cacher dans ma salle de bains. Mais je sais bien que ce serait maladroit, même si je ne peux m'empêcher de penser que plus je paraîtrai folle, mieux ce sera pour tout le monde.

Arrivé au sommet de l'escalier, l'homme me tend la main.

— Mrs Hatton, je suis le docteur Williams.

— Je sais qui vous êtes, réponds-je, reconnaissant sa tête de fouine grisonnante et ses yeux bleus délavés. Nous nous sommes déjà rencontrés. Vous êtes le médecin des fous.

— On peut dire ça, en effet, même si nous préférons le mot « psychiatre ». Nous entrons ?

Il désigne ma porte du doigt, puis sourit, les bras croisés, guettant mes réactions.

Nous entrons et il s'installe sur l'une des deux chaises près de ma table basse.

La chambre me paraît soudain étouffante, et je suis prise du besoin de me mettre devant la fenêtre ouverte. Je traverse la pièce et lui tourne le dos avec raideur.

— J'aimerais savoir comment vous supportez le nouveau médicament. Malgré une légère amertume, le Véronal est d'ordinaire mieux toléré que les bromures, et il a un goût moins prononcé et moins désagréable. Vous le prenez tous les jours ?

Je pivote et réponds par un hochement de tête.

Ma foi, tout le monde ment, non ?

— Il me rend somnolente, dis-je, me souvenant de l'effet qu'il m'a fait les quelques fois où je l'ai pris.

— Autre chose ?

Je fais « non » de la tête. Il me regarde, et je pense : *Toi, je ne te fais pas confiance.*

— Vous avez joué de malchance, ajoute-t-il.

Je m'avance vers lui, furieuse.

— De « malchance » ? Est-ce ainsi qu'on appelle perdre un enfant désormais ? « Oh, ce n'est vraiment pas de chance ! Mais bon, ne t'en fais pas, tu pourras toujours en avoir un autre, hein ? »

— Vous en avez effectivement eu un autre.

— Ce n'est pas la question.

— Ne voulez-vous pas venir vous asseoir près de moi ? Dites-moi quelle est la vraie question.

Je réfléchis. C'est étrange, non, comme on sait d'ordinaire d'emblée à qui l'on peut se fier ? Et cette conversation ne me fera certainement pas changer d'avis sur le sujet.

— Mrs Hatton ?

Il sourit, mais cela lui coûte énormément, comme si sourire lui était quelque peu étranger.

— Très bien ! m'exclamé-je.

Là-dessus, je viens m'asseoir en face de lui, tournant le dos à la fenêtre, scrutant son visage. Figure plutôt agréable, j'imagine, mais tristement quelconque. D'un geste étudié et élégant, il rajuste ses lunettes sur son nez. *Comme la compagnie des belles choses me manque*, me dis-je. Mais je parviens tout de même à lui sourire.

— Votre mari me dit que vous ne sortez pas.

Je fais un gros effort sur moi-même afin de me contenir, mais finalement, je perds la bataille et me lève, exaspérée.

— Il vous a encore raconté des fables ? Eh bien, il se trompe. Je suis sortie au parc. Souvent, en fait. J'ai plaisir à regarder les bonnes d'enfants pousser les landaus.

— Vraiment ?

Son irritation est palpable, bien qu'il fasse tout pour qu'elle ne transparaisse pas.

— Vous pensez que je mens ? lancé-je d'un ton sec.

Car comment pourrais-je lui dire la vérité ?

Comment pourrais-je lui dire que je n'ose pas sortir, qu'à cette seule idée je suis prise de tremblements tels que je suis obligée de m'asseoir par terre et de m'accrocher aux pieds de ma chaise pour continuer de me sentir reliée à la terre ferme.

Il secoue la tête.

— Bien sûr que non. Vous ne voulez pas vous rasseoir ?

Il prend trop de gants avec moi, se montre même sur ses gardes, et je n'apprécie pas sa… sa condescendance, c'est le mot.

— Je suis bien debout, réponds-je.

Et je me dirige vers la porte, mais en tournant imperceptiblement la tête pour épier sa réaction.

Il se racle la gorge et me gratifie une fois de plus de ce pâle sourire dont il a le secret.

— Voulez-vous bien répondre à ma question, je vous prie ? Quand êtes-vous sortie ?

Je reste interdite, les yeux rivés sur mes chaussures, et je réponds en marmonnant :

— Je suis allée au parc. Personne ne m'a vue m'y rendre. C'est pourquoi ils ne le savent pas.

Je m'aperçois que j'ai l'air d'une gamine irascible et m'efforce de changer de ton.

— Désolée, je ne voulais pas m'emporter.

Il regarde fixement le plancher puis revient vers moi.

— Ces voix, que disent-elles ?

Prise de court, je ne sais pas quoi dire. Personne ne m'avait encore sommée de m'expliquer sur ce sujet. D'habitude, ils veulent que j'assure qu'elles ne sont pas réelles.

— Bah, vous savez…

— En fait, je ne sais pas, d'où ma question.

— Elles disent des choses diverses.

Je refuse de lui dire que parfois elles me terrorisent, se moquent de moi, m'accusent de choses abominables. Parfois, elles susurrent, et je dois cesser toute activité pour entendre ce qu'elles disent. Car il faut absolument que je le sache. Rien n'est plus horrible que de les savoir là sans pouvoir discerner correctement le venin qu'elles crachent.

Il fait une moue, et le silence s'étire jusqu'à ce qu'il reprenne la parole.

— Je voulais discuter avec vous de La Grange. Comme vous le savez peut-être déjà, c'est un établissement privé situé à Dowdeswell. Je…

Nous y voilà, au véritable but de sa visite. Comme la présence de Simone en cet instant me serait secourable ! Mais quand viendra-t-elle enfin ?

— Non, l'interromps-je brusquement. Je n'irai pas.

— Personne ne vous force à y aller. C'est simplement que votre mari et moi-même pensons que vous êtes trop isolée ici.

— Et si je refuse ?

Chapitre 16

La nacre rose irisée d'or du petit matin avait laissé la place à une chaleur de plomb. Bella fut prise de vertige et d'une bouffée nauséeuse tandis qu'elle regardait fixement le hochet en argent et en ivoire. La boule d'argent était un peu ternie, mais moins qu'on aurait pu s'y attendre. Quant au manche en ivoire, bien que jauni, il était intact. Elle le tint dans la lumière.

— Regardez, il y a quelque chose d'écrit.

Elle passa le doigt sur la minuscule inscription.

— Trois cœurs et trois initiales : D. D. E., Diana, Douglas et Elvira. Ma mère, mon père et ma sœur.

Sur un côté du pommeau en argent étaient gravés un tout petit chien et les onomatopées « Ouaf-ouaf-ouaf ». Sur l'autre, on pouvait lire le titre de la comptine *Who Killed Cock Robin*. Bella réprima un sanglot. Sa sœur disparue était devenue soudain très réelle.

Oliver lui tapota délicatement la main.

— Sortons, vous avez besoin d'air.

Elle ne fut pas mécontente de quitter la touffeur humide de la maison. À l'extérieur, la chaleur était toujours accablante, mais plus supportable. Elle considéra le foisonnant fouillis de cette végétation qui, nul doute, avait dû être autrefois un jardin splendide.

— Est-ce là tout ce qui reste, à votre avis ?

Oliver haussa les épaules.

— Difficile à dire.

L'attention de Bella fut attirée par une trouée dans les buissons qui constituaient une sorte de barrage au fond des hautes herbes.

— Vous croyez que…

— Cela doit bien mener quelque part !

Le soleil dardait ses rayons brûlants sur la nuque de Bella ; elle en sentait également la brûlure contre son dos, à travers la mince épaisseur de coton de sa robe. Tandis qu'ils se frayaient un chemin dans la verdure, le fait de se trouver ainsi dans le parc la ramena en arrière. Elle vit sa mère, silhouette baignée de soleil, marchant devant elle en direction de cette même trouée. Bella aurait voulu pouvoir l'appeler et l'arrêter en lui posant une main sur l'épaule. Tout eût-il été différent, si cela avait été possible ?

Sa vision s'estompa.

Oliver marchait devant à présent, rabattant le lierre et les broussailles.

— Il y a un sentier, lança-t-il d'une voix enthousiaste.

Marchant dans ses pas, ce fut à peine si elle sentit la griffure des épines acérées des fourrés sur ses bras et ses jambes nus. Des battements d'ailes l'avertirent de la présence d'oiseaux, envol dans lequel elle vit le signe que la vérité n'était pas bien loin.

Au bout du sentier, Bella, émergeant dans la lumière du soleil, laissa errer son regard sur une vaste étendue. Ils tentèrent de contourner cette partie-là du parc, mais leur avancée fut entravée par une friche de plantes tropicales. Il y avait également des arbres, beaucoup d'arbres. Oliver pointa du doigt un énorme acacia de Birmanie, dont les marbrures du tronc semblaient s'enrouler vers le ciel pour s'épanouir en une couronne tentaculaire qui projetait son ombre au sol.

— Comment s'appelle celui-ci ? s'enquit Bella en lui montrant un arbre qui faisait bien dix mètres de haut et environ douze de circonférence.

— On l'appelle ici « La Perle de la Birmanie ». C'est un arbre à orchidées.

Bella hocha la tête et poursuivit son inspection du parc, chassant d'un geste ample de la main les insectes qui bourdonnaient dans ses cheveux et près de ses yeux. Plus loin à l'écart, une plante grimpante à fleurs rouges en grappes s'élevait à la verticale à travers le feuillage d'un autre arbre en quête de lumière. Plus loin se trouvaient les vestiges d'une construction d'aspect noirâtre et délabré.

— Ce devait être un pavillon d'été, suggéra Bella. Détruit par un incendie. Quel dommage !

Encore un peu plus loin, la vue d'un arbre dont la circonférence du tronc battait tous les records lui arracha un petit cri d'émerveillement.

— Le tamarinier, dit Oliver.

Elle resta en admiration devant le feuillage duveteux vert vif du colosse. Il faisait au moins dans les vingt-cinq mètres de haut. Son tronc s'était ramifié en trois parties, ce qui permettait à la cime de capter un maximum de lumière en couvrant une surface gigantesque. Le bébé dans son landau n'avait pas dû manquer d'ombre.

Oliver remarqua que Bella ne disait plus rien.

— Ça va ?

Elle fit signe que cela allait et s'approcha du pavillon d'été calciné. Oliver la suivit et se mit à arracher des lianes.

— Vous ne trouverez rien ici, fit-elle remarquer.

— Peut-être que non.

Il continua néanmoins son arrachage, ne s'interrompant que pour essuyer la sueur de son front.

— Je vais vous aider, lança-t-elle.

Oliver avait retroussé ses manches. À la vue de ses muscles bronzés, elle sourit de le voir ainsi s'escrimer. Cela faisait bien longtemps qu'elle n'avait pris un tel plaisir à la compagnie d'un homme. Sa présence, elle s'en rendait compte, l'aidait à garder les pieds sur terre. Venir seule en ces lieux eût probablement été plus qu'elle n'en pouvait supporter. Il n'était pas seulement cet homme décontracté qui l'avait abordée à la réception, et cela l'emplissait d'aise.

Tandis qu'elle restait là à contempler ce jardin plein de mystère, les bruits de la ville furent occultés par le chant des oiseaux qui, seul, rythmait désormais la besogne d'Oliver. Sentant la torpeur la gagner et oubliant qu'elle avait proposé de lui donner un coup de main, elle suivit des yeux les mouvements ondoyants de vols de papillons jaunes en suspens au-dessus des broussailles au fond du jardin. Là, elle repéra les vestiges d'un portail couvert de plantes grimpantes. C'est à cet instant qu'Oliver l'appela.

Elle accourut, et il lui présenta une boîte noircie en métal.

— Elle était enfoncée dans la terre sous un débris de plancher.

Il la lui remit.

Elle essaya de soulever le couvercle, mais il refusa de céder.

— J'ai toujours mon canif, rappela-t-il. Il devrait faire l'affaire.

— Avez-vous réellement une solution à tout ?

— Faut voir. Mais ça s'pourrait !

Là-dessus, il l'inonda de son sourire.

Munie du canif d'Oliver, Bella souleva petit à petit le couvercle. La première chose qu'elle vit en ouvrant la boîte fut une photo jaunie de ses parents, se tenant qui par le cou, qui par la taille, le visage rayonnant de bonheur.

Elle éprouva une forte amertume, qui vint se mêler à la nostalgie qu'elle réprimait depuis longtemps. Elle n'avait pas aimé sa mère. C'était du moins ce dont elle était parvenue à se convaincre. Se voulant forte. Que sa mère ne l'aimât pas n'était pas non plus son problème. Mais elle s'était menti pendant toutes ces années.

Pensant à Diana, elle se perdit dans la contemplation des branches du tamarinier qui retombaient doucement et se protégea les yeux des rayons de lumière vive qui tombaient entre les feuilles avec trop d'éclat. L'intensité du soleil, ajoutée au bourdonnement assourdissant qui emplissait l'air, la fit se sentir mal, et elle essaya de se raccrocher à Oliver.

Tandis qu'il lui tenait longuement la main, Bella fut certaine d'une chose : quoi qu'il fût arrivé dans ce parc, sous ce même arbre, sa mère en avait été changée à jamais, et probablement aussi son père. Elle eut soudain la pénible sensation de savoir qui avait été sa mère avant que ce drame ne fasse voler sa vie en éclats et ne détruise sa santé mentale. Serrant ses bras autour de son corps, elle sentit la douleur de l'irréversible l'envahir. Quoi qu'elle ait pu penser autrefois, quels qu'aient été ses regrets, l'histoire de ses parents était aussi son histoire personnelle.

Chapitre 17

Diana

Cheltenham, 1921

Plus je sombre dans la dépression, plus c'est difficile pour Douglas. Il porte toujours le même parfum : l'eau de toilette de chez Trumper. Je reconnaîtrais n'importe où ce mélange de cumin, d'orange et d'essence de néroli. Mais nous ne nous adressons plus la parole désormais que pour nous disputer, et je n'ai aucune chance de l'emporter face à la logique de ses raisonnements. Cela fait très mal. Plus j'y réfléchis, et plus les idées s'emmêlent dans ma tête. Pour y mettre fin, je descends et sors dans le jardin par la porte-fenêtre du salon. Malgré le froid mordant, cela m'apaise de voir les oiseaux lisser leurs plumes dans la vasque qui leur est destinée sur la terrasse. J'ai une véritable passion pour ces oiseaux. Leur chant me redonne le moral, et j'ose même reprendre un peu espoir. L'espoir ! Ce simple mot n'est-il pas merveilleux ?

Peut-être les choses changeront-elles. Peut-être parviendrai-je un jour à me souvenir vraiment de ce qu'il s'est passé à Golden Valley. Et si cela se produit, alors peut-être que ce ne sera pas aussi affreux que je le redoute.

Le beau temps est instable aujourd'hui ; le soleil pâlit derrière un voile de nuages fins et clairsemés. Comme c'est étrange que par une glaciale journée d'hiver comme celle-ci, tout ce qui occupe mes pensées soit le soleil radieux qui brillait de tous ses feux ce jour-là à Rangoon ! Il était énorme, tout rond et d'une chaleur torride. Il continue de m'aveugler aujourd'hui, et j'ai beau fermer les yeux pour m'en protéger, sa lumière reste piégée sous mes paupières.

Quant à Douglas… Ma foi, j'étais aimée de lui ; mais en un instant, il a cessé de m'aimer. Il le cache, bien sûr, mais je devine malgré ses sourires nerveux et son ton laconique que le chagrin le mine profondément. Lui aussi se sent vide à présent, comme si la vie le désertait petit à petit. Pourtant, je me souviens de la douceur de ses lèvres sur les miennes et de la tendresse de son regard, et aussi de l'immensité de son amour, au point que nous ne faisions plus qu'un.

Je me convaincs que je veux me souvenir de ce qui est arrivé ; sincèrement. Mais chaque fois que j'essaie, ma tête est prise dans un étau de douleur et ma mémoire devient fuyante comme un serpent. Tous les médecins entonnent le même refrain : je n'ai pas la force d'admettre les faits, alors je les refoule dans mon inconscient.

Je continue de faire des rêves, cela dit. Mais ils ne m'apportent aucun éclairage, car chacun est différent du précédent. Je ne me souviens absolument pas d'être rentrée en Angleterre. Tout ce dont je me souviens, c'est que j'ai été assignée à résidence ; et l'instant d'après, ou du moins selon toute apparence, j'étais de retour ici.

Chapitre 18

En prévision de leur visite dimanche au *Pegu Club*, Edward portait un élégant costume de lin de couleur claire, et Bella une robe de journée bleue à pois blancs cintrée à la taille par une ceinture en cuir rouge. Elle avait attaché ses cheveux en arrière et était coiffée d'un chapeau blanc à large bord orné d'un ruban rouge assorti à sa ceinture. Tout en ne sachant toujours pas quoi penser d'Edward, elle souhaitait néanmoins apparaître sous son meilleur jour et produire chez lui une impression favorable.

En chemin, ils passèrent devant les habituels édifices coloniaux aux façades ornées de voussures, d'encorbellements et de colonnes ouvragées. Ces bâtiments avaient nettement pour vocation d'asseoir le pouvoir et l'invincibilité de l'occupant sur l'occupé. Puis ils longèrent les résidences privées à corniches conçues pour abriter les délicats épidermes britanniques du baiser brûlant du soleil birman.

— Plutôt exceptionnel, non ?

Elle n'eut pas le temps de rassembler ses idées pour répondre que, déjà, il lui demandait comment la vie à Rangoon se passait pour elle. Elle lui relata donc son entretien avec l'inspecteur en chef Johnson.

Edward l'écouta attentivement en fronçant les sourcils, puis réfléchit un instant.

— C'est un bon gars, mais vous auriez vraiment dû m'en parler d'abord. J'aurais fait les présentations en bonne et due forme. Je connais tout un tas de gens, comme vous devez vous en douter.

— Vous travaillez pour la police ?

— Pas précisément. Je suis conseiller auprès du haut-commissaire, entre autres choses. En tout cas, vous serez ravie d'apprendre que j'ai fait ma petite enquête.

— Et ?

Décidément, Edward était toujours content de lui.

— Il semblerait que votre mère ait eu un comportement bizarre à l'époque de la disparition du bébé, et cela a donné lieu à des soupçons de culpabilité et, pour finir, à son placement en résidence surveillée.

— Bizarre comment ?

Il fit une moue dubitative puis se passa une main sur le menton, comme s'il avait quelque réticence à répondre.

— Poursuivez, je vous en prie.

— Je crois qu'on l'a surprise en chemise de nuit en train de remuer la terre en tous sens.

Il poursuivit en lui expliquant que Diana avait eu les mains et les ongles noirs de terre, ce qui avait incité les enquêteurs à la soupçonner d'avoir fouillé l'endroit où elle avait enterré le bébé. Bella imagina l'horrible scène. Sa mère pleurant à genoux…

— L'*ayah* a témoigné du fait que l'enfant pleurait sans interruption, et que ses cris éprouvaient considérablement les nerfs de votre mère, à tel point qu'à plus d'une reprise, elle était entrée dans une fureur noire. Ils en ont déduit qu'elle avait essayé de faire taire le bébé, mais qu'elle était allée trop loin.

Bella secoua la tête de consternation.

— La police a entièrement retourné le jardin et n'a rien trouvé, à l'exception d'un unique chausson de bébé rose, expliqua Edward.

— Celui d'Elvira ?

— J'imagine que oui. Je n'ai pas été en mesure d'établir exactement les faits, mais il semblerait que, finalement, vos parents soient retournés en Angleterre. Ils n'ont même pas vendu la maison avant de partir.

— Donc, l'innocence de ma mère a été prouvée ?

Il fit la grimace.

— Pas officiellement. L'enquête est restée ouverte pendant quelque temps. Apparemment, rien n'a été prouvé, ni dans un sens, ni dans l'autre.

— Pourquoi l'ont-ils laissée partir ?

— Selon moi, l'affaire a dû faire un tel raffut que les autorités en ont conclu que c'était la meilleure chose à faire. Ils n'avaient aucune preuve solide ; en tout cas, je n'en ai pas trouvé. Je pense que l'éventuel fin mot de l'histoire a été passé sous silence voilà longtemps.

Bella poussa un soupir.

— L'inspecteur Johnson m'a dit qu'un incendie avait détruit les archives de la police.

— Exact.

— Alors, comment avez-vous appris tout cela ?

Edward haussa les sourcils.

— Je vous l'ai dit, je connais tout un tas de gens.

— Je suis allée voir la maison, vous savez.

Il parut surpris.

— Toute seule ?

Elle fit signe que non, mais pour une raison qu'elle n'aurait su s'expliquer, elle ne souhaita pas lui dire qu'elle y était allée avec Oliver. Elle ne lui révéla pas non plus le projet qu'ils avaient de se revoir à son prochain jour de congé.

— Elle est dans un état lamentable, dit-elle à la place.

— Oui, je vous crois. Vous vous rendez compte que vous en êtes probablement propriétaire à présent ?

— Vraiment ?

— Comme je vous le disais, vos parents ne l'ont pas vendue.

— Comment le savez-vous ?

Il hésita un instant.

— Quasiment tout le monde le sait. Il vous faudra passer par tous les canaux officiels au bureau de l'officier d'état civil, bien sûr, attester de votre identité et fournir un certificat de décès pour votre père, ce genre de chose.

Bella eut quelque difficulté à assimiler la nouvelle. D'étrangère dans ce pays, elle était devenue en quelques secondes potentiellement propriétaire de cette énorme maison.

— Vous voudrez sûrement la revendre. Faites-moi simplement signe le moment venu. Je vous l'achèterais volontiers. Évidemment, elle a besoin de travaux. De beaucoup de travaux.

Bella hocha la tête et, désirant changer de sujet, entreprit de savoir qui elle était susceptible de rencontrer au *Pegu Club*.

À la périphérie de la ville, ils parvinrent à proximité du club. Bella aperçut un immense édifice victorien entièrement entouré d'arbres et ceint d'une terrasse ombragée. L'air embaumait le lourd parfum du jasmin et des frangipaniers. Edward expliqua que le bâtiment avait été construit essentiellement en tek dans les années 1880 à l'usage d'officiers de l'armée britannique et d'administrateurs civils. L'endroit avait la réputation d'être l'un des plus célèbres clubs de gentlemen de l'Asie du Sud-Est, dans le genre du *Tanglin Club* de Singapour.

— Seuls les membres y sont admis, ajouta-t-il. Ce sont surtout des officiers de haut rang, des hauts fonctionnaires et des hommes d'affaires importants. Hélas, c'est un peu une relique du passé aujourd'hui. Les temps changent, et parfois, c'est bien dommage.

— Uniquement des messieurs ?

— Plus de nos jours, du moins pas les week-ends. Autrefois, le club passait pour le véritable siège du pouvoir en Birmanie.

Ils pénétrèrent dans le pavillon privatif aux parquets rutilants où de grands ventilateurs de plafond brassaient un air tiède.

Une main ferme sur le creux des reins de la jeune femme, Edward la fit passer devant la salle de billard, puis devant une vaste salle à manger, avant de la faire entrer dans une pièce sombre mais confortable située à l'arrière du bâtiment. Elle put admirer les mines blasées d'hommes entre deux âges qui fumaient le cigare ou qui se cachaient derrière leur journal tandis que leurs épouses souriaient de façon béate en buvant à petites gorgées du gin avec des glaçons.

Une fois assis, tous deux confortablement installés dans des fauteuils râpés en cuir marron, Edward suggéra à Bella d'essayer le cocktail *Pegu* pour l'apéritif.

— C'est notre boisson emblématique : gin et jus de citron vert.

Elle acquiesça, s'étant déjà persuadée que ne pas boire d'alcool dans ce pays était chose impossible, mais elle se promit de se limiter à un seul verre. Elle ne s'était pas soûlée avec Rebecca, le jour de leur excursion dans le quartier chinois, n'ayant pas osé aller jusque-là, mais elle avait néanmoins descendu deux bouteilles de bière, et cela lui avait suffi.

Ils furent servis dans des verres refroidis agrémentés d'une rondelle de citron vert. Bella goûta et crut reconnaître une saveur de pamplemousse.

— Très rafraîchissant, dit-elle, tandis que le gin se répandait dans ses veines et lui montait directement à la tête.

Profitant d'une pause dans la conversation, Bella jeta un coup d'œil à la clientèle alentour. Elle était exactement comme Edward l'avait décrite, et même un dimanche, les tenues conventionnelles étaient de rigueur. Les quelques femmes, vêtues principalement de robes à fleurs à col montant en coton franchement terne, parlaient à mi-voix sur fond de vrombissement sonore des voix masculines.

— Le club porte le nom du Pegu, un fleuve de Birmanie, expliqua Edward.

— Cet endroit est-il réservé aux Britanniques ?

Edward se rembrunit.

— Je crains que nous ne soyons de la vieille école. Pas d'Asiatiques. Je sais que les choses changent et que certains pensent que nous devrions changer avec elles, mais...

Là-dessus, il écarta les bras, paumes vers le ciel, dans un haussement d'épaules.

Bella songea à ce qu'aurait pu répliquer Oliver. C'était exactement ce qu'il abhorrait chez les colons britanniques, et probablement à juste titre. Elle n'approuvait pas non plus l'attitude éhontément antibirmane de ses compatriotes et se rendait bien compte que ces gens bornés se faisaient un devoir d'affirmer par tous les moyens la supériorité de l'autorité britannique.

Edward se racla la gorge et glissa un doigt à l'intérieur de son col de chemise pour en faire le tour. Quelqu'un de moins avisé que Bella eût pu jurer qu'il était nerveux.

— Écoutez, Bella, commença-t-il. J'ai bon espoir que vous me permettrez de vous emmener dîner dans un endroit tranquille un de ces soirs. Rien que nous deux.

Surprise, Bella le dévisagea.

— Pour faire mieux connaissance, ajouta-t-il, tout sourires. Serait-ce une si mauvaise idée ? Pour votre prochaine soirée de congé.

—Non... Je veux dire, bien sûr, ce n'est pas... C'est juste que...

Elle n'acheva pas sa phrase.

—À moins que vous ne préfériez m'accompagner à la prochaine réception qui aura lieu chez le gouverneur ?

Elle s'apprêtait à répondre lorsque Edward s'excusa du regard et se leva.

—Ah, voici ce vieux Ronnie Outlaw. Il sera peut-être en mesure de vous aider.

Bella se leva également.

L'inconnu qui s'approchait à présent de leur table était manifestement à la retraite. Il marchait en boitillant et s'aidait d'une canne à embout d'argent. Une gigantesque moustache compensait l'absence de cheveux sur son crâne. Il se tint au garde-à-vous tandis qu'Edward lui donnait une tape dans le dos et lui expliquait que Bella souhaitait rencontrer des personnes susceptibles d'avoir connu ses parents, les Hatton.

Ronnie Outlaw plissa ses yeux bleus larmoyants tout en se dirigeant vers un fauteuil en traînant les pieds.

—Je les ai un peu connus, mais j'étais en poste à Mandalay en ce temps-là, alors nos chemins ne se sont pas souvent croisés. Cela s'est mal terminé pour eux, je crois ?

Il haussa les sourcils, chercha le regard d'Edward qui confirma d'un hochement de tête.

—Il n'avait pas contrarié quelques personnes haut placées par ses décisions de justice quand il était président de la Cour ? demanda Ronnie.

Edward confirma de nouveau.

—Alors, d'où nous arrivez-vous, jeune demoiselle ? poursuivit Ronnie.

—Cheltenham, répondit-elle avec toute la bonne grâce dont elle était capable.

—Le collège pour jeunes filles ?

Elle acquiesça, se demandant en même temps à qui son père avait bien pu déplaire.

Ronnie resta sans rien dire pendant quelques secondes, et Bella se demanda si c'était tout ce qu'il avait à lui révéler. Mais bientôt son regard s'éclaira.

— J'ai quelque chose à vous raconter. Quand nous sommes finalement venus nous installer à Rangoon, Florence, ma femme, est devenue amie avec cette… Simone quelque chose. Simone… flûte ! Comment s'appelait-elle ? La femme du docteur. Bref, je suis presque certain que cette Simone était proche de votre mère.

— Savez-vous où elle habite ?

— Pas du tout, mais je crois que Florence entretient une correspondance avec elle. Vous savez quoi ? Pourquoi ne demandez-vous pas à la sœur d'Edward de vous emmener à la Corniche aux commères ? Toutes les femmes s'y retrouvent. Vous pourrez tailler une bonne bavette avec Florence. Dites-lui que vous êtes allée à l'école à Cheltenham, et elle sera votre amie pour la vie.

— Ah ?

Un bref silence s'ensuivit avant qu'il ne reprenne la parole :

— Notre fille Gracie y a été pensionnaire pendant quatre ans.

— Vit-elle à Cheltenham à présent ?

Ronnie baissa les yeux puis les releva tristement vers elle.

— Hélas, non. Elle a attrapé la malaria ici. Elle n'a jamais fêté ses seize ans.

— Je suis vraiment désolée.

— Merci.

Un autre silence s'ensuivit pendant lequel Bella fut en peine de savoir quoi dire. Par chance, Edward vint à sa rescousse, remerciant Ronnie pour son aide et lui proposant un *stengah*, une boisson composée de whisky et d'eau gazeuse.

— Je me suis laissé dire par Gloria que vous avez des contacts dans le monde du spectacle, lança-t-elle, après que Ronnie eut terminé son verre et les eut laissés seuls.

— Oui, oui, c'est le cas. Je peux parler de vous, si vous voulez.

— Ce serait vraiment formidable, répondit-elle avec un grand sourire. Vous savez, pour après la Birmanie.

— Dans ce cas, parlez-moi de votre rêve.

— Voyager et continuer de chanter pour gagner ma vie, bien sûr.

— J'aime les filles indépendantes, répliqua-t-il en riant.

Puis il se pencha en avant pour lui presser l'épaule.

Après avoir passé l'angle du couloir qui menait à sa chambre, Bella fit halte. Elle avait demandé à Edward de la déposer un peu à l'écart de l'hôtel, afin de se ménager quelques instants de réflexion. Cela avait été une erreur, il faisait trop chaud. Pour l'instant, hormis Rebecca, personne n'était au courant du billet anonyme, mais celui-ci continuait de la préoccuper. Le diseur de bonne aventure lui avait dit que sa question de savoir à qui elle pouvait se fier n'était pas la bonne question et qu'elle partirait bientôt en voyage. À ce jour, rien ne semblait indiquer qu'il avait vu juste. De toute façon, ce n'était probablement qu'un tas d'inepties.

Malgré son besoin de prendre l'air, la chaleur étouffante l'avait finalement obligée à rentrer, prise de tournis dans une robe trempée de sueur. Les après-midi étaient totalement insupportables. Il n'était donc guère étonnant que la plupart des Britanniques disparaissaient chez eux pour faire la sieste, même si la canicule s'infiltrait par les murs les plus épais. Avant de la quitter, Edward avait renouvelé son invitation à l'accompagner à une réception chez le gouverneur. Lorsqu'elle l'avait remercié et avait dit qu'elle était d'accord, il avait paru sincèrement ravi et avait promis de lui faire connaître la date en temps et en heure. C'est alors qu'elle s'était décidée à lui parler du billet.

Chapitre 19

Lors de sa soirée de congé suivante, Bella se tenait dans le hall d'entrée de l'hôtel où elle attendait Gloria. Elles devaient se faire conduire à la Corniche aux commères, malgré les sentiments mitigés de Bella à ce sujet. Tout en souhaitant savoir si Florence Outlaw était en correspondance avec l'amie de sa mère, Simone, cette affaire l'emplissait d'un sentiment de lassitude. Plus tôt dans la journée, elle avait appelé les bureaux de la *Rangoon Gazette* où elle avait accepté de retrouver Oliver. Mais elle avait été déçue d'apprendre que le journaliste était parti en reportage hors de la ville et qu'on ne savait pas quand il rentrerait.

« Vous pensez savoir à qui vous fier ? Cherchez mieux… »

Elle avait accordé sa confiance à Oliver. Il lui plaisait même beaucoup. Qu'en était-il de Gloria ?

Bella chassa ses doutes puis s'assit sur l'un des divans à rayures, sirotant le verre d'eau glacée qu'elle avait commandé. Bientôt, son amie lui fit jovialement signe de la main depuis l'entrée dans une débauche de chapeau, de gants, de talons hauts et de parfum. Sa robe, ce jour-là, était écarlate, arborait un grand décolleté blanc et était cintrée à la taille.

— Ma jolie, pressons. Nous allons rater le plus croustillant ! lança Gloria.

Puis elle ajouta en aparté :

— Même si, pour être franche avec vous, j'y vais seulement parce que si je n'y allais pas, ce serait sur mon compte que ces vieilles biques déblatéreraient.

Bella esquissa un sourire ironique.

— Assurément pas ! Que pourraient-elles bien trouver à colporter sur vous ?

Gloria gloussa.

— Continuez à me fréquenter, ma petite, et je vous le dirais.

Le portier leur tint la porte ouverte, et dès qu'elles furent assises à l'arrière de la voiture, elles poursuivirent leur conversation.

— En fait, dit Bella, vous m'avez promis de me raconter votre histoire si j'allais à la soirée piscine. J'ai honoré ma part du marché.

Gloria leva les yeux au ciel.

— Vous avez raison. Et tout ce qu'il en est ressorti est que vous avez fait la connaissance de ce Donohue.

— Oliver.

— Lui-même. Je vous accorde qu'il est scandaleusement séduisant… avec ses yeux bleus à damner une sainte ! Je reconnais avoir bien un peu badiné avec lui. Mais n'est-ce pas le cas de nous toutes ? Quoi qu'il en soit, il n'est pas…

— Il n'est pas quoi ?

— Des nôtres.

— Je n'aurais pas cru que cela vous dérangerait.

Gloria prit un air méprisant.

— Ma foi, cela ne me dérange pas, pas vraiment. Mais je n'en ferais pas une relation. Vous l'avez revu, n'est-ce pas ?

Bella l'observa bien attentivement.

— Et comment le savez-vous ?

— L'ironie veut qu'à Rangoon – ville mystérieuse s'il en est –, il est impossible de bouger le petit doigt sans que cela se sache.

Bella se rembrunit.

— Pourquoi les gens s'y intéressent-ils ?

— Parce que Oliver Donohue a mauvaise réputation.

— Au sujet des dames, je sais.

— Bah, s'esclaffa Gloria, cela n'a rien d'extraordinaire. Tout le monde ici a des liaisons. C'est presque obligatoire. Loin de moi l'envie de faire capoter une amitié naissante, mais il a été mêlé à quelque affaire louche.

— « Louche » ? Quel genre ?

Gloria haussa les épaules.

— Ce n'est qu'une rumeur, mais disons que vous risquez de vous mettre en danger.

— Vous ne pouvez pas vous en tenir là.

— Je n'en sais vraiment pas davantage. Mais mon frère en sait sûrement plus.

— Êtes-vous au courant qu'Edward m'a invitée à dîner ?

— Il vous apprécie.

— Mais il est marié.

Gloria éclata de rire.

— Et ?

Bella se sentit rougir.

— Allons, ma jolie. Son mariage n'est que pure formalité. Et c'est un homme important. Vous pourriez faire bien pire bourde.

— Que de devenir la maîtresse d'un homme marié ?

— Ne soyez pas si collet monté. Ce n'est qu'un dîner.

— Vous a-t-il demandé de me convaincre ?

— Vous voilà carrément méfiante.

— De toute façon, j'ai accepté finalement de l'accompagner au dîner du gouverneur.

Gloria ouvrit de grands yeux.

— Eh bien, voilà un honneur.

Elles se turent jusqu'à ce que la voiture s'arrête aux lacs et que le chauffeur leur ouvre les portières arrière. En descendant, Bella contempla le paysage. Elle avait déjà pu se rendre compte que Rangoon s'animait soudain peu après l'heure du thé, que celui-ci soit pris ou non avec du lait condensé. Ce jour-là ne faisait pas exception. Le soleil avait perdu de son ardeur, mais le ciel restait d'un bleu immaculé. Ces dames furent accueillies à leur arrivée par les notes d'une musique militaire qui leur parvenaient depuis un pavillon au loin. Lorsque d'autres dames descendirent de voitures avec chauffeur, il devint évident que la compagnie appartenait à la classe la plus aisée et la plus privilégiée. La Corniche aux commères était un endroit réellement magnifique surplombant les lacs royaux. Un calcul approximatif apprit à Bella qu'au moins une vingtaine de femmes étaient déjà réunies, tandis que des dizaines de jardiniers indiens étaient encore à pied d'œuvre.

— Je n'en reviens pas de voir comme c'est vert ! s'exclama Bella en contemplant la vaste étendue de gazon couleur émeraude, où des oiseaux qui ressemblaient aux sansonnets sautillaient çà et là. Chaque fois qu'il me semble m'habituer à cet environnement, un nouvel aspect me surprend.

— Ils utilisent l'eau du lac pour entretenir la pelouse.

Des arbres à différents stades de floraison entouraient l'immense lac, et une multitude de fleurs et de plantes grimpantes qui bordaient les rives entraient de manière éclatante en contraste avec l'admirable et ample azur de l'eau.

— De quoi parlent ces femmes ? s'enquit Bella à voix basse tandis qu'elles se mettaient en route.

— Souvent des dernières nouvelles. Vous voyez le genre. Ce qu'il se passe dans le monde. Cela nous aide à rester informées. Des nouvelles locales aussi, bien sûr.

— Rien de plus personnel ?

— Si nous allions les saluer ? Vous vous rendrez compte par vous-même.

Sur ces mots, Gloria lui pressa légèrement l'épaule en guise d'encouragement.

— Elles ne mordent pas, ajouta-t-elle.

La plupart de ces dames portaient de jolis chapeaux et étaient vêtues à la dernière mode dans des robes droites à motifs discrets dont l'ourlet tombait à mi-mollet et les manches au coude. Malheureusement, ce style n'allait pas vraiment aux plus grosses et aux plus mûres d'entre elles. Celles-ci étaient bien plus âgées que Gloria. De l'avis de Bella, elles eussent gagné à ne pas adopter servilement les derniers styles en vogue. Dans le groupe figuraient quelques jeunes femmes qui, pareilles à des papillons colorés, hésitèrent un instant avant d'aller voir plus loin.

« Ma chérie, voici Annabella Hatton », répétait Gloria à l'envi, tandis qu'elle présentait Bella à une dame après l'autre.

Lorsqu'un petit groupe de cinq personnes se fut constitué, la conversation s'orienta vers l'histoire d'une barmaid.

— Lamentable ! décréta l'une des femmes les plus âgées en s'éventant à une allure grandissante et dans l'incapacité de dissimuler sa jubilation.

— On n'a pas idée ! Une Anglaise racolant dans la rue ! surenchérit une autre.

— Et ce sera quoi la prochaine fois ? Et vous avez entendu… C'est à peine si j'ose le répéter…

Tandis que la commère en question s'interrompait, Bella devina qu'elle voulait à tout prix en imposer à ses amies.

— Oh, mais si, raconte, Wendy.

— Tu n'as pas le droit de nous faire attendre.

Wendy les regarda à tour de rôle.

— Eh bien, je le tiens de source sûre : elle racolait des coolies indiens.

Pendant que les autres restaient bouche bée, Gloria fit un clin d'œil à Bella, qui ne put s'empêcher de sourire.

Après cela, Gloria entraîna Bella à l'écart, en direction d'une femme fraîchement arrivée sur les lieux et qui se dirigeait vers le bord de l'eau.

— Florence ! héla Gloria.

Elle agita frénétiquement la main avant de susurrer à Bella :

— C'était bien à Florence Outlaw que vous vouliez parler ? Edward m'en a touché deux mots.

Bella confirma d'un hochement de tête.

Florence Outlaw avait une chevelure grise relevée avec soin en chignon et un doux teint rosé. Elle accueillit Gloria avec un grand sourire tout en s'avançant vers elles d'une lente démarche chaloupée en compagnie d'un petit chien blanc qu'elle tenait en laisse.

— Florence, voici mon adorable nouvelle amie, Bella.

— Mon mari m'a parlé de vous. Quelque chose en lien avec Simone. Quelle jolie femme ! Elle a les yeux couleur ambre, vous savez. C'est si rare !

— Votre mari m'a dit que vous étiez toujours en contact, rappela Bella. Je serais ravie de faire sa connaissance.

— Oh, ma chère, mais elle n'est pas ici.

Bella se rembrunit.

— Mais elle est en vie ?

Florence devint soudain toute joyeuse.

— Dieu merci, oui. Mais Ronnie ne vous a-t-il pas dit qu'elle est rentrée chez elle depuis pas mal de temps ?

— « Chez elle » ?

— En Angleterre. Dans les Cotswolds. Je vous ai noté l'adresse sur un papier.

Elle plongea une main dans un grand sac en tissu tapissier et en fouilla le contenu.

— Nom d'un chien, où est-il passé ?

— Elle connaissait bien ma mère ?

Bella n'avait pas souvenir que sa mère ait eu la moindre amie.

Florence leva brusquement la tête et fit un signe affirmatif.

— Les meilleures amies du monde, mais cela nous ramène un peu en arrière. Sapristi, voudriez-vous bien tenir mon sac ouvert pendant que je cherche ?

Bella tint le sac et, au bout de quelques instants, Florence mit la main sur un morceau de papier plié en deux.

— Hourra ! Ce n'est pas trop tôt. Voici, ma chère. Je suis sûre qu'elle ne verra pas d'inconvénient à ce que vous lui écriviez. Dites-lui simplement que c'est moi qui vous ai donné son adresse.

— Merci. Je désirerais lui demander si elle se souvient des événements qui ont entouré la disparition de ma sœur.

Un peu plus tard, Bella se trouvait mêlée à un petit groupe qui discutait des mérites des quelques beaux partis subsistant à Rangoon. L'une des femmes se tourna vers Bella et, après avoir jeté un rapide coup d'œil à son annulaire, la dévisagea avec dédain.

— Oh là là ! Pas encore fiancée ?

— Non, répondit dignement Bella. Je suis chanteuse au *Strand*.

La commère pâlit.

— Ah non. Non, non, cela ne va pas du tout. Trouvez-vous un mari dare-dare. Il ne faut pas que vous travailliez pour gagner votre vie. Ou alors si vraiment vous n'avez pas le choix, il nous faut vous trouver une famille…

Bella fronça les sourcils.

— Désolée, mais je…

— Une famille en quête d'une gouvernante, mon enfant, un emploi respectable.

Une des autres commères signifia son approbation, et Bella, amusée par leurs détestables attitudes vieux jeu, se dépêcha de s'éloigner pour aller au bord de l'eau. Elle écrirait à Simone le soir même. Restait à espérer que cette dernière serait plus ouverte que ces biques-là.

Elle regarda le ciel s'empourprer comme une rose et suivit des yeux un vol d'oiseaux noirs qui traversaient le lac tandis que le soleil se couchait derrière les ors de la pagode Shwedagon. Celle-ci, qui revêtait à présent une teinte soutenue de cuivre poli, lui causa un véritable enchantement, tant elle paraissait animée d'une vie propre au gré de ses changements de couleur à différents moments de la journée. Complètement fascinée par ce spectacle, elle poursuivit sa contemplation, ne s'apercevant que tardivement de la dispersion des promeneurs. Le coucher du soleil servant de signal aux commères, pour qui l'heure était venue de regagner leurs voitures. Bella admira le ciel. Couleur lilas dans la partie supérieure, il virait au jaune, à l'orangé et au rose à mesure que l'œil descendait vers l'horizon, pour atteindre enfin un bordeaux très sombre. *Ce sont les couleurs de la Birmanie*, songea-t-elle. C'est alors qu'elle aperçut Gloria au milieu d'une nuée de lucioles qui brillaient comme de minuscules diamants dans l'obscurité grandissante. Elle observa le déhanchement alangui de son aînée tandis qu'elles marchaient à la rencontre l'une de l'autre. Au-dessus de leurs têtes, les étoiles naissantes paraissaient deux fois plus grosses qu'en Angleterre.

« Vous pensez savoir à qui vous fier ? Cherchez mieux… »

Le soir arriva où Bella avait rendez-vous avec Edward pour aller dîner chez le gouverneur. Elle espérait être suffisamment élégante dans la robe qu'elle s'était fait faire dans le quartier chinois. L'habit de soirée que portait Edward rendait justice à son corps svelte et athlétique, mettant quelque peu en valeur ses tempes argentées qui lui donnaient un air racé. Elle n'avait pas une folle envie d'y aller, craignant que l'ambiance ne fût guindée. Mais une fois devant le somptueux palais, elle fut totalement déconcertée, et pas spécialement dans le bon sens du terme.

—Achevé en 1895, lança Edward, remarquant son étonnement tandis qu'ils descendaient de voiture. L'architecte, Henry Hoyne-Fox, l'a décrit comme s'inscrivant dans le renouveau du style de la reine Anne.

Bella acquiesça et garda les yeux levés vers les imposantes tours à coupole qui flanquaient cette extravagante réalisation architecturale.

—Vous aimez ? s'enquit-elle prudemment.

Il éclata de rire.

—Si j'aime ? Non ! À mon avis, c'est l'exemple le plus hideux de surcharge architecturale que j'aie vu de ma vie.

Malgré ses réserves, et lui étant reconnaissante de sa franchise, elle joignit son rire au sien.

—Si nous entrions ? On sert à boire sur la terrasse, je crois, et ensuite, j'ai du nouveau pour vous.

—Pourquoi ne pas me le dire maintenant ?

Il hésita, puis, penchant la tête de côté, il dit :

—C'est une histoire un peu longue à raconter.

—J'ai tout mon temps.

—Eh bien, voilà, un type de ma connaissance a trouvé dans les archives de la police une note de service qui avait été mal classée.

Il lui expliqua l'affaire en marchant. À une étape de l'enquête, un Birman avait été accusé de l'enlèvement du bébé, mais on l'avait ensuite relâché. Cependant la police avait dû découvrir de nouvelles preuves, car elle avait finalement décidé de l'inculper. Mais ils avaient été pris de court, parce qu'il était mort avant dans un accident de motocyclette.

— Il semblerait que rien n'ait transpiré dans la presse. Mais d'après les informations que j'ai pu recueillir, tout semble indiquer que la police était convaincue de son implication.

— Quelles étaient ces preuves ? Puis-je voir la note de service ?

— Malheureusement, ce n'est pas permis. Documents protégés, etc. Mais je vous ai dit tout ce que vous deviez savoir. Peu après, vos parents sont retournés en Angleterre.

— Et c'est tout ?

Scrutant son visage, il confirma d'un hochement de la tête.

— Oui. C'est tout.

Elle aurait voulu poursuivre plus avant la conversation, mais quelque chose l'en empêcha.

— Sauf que ce n'était pas tout, n'est-ce pas ? Je ne connais toujours pas le fin mot de l'histoire.

— Je comprends ce que vous ressentez mais cela ne vous rassure-t-il pas de savoir au moins que votre mère a été libérée sans être poursuivie ?

— Oui, bien sûr, répondit-elle, ne pouvant toutefois s'empêcher de penser à Elvira.

Il s'approcha d'elle et lui prit la main.

— Écoutez, je me demande bien comment vous pouvez espérer découvrir ce qui est arrivé à votre sœur après tant d'années, alors que la police a fait chou blanc à l'époque. Cela est-il si important pour vous ?

— Ma foi, non. Enfin, au début non, mais maintenant…

Bella laissa sa phrase en suspens.

Elle vit qu'il réprimait un sourire.

— Allons, jeune demoiselle, pas de « mais ».

Il avait parlé sur un ton enjoué. Un bref silence s'ensuivit avant qu'elle ne reprenne la parole :

— Merci pour ces renseignements, dit-elle enfin.

Il la gratifia d'un large sourire, et elle se surprit à mieux l'apprécier.

— À présent, je crois qu'il serait temps que nous profitions de la soirée, ne croyez-vous pas ?

Bella n'avait pas espéré s'amuser à un tel dîner mondain, mais, étonnamment, elle prit plaisir à la compagnie d'Edward. En plus de connaître tout le monde, c'était un homme vif et intelligent, extrêmement attentif et d'excellente compagnie. Cependant, elle savait qu'une fois les réjouissances terminées, elle devrait de nouveau relever le défi consistant à écrire à Simone. Il lui était difficile d'écrire à une inconnue et, jusque-là, elle avait fait trois vaines tentatives, toutes ayant fini en boule au fond de sa corbeille à papier. Ce soir-là, elle serait directe et lui demanderait simplement d'évoquer les souvenirs qu'elle avait de sa mère et du drame survenu en 1911.

Chapitre 20

Diana

Cheltenham, 1922

Tandis que Simone passe la porte, je me sens tout émue. Bien que je me sois juré de ne pas pleurer, je suis si soulagée de la voir que je ne peux arrêter mes larmes. Elle laisse tomber son sac à terre et me prend aussitôt dans ses bras. Je ne saurais lui exprimer à quel point je lui suis reconnaissante de m'être restée fidèle.

— Diana…, commence-t-elle. (Reculant doucement, elle examine mon visage.) Comment vas-tu ?

— Viens à la fenêtre, ordonné-je, désirant qu'elle comprenne à quel point cette précieuse fenêtre ouverte sur le monde est pour moi une bouée de sauvetage que je ne permettrai à personne de m'enlever. Tout mon univers est là, ajouté-je.

Nous traversons la pièce pour aller admirer le parc. C'est une magnifique journée de printemps, avec un grand ciel bleu et des nuages blancs cotonneux. Tout est si tranquille. Si apaisant. Comme la mer par une douce journée d'été, lorsque le roulement des vagues est si alangui que le monde entier semble en paix. Je me souviens que, chaque été de mon enfance, notre cuisinier remplissait un panier de beignets à la crème, de sandwichs au concombre, de tourte au poulet et de tartes à la confiture. Tous mes mets préférés, que j'emportais à la plage, à Bantham, dans le Devon.

Je jette un coup d'œil au profil de statue grecque de Simone, tandis qu'elle attend, debout, que je dise quelque chose.

— As-tu parlé à Douglas ? demandé-je en espérant que la réponse sera « non ».

— Oui.

— Alors, il t'a parlé de l'effroyable Grange ?

Elle acquiesce et me prend par les épaules.

— Ma chérie, ne crois-tu pas que cela t'aiderait, de t'éloigner d'ici pendant quelque temps ? Je ne pense pas que rester enfermée pendant des heures toute seule te fasse du bien.

Je la regarde d'un air renfrogné plus agressif que je ne l'aurais voulu.

— Je ne partirai pas d'ici.

— Cela pourrait t'aider. Tu recevrais des soins infirmiers compétents. Il y aurait des activités.

— De la vannerie, grommelé-je en secouant la tête.

Je ne lui dis pas que j'ai entendu parler de ces endroits horribles où les maris envoient leurs épouses qu'ils ont cessé d'aimer.

— On m'y laisserait mourir, ajouté-je.

— Ce n'est pas vrai. Douglas ne le permettrait pas.

J'essaie d'endiguer la douleur, mais elle se propage rapidement dans ma poitrine.

— Douglas veut se débarrasser de moi, et tu sais comment il est. Une fois qu'il a pris une décision, il ne revient plus jamais dessus.

— Ma chérie, il ne veut pas se débarrasser de toi. Il t'aime.

Je guette la moindre intonation de vérité dans sa voix et secoue de nouveau la tête. Pour la première fois, je remarque la présence de fils d'argent dans ses cheveux blonds.

— Je suis vraiment navrée pour Roger, parviens-je à dire. C'était un bon mari.

Elle confirme d'un hochement de tête.

— Il me manque terriblement.

Nous échangeons un regard, et c'est un réconfort pour moi de constater que nous nous comprenons encore.

— Il t'aimait, assuré-je.

— C'est vrai.

— Quant à Douglas, il m'a aimée. À présent, il veut me faire enfermer. Je le gêne. Ils ont besoin de mettre un nom sur ma maladie, alors ils disent que je fais une « dépression à composantes psychotiques », vois-tu, à cause de…

Je ne trouve plus mes mots.

— « À cause de » ? m'encourage-t-elle avec ménagement.

— Des voix que j'entends.

Je la regarde droit dans les yeux. Elle s'est toujours montrée si dévouée envers moi. Je lui tends la main.

— Parle à Douglas en ma faveur. Dis-lui que je prends le Véronal.

Elle prend un air dubitatif.

— Ah, oui ? Vraiment ?

Je ne peux pas lui mentir, alors j'inspire une grande bouffée d'air et lui avoue ce qu'il en est :

— Ça me rend affreusement malade. Mais je le prendrai, je te le promets.

— Il s'inquiète au cas où tu partirais toute seule n'importe où sans crier gare ou déambulerais la nuit dans la maison pendant que tout le monde dort.

Je ressens un accès de rage, et mon cœur s'accélère.

— Je ne suis pas une gamine.

— Il a peur que tu fasses une chute. Au moins, à La Grange, il y a un veilleur de nuit.

Un bref silence s'ensuit, et je me demande ce qu'elle a encore en réserve. Finalement, elle me demande si je me sens mal en permanence, et je lui réponds que cela vient par vagues. Elle sourit et semble optimiste.

Un autre bref silence tombe, à la faveur duquel j'hésite à lui dire ce que j'ai sur le cœur.

— Il avait une liaison, lâché-je enfin.

Je plante mon regard dans ses magnifiques yeux ambrés pleins de bonté, loyaux, et je me demande si elle le savait, mais elle plaque une main sur sa bouche d'un geste vif et semble réellement scandalisée.

— Lorsque j'étais enceinte d'Elvira.

— Tu ne m'en as jamais parlé.

Je repense au jour où j'ai mis Douglas en face de la vérité, un jour qu'il rentrait, empestant le parfum d'une autre femme et avec cette abjecte expression de honte dans les yeux. J'avais cru jusque-là qu'il ne pouvait rien faire de mal. Au moins, il a eu la décence d'être honteux de se faire pincer. D'un autre côté, j'aurais préféré ne pas être au courant, parce que, après qu'il s'était rabaissé ainsi à mes propres yeux, je n'ai plus éprouvé les mêmes sentiments à son égard. À compter de ce jour, l'impression que quelque chose s'était brisé ne m'a plus jamais quittée. Je ne sais pas si Douglas le ressentait aussi. Je suppose que oui. Mais même en insistant à grands cris, il a toujours refusé de me dire qui était sa maîtresse.

— À cause de la honte, répliqué-je.

— Sa « honte » ?

— La nôtre, à tous les deux. J'étais une femme qui n'avait pas su tenir son mari.

— Est-il passé aux aveux ? Comment l'as-tu découvert ?

Je hausse les épaules. J'avais soupçonné toutes les femmes de Rangoon ; toutes sauf Simone ; même cette affreuse maudite bonne femme : l'épouse du gouverneur. Une peau de vache bien-pensante, le pire de la gent féminine anglaise.

— Tout cela est du passé à présent, lancé-je. Quantité d'hommes avaient des liaisons, non ?

Simone soupire.

— Il avait l'habitude de m'écrire un mot chaque matin, tu sais. Je le trouvais dans une enveloppe sur le plateau quand le majordome m'apportait sans bruit mon premier thé et mes toasts.

De fait, au début, la vie avait été vraiment agréable. Rien ne semblait pouvoir nous atteindre, tant nous vivions en harmonie. Douglas, mon pilier, mon amour, mon tout… Mais, avec le temps, je m'étais horriblement sentie étouffer et avais commencé à manquer d'air.

— Oh, ces premières années ! murmuré-je.

— Tu en as la nostalgie, mais en même temps, tu ne reviendrais pas en arrière.

— C'est cela. C'est exactement cela.

Nous gardons le silence pendant quelques instants.

— Ma chérie, tu n'es même pas habillée, fait enfin remarquer Simone, interrompant le fil de mes pensées. Si je te lavais les cheveux et que je te coiffais, et qu'ensuite je te trouvais quelque chose de joli à mettre ? Peut-être qu'après nous pourrions aller au café du parc pour y prendre le goûter ?

Je lui souris et, malgré ma terreur, je lui dis que je ne demande pas mieux. Mais… sortir ? *Reprends ton souffle. Expire. Inspire encore. Expire.* C'est alors que, de manière totalement inattendue, je m'en sens capable.

— Cela fait combien de temps que tu n'es pas sortie ?

— Des semaines. Des mois, peut-être.

— Cela fait trop longtemps. Ma chérie, une aide pour prendre soin de toi ne serait vraiment pas un luxe.

— Tu pourrais peut-être t'en charger ? m'esclaffé-je, comme si je ne le pensais pas sérieusement.

Elle me considère attentivement, choisissant ses mots :

— Diana, je pense sincèrement que tu peux recouvrer la santé. Nous sous-estimons les pouvoirs de l'esprit.

— Tu le penses ?

— Non seulement je le pense, mais tu verras…

Je souris, et une lueur d'espoir se fait jour en moi.

— Voilà. Tu te sens déjà mieux. Je te promets que nous trouverons une solution. Tout ce qu'il te faut, c'est accroître ton sentiment de sécurité.

La joyeuse présence de Simone m'a rendu le cœur léger et, pleine d'un soudain et surprenant désir de nouveauté, je contemple les ombres obliques des arbres. *Mon « sentiment de sécurité »*. A-t-il jamais existé ?

Chapitre 21

Après avoir posté sa lettre à Simone et avoir bravé le flot tumultueux des rickshaws, des voitures, des chars à bœufs et des bicyclettes, évitant de peu une collision avec un wagon de trolleybus, Bella arriva aux bureaux du secrétariat. C'était le siège administratif de tous les ministères coloniaux. Sis au milieu de jardins de toute beauté sur Judah Ezekiel Street, le complexe tentaculaire d'immeubles était construit en briques rouges dans le style victorien. Une fois à l'intérieur, Bella se trouva confrontée à un labyrinthe de salles et de couloirs. Chaque service était signalé par un panneau, depuis le fisc jusqu'à la magistrature, en passant entre autres par l'hygiène.

Une armée de commis, de secrétaires, d'archivistes et autres fonctionnaires se hâtant en tous sens lui donnèrent au pied levé de brèves et confondantes indications, si bien qu'il fallut à Bella une éternité pour trouver le bureau de l'officier d'état civil. Elle craignait de se mettre en retard à son rendez-vous avec Oliver. Il avait fait une réapparition impromptue la veille au soir en venant l'écouter chanter. Malgré l'avertissement du billet anonyme qui ne cessait de la hanter car c'était peut-être bien à lui qu'il était fait allusion, ils étaient convenus de se retrouver le lendemain pour retourner ensemble à Golden Valley, nantis des clés.

Lorsqu'elle eut enfin trouvé le bureau d'enregistrement, un fonctionnaire dégarni et mal accoutré leva le nez de son bureau et lui désigna un siège. *Bizarre, ce costume tout froissé…*, songea-t-elle, car l'homme avait les ongles soigneusement manucurés, signe qu'il se souciait manifestement de certains aspects de son apparence. Pendant tout le temps qu'elle lui exposa sa situation, il ne la regarda pas une seule fois dans les yeux, posant les siens sur un point invisible à quelques centimètres au-dessus de l'oreille droite de la jeune femme.

— Il va vous falloir le certificat de décès de votre père et son testament, susurra-t-il.

Elle tira les documents de son sac et les lui tendit. Il les examina et hocha la tête.

— Je vois que vous êtes l'unique légataire de tous ses biens, fit-il remarquer, d'une voix fluette et blasée.

Bella acquiesça, la gorge serrée par l'émotion que lui causait le fait d'évoquer une fois de plus le décès de son père.

— J'ai besoin de votre certificat de naissance et de votre passeport pour établir que vous êtes bien celle que vous prétendez être.

Elle se ressaisit.

— Je les ai.

— Et un document attestant que votre père est le même Douglas Hatton que celui dont le nom figure sur les actes notariés.

— Comment puis-je me le procurer ?

Il lui jeta un regard affligé, comme s'il croulait soudain sous le poids de sa longue expérience d'agent du bureau d'enregistrement.

— Eh bien, d'abord, il nous faut mener une recherche officielle en vue de récupérer les titres de propriété foncière et les actes notariés afférents. Il existe probablement un acte de vente joint qui devrait faire état de sa précédente adresse en Angleterre.

— Pouvons-nous le chercher maintenant ?

— Il y a une redevance. Et si tout est en ordre, vous devrez également justifier de votre résidence ici.

— J'ai un contrat d'embauche.

Tandis qu'il considérait de nouveau le testament, elle remarqua un début de calvitie que le rabat d'une mèche clairsemée dissimulait mal.

— Un contrat d'embauche devrait suffire, répliqua-t-il, relevant la tête.

— Qu'en est-il des clés de la maison ?

— Elles sont auprès du notaire, j'imagine. Nous aurons besoin de garder une copie du testament certifiée conforme. Une fois que nous aurons localisé les actes notariés, le nom de l'homme de loi devrait figurer sur l'acte de vente. Si le notaire et l'avocat sont la même personne, il a autorité à l'approuver.

— Et je me procure une copie certifiée conforme comment ?

— L'avoué peut la rédiger.

— Mince alors, cela fait beaucoup de démarches. J'espérais avoir les clés aujourd'hui.

Il lui fit un sourire condescendant.

— Revenez dans quelques jours et nous examinerons les inscriptions à l'état civil.

De retour à l'hôtel, ne sachant pas si Oliver était déjà passé puis reparti, Bella attendit sous la véranda. Elle était en retard, très en retard même, mais ne désespérait pas de le voir arriver. Le portier indien remarqua qu'elle faisait les cent pas et lui proposa son aide. Lorsqu'elle lui demanda s'il avait aperçu un homme de grande taille avec des yeux bleu vif et des cheveux châtain clair, le visage du portier s'illumina.

— Mr Donohue.

Bella retrouva le sourire.

— Vous le connaissez ?

— Je le connais, en effet. C'est un homme bon. Il a élucidé le mystère d'un cambriolage à la boutique de ma femme alors que la police ne faisait rien. Il a aidé beaucoup d'entre nous, les locaux, à obtenir justice. Comme je vous disais : c'est un homme bon.

Il poursuivit, l'informant qu'Oliver ne s'était pas montré devant l'hôtel au cours des dernières heures.

Lorsque trois des danseuses sortirent, gloussant et riant, elles saluèrent Bella avec des signes de la main et force sourires. Rebecca avait tenu parole, et les relations de Bella avec ses collègues avaient perdu de leur aigreur. Elle s'arma de patience et attendit encore un peu, mais, se sentant bientôt dépitée, elle s'apprêtait à remonter dans sa chambre quand elle entendit Oliver la héler par son nom. Elle fit un rapide demi-tour et ressentit une explosion de joie lorsqu'elle le vit s'avancer vers elle à grandes enjambées, plus bronzé que jamais.

— Salut ! lança-t-il, des étincelles dans son regard bleu.

Bella pria pour que le bonheur de se revoir soit réciproque.

— Mon rédacteur en chef a insisté pour que nous fassions des modifications de dernière minute. Je ne pensais pas vous trouver encore là.

Plus soulagée qu'elle n'aurait su le dire, Bella le regardait tout sourires.

— Si nous prenions le tram ? suggéra-t-elle.

— C'est parti ! Allons-y.

Tandis qu'ils prenaient place dans le tram l'un à côté de l'autre, Bella fut très troublée par la proximité du journaliste et ses idées s'embrouillèrent. Ressentait-il la même chose ? Ou bien était-elle la seule ? Quoi qu'il en fût, elle se sentait revigorée par cette intimité qui l'intimidait tout de même un peu. Elle se décala légèrement afin de désamorcer la sensation d'excitation qui s'était emparée d'elle et, au bout d'un moment, elle fut enfin en mesure de lui expliquer qu'elle n'avait pas les clés. Ils entreraient dans la maison de la même manière que précédemment et, profitant d'être dans le secteur, ils trouveraient probablement des voisins à qui poser des questions. Malgré les tentatives d'Edward pour l'en dissuader, son désir de découvrir ce qu'il était arrivé au bébé ne faisait que croître. Et puis, quelqu'un leur indiquerait peut-être une piste ?

Dans son impatience à revoir la demeure de ses parents, Bella ne pouvait s'empêcher de penser à sa mère. Mais non à la mère qui avait vécu en recluse dans la chambre à l'étage et qui l'avait une fois réveillée à minuit en insistant pour qu'elles mettent leurs bottes de pluie et s'esquivent dans le jardin pour y cueillir des fleurs. C'était une mère différente et mystérieuse qui accaparait son imagination. Cette pensée la fit sourire, ce qui lui valut un coup d'œil surpris d'Oliver.

— Quoi ?

— Oh, des souvenirs sans intérêt. C'est tout.

— Je suis sûr que vos souvenirs ne sont pas sans intérêt.

Si vous saviez…, songea Bella, se souvenant de Diana l'aidant à faire ses exercices de calcul – la mère et la fille se taquinant mutuellement et riant de leurs erreurs, assises toutes les deux à la table de la cuisine. Cette mère-là confectionnait de délicieux pique-niques qu'elles partageaient, assises sur un plaid écossais près du lac, avant de jeter les miettes aux canards et aux oies.

— Vous habitiez la campagne ? s'enquit Oliver, interrompant le cours de ses pensées.

Elle fit « non » de la tête.

— Une petite ville. De style régence. Dans le Gloucestershire.

— J'ai grandi en ville, moi aussi.

— Je ne crois pas que Cheltenham puisse être comparée à New York, gloussa-t-elle. Mais nous allions à la campagne, et parfois à la mer.

Son unique séjour estival au bord de la mer avait été lors de vacances chez son grand-père, dans le Devon. Sa mère avait trouvé la plage trop peu soignée, le sable rêche et trop dur, la mer trop déchaînée. Elle en avait conçu une migraine et ils étaient rentrés chez eux prématurément. Pendant une semaine, dans la jolie petite chaumière de Bantham, Bella s'était sentie chez elle, même si son grand-père – taiseux et solitaire – refusait de jouer avec elle et préférait passer le plus clair de son temps seul dans son bureau. La famille n'y était retournée qu'à une seule reprise, pour Noël.

Ses pensées furent de nouveau interrompues par la voix d'Oliver.

— Nous y sommes! lança-t-il. Vous avez la tête constamment ailleurs.

À l'intérieur de la maison, Bella fut soudain saisie de stupeur. Tout était exactement comme lors de leur dernière visite et pourtant tout semblait aussi différent.

— Vous êtes sûre que ça va? s'enquit-il, relevant son changement d'humeur.

— Bien sûr. Je suis surexcitée.

Mais ce n'était pas tout, elle était également assiégée par une foule de questions. Comment ses parents étaient-ils parvenus à lui cacher tant de choses? Comment avait-elle pu ignorer qu'elle avait eu une sœur? Peu à peu, la maladie de sa mère commençait à prendre tout son sens en raison du drame qui s'était déroulé dans ces murs. Avait-elle, pendant toutes ces années, jugé injustement Diana Hatton?

— Vous ne m'avez jamais expliqué le drame qui est arrivé à votre mère, fit remarquer Oliver, avec un regard pénétrant.

S'il l'avait su, qu'aurait-il pensé ? À dire vrai, il était suffisamment ouvert d'esprit pour ne pas la juger trop sévèrement.

— Bien sûr, je sais que votre père est décédé, ajouta-t-il.

Bella hésita. Elle n'avait pas pour habitude d'en parler.

Il lui toucha le bras.

— Désolé. Rien ne vous oblige à me le dire.

— Ça ne fait rien, répliqua-t-elle.

Mais elle dut cependant attendre que l'émotion retombe.

Elle ne retomba pas, et Bella continua de jeter, de-ci, de-là, de rapides coups d'œil nerveux. La pièce sentait le renfermé et il semblait à la jeune femme que ses poumons ne fonctionnaient pas correctement. Pendant un instant, elle se sentit oppressée comme lorsque, enfant, la situation devenait trop dure à supporter.

— Elle est partie, répondit-elle sèchement.

— Où ? s'enquit-il, sans se laisser décontenancer par le ton de sa voix.

— Personne ne le sait.

— Ç'a dû être très rude pour vous.

Elle le regarda droit dans les yeux.

— Non, cela a été un soulagement. En fait, ça l'a été en grande partie. Est-ce déplorable ?

Il soutint son regard et fit signe que non.

— Et ensuite elle est morte. Finalement. C'est mon père qui me l'a dit.

Elle se tut, regrettant de ne pouvoir chasser de sa mémoire le jour pluvieux où son père lui avait annoncé la nouvelle. Indéniablement, ç'avait été une sorte de libération ; même si sa mère avait continué de lui apparaître fréquemment en rêve, debout au pied de son lit, le regard empli de nostalgie. Son père ne l'avait jamais su, pas plus qu'il n'avait su qu'elle se réveillait en larmes nuit après nuit. Il aurait été contrarié d'apprendre la vérité. C'est pourquoi elle lui avait menti.

Elle serra les poings si fort que ses ongles s'enfoncèrent dans sa chair.

— Écoutez, vous verriez un inconvénient si nous changions de sujet ?

— Bien sûr que non. Voulez-vous que nous sortions ?

Bella eut l'impression qu'il avait envie de la consoler, de la prendre dans ses bras, qui sait ? Mais elle ne voulait pas de sa pitié. Elle n'avait jamais vraiment résolu son conflit intérieur au sujet de sa mère et doutait d'y parvenir un jour.

En écrivant à Simone la veille au soir, elle avait été prise du mal du pays, et il lui en restait des traces à présent. Pourtant, elle n'avait plus de foyer en Angleterre, plus de famille. Elle devait se débrouiller par elle-même.

Tandis qu'ils se frayaient un chemin à travers la végétation tropicale qui entourait la maison, Oliver lui demanda ce qu'elle comptait faire de la propriété une fois qu'elle lui appartiendrait. Bella n'en avait aucune idée. La vendrait-elle à Edward pour un montant dérisoire ? Le frère de Gloria lui avait déjà fait savoir qu'il était intéressé, et elle n'avait guère envie d'endosser la responsabilité de sa remise en état. Par-dessus tout, combien de temps était-elle susceptible de rester en Birmanie ? Son projet initial avait été de voyager et de continuer à chanter. Cependant, la maison était vraiment très belle ; du moins pouvait-elle le devenir.

Elle repensa à la lettre qu'elle avait envoyée à Simone. Quand elle avait demandé au préposé du bureau de poste combien de temps le pli mettrait pour parvenir à sa destinataire, il lui avait répondu que, par bonheur, elle s'était servie de papeterie estampillée « Par avion » et que cela ne prendrait que neuf jours. Par bateau ou par train, il aurait fallu compter au moins quinze jours, voire un mois. Elle n'attendait donc pas de réponse avant au moins une vingtaine de jours, en supposant que Simone réponde rapidement au courrier.

Une fois à l'écart de la maison, Bella jeta un coup d'œil aux petits oiseaux verts alignés sur les fils du télégraphe qui couraient le long du bas-côté. Ils étaient si mignons, avec leur tête jaune et leur longue queue. Les émotions qui l'avaient bouleversée un peu plus tôt étaient retombées, et elle se sentait désormais pleine d'entrain et détendue. Les lieux, où de vieilles demeures somptueuses étaient encloses dans des écrins de verdure, l'avaient à la fois apaisée et énergisée. Mais soudain, un souvenir lui revint en mémoire et, en un éclair, son humeur fut à nouveau chamboulée.

— Mon père a déplu à quelqu'un d'important, lança-t-elle à brûle-pourpoint, se souvenant de ce détail. Un ancien fonctionnaire que j'ai rencontré au *Pegu* y a fait allusion.

— Vous êtes allée là-bas ?

— Oui, avec Edward de Clemente.

Le regard d'Oliver se durcit, mais le jeune homme s'en tint à lui demander si elle savait ce que son père avait pu faire et à qui cela avait déplu.

Elle lui répondit qu'elle ne savait pas exactement. Alors il marqua un temps d'hésitation, comme s'il réfléchissait à deux fois. Bella eut l'impression qu'il lui cachait quelque chose.

Elle fit brusquement demi-tour et regarda une dernière fois la maison.

— Je reviendrai, charmante vieille bâtisse…, murmura-t-elle. Et alors nous déciderons quoi faire de toi.

— Il me semble que vous êtes tombée amoureuse, fit-il remarquer.

Elle se sentit devenir rouge comme une pivoine.

Ils passèrent devant un Indien entre deux âges qui se tenait debout devant le portail de la maison d'à côté. *Un jardinier…*, pensa Bella, au vu de sa tenue.

Oliver et elle échangèrent un regard et s'approchèrent de lui.

— Bonjour, commença Bella. (L'homme inclina la tête.) Me comprend-il, demanda-t-elle à Oliver, qui avait l'air amusé.

— Oui, madame, répondit l'homme, je parle votre langue depuis de nombreuses années, maintenant.

Elle rougit de nouveau.

— Évidemment. Je suis désolée. Voyez-vous un inconvénient à ce que je vous demande depuis combien de temps vous travaillez ici ?

Il arbora un fier sourire.

— J'ai travaillé ici toute ma vie, madame.

— Quand avez-vous commencé ?

— Quand j'étais petit garçon. J'avais quinze ans, alors ça devait être en 1895.

— Ça fait un bon bout de temps, par conséquent.

— En effet.

— Je suppose que vous ne vous rappelez pas l'époque où un bébé a disparu dans le jardin d'à côté ?

Il fronça les sourcils puis, l'air grave, dit :

— Calamiteuse époque, que c'était. La police était partout.

— Et que pensaient les gens du drame ?

— Beaucoup d'Anglais pensaient que c'était la mère qui avait fait le coup.

— Et vous ? Que pensiez-vous ?

Il secoua la tête de dépit.

— Je connaissais cette pauvre femme. Elle était toujours polie avec moi, me demandait des nouvelles de ma famille, ce genre de choses. Non, je n'ai jamais pu croire qu'elle ait pu faire ça.

— Alors, que pensez-vous qu'il soit arrivé au bébé ?

— Je ne sais pas, mais les Birmans d'ici disaient qu'il avait été enlevé par des puissances surnaturelles invoquées pour se venger par la famille d'un individu que le mari de la dame avait fait mettre en prison.

Oliver lança un regard à Bella et confirma :

— Les Birmans sont extrêmement superstitieux.

— En quel sens ?

— Eh bien, ils croient en l'existence de *nats*, d'esprits, si vous préférez. Ils érigent des autels miraculeux devant leurs maisons pour empêcher les mauvais esprits d'y entrer.

— Que sont exactement ces *nats ?*

— Cela va de l'esprit qui vit dans un arbre à la divinité hindoue. Si votre père a été menacé d'un *nat*, nous pourrions probablement le découvrir.

— Allons bon, Oliver. À quoi cela servirait-il ?

Se tournant vers le jardinier, elle lança :

— Merci de m'avoir répondu.

Il s'inclina puis ouvrit le portail et disparut à l'intérieur.

— Alors, que fait-on, maintenant ? s'enquit-elle.

Oliver réfléchit un instant.

— On va prendre un café chez moi ? J'ai quelque chose à vous montrer.

Curieuse de savoir de quoi il retournait, elle répondit qu'elle en serait ravie.

Moi aussi, j'ai quelque chose à vous montrer, pensa-t-elle en songeant au message anonyme.

Son appartement était situé dans un groupe d'immeubles victoriens. Le salon était peint en blanc soyeux et arborait contre toute attente, grâce à ses meubles en rotin, à ses confortables coussins en soie couleur émeraude et à ses superbes tapis persans bleu et vert, un aspect accueillant, comme s'il portait la marque d'une main féminine. Quatre grandes lampes orientales trônaient dans les angles, d'où elles projetaient un éclairage à motifs sur le plancher. Des rideaux blancs gonflés par la brise servaient de cadre à une vue magnifique sur les grands arbres de la rue. Une élégante table basse était posée devant un sofa, et un petit bureau avait été poussé contre un mur. Un autre mur était habillé du sol au plafond de rayonnages en tek presque pleins à craquer de livres serrés les uns contre les autres. Ravie de découvrir son appartement et se réjouissant intérieurement, elle se sentit à l'aise. Elle longea la bibliothèque et jeta un coup d'œil aux titres en passant un doigt sur le dos des livres.

— Vous avez des goûts éclectiques.

— C'est obligatoire dans ce boulot.

— Ce « boulot » ? Le journalisme ne représente qu'un gagne-pain pour vous ?

— Vous êtes dure avec moi, répliqua-t-il en souriant.

— Qui, moi ? s'esclaffa-t-elle.

Il s'absenta dans une autre pièce et elle entendit le tintement sourd de la porcelaine et des couverts tandis qu'il préparait le café. Au bout de quelques minutes, il revint avec un plateau sur lequel se trouvaient le café déjà servi dans de fines petites tasses et un assortiment inhabituel de biscuits, à moins que ce ne fussent de petites parts de gâteaux.

Il remarqua qu'elle s'interrogeait.

— Ils sont indiens. Goûtez-en un.

Elle en prit un et mordit dans son moelleux parfumé.

— Alors, que vouliez-vous me montrer ?

Chapitre 22

Diana

Cheltenham, 1922

Douglas vient rarement dans ma chambre, mais aujourd'hui, il est là, et je ne parviens pas à comprendre ce qu'il veut. Non, ce n'est pas tout à fait exact. Il est évidemment venu me parler de La Grange. Une fois de plus. Je me promets de rester aussi calme que possible, de ne lui fournir aucun prétexte à me faire partir d'ici. Hélas, à cause de mon trouble, je ne peux m'arrêter de faire les cent pas.

— J'ai parlé à Simone, commence-t-il.

Je remarque à quel point il est voûté.

Il a toujours été un brin voûté à cause de sa très grande taille, mais désormais c'est plus flagrant.

— Ah ?

— Il semblerait qu'elle soit d'avis que rester dans cette maison ne te fait aucun bien.

Je m'arrête net, la poitrine serrée.

— Je n'irai pas à La Grange.

Il fronce les sourcils.

— Ne me lance pas ce regard furieux, Diana. Je comprends que tu ne veuilles pas y aller, cependant, ma chérie, je crains que Simone n'ait raison. Ta présence ici n'arrange pas les choses.

Une odeur de cumin et d'orange me chatouille les narines lorsque je passe à côté de lui. Je plante mes yeux dans son beau regard profond derrière ses verres de lunettes et contemple ce visage jadis chéri, mais reste muette. Pourquoi lui faciliterais-je la tâche ?

— Cela est également néfaste pour Annabella.

Il s'interrompt puis ajoute :

— Je sais que tu souffres, mais elle souffre aussi. Je ne voudrais pas me montrer cruel, mais te rends-tu compte qu'elle a peur de toi ? Elle insiste pour que sa porte soit fermée à clé la nuit, et parfois, elle ne trouve pas le repos si elle ne vient pas dormir avec moi.

— Pourquoi ? m'écriai-je, stupéfaite de me l'entendre dire.

— Oh, ma chérie, tu ne peux pas ignorer qu'elle a peur quand tu la réveilles en plein milieu de la nuit avec quelque idée loufoque en tête.

— Je pensais juste que ce serait agréable d'aller cueillir des fleurs.

— Et ce n'est là que l'incident le plus récent. Il y en a eu d'autres et cette petite est désormais trop angoissée pour trouver le sommeil. Notre adorable enfant est devenue une fillette terriblement craintive, et ce n'est pas juste. Tu dois le comprendre.

Mes yeux sont brûlants de larmes, parce que je sais que c'est la vérité. J'ai vu ses grands yeux bouleversés, désarmés, et cela m'a fait peur.

— Ça ne peut pas continuer ainsi. Quand notre fille t'entend circuler dans la maison pendant la journée, elle se terre, se fait discrète.

Je me cache le visage dans les mains, car je ne veux pas voir Douglas tandis qu'il me dit ces vérités.

— La semaine dernière encore, Mrs Wilkes l'a trouvée dans le placard à balais. Le verrou s'était coincé et elle était restée enfermée là-dedans, à pleurer toutes les larmes de con corps. J'ai mon travail, et je ne peux pas rester ici en permanence pour surveiller Annabella. Mrs Wilkes n'est pas en mesure de rester dormir ici plus d'une nuit par semaine. En conséquence, Simone a suggéré une autre possibilité pour toi.

J'inspire par la bouche. *Pitié, pitié ! Simone ne m'aura assurément pas trahie ? Ne le laissez pas m'envoyer à La Grange.*

Son regard se crispe de douleur, et il ne cherche même pas à dissimuler le désespoir que je lis dans ses yeux.

— S'il te plaît, veux-tu bien t'asseoir, Diana ? C'est difficile de se concentrer pendant que tu fais les cent pas.

Résolue à continuer de faire bonne impression, je fais comme il me demande et prends la chaise en face de lui.

Il pousse un profond soupir.

— Simone a gentiment proposé de s'occuper de toi.

— Ici ?

Il secoue la tête.

— Dans son village.

Mon courage revient et je souris.

— Sous le même toit qu'elle, tu veux dire ? C'est merveilleux !

— Non.

— Où alors ?

— Laisse-moi t'expliquer. Tu sais que Simone a été infirmière avant son mariage, et que son mari était médecin ?

Évidement, que je le sais. Je hoche silencieusement la tête, le pressant d'en venir au fait.

— Son idée est que je t'achète une petite maison près de la sienne…

— Non, l'interromps-je. Je ne peux pas.

— Simone est convaincue qu'avec son aide tu pourras. Elle passera toutes ses journées avec toi jusqu'à ce que tu te sentes capable de faire face.

— Et si je n'y arrive pas… tu sais bien, à sortir ?

Il me regarde l'air impassible.

— Elle s'occupera de tout. Tu seras ainsi soulagée de la tension que te cause le fait d'être ici.

J'émets une sorte de grognement étouffé et ne parviens pas à croiser son regard.

— Tu veux dire que c'est toi qui seras soulagé quand je serai partie !

— Non. Je fais allusion au poids de l'inquiétude au sujet d'Annabella qui disparaîtra. Tu auras tout le temps et toute l'aide nécessaires pour te rétablir. Ce sera mieux pour Annabella aussi. Tu comprends bien que je dois la faire passer en priorité ?

J'acquiesce, regarde fixement le plancher pendant une bonne minute avant de relever les yeux vers lui.

— Puis-je y réfléchir ?

— Bien sûr, mais si tu es d'accord, il y aura certaines conditions.

— Quelles sont-elles ?

— Réfléchis-y d'abord, et nous en reparlerons ensuite. Mais ne laisse pas passer trop de temps. Une charmante petite maison a été mise en vente depuis peu, et il nous faudra agir vite pour l'acquérir avant que quelqu'un d'autre ne le fasse. Simone l'a déjà visitée, et elle est certaine qu'elle te plaira beaucoup.

Je fouille son regard à la recherche de signes de tromperie. Voici l'homme entre les mains de qui j'aurais mis autrefois ma vie les yeux fermés. Aujourd'hui, il me laisse un arrière-goût indescriptible. Il omet de me dire quelque chose, mais quoi ?

— Et tu viendras me voir ?

— Non, répond-il en secouant la tête. C'est l'une des conditions.

— Combien y en a-t-il ?

— Comme je viens de te le dire, réfléchis-y d'abord simplement.

Chapitre 23

Tandis qu'Oliver se dirigeait vers l'élégant bureau en tek encombré de papiers et de l'attirail habituel de l'écrivain, Bella le regarda faire avec un sourire ravi.

— J'aime beaucoup votre appartement, lança-t-elle. Vous vivez ici depuis longtemps ?

— Deux ans.

— Vous l'avez rendu très confortable.

— Content que cela vous plaise, madame, répliqua-t-il avec un rictus.

Il ouvrit un tiroir et en tira un dossier de carton brun.

— Alors, s'impatienta Bella, qu'est-ce ?

Il inspira profondément puis expira lentement.

— Vous avez dit que vos parents auraient déplu à quelqu'un d'important, qu'une intrigue avait dû se tramer.

— En effet.

— Eh bien, j'ai passé une heure aux archives de mon journal et j'ai trouvé une information qui pourrait bien le confirmer.

— Vous avez fait cela pour moi ?

Avant de poursuivre, il la regarda droit dans les yeux. De son côté, elle ne put s'empêcher de penser que, décidément, son sourire et son style décontracté lui plaisaient beaucoup. Et puis, sa présence semblait chaque fois lui inspirer le sentiment de… de quoi au fait ? Peut-être bien le sentiment qu'elle était avec lui à sa place.

— Tout méfait commis par un colon britannique est ordinairement étouffé, même aujourd'hui, mais encore plus à l'époque. Aussi, pour que votre mère se voie mise publiquement en accusation, il fallait qu'il y ait une sacrée bonne raison.

— Était-ce quelque chose que ma mère avait fait ?

— En partie, mais tout a commencé avec une décision de justice de votre père qui a été mal vue.

— Bon sang, de quoi s'agissait-il ?

— Ce n'est pas habituel.

Bella poussa un soupir.

— Pour l'amour du ciel, crachez le morceau !

— Votre père a fait emprisonner un officier britannique pour le viol d'une Indienne. La population coloniale dans son ensemble s'est indignée au point que le jugement a été cassé. Mais le résultat a été que la réputation de votre père en a grandement souffert.

Bella se souvint de l'expression empreinte de gravité de son père et de ses yeux bons. L'idée qu'on ait pu se montrer aussi injuste envers lui la peinait vraiment.

— Et vous pensez que c'est la raison pour laquelle ils ont accusé ma mère ?

— Ce n'est pas impossible. Mais ce n'est pas tout. Au cours d'une réception officielle au palais du gouverneur, votre mère a jeté une coupe de champagne à la femme du gouverneur. En plein visage. Pas la moindre idée de la raison pour laquelle elle a fait ça, mais un médecin l'a vue et lui a administré un calmant. Regardez, voici les coupures.

Bella feuilleta les divers articles. Toutefois, bien qu'elle fût abasourdie par la nouvelle, un autre point la préoccupait. L'objet de son trouble lui échappait partiellement, mais son malaise était réel. Elle se dressa sur ses jambes et alla s'appuyer dos à la fraîcheur du mur pour y réfléchir.

— Qu'est-ce qu'il y a ? s'enquit Oliver.

Lorsqu'elle eut repris ses esprits, force lui fut d'admettre qu'elle ne croyait guère en la version d'Edward. Il avait mentionné un homme sur le point d'être inculpé mais qui avait ensuite péri dans un accident de motocyclette. Mais elle en doutait à présent. Tout cela lui semblait un peu trop commode, une manière de classer l'affaire et de la glisser sous le tapis.

Cependant, sa propre interprétation différait également de celle d'Oliver. Selon lui, sa mère aurait été accusée par représailles suite à un jugement impopulaire prononcé par son mari. Mais si sa mère avait pu aller jusqu'à jeter une coupe de champagne au visage d'une personnalité aussi éminente que la femme du gouverneur, et ce, avant même la naissance d'Elvira, ce pouvait être la preuve qu'elle avait été suffisamment dérangée pour faire du mal au bébé. Son acte revenait à insulter la reine elle-même. Personne, doté de toute sa raison, n'aurait osé faire une chose pareille.

Bella alla à la fenêtre admirer la belle vue sur les grands arbres et songea à Edward. Lui avait-il menti par délicatesse ? Avait-il essayé de la protéger de la vérité, à savoir de la réelle culpabilité de sa mère ? Le prétexte invoqué par lui pour justifier du fait qu'elle ne pouvait pas avoir accès à la note de service en question n'était pas convaincant. À moins qu'il n'ait dit la vérité, parce que si sa mère avait été coupable, les autorités ne l'auraient certainement pas laissée partir. Tout cela était des plus déconcertant et, à force de retourner en tous sens les différentes possibilités, elle en eut le tournis. C'est alors que, se souvenant du billet anonyme qu'elle avait reçu à l'hôtel, elle prit son sac, y plongea la main et se tourna vers Oliver.

— J'ai quelque chose à vous montrer, moi aussi. Ce n'est rien qu'un billet absurde, prévint-elle avec dédain afin de dissimuler son trouble.

Oliver le prit et le lut à voix haute avant de lui lancer un regard inquiet.

— Quand l'avez-vous reçu ?

— Cela fait un petit moment. Je l'ai trouvé dans une enveloppe glissée sous ma porte.

— Avez-vous une idée de qui vous l'a adressé ?

Elle fit signe que non.

— Mais depuis, vous vous demandez à qui vous pouvez faire confiance.

— Eh bien, oui, un peu.

— Moi y compris ?

Elle haussa les épaules mais n'osa pas croiser son regard lorsqu'elle répondit :

— Non, pas vraiment vous.

Il fit un pas en avant et posa les mains sur ses épaules dans un geste chaleureux.

— Quel que soit l'auteur, c'est bougrement cruel.

Gênée, elle se décala quelque peu puis planta son regard dans les yeux lumineux d'Oliver et se sentit tout de suite mieux. Elle y vit tant d'honnêteté et de clarté qu'elle eut envie de le serrer longuement dans ses bras. Tant d'aspects de Rangoon lui semblaient incertains et mystérieux. Ce qu'il se passait entre eux, quel qu'en soit l'aboutissement, était d'une tout autre nature, et elle s'en réjouit.

— Vous n'êtes pas seule, Bella. Je suis de votre côté. Je vous en fais la promesse.

La force de son regard acheva de la convaincre. Cependant, si Oliver était dans son camp, qui était l'adversaire ?

Chapitre 24

Diana

Cheltenham, 1922

À l'instant où je me plonge dans mes souvenirs de Rangoon, Douglas entre dans ma chambre.

— Comment vas-tu aujourd'hui ? s'enquiert-il.

Je scrute son visage impénétrable. Mon mari affiche un si grand calme et une si grande maîtrise de soi que je prends exemple sur lui pour répliquer :

— Je vais bien, merci.

— Si nous nous asseyions ? suggère-t-il en me désignant une chaise.

Puis il va droit au but :

— As-tu réfléchi à la proposition de Simone ?

J'acquiesce, sans toutefois reconnaître que ce fut une décision difficile à prendre dont je ne suis pas encore complètement certaine. Je prends une brusque bouffée d'air.

— Alors ? insiste-t-il.

— Eh bien, tout bien considéré, je pense que cela vaut mieux.

— Je m'en réjouis.

Tu parles ! pensé-je, mais je me garde bien de le dire.

Je balbutie quelques mots d'explication mais, perdant le fil, je m'interromps en plein milieu d'une phrase.

— Je ne t'enverrai pas là-bas sans ton accord, mais tu vas adorer la petite maison, précise-t-il, faisant comme s'il n'avait pas entendu mon marmottage.

— Tu l'as vue ?

— En effet. Elle est en pierre des Cotswolds. À quelques pas de chez Simone, et elle a un très joli jardin sur trois côtés.

Je souris, enchantée par ce détail. J'ai une passion pour les fleurs.

— Le village aussi est idéal. Minster Lovell. Tranquille, avec une rivière qui coule en bordure. Simone connaît un bon médecin qui viendra te voir à domicile. Il y a un pub, un moulin, une petite épicerie, et une excellente boulangerie dépose le pain devant la porte.

Je hoche la tête.

Il penche la sienne en avant. Avant qu'il ne la relève, je remarque que sa chevelure s'est encore clairsemée. Mon chéri a le sommet du crâne complètement dégarni.

— Mais à présent, il nous faut aborder les conditions, lance-t-il.

Une expression de gravité durcit ses traits. Je décèle une lueur d'angoisse dans ses yeux. Ses propres conditions lui causent manifestement du souci.

Les bruits au-dehors deviennent plus forts. Je me lève de mon siège et vais jusqu'à la fenêtre ouverte. Le vent s'est levé et je constate qu'il commence à malmener les arbres, comme si un orage se préparait. Bien que nous ne soyons qu'au milieu de l'après-midi, j'aperçois la lumière dorée des lampes qui éclairent les salons des maisons situées de l'autre côté du parc.

— Diana ?

Je me retourne vers lui.

— Oui ?

— Viens te rasseoir, s'il te plaît.

J'obéis et le regarde bien en face. Pourquoi a-t-il l'air si nerveux ?

— Donc, pour résumer, il me semble que la décision que nous prenons est dans le plus grand intérêt d'Annabella. J'espère que tu le comprends.

— Bien sûr, réponds-je, m'efforçant de donner un ton raisonnable à ma voix.

— Cela pourra te paraître rude.

Je cligne vivement des yeux. Me voilà inquiète à présent.

— Mais je ne crois pas que rester en contact avec toi serait constructif pour notre fille.

— Elvira ! m'exclamé-je malgré moi.

— Diana, c'est d'Annabella qu'il s'agit, tu sais cela.

Lapsus vraiment stupide. Je me sens momentanément confondue et voudrais pouvoir me couvrir le visage de mes mains. Mais nous faisons tous des erreurs, non ? Je comprends soudain qu'il attend une réponse.

— Bien sûr. Naturellement. C'est ce que je voulais…

Ma voix retombe sans que je puisse finir.

Son regard s'adoucit un instant.

— Il est préférable que je l'élève seul. L'instabilité, tu sais, est perturbante pour un enfant. Elle ne comprend pas pourquoi tu ne t'occupes pas d'elle.

Je sens la brûlure des larmes sous mes paupières.

— Mais je l'aime.

— Je n'en doute pas, mais cela ne suffit pas, et nous sommes déjà convenus que la situation ne peut pas durer. Je propose de constituer à ton intention un fonds qui serait géré par Simone. Je suis convaincu que c'est la meilleure solution, non seulement pour Annabella mais également pour toi.

Je me mords la lèvre inférieure, scrute le plancher et acquiers la certitude qu'il veut se débarrasser de moi.

— Vivre ailleurs qu'ici te fera du bien, assure-t-il, confirmant mes soupçons. Nous dirons à Annabella que tu es partie mais que j'ignore où, que tu as laissé un mot disant que c'est mieux pour nous tous. Et ensuite, dans longtemps, quand elle t'aura presque oubliée, je lui dirai que sa mère vient de décéder.

J'en ai le souffle coupé.

— C'est la condition ?

Il acquiesce.

— Ce doit être une rupture franche et totale. Je veux qu'elle grandisse à l'abri de… enfin, à l'abri de…

— De moi, l'interromps-je.

— Je ne l'aurais pas dit aussi crûment, nuance-t-il avec une pointe de résignation dans la voix. Mais oui, j'imagine que c'est le cœur du problème. Tu n'auras plus à faire face chaque jour à ton échec en tant que mère, et elle non plus. Il est vraiment préférable qu'elle t'oublie. Naturellement, tu reprendras l'usage de ton nom de jeune fille.

C'est une affirmation, non une question.

Je songe à la perspective de quitter cette maison où j'ai grandi. *Ma maison*. Bien qu'elle soit sienne à présent. Pendant les quelques mois où nous avons vécu ici avant d'aller en Birmanie, l'avenir nous appartenait et nous étions si heureux. J'éprouve le besoin de lui dire ce que je ressens. Ce que je ressens depuis des années. Je veux mettre des mots sur la souffrance qu'il m'a causée et sur celle que je me suis infligée. Pourtant, je garde le silence. Mais soudain, la question qui me brûle les lèvres m'échappe.

— Quand as-tu cessé de m'aimer ?

Ses yeux sont si tristes que c'est à peine si je parviens à soutenir son regard.

— Ce n'est pas la question, répond-il.

Il m'observe longuement, pour la première fois depuis qu'il est entré, et ajoute :

— Je n'ai jamais cessé de t'aimer.

— Mais ?

— Non, mon cœur, c'est toi qui as cessé de t'aimer toi-même.

— C'est ce que tu penses vraiment ?

Il me regarde fixement, semblant avoir compris que je fais allusion à sa liaison d'autrefois. Parce que, franchement, comment a-t-il pu, s'il m'aimait encore ? Au bout de quelques instants, il fait mine de parler. J'attends. Finalement, il se ravise, mais son regard le trahit, et c'est de la honte que je vois dans ses yeux. De la honte luttant avec son orgueil.

Après son départ, j'arpente la pièce, tendant l'oreille au bruit rythmé de la pluie battante qui fait écho sur le toit aux battements de mon cœur. Sa décision me semble si cruelle. Mais je ne peux nier les faits. Je n'ai pas été une vraie mère pour notre fille, mais souhaite en revanche lui faciliter la vie. Mon exil accomplira-t-il cela ?

Une heure plus tard, Mrs Wilkes m'apporte un plateau avec des œufs mollets et des mouillettes grillées, en me traitant comme une enfant. Elle me considère avec pitié, et je me demande si elle est déjà au courant de mon futur bannissement. Au moins, mon exil n'aura pas lieu à La Grange, songeai-je. C'est déjà cela. Mais ne plus jamais revoir ma fille ? Je ne touche ni aux œufs, ni au pain. À la place, je me roule en boule sur mon lit, remonte les couvertures sur ma tête et, enveloppée par l'obscurité, je m'endors en pleurant.

Chapitre 25

D'humeur incertaine, Bella se tenait sous le porche d'entrée de l'hôtel, observant les allées et venues des clients. Deux hommes d'affaires vêtus de costumes de lin clairs la saluèrent d'un signe de tête en sortant. Ils furent suivis par une femme endimanchée d'allure autoritaire qui pénétra dans le hall au pas cadencé en tirant un enfant récalcitrant par la main. Il faisait déjà abominablement chaud, et Bella songea qu'elle serait mieux assise sous un ventilateur. Elle était incapable de se calmer, tant les récentes révélations d'Oliver étaient déconcertantes. Celui-ci se révélait être un véritable ami, mais elle n'avait pas avancé d'un pouce concernant l'élucidation de la mystérieuse disparition du bébé. Aussi ne savait-elle pas avec certitude ce qu'il convenait de faire à présent. Au bout de quelques minutes, elle remarqua que le portier indien la regardait avec curiosité. Elle décida d'aller le voir.

— Puis-je vous être utile, Miss Hatton ? s'enquit-il, profitant d'une accalmie entre deux sollicitions de la part de clients.

Elle réfléchit. Pouvait-il lui venir en aide ? Les clients oubliaient parfois que le personnel était humain, et un homme dans sa position entendait sûrement des ragots.

— Cela se pourrait.

— Si je peux me permettre, vous paraissez très agitée.

— Je n'ai pas bien dormi.

— Quel dommage. Quelque chose vous préoccupait-il ?

Elle posa les yeux sur lui, humant l'air chargé d'iode et d'effluves de mazout en provenance des quais.

— Ma foi, oui.

Après un court moment d'hésitation, elle poursuivit, lui exposant toute l'affaire.

Un bref silence s'ensuivit durant lequel le portier fronça les sourcils.

— C'était ma sœur, voyez-vous, ajouta Bella afin que tout soit clair. J'aimerais percer le mystère.

Il hocha la tête, et Bella crut qu'il s'en tiendrait là, mais il prit la parole.

— Avant moi, mon père travaillait ici en tant que veilleur de nuit. Il racontait souvent l'histoire d'un bébé qu'une nuit il avait entendu crier. Des cris à vous déchirer le cœur. Il s'était endormi, j'imagine, et le bébé l'avait réveillé. Au début, il fut déboussolé, pensant qu'il avait dû faire un cauchemar. Mais les cris continuèrent. Il ne parvint pas d'abord à localiser leur provenance, mais il finit par comprendre qu'ils venaient d'un endroit situé à l'arrière de l'hôtel, non loin de la porte de service. Il accourut mais ne vit rien, si ce n'est une voiture noire qui démarrait et s'éloignait à toute allure. Il parlait souvent de cette nuit-là. Disait qu'elle le tourmentait. À cause des cris du bébé.

Bella fut interloquée. Se pouvait-il qu'il s'agît d'Elvira ? Ou bien était-ce absurde ? Il devait y en avoir, des bébés qui séjournaient à l'hôtel.

— Aucun bébé n'avait été enregistré à l'hôtel, précisa le portier, répondant à sa question avant qu'elle ne la pose.

— Était-ce très exactement en 1911 ?

Il hocha affirmativement la tête.

— Oh, oui, j'en ai un souvenir très précis.

— En a-t-il parlé à la police ou a-t-il questionné les autres membres du personnel à ce sujet le matin venu ?

— Il les a interrogés, bien sûr, mais personne ne savait rien, et si quelqu'un savait quelque chose, il n'en a rien dit. Évidemment, il était au courant qu'un bébé avait été enlevé, c'était dans tous les journaux, mais ma mère l'a convaincu de ne pas aller voir la police. Elle craignait qu'il ne perde son emploi, voyez-vous.

— Votre père est-il toujours en vie ?

— Oui, mais il ne va pas fort. Et je ne crois pas qu'il serait en mesure de vous en dire beaucoup plus que moi. Il nous a raconté l'histoire de nombreuses fois. Il n'avait pas de preuves, mais son intuition lui disait que c'était louche. La voiture de luxe qui démarrait à toute berzingue… Les cris d'affolement… L'heure tardive à laquelle les faits se sont produits… Toute l'affaire était entourée d'une aura de clandestinité.

Bella acquiesça et le remercia. Les idées se bousculaient dans sa tête. Et si Elvira avait véritablement fait l'objet d'un kidnapping orchestré par une personne fortunée ? Au moins, cela signifierait qu'elle était peut-être encore en vie. Quant au moyen de la retrouver, Bella n'en avait aucune idée.

Elle s'apprêtait à retourner à l'intérieur lorsque Fowler, le maître d'hôtel, mit le nez dehors, l'air suffisant.

— Miss Hatton, il se peut que vous ayez des amis bien placés, mais nous n'approuvons pas que le personnel bavarde sur le pas de la porte sous les yeux des clients.

— Il n'y avait personne.

Inclinant la tête de côté, il se contenta de répondre :

— Allez, au trot, maintenant. Nous attendons d'importants clients d'une minute à l'autre.

Bella lança un clin d'œil au portier puis elle revint à Fowler.

— Ne le tenez pas pour responsable, implora-t-elle. C'est entièrement ma faute.

— Je n'en doute pas, rétorqua Fowler, lui jetant un regard agacé.

Puis il lui tourna le dos pour saluer, avec son habituelle obséquiosité, un client fraîchement arrivé.

Plus tard, Bella alla s'enquérir de son courrier à la réception. Le réceptionniste en chef, un homme élégant entre deux âges et originaire de Glasgow, lui remit une enveloppe « Par avion » postée d'Oxford. Enfin ! La vieille amie de sa mère lui avait répondu. Elle l'emporta aussitôt dans sa chambre, l'espoir renaissant. Bien qu'elle eût appris à apprécier Rebecca, Bella avait besoin d'être seule pour lire la missive, et, par chance, sa camarade de chambre n'était pas là. Elle déplia la lettre et, parcourant rapidement les pattes de mouche de Simone, elle en dévora chaque mot. Puis elle la relut plus lentement.

Chère Annabella,

Ç'a été une grande surprise mais aussi un immense plaisir pour moi d'avoir de tes nouvelles. C'est incroyable que tu te trouves à Rangoon. La vie est parfois étrange et pleine de surprises, ne crois-tu pas ? Tu es encore une jeune fille et, même si je sais que tu n'as pas toujours eu une enfance facile, tu n'as pas encore eu le temps de connaître les nombreux rebondissements que la vie réserve. Merci, ma petite, de m'avoir informée du décès de Douglas. Tout comme mon regretté mari, c'était un homme bien.
Venons à présent au sujet principal de ta lettre. Oui, je me souviens en effet de la disparition d'Elvira. Comment un seul d'entre nous pourrait-il l'oublier ?

Ç'a été une période de grande affliction pour nous tous, mais surtout pour ta mère qui a terriblement souffert aux mains de la police. Mon mari et moi avons été scandalisés qu'une femme comme elle puisse être accusée de la sorte. Naturellement, nous avons tous deux fait notre possible, Roger passant par tous les canaux officiels tandis que je faisais de mon mieux pour réconforter Diana.

Elle avait été accablée, durant sa grossesse, d'une terrible souffrance, qui avait duré pratiquement jusqu'à l'accouchement, mais c'était après la naissance du bébé que les choses avaient empiré. C'était comme si la naissance du bébé avait vidé Diana de toute énergie vitale. Cela m'inquiétait. Elle mangeait à peine, ne parvenait pas à dormir et pleurait tout le temps. Le bébé pleurait, lui aussi, sans discontinuer, disait Diana. Roger avait donné à ta mère un médicament pour l'aider à trouver le sommeil, mais son moral restait désespérément bas. Rien ne semblait améliorer son état, et je commençais à craindre pour sa santé mentale. Il est vrai que certaines femmes traversent une période difficile après avoir mis au monde un enfant mais, m'assurait Roger, le cas de Diana était bien plus grave. Tout se passait comme si elle avait renoncé à vivre. L'étincelle avait disparu de ses yeux et tout ce qu'elle voyait n'était qu'obscurité. Douglas avait ses moments pénibles, il pouvait se montrer têtu, et je crois que cela n'a fait qu'empirer avec l'âge. Comme bien des hommes, il était incapable de faire face aux émotions et considérait qu'il avait toujours raison, quelles que soient les circonstances, de sorte qu'il ne servait à rien de le contredire. Je suis désolée de parler ainsi de ton père. Au fond de lui, c'était un homme bon qui faisait ce qu'il pouvait, mais il n'était tout simplement pas capable de comprendre comment la naissance de leur enfant si longtemps désiré avait pu entraîner un tel changement chez sa femme. Sa propre part de responsabilité lui échappait tout autant.

Le jour de la disparition, autant que je sache, Diana était seule dans le jardin avec Elvira qui dormait dans son landau. Un des domestiques a aperçu ta mère à genoux dans l'herbe en chemise de nuit devant un parterre de fleurs récemment planté et a rapporté qu'il l'avait vue creuser la terre à mains nues. C'est à cause de ce témoignage qu'elle a été plus tard mise en accusation, en plus de son incapacité à s'occuper du bébé. La police a conclu que Diana avait voulu s'en débarrasser ; et lorsqu'ils ont entrepris de fouiller le jardin, ils ont découvert un chausson à l'endroit exact où ta mère avait été vue à genoux. Elle n'a jamais pu expliquer les raisons de ses agissements ce jour-là, ce qui, aux yeux de la police, était éminemment suspect ; mais qui, aux miens, était la conséquence directe de la peine et du désespoir.

L'interrogatoire s'est prolongé pendant des journées entières, et puis, soudain, ta mère a été libérée, et tes parents sont repartis en Angleterre au beau milieu de la nuit sans même faire leurs cartons. J'ai toujours eu le sentiment que l'ordre de décamper leur avait été intimé par quelqu'un de très haut placé. Oh, j'allais oublier, un incident avait eu lieu impliquant la femme du gouverneur. Douglas avait traîné Diana, alors enceinte et ne se sentant pas au mieux de sa forme, à un dîner au palais. La femme du gouverneur – être bête et stupide, selon moi – avait fait remarquer à portée de voix de Diana que les femmes enceintes devaient supporter et se taire. Personne, selon elle, ne croyait à leurs histoires de dépression qui s'éternise. Diana s'est

dirigée vers elle au pas de charge et lui a jeté une coupe de champagne au visage. Quel tollé cela a fait ! Même si en mon for intérieur je pensais que cette mégère avait eu ce qu'elle méritait, j'ai dû convenir que cela ne faisait aucun bien à la réputation de ta mère, laquelle, bien avant la naissance du bébé, avait été considérée comme psychologiquement instable.
Après le départ de tes parents, je me suis rendu compte que leur nom n'avait pas été blanchi. L'affaire est restée en suspens pendant quelque temps et n'a finalement jamais été résolue. Mon impression était que quelqu'un devait forcément savoir de quoi il retournait mais que cette personne avait fait en sorte d'étouffer cette horrible histoire. Selon moi, ta mère a été tout bonnement un bouc émissaire.

Quoi qu'il en soit, Annabella, je ne saurais t'en dire davantage. J'espère que tu pourras déchiffrer mon écriture.

Tous mes vœux de bonne santé,

Simone Burton.

Chapitre 26

Diana

Cheltenham, 1922

Je me réveille avec le plus affreux mal de tête que j'aie jamais eu. On dirait que quelqu'un m'a donné des coups de gourdin sur le crâne. La chambre est éclairée, trop éclairée, et, regardant autour de moi, je m'aperçois qu'elle est entièrement recouverte de carrelage blanc et que l'atmosphère empeste le formol. Je ne suis pas chez moi.

La lumière m'aveugle, et je suis prise de panique. Je voudrais tant me réfugier à nouveau dans le noir. C'est alors qu'une pensée me traverse soudain l'esprit. Une pensée effrayante. Je suis certainement à La Grange. J'essaie de bouger mais découvre que je suis attachée au lit, pas trop serré mais suffisamment pour que je ne puisse pas m'enfuir. Pourquoi Douglas m'a-t-il fait interner ici ? Il a promis de ne jamais m'y envoyer sans mon accord. Je me mets à crier son nom, jusqu'à ce que mes cris deviennent des hurlements, mais il ne se manifeste pas. À la place, une jeune femme en uniforme bleu, que j'identifie comme étant nécessairement une surveillante, entre et me dit que si je ne me tais pas je vais déranger les autres patients.

Elle ressort, et je me mets à trembler de peur. Pourquoi m'ont-ils amenée à La Grange ? Ma tête me fait toujours mal et mes idées défilent à une telle allure que je ne parviens à en arrêter aucune. J'essaie de me souvenir mais c'est l'obscurité totale. J'ai le cerveau embrumé. Où étais-je hier ? Que faisais-je ? Je ferme les yeux bien fort pour mieux me le rappeler et me fais violence afin de provoquer l'apparition d'images. C'est alors que j'entends une voix – une voix réelle – retentir. On me pose une question. J'ouvre les yeux et constate que la jeune femme en bleu est revenue. Son odeur corporelle m'arrache une grimace de dégoût lorsqu'elle se penche au-dessus de moi.

— Je vous ai demandé si vous m'entendiez, répète-t-elle, compassée, pleine de suffisance et me regardant de haut, au propre comme au figuré.

Lorsqu'elle me dit que je suis à l'hôpital général de Cheltenham, non à La Grange, quelque chose m'échappe et je ne la crois pas.

— Pourquoi suis-je attachée au lit si je ne suis pas à La Grange ? lancé-je dans un raclement rauque, la gorge à vif.

— C'est pour votre propre sécurité, assure-t-elle.

Se penchant de nouveau vers moi, elle ajoute à mi-voix :

— Nous avons dû vous faire un lavage d'estomac.

— Je ne comprends pas. Je veux rentrer chez moi. Pourquoi ne me laissez-vous pas rentrer chez moi ?

J'ai les yeux inondés de larmes et je ne peux les retenir ni les empêcher de mouiller le drap.

Elle fait la moue.

— Vous avez causé beaucoup d'ennuis à tout le monde, mais j'imagine qu'on vous renverra chez vous.

— Me suis-je…

— Comment ?

— Me suis-je fait mal ?

Elle secoue la tête.

— Le médecin parle en ce moment même avec votre mari et ce sont eux qui prendront la décision.

— « La décision » ?

— À savoir si vous pouvez rentrer chez vous en toute sécurité ou non.

— Pourquoi n'y serais-je pas en sécurité ?

— Mrs Hatton, ce n'est pas à moi qu'il faut le demander. Maintenant vous devez vous reposer. Avez-vous besoin d'un broc pour vous laver ?

Je fais « non » de la tête, même si, en réalité, j'en ai besoin.

Une fois seule, j'essaie de me souvenir, mais mon effort est interrompu par un violent serrement de poitrine. Dans un hoquet de douleur, je ferme les yeux et me couvre le visage avec les mains. *Les pilules de Véronal !* Je me revois les fourrant dans ma bouche comme des bonbons. En grand nombre.

Je rouvre brusquement les yeux lorsqu'on donne un petit coup à la porte. Le médecin entre, suivi de Douglas. J'éprouve un immense soulagement et essaie de tendre les bras à mon mari, mais il se tient à quelques mètres en retrait et j'en suis toute décontenancée. Je le regarde et remarque qu'il a des cernes noirs sous les yeux à cause de l'épuisement.

Je tourne mon regard vers le médecin.

— Puis-je parler en privé avec mon mari ?

Il acquiesce.

— Une minute ou deux.

Immobile et silencieuse dans mon lit, je m'étonne lorsque Douglas me prend la main et se met à parler avec un débit rapide mais d'une voix à peine audible.

— Nous avons peu de temps, commence-t-il. Tu dois leur dire que c'était un accident. Que tu avais oublié le compte de cachets que tu avais pris. Diana, c'est puni par la loi d'essayer de se suicider, et quiconque fait une tentative est passible de poursuites et d'emprisonnement. C'est une chance, que le docteur m'ait écouté, et il comprend que tu n'étais pas entièrement dans ton état normal hier, que tu avais une mauvaise migraine et que tu manquais de sommeil. Je lui ai dit que tu avais les idées embrouillées. Tu comprends ? Tu dois soutenir que c'était un accident.

Une fois de retour à la maison, Douglas m'accompagne jusqu'à ma chambre à l'étage, où des jonquilles fraîchement coupées m'attendent dans un vase posé près de la fenêtre. Je sens aussitôt revenir la détente, malgré l'absence de mon miroir qu'ils ont dû enlever. Craignent-ils que je me tue à force de me regarder fixement dans la glace ?

— Merci d'avoir pensé aux fleurs, lancé-je, encore ébranlée et progressant lentement mais sûrement.

Lentement mais sûrement… Lentement mais sûrement…

Douglas hoche la tête ; son visage exprime de la douceur.

— Mrs Wilkes ne va pas tarder à t'apporter un plateau.

— Je ne parviens pas à me rappeler, dis-je. Que s'est-il passé ?

Il pousse un profond soupir et baisse la tête un instant.

— Je sais que tu as dit au psychiatre que tu t'étais absentée au parc, mais nous savons tous que ce n'est pas la vérité. Tu passais du temps au jardin autrefois, mais tu restes de plus en plus cloîtrée ici.

Je me mords la lèvre inférieure.

— À la perspective de ton départ pour Minster Lovell, nous devions essayer de te réacclimater quelque peu au monde extérieur afin que tu sois assez forte pour entreprendre ce changement.

— Oh, mon Dieu ! m'exclamé-je tandis que la mémoire me revient.

Puis je ferme les yeux et les serre fort.

Des gouttes de sueur moite, poisseuse, perlent sur mon front et sur ma nuque. La sensation d'être écrasée sous cette impitoyable angoisse me prive de toute capacité de raisonnement. J'ai chaud et suis prise d'un vertige extrême. Ma poitrine se serre et j'ai si mal qu'il me semble ne plus pouvoir respirer, qu'il me semble étouffer, mourir. Prise de panique, je me raccroche à Douglas et suis prise d'un tremblement que je ne parviens plus à arrêter. La panique ne fait que croître et me submerge. La voix de Douglas se perd dans les brumes, pourtant je sais qu'il me parle à l'instant même. Les yeux fixés sur lui, je vois remuer ses lèvres. Elles remuent jusqu'à me donner envie de hurler. Puis tout devient flou.

Douglas me soutient, me murmure des paroles apaisantes à l'oreille, et je l'entends à présent.

— Tout va bien, Diana, tu es à la maison. Tout va bien.

J'ouvre les yeux. Je suis effectivement dans ma chambre.

— Les sensations d'hier te reviennent en mémoire. Tu es en sécurité ici. Je regrette ce qui est arrivé.

— Ce n'est pas ta faute.

— Oh, mais si, et je m'en fais le reproche. J'aurais dû comprendre à quel point tu en serais affectée. Mais, vois-tu, tu étais bien au début, lorsque nous étions au jardin. C'est ensuite, quand nous avons poussé jusqu'au parc, presque jusqu'à l'étang, que tout est allé de travers. C'était trop pour une première fois. Je t'ai incitée à aller plus loin que tu n'en étais capable.

— Et quand nous sommes rentrés ?

— Bien que ce fût encore l'après-midi, tu es allée te coucher directement. Je me tiens pour responsable de cela aussi. Tu aurais dû avoir quelqu'un auprès de toi.

Je me rappelle à présent. Douglas m'avait laissée seule. J'étais contente de retrouver ma solitude et, tandis que j'étais allongée sur le lit à fixer du regard les quatre murs de la pièce, j'ai eu l'impression d'être devenue la gardienne du passé et qu'il était temps de le laisser filer, avec toute la souffrance, le regret, les espoirs et les rêves enfuis. Tout. J'ai alors fermé les yeux et ai vu les visages de ceux qui étaient partis avant moi ; et ensuite, une fois le passé derrière moi, un calme extraordinaire est descendu sur moi. On m'avait dit quoi faire. Le moment était venu pour moi de me laisser glisser dans l'abîme qui rongeait ma vie et de laisser de côté le passé. C'est ainsi que j'ai pris la décision d'avaler les pilules. J'ai souri, à nouveau heureuse. J'avais enfin fait un choix.

— Mrs Wilkes était inquiète, poursuit Douglas. Elle n'est pas parvenue à te réveiller lorsqu'elle est venue t'apporter ton dîner.

— J'ai pensé que cela valait mieux pour tout le monde. Je suis vraiment navrée pour les problèmes que cela t'a causés, Douglas.

Il me tapote la main.

— J'ai envoyé un télégramme à Simone pour lui demander de venir et de rester auprès de toi jusqu'à ce que tu sois assez forte pour déménager au village. J'ai déjà eu des échanges au sujet de la maison. Elle sera prête. Tu n'auras plus qu'à t'installer dans tes meubles.

Je le regarde droit dans les yeux.

— Je vais toujours là-bas ?

— Je pense que cela vaut mieux, pas toi ?

— Je n'en suis pas certaine, répliqué-je.

Et mon esprit s'égare.

— Je ne t'y forcerai pas, mais l'autre possibilité consiste à employer une infirmière pour prendre soin de toi ici jour et nuit, et tu m'as déjà fait savoir que tu n'en voulais pas. Je suis terriblement inquiet de l'impact que tout cela aura sur Annabella.

Je ramène mon attention sur lui.

— Sais-tu quand Simone arrivera ?

— Non, mais j'ai insisté sur l'urgence de la situation.

J'espère qu'il me permettra de rester jusqu'à ce que je me sente prête. Je ne le lui dis pas, mais je sais qu'il l'a lu dans mes pensées, car il ajoute :

— Ne t'inquiète pas. Rien ne presse.

Je le regarde, les yeux embués de larmes.

— C'était comme si une voix me disait de le faire.

Il fronce les sourcils, mais je ne saurais dire si c'est d'inquiétude ou de colère.

— C'est précisément la raison pour laquelle tu ne peux pas rester seule, car je ne peux pas être sûr qu'une « voix » ne te dira pas de faire du mal à Annabella. Qui sait ce qui arrivera demain si tu restes ici ?

Je détourne le regard. C'est une question grave et la vérité qu'elle renferme me fait l'effet d'une morsure. Je regrette aussitôt d'avoir fait allusion à la voix. M'étais-je sentie si perdue que j'avais atteint un point de non-retour ? Étais-je si désespérée ? Le passé m'avait-il tant brisée ? Ou bien la voix avait-elle tout simplement « tenté le coup » ? Il me reste à accepter que cette voix n'est autre que moi-même.

Chapitre 27

À la fin de son tour de chant, Bella avait prévu de relire la lettre de Simone puis de se coucher tôt, mais tandis qu'elle faisait quelques pas dehors pour s'aérer, elle trouva Edward qui l'attendait.

— Vous vous joignez à moi ? s'enquit-il en lui lançant un de ses sourires de séducteur. C'est une soirée magnifique, et j'ai de bonnes nouvelles.

Bella leva les yeux vers le ciel bleu nuit constellé d'étoiles. L'air était étonnamment frais après une journée aussi torride. Elle entendait les oiseaux nocturnes voleter d'arbre en arbre.

— Bien sûr, répondit-elle.

— Vous êtes resplendissante ce soir. Magnifique robe.

— Merci. C'est la deuxième que je fais faire dans le quartier chinois.

Il fit halte et l'arrêta d'une main sur le bras.

— Vraiment ? Ce peut être un endroit dangereux. Leurs sociétés secrètes nous créent des difficultés sans fin. Le quartier est truffé d'usuriers et les Chinois eux-mêmes n'osent pas porter plainte lorsque des atrocités sont commises.

— Gloria m'a bien prévenue, mais j'y suis allée avec une des danseuses.

— J'évite ce quartier comme la peste. Beaucoup trop coupe-gorge à mon goût.

— Ainsi, vous n'y allez jamais ? s'enquit-elle, se souvenant de l'y avoir vu avec la rousse dont le visage lui était si étrangement familier.

— Pas si je peux l'éviter. À part cela, je me demandais si vous aviez pu tirer quelques conclusions.

— À quel sujet ?

— Au sujet de votre mère. Du bébé. Du drame. Tout, quoi.

Eh bien, je ne pense pas que ma mère était coupable, pensa-t-elle sans le dire.

— Pas vraiment, répondit-elle. Je crois que je vais simplement continuer à vivre.

Il sourit, mais Bella décela une lueur étrange dans son regard. Pourquoi lui avait-elle d'instinct menti ? se demanda-t-elle.

— Cela dit, ajouta-t-elle, j'ai eu vent d'une personne qui, à l'époque, avait entendu un bébé pleurer à l'intérieur ou à proximité de l'hôtel.

— De qui tenez-vous cette histoire ?

— Du portier.

— La vieille rengaine.

— Alors, vous êtes au courant ?

— Je l'ai déjà entendue.

Bella trouva sa réponse quelque peu bizarre. Le portier avait dit que son père n'en avait pas parlé aux autorités ; mais bon, des bruits avaient dû courir et parvenir aux oreilles d'Edward.

— Bah, c'était il y a si longtemps, fit-elle remarquer. Les gens mélangent tout, ne pensez-vous pas ?

Ils continuèrent à longer Phayre Street d'un même pas. L'air du soir embaumait les odeurs de cuisine et la lumière mouchetée de la journée avait cédé la place à la sombre et austère silhouette des arbres qui se découpaient sur fond de ciel étoilé.

— En revanche, moi, j'ai quelque chose pour vous, mais si vous n'avez pas l'intention de poursuivre vos investigations… alors, peut-être…, dit-il avant de s'interrompre.

Après un silence, il ajouta :

— Bah, c'est sans importance.

— Vous avez piqué ma curiosité.

Il partit d'un grand rire.

— La curiosité est un vilain défaut, rappela-t-il.

Elle leva les yeux au ciel.

— « Un défaut » ?

— Parfois…

— Alors ?

— Je suis tombé sur un rapport de police concernant un bébé européen qui aurait été vu en compagnie d'un couple de Birmans.

— Où ?

— Sur un vapeur qui remontait le fleuve Irrawaddy en direction de Mandalay. C'est probablement encore une de ces rumeurs qui ne reposent sur rien.

— Fascinant. La police a-t-elle remonté la piste ?

Edward secoua la tête.

— L'affaire était close. Il y avait eu trop de fausses pistes, j'imagine, et d'autres enquêtes plus pressantes devaient les solliciter. Exactement comme en ce moment.

— Que voulez-vous dire ? Que se passe-t-il en ce moment ?

— L'agitation monte. Un échange de coups de feu a eu lieu dans le quartier indien hier soir. Bilan : trois morts, deux hommes et une femme. Ce n'est qu'une question de temps.

— Avant que ?

— Avant que cela ne devienne dangereux pour nous autres.

— Moi qui pensais que vous aviez de bonnes nouvelles !

— Il s'agit d'autre chose, mais je me demande sincèrement si un voyage en amont de l'Irrawaddy ne vous ferait pas le plus grand bien. Rangoon n'est probablement pas un endroit très sûr pour une femme seule, et, qui sait, vous pourriez peut-être glaner un indice ou deux au sujet du bébé européen qui a été aperçu sur le bateau.

— Mais c'était il y a si longtemps… Personne ne s'en souviendra.

— Peut-être, mais cela vaut la peine d'essayer.

— Me proposez-vous de m'accompagner ?

— Hélas non, s'esclaffa-t-il. Même si… ma foi, vous avez dû vous rendre compte que j'ai beaucoup d'affection pour vous…

Bella ne sut que répondre et chercha un moyen de changer de sujet. Après un bref silence, il poursuivit :

— Je suis désolé. Je vous ai causé de l'embarras.

— Non. Ça va.

Elle lui toucha le bras tout en se remémorant leur précédente conversation. Puis elle ajouta :

— Je voulais vous poser une question.

— Allez-y.

— L'histoire que vous m'avez racontée au sujet du motocycliste, celui qui est mort dans un accident et qui devait être arrêté…

— Oui ?

— Est-elle vraie ?

Elle ne put voir sa réaction car ils traversaient une zone obscure, mais elle remarqua une pointe d'hésitation dans sa voix.

— Écoutez, je ne peux pas vous mentir. La vérité est que je souhaitais vous réconforter.

— Ainsi, ce n'est pas vrai ?

— Pas vraiment, non. Vous étiez perturbée par la possible culpabilité de votre mère.

— Vous m'avez menti ?

— Je craignais que cela ne devienne une obsession chez vous, et je ne voulais pas vous voir compromettre vos chances de faire une grande carrière. J'ai beaucoup d'affection pour vous et redoutais que vous ne vous nuisiez à vous-même.

— Et cette nouvelle histoire à propos du bébé européen ?

— Elle est parfaitement vraie. Je peux vous montrer le rapport. Mais, voyons, je ne vous ai toujours pas annoncé la bonne nouvelle.

— Qui est ? s'enquit-elle, en notant qu'il avait habilement réorienté la conversation.

— Il y a un homme que j'aimerais vous présenter. C'est un agent artistique qui pourrait avoir une proposition à vous faire. Il doit passer par Rangoon sur le chemin du retour qui le ramènera en Australie. Je n'ai pas encore de certitude quant à la date, mais il ne devrait pas tarder. C'est probablement une question de quelques semaines.

Pour sa soirée de relâche suivante, Bella rejoignit Gloria et d'autres amis de celle-ci au bord des lacs royaux où se tenait une régate. Des milliers de lampions colorés illuminaient la surface de l'eau de manière enchanteresse, et Bella put admirer un défilé d'embarcations qui brillaient de mille feux tandis qu'il s'en allait suivre le contour des nombreuses petites baies. Les Britanniques s'étaient rassemblés à la Corniche aux commères, qui offrait la meilleure vue. Bella en profita pour toucher deux mots à Gloria de l'idée qu'avait eue Edward de l'envoyer remonter le fleuve Irrawaddy sur un vapeur.

Les yeux noirs de Gloria s'illuminèrent et elle se mit à battre des mains.

— C'est une idée splendide ! Mais si j'étais vous, je n'irais pas seule.

— Je pensais demander à Oliver Donohue de m'accompagner.

Gloria fit un geste dédaigneux de la main. Bella en profita pour observer attentivement les pommettes saillantes et l'expression hautaine de son amie. Elle distingua également autre chose. Se pouvait-il que ce fût un soupçon de lassitude ?

— Ma jolie, ne vous l'ai-je pas déjà dit ? Il ne cherche jamais que matière à article. Il est absolument sans vergogne et véritablement indigne de confiance.

Bella se rembrunit.

— Je le trouve plutôt gentil.

— « Gentil » ! C'est une condamnation en soi. Mais croyez-moi, c'est un homme dangereux, un homme on ne peut moins « gentil ».

Les détonations d'un formidable tir de feux d'artifice firent sursauter Bella. Elle se détourna de Gloria pour regarder le spectacle, ouvrant grand les yeux. Les étincelles crépitaient avec fracas. Puis la fête prit fin aussi soudainement qu'elle avait commencé.

— Eh bien, si je m'étais attendue ! C'est en quel honneur ?

— Vous ne le savez pas ?

— Non.

— C'est l'anniversaire du gouverneur. Bien, quant à ce voyage en bateau, je connais exactement la personne qu'il vous faut pour vous accompagner : Harry Osborne. C'est un géomètre de l'administration coloniale. Ce qu'il ne sait pas ne vaut pas la peine d'être su.

Elle regarda à droite et à gauche puis ajouta :

— Il doit être là quelque part. Ne bougez pas. Je vais jeter un petit coup d'œil.

Pendant ce temps, Bella fit un tour d'horizon à la recherche d'Edward, se demandant s'il avait des nouvelles au sujet de l'agent artistique dont il lui avait parlé. S'il ne comptait toujours pas arriver avant plusieurs semaines, elle aurait le temps de remonter l'Irrawaddy en vapeur jusqu'à Mandalay et de revenir à temps, au cas, bien sûr, où elle déciderait de faire le voyage.

Seule dans la foule, elle scruta les visages qui l'entouraient. Au début, le luisant des peaux lui parut séduisant, mais il lui vint ensuite à l'esprit que la sueur en était la cause. Se sentant quelque peu oppressée, elle s'écarta des lanternes pour gagner un endroit moins éclairé. Même si certaines personnes lui étaient familières parmi ces grappes d'hommes et de femmes, elle se sentait exclue et manquait de la confiance en soi nécessaire pour s'immiscer dans l'un de ces groupes. C'était ridicule, car un grand nombre d'entre eux l'avaient certainement déjà entendue chanter. C'était peut-être bien là le problème…

— J'aimerais lire dans vos pensées !

Elle reconnut aussitôt l'accent américain d'Oliver et se sentit rougir de plaisir. *Quelle idiote, je fais !* pensa-t-elle. Mais, par chance, il ne pouvait voir son visage dans la pénombre.

— Toute seule ?

— J'attends Gloria.

— Dieu du ciel ! Voilà une excellente raison pour vous enlever.

Elle rit.

— Pour m'emmener où ?

Il fit un pas en avant.

— N'importe quel endroit où les Britanniques ne pullulent pas.

— Je suis britannique, rappela-t-elle, bien qu'en cet instant son cœur battît davantage pour la Birmanie que pour son propre pays.

Voilà qu'elle était surexcitée. Elle se sentait indocile, libre, incontrôlable. *Il est temps, ma petite,* pensa-t-elle, *de céder à un peu de folie et de dévergondage !* Elle interrompit le fil de ses pensées, songeant soudain à sa mère. *Bon, peut-être pas de folie, mais du dévergondage. Je m'en contenterai. Je me fiche de ce que ces gens-là pensent d'Oliver. Moi, je l'aime bien, et c'est tout ce qui compte.*

— Oui, vous êtes anglaise, c'est un fait, mais je vous soupçonne d'être différente d'eux. Ce soir, ma chère, vous êtes belle comme un camion neuf !

Elle s'esclaffa.

— Vous appelez cela un compliment ?

Il recula afin de l'observer plus attentivement.

— Vous venez ? Je sais que vous en avez envie.

C'était un moment d'une intimité désarmante. Elle jeta un coup d'œil au loin dans la direction où Gloria s'était perdue dans la foule et, malgré les réserves de son amie à l'égard d'Oliver, sa décision fut prise en un instant. Elle se laissa emmener par la main en courant, tous deux riant aux éclats comme des enfants, se faufilant entre des Anglaises ahuries et leurs maris guindés.

Une fois qu'ils furent à l'écart, à bout de souffle et euphoriques, Bella s'arrêta net et se courba en deux en se tenant les côtes.

— Attendez ! lança-t-elle. J'ai un point de côté.

— Traînarde ! répliqua-t-il en riant.

— Ce n'est pas juste. Je porte des talons.

— Enlevez-les dans ce cas. Enlevez tout !

— Pour me faire enfermer ? s'esclaffa-t-elle.

— Par une nuit comme celle-ci, je vous accompagnerais.

— En prison ou pour tout enlever ?

— À votre avis ?

Elle se redressa. Il avait raison. C'était une nuit d'ivresse, douce, parfumée et portée par une brise légère qui caressait ses bras nus, et qui faisait s'entrouvrir ses lèvres et lui insufflait le désir d'effleurer la peau tiède d'Oliver.

Les nuits de Birmanie sont irrésistibles, pensa-t-elle. *C'est comme si toute pensée rationnelle m'échappait : les étoiles scintillent par milliers, la lune a des reflets d'or plutôt qu'argentés et l'atmosphère s'anime de sons mystérieux. Le plus plaisant dans tout cela, c'est la fraîcheur ambiante. Cette merveilleuse et splendide fraîcheur !*

Elle se demanda quel genre d'amant serait Oliver s'il devenait son bien-aimé. Elle imagina leurs corps entrelacés dans des draps blancs froissés, leur étreinte scellée par la chaleur, la sueur et le désir. Puis elle revint à la réalité. Elle n'était pas venue en Birmanie pour tomber amoureuse. Il était préférable qu'ils restent amis, des acolytes conspirateurs. *Non, pas des conspirateurs, une équipe de détectives.*

Tandis qu'ils reprenaient leur marche, à pas lents cette fois, il porta une main de Bella à ses lèvres et embrassa chacun de ses doigts l'un après l'autre. Elle ne dit mot mais se pencha vers lui et, bouche contre bouche, se serra contre son torse. Une fragrance masculine – mélange de parfum citronné et de savon au santal – émanait de sa peau, bien que son odeur personnelle ne ressemblât à aucune autre. Durant leur baiser, elle en attribua la responsabilité à l'air extraordinairement doux de la nuit. Et lorsque des perles de sueur ruisselèrent entre ses seins, elle ne put rien y faire, sinon céder à ce merveilleux picotement qui signifiait qu'elle était pleinement vivante… Ils resteraient de simples amis une autre fois…

Au bout de quelques minutes, ils mirent fin à leur étreinte.

—As-tu faim ? s'enquit-il, scrutant son visage dans la lumière d'un lampadaire.

Elle était rayonnante, ravie de prolonger ce moment magique.

—Totalement affamée !

—Alors nous sommes deux ! Que dirais-tu de manger birman ? Il y a un restaurant formidable juste au coin.

—Je ne le connais pas.

—Bon sang, toute une éducation à refaire. Viens.

Là-dessus, il lui tendit la main.

Au bout de quelques minutes, ils arrivèrent à un estaminet éclairé par des lanternes. Là, on les conduisit à une table tranquille au fond de la salle où flottait dans l'air une odeur de poisson bizarre.

— Il te faudra choisir pour moi. Je n'y connais rien.

— Salade de gingembre pour commencer. *Gin thoke*, comme ils l'appellent. Qu'en dis-tu ?

Sous le charme de son regard, elle songea qu'elle pourrait dire « oui » à tout ce qu'il voulait.

— Ils la servent avec du gingembre mariné, des lentilles et des haricots de Lima qui trempent toute la nuit avant d'être sautés à la poêle jusqu'à ce qu'ils soient croustillants. Puis ils mélangent le tout avec du chou coupé en lanières, des arachides, des graines de sésame et du fond de poisson.

Il esquissa une volute avec la main.

— C'est le fumet de poisson que tu sens là, mais le goût est bien meilleur que l'odeur.

Un sourire gourmand éclaira son visage.

Pendant qu'il passait commande, elle remarqua qu'il pianotait en rythme sur la table.

— Qu'est-ce que c'est ? s'enquit-elle.

— Juste un air. Tu sais, une fois qu'on l'a en tête…

Il laissa retomber sa voix et reprit :

— Donc, après cette entrée en matière, la prochaine fois, nous goûterons la salade de feuilles de thé. Je te ferai découvrir la culture birmane, leur musique et tout et tout, à commencer par la plus grande pagode.

« La prochaine fois… », songea-t-elle. *Il y aura donc une prochaine fois.*

Elle était aux anges à cette seule pensée.

Chapitre 28

Deux jours plus tard, en début de soirée, Bella et Oliver se mirent en route pour Sanguttara Hill et la pagode Shwedagon. Le chemin était bordé de toutes parts par des étals chargés de tissu, de gâteaux collants, d'objets en bois et de fleurs. Les commerçants, quant à eux, s'abritaient du soleil sous des ombrelles colorées. L'endroit grouillait de monde, de nuées de badauds venus faire des achats. Ici et là, Bella remarqua dans la foule la présence de jeunes femmes qui balayaient le sol.

— Elles se sont portées volontaires, expliqua Oliver. Cette pratique est au cœur de leur croyance ; elle a pour but d'accumuler des mérites en œuvrant charitablement et en accomplissant de bonnes actions. Elles accroissent ainsi leurs chances d'obtenir une réincarnation avantageuse.

— Et les pagodes ? Pourquoi y en a-t-il tant en Birmanie ?

— Ma foi, les riches financent leur construction en vue, eux aussi, d'accumuler des mérites. Chacune d'entre elles est un *Odeiktha zedi*, un rappel du dharma. Mais il en existe aussi d'un autre genre, qui abritent des reliques.

Ils avancèrent et parvinrent bientôt à un étalage couvert de cages en bambou ; chacune recélait un tout petit oiseau vert semblable à un moineau.

— Regarde ! s'exclama-t-elle, atterrée.

— En veux-tu un ? s'enquit Oliver.

Elle eut un mouvement de recul.

— Un oiseau en cage ? Non merci !

— Ce n'est pas ce que tu crois. Viens.

Réticente, elle le suivit néanmoins jusque devant l'étalage.

— Alors, combien ? s'enquit-il en se tournant vers elle.

— Tu es fou ?

— Fais-moi confiance, répliqua-t-il, tout sourires.

Tandis qu'il marchandait avec le commerçant, Bella le regardait avec angoisse.

Au bout de quelques instants, ils semblèrent être parvenus à un accord, et l'homme plaça trois cages sur une table improvisée.

— Ils sont tous à toi, lança Oliver.

Bella haussa les sourcils mais ne bougea pas.

— Allez !

— Mais je ne les veux pas.

— Ouvre simplement les cages. Tu peux les libérer maintenant. C'est pour cela qu'on les vend ici. Pour accumuler du mérite en leur rendant la liberté.

Elle secoua la tête et éclata de rire.

— Franchement, Oliver, j'ai bien cru que…

Elle ne termina pas sa phrase.

— Je n'ai pas pu résister.

Elle ouvrit les cages l'une après l'autre et regarda, ravie, les petits oiseaux s'envoler et disparaître au loin, s'élevant de plus en plus haut dans les airs.

Ils poursuivirent leur chemin et gravirent les marches qui menaient à l'enceinte centrale pittoresque à laquelle Oliver donna le nom d'*aran*. Lorsqu'elle se tint enfin sur l'esplanade aux multiples édifices, elle put constater que l'immense pagode occupait le centre d'un vaste ensemble composé de pagodes plus petites distribuées entre les arbres. Elle s'avisa, dès lors, que se rendre à la pagode constituait un événement social aussi important qu'animé. Tout Rangoon semblait s'être donné rendez-vous là. Au début, elle prêta surtout attention aux familles qui se promenaient dans leurs plus beaux habits pendant que les petits enfants dormaient les uns sur les autres sous la surveillance de leurs grands-mères. Puis elle observa les jeunes couples qui priaient à genoux et les groupes de fidèles qui partageaient leur repas assis par terre. Les plus étonnants étaient les moines en robe safran qu'elle vit crapahuter sur les terrasses inférieures de la pagode Shwedagon.

— Que peuvent-ils bien faire ? s'enquit-elle.

— Ils vérifient la surface au cas où il y aurait des fissures.

— Cela m'a l'air dangereux. Ils n'escaladent sûrement pas tout le bâtiment de la base au sommet ?

— Je crois que si. Sur quatre-vingt-dix-neuf mètres de haut.

— Doux Jésus !

— Viens, lança-t-il. Nous avons encore le temps de la voir sous son meilleur jour avant le coucher du soleil.

Ils se remirent en route, bras dessus, bras dessous, passant devant d'énormes cloches suspendues à l'intérieur d'architectures maçonnées, laissant derrière eux des pavillons d'apparat qui abritaient des sanctuaires et de superbes statues léonines. Bella apprécia l'activité grouillante qui se déployait dans la galerie principale, en parfait contraste avec les coins ombragés et tranquilles où des moines étaient en prière sous les arbres.

— C'est un pur joyau ! s'exclama-t-elle, avant de rester bouche bée devant les dimensions prodigieuses de la pagode Shwedagon.

— Oui, même s'il y a aussi de la verroterie.

Tandis que le ciel prenait des teintes dorées et que des ombres d'un noir profond commençaient à grignoter la lumière à l'intérieur des pavillons, Bella poussa un cri d'émerveillement à la vue de l'éclat éblouissant du dôme de la pagode sous les derniers rayons du soleil. Grâce à l'éclat réfracté par le verre coloré, tout l'édifice scintillait et étincelait de splendeur. C'était un bijou miraculeux comme Bella n'en avait jamais vu. L'enceinte, où brillaient à présent lampes à huile, bougies et quelques rares éclairages électriques, chatoyait dans le vent du soir. L'atmosphère avait changé, elle aussi, devenant plus fascinante et moins agitée, comme si un voile magique était descendu sur les lieux en même temps que la nuit, étouffant les bavardages et rendant plus intense la portée religieuse de l'instant. Bella frémit légèrement, et Oliver passa un bras autour de ses épaules.

— Alors ? murmura-t-il, presque tête contre tête, ça te plaît ?

— Beaucoup, répondit-elle.

Même si elle n'aurait su dire si sa réponse s'appliquait aux sentiments qu'elle ressentait pour lui ou à la pagode.

Elle se blottit contre lui pendant quelques minutes, se laissant imprégner par la paix ambiante. Puis, tandis qu'ils se remettaient en route, il lui tint la main.

Elle sentit l'énergie d'Oliver l'irradier entièrement et désira qu'il l'embrasse à nouveau. La première fois, c'était elle qui avait pris l'initiative du baiser, mais à présent, elle souhaitait que ce soit lui qui le fasse. Elle fit halte, puis leva une main dans l'intention de la poser contre sa joue. C'est alors qu'il la prit dans ses bras et effleura ses lèvres d'un baiser. Bella en fut électrifiée. Il attisa son plaisir ; elle attisa le sien, l'embrassant avec une douceur avide. Elle sentit toute la force de son propre désir ardent qui, déferlant comme une vague de mercure en fusion, l'entraînait vers sa propre dissolution dans le miracle de la pure joie. Puis, sans savoir pourquoi, la tête contre son épaule, elle laissa soudain éclater sa joie et rit de bonheur. Sans doute était-ce là le seul moyen pour elle, au milieu de tant de gens, de relâcher quelque peu la pression d'un désir intense. Il joignit son rire au sien.

— Viens, dit-il, lorsque leur bonne humeur commença à retomber.

Puis il recula d'un pas, prit ses deux mains dans les siennes et ajouta :

— Nous ferions mieux de partir, les gens s'offusquent des manifestations publiques d'affection.

— « D'affection » ? s'esclaffa-t-elle à nouveau. Est-ce donc de l'affection ?

Sur ces mots, elle jeta un coup d'œil à la ronde et vit que des femmes leur lançaient des regards noirs.

Elle se sentit comme ivre de se trouver avec Oliver en cette soirée si profondément romantique. Mais elle était également curieuse d'en savoir davantage sur la religion birmane. Une fois l'émotion passée quand elle se fut calmée, elle lui demanda de lui parler de ses rites.

— Un mélange de bouddhisme et de croyance dans les *nats*.

— « Les *nats* » ?

— Souviens-toi, nous en avons déjà parlé.

— Oh, oui. Les esprits.

Elle se laissa bercer par les bruissements plus feutrés du soir.

— Et les moines ? J'en vois souvent dans les rues.

— Oui, ils sortent généralement tôt le matin avec leurs bols à aumônes pour mendier leur nourriture de la journée.

— Et c'est là tout ce qu'ils possèdent ?

Oliver acquiesça.

— Le rôle du bouddhisme a énormément changé depuis la prise de pouvoir par les Britanniques. Les lois étaient, selon la coutume, édictées d'après les enseignements bouddhiques, et les moines étaient protégés. De nos jours, évidemment, le lien entre le régime et le bouddhisme a été rompu.

— En quoi croient-ils ?

Il se concentra pour réfléchir.

— De manière très simple, ils croient dans la valeur du respect envers les parents et les anciens. Ils sont spontanément curieux et considèrent l'ignorance comme un péché. Ils insistent aussi sur la nécessité de pardonner et de s'occuper de la famille et des proches.

Elle leva vivement les yeux vers lui.

— Cela me paraît plutôt excellent.

— Mais c'est étrangement contradictoire avec le fait que cette branche-là du bouddhisme est extrêmement individualiste. Chacun est responsable de son propre salut, malgré l'importance attachée à la communauté des fidèles.

— Cela doit conduire à une vie paisible.

Oliver se mit à rire.

— Peut-être. Quoi qu'il en soit, je crois qu'il est temps à présent de redescendre sur terre. Prête pour aller boire un verre ?

Chapitre 29

Rangoon, 1937

Pendant les mois suivants, Bella passa le plus clair de son temps à travailler et, lorsqu'elle ne travaillait pas, elle était avec Oliver. Quand elle n'était pas en sa compagnie, elle pensait à lui. Lors d'une soirée, ils avaient bu du champagne près des lacs royaux en regardant les vers luisants, riant de tout et de rien et devenant, lentement mais sûrement, un peu soûls. Depuis qu'elle avait renoncé à l'abstinence, rares étaient les soirées où ils ne buvaient pas.

— Donc tu comptes rester en Birmanie ? avait-elle demandé un jour.

— Je suppose que cela dépendra. Ils reprendront leur indépendance aux Anglais tôt ou tard, et qui sait comment évoluera la situation ensuite.

— Mais tu apprécies de vivre ici ?

— Pour l'instant.

— Et tu y es venu à cause de…

— Il me semble te l'avoir dit la première fois que nous nous sommes rencontrés. Il y a du changement dans l'air, et cela ne peut qu'intéresser le journaliste que je suis.

— Et après ?

— Je ne sais pas, Bella. Des grondements inquiétants se font entendre en Allemagne : répression des libertés individuelles et élimination des opposants politiques, ce genre de mesures, et mon petit doigt me dit qu'il va y avoir du grabuge.

— Mais cela ne nous atteindra sûrement pas ici ?

— Peut-être que si, peut-être que non. Difficile à dire à ce stade.

Cette conversation avait été suivie par un long silence, au terme duquel il avait délicatement tourné le visage de Bella vers lui.

— Ne parlons pas de choses déprimantes, avait-il dit.

Puis il avait suivi le contour de ses lèvres du bout des doigts.

Se faisant un plaisir de passer le plus de temps possible ensemble, ils allaient aux courses, où ils perdaient de l'argent, constatant avec intérêt que Gloria s'en tirait plutôt pas mal tandis que son frère secouait tristement la tête de dépit lorsque le cheval dont il était copropriétaire arrivait le dernier. Ils allaient déguster de délicieux dîners au *Silver Grill* et se promenaient au parc dans la toute relative fraîcheur du soir. Puis, fourbus et souhaitant se détendre, ils échouaient à l'appartement d'Oliver pour boire le café. Tout se passait comme si, par suite d'un accord tacite, ils ne voulaient rien presser et attendaient le bon moment. Bella se réjouissait de pouvoir prendre le temps de le connaître, de se faire à ses tournures de langage bizarres et de le taquiner au sujet du massacre de la langue anglaise par les Américains. Il acceptait tout cela sans sourciller, et pas un seul instant elle ne se sentit brusquée par lui.

Il en allait bien différemment de sa première et unique relation, celle qu'elle avait eue avec Nicholas Thornbury. En tant que producteur, il lui avait promis la Terre entière et avait voulu aller trop vite. Elle avait essayé de répondre à ses attentes et d'être la petite amie pour la vie qu'il souhaitait, mais ç'avait été un rôle de composition. Cela n'aurait jamais marché entre eux, même s'il eût été probablement préférable qu'elle le lui dise en face plutôt que de partir en laissant une simple lettre. Elle en éprouvait du remords. C'était un garçon futé qui l'avait stimulée. Sa connaissance des arcanes londoniennes et ses fréquentations toutes plus passionnantes et atypiques les unes que les autres lui avaient bénéficié. Mais en vérité, son jugement avait été influencé par les paillettes ; de plus, fort troublée qu'il s'intéressât à sa personne, elle s'était laissé porter. Ce n'était qu'après coup qu'elle avait pris conscience de n'être avec lui que pour de mauvaises raisons et qu'elle en avait éprouvé de la honte.

Après cela, les hommes étaient parfois partis du principe que, puisqu'elle était chanteuse, elle devait avoir des mœurs libertines et serait prête pour n'importe quelle aventure. Mais Bella n'était pas du tout de cette trempe-là. Elle faisait preuve, au contraire, d'une réserve que la plupart des hommes manquaient d'identifier. Oliver était différent. Il était délicat, et sa confiance en lui ne cessait de s'affermir. Elle aimait cette impression d'être comme chez elle.

Elle avait répondu à la lettre de Simone, la remerciant infiniment de lui avoir fourni tant de renseignements. En fait, sa lettre lui avait permis de recouvrer enfin une certaine tranquillité d'esprit quant à sa mère. Indéniablement, les événements de 1911 avaient affecté la santé mentale de Diana, et pour la première fois, Bella éprouvait le besoin de la réhabiliter. *On dit que la tristesse ne tue pas. Mais si, en fait, elle peut tuer.* Il ne faisait aucun doute à ses yeux que sa mère était morte de chagrin. Pourtant, un point restait à éclaircir. Qu'avait voulu dire Simone en alléguant que son père n'avait pas reconnu avoir une part de responsabilité dans la maladie de sa mère ? Qu'avait-il fait ?

Elle ne parvenait pas non plus à comprendre pourquoi sa propre naissance n'avait pas suffi à ramener leur relation à l'équilibre, ou du moins à neutraliser un peu la peine causée par la perte d'Elvira. C'était encore douloureux pour Bella, et bien qu'elle n'en eût jamais parlé avec Oliver, elle avait l'impression qu'il l'avait compris et qu'il percevait son désarroi.

Le jour où elle entra enfin en possession des clés de la maison de Golden Valley, elle pensa demander à Olivier de l'y accompagner mais se ravisa, préférant y aller seule cette fois-là. À présent que la demeure était sienne se fit jour en son cœur un vif désir nouveau pour elle : le besoin d'en palper les surfaces, d'effleurer la texture des murs et de s'imprégner de ce qui subsistait encore. Or, pour cela, elle avait besoin d'être seule. Elle allait devoir prendre des décisions au sujet de l'avenir de cet héritage et, malgré toute l'estime qu'elle avait pour Edward, elle n'était pas sûre de vouloir lui vendre la maison.

Elle reprit donc le tram et couvrit le reste du trajet à pied, passant, comme précédemment, devant les luxueuses demeures coloniales qui se ressemblaient toutes. Sa maison, en revanche – elle frémit légèrement à l'idée qu'elle en était propriétaire –, avait changé d'allure. Apprenant qu'on lui remettrait bientôt des clés, elle avait engagé un jardinier pour rabattre les broussailles. En ouvrant le portail, elle put constater le changement. On eût dit que le jardin donnant sur le devant avait été débarrassé de sa cosse hérissée, faisant apparaître le bâtiment plus grand et plus lumineux. Elle leva les yeux vers le ciel brûlant et sentit déferler en elle une vague de bonheur.

Malgré la raideur de la porte d'entrée qui refusa d'abord de bouger après qu'elle eut fait tourner la clé dans la serrure, Bella était déterminée à entrer dans la maison comme ses parents l'auraient fait, non en se glissant subrepticement par une porte de service. Elle appuya l'épaule bien solidement contre le battant à la peinture écaillée et poussa jusqu'à ce qu'un couinement suivi d'un grincement se fisse entendre, signe que l'huis ne tarderait pas à céder. Lorsque la porte s'ouvrit soudain, elle trébucha dans le vestibule et chancela avant de se rattraper d'une main.

— Désolée, pour l'entrée fracassante, ma vieille, murmura-t-elle.

Ce n'était certes pas une manière des plus élégantes d'entrer chez soi.

Bella se figea, interloquée par le fil de ses pensées. Cette maison allait-elle réellement devenir son foyer ?

Elle laissa la porte grande ouverte. L'endroit avait besoin d'un bon courant d'air avant de songer aux rénovations. À présent que le soleil pénétrait dans le vestibule, elle put en examiner le sol : un damier de marbre noir et blanc éclairé par des rais de lumière. Par chance, il était encore, pour l'essentiel, intact. Puis, déambulant de pièce en pièce, elle commença à voir la maison sous un nouveau jour, et l'envie lui vint de lui faire reprendre vie, même si, à l'évidence, le reste du rez-de-chaussée avait besoin d'importants travaux pour chasser, une bonne fois pour toutes, les fantômes du passé. Elle ouvrit chaque fenêtre qui n'était pas coincée puis gravit l'escalier, se rendant directement dans la chambre qu'elle pensait avoir été celle de ses parents. Depuis la terrasse, elle contempla le parc. Le jardinier avait également œuvré là et, à présent qu'une grande partie de cette jungle avait été rabattue, elle ne doutait plus que sa mère avait dû beaucoup le chérir.

Les quelques bons souvenirs que Bella avait gardés de sa mère les figuraient ensemble dans le jardin de la maison de Cheltenham. Mais c'étaient des images nébuleuses, et Bella n'aurait su dire avec exactitude si elles n'étaient pas tout simplement l'incarnation des désirs d'une enfant. Elle savait avec certitude que sa mère avait aimé les fleurs. Sur ce point sa mémoire ne la trompait pas.

Après avoir ouvert les fenêtres de l'étage, elle redescendit au rez-de-chaussée puis sortit par une porte-fenêtre dans ce qui avait été le patio. Le sol en était dangereusement inégal, la plupart des pavés étant brisés et quelques-uns manquant çà et là. Tandis qu'elle avançait comme elle pouvait, des colonnes de fourmis détalaient de sous ses pieds et une famille de minuscules lézards décampa pour aller se mettre à l'abri. Elle traversa l'herbe tondue et encore inégale, mais qui, du moins, ne lui arrivait plus aux genoux, et se dirigea vers le passage qui donnait sur la partie invisible du parc. Avant de s'y engouffrer, elle se retourna pour jeter un coup d'œil à la maison. Elle baignait dans la lumière dorée du soleil. Bella eut la gorge nouée de la voir ainsi dans sa beauté surannée. Elle n'eut pas à fournir un gros effort d'imagination pour comprendre que ses parents avaient vécu heureux ici avant que tout ne tourne au plus mal. Elle éprouva une brève mais profonde tristesse, qui passa. Alors, elle emprunta le passage et alla auprès du grand tamarinier. Elle s'allongea dans l'herbe sous ses branchages et contempla son feuillage ombreux. Malgré son arrivée récente en Birmanie, elle se sentie attachée à cet endroit, comme si elle avait enfin trouvé sa vraie place.

Pourrait-elle s'y installer définitivement ? Restaurer la maison ? La ramener à la vie ? Était-ce seulement possible ?

Le lendemain soir, quelques instants avant de monter sur scène, Bella reçut un mot d'Edward qui lui demandait de venir le retrouver, ainsi qu'un autre homme, immédiatement après le spectacle. Elle avait passé tant de temps avec Oliver qu'elle en avait presque oublié qu'Edward avait fait allusion à un agent. Si elle ne l'avait pas complètement oublié, du moins avait-elle assurément pris l'information avec des pincettes et n'y avait plus songé. Quoi qu'il en fût, l'homme était arrivé : un certain Mr Clayton Rivers, agent artistique australien international ! Dommage qu'elle dût faire faux bond à Oliver, mais c'était inévitable. Elle avait essayé de l'appeler, mais personne n'avait décroché. Ils s'étaient donné rendez-vous au *Silver Grill* pour boire un dernier verre avant d'aller se coucher, et elle avait prévu de lui parler de sa récente visite à la maison de Golden Valley. Elle ne doutait pas qu'il comprendrait les raisons de son absence, même si, prévenue elle-même à la dernière minute, elle n'avait eu aucun moyen de se décommander.

Malgré un mélange de surexcitation et de nervosité, le spectacle se déroula sans encombre et à 23 h 30 elle rajusta sa coiffure, retoucha son maquillage, mit ses plus hauts talons et, passant devant les quelques clients retardataires, se dirigea vers le bar où l'attendait Edward, l'air détendu et décontracté dans une chemise à col ouvert, sirotant un whisky en compagnie d'un autre type. Tous deux se levèrent lorsqu'elle fit son apparition et, un sourire radieux aux lèvres, Edward la présenta à l'agent – un grand gaillard large d'épaules au teint bronzé et aux cheveux blond platine coupés ras.

— Ravie de faire votre connaissance, Mr Rivers, salua-t-elle en lui tendant la main.

— Je vous en prie, appelez-moi Clayton.

Il lui fit un sourire éblouissant et ajouta :

— Si nous nous trouvions un coin tranquille là-bas ?

Ils laissèrent Edward et allèrent s'installer à une table d'angle. Clayton Rivers poursuivit, lui disant qu'il était de Sydney et qu'il faisait actuellement la tournée de tous les grands hôtels et des théâtres d'Asie à la recherche de nouveaux spectacles. Lorsque Edward, un vieil ami rencontré à l'époque où il vivait à Londres, lui avait fait un éloge très enthousiaste de Bella, il s'était senti obligé de faire un petit détour. Il n'avait d'ailleurs pas été déçu et se dit prêt à la programmer aux conditions et tarifs habituels, si elle était intéressée.

Bella fut folle de joie d'entendre tout cela et, écoutant attentivement, elle acquiesça lorsqu'il expliqua que tous les détails seraient mis noir sur blanc dans le contrat, même s'il faudrait attendre une à deux semaines pour qu'il soit rédigé. La seule condition était qu'elle devait se trouver à Sidney à la fin de la semaine suivante afin de passer une audition pour un rôle de doublure qu'elle devrait tenir pendant six mois dans une comédie musicale à succès.

— Je ne vous promets rien, précisa-t-il. Vous vous rendez compte qu'il y aura d'autres candidates à l'audition, mais... vous avez du talent. Beaucoup de talent. Le voyage est un peu coûteux, mais Imperial Airways vous y emmènera en trois jours avec une escale à Singapour et une à Perth.

Selon toute vraisemblance, la vedette du spectacle traversait des problèmes personnels et avait des problèmes de santé, et bien qu'elle n'ait pas encore abandonné le rôle, une rupture de contrat semblait inéluctable. La doublure actuelle était « rembourrée », expression que Bella interpréta comme voulant dire qu'elle était enceinte et que cela se voyait déjà. C'était pourquoi le temps pressait, comme l'expliqua Clayton.

Bella hocha la tête avec enthousiasme, tout en ressentant une réticence sous-jacente. Le fait d'avoir un agent pour défendre ses intérêts signifiait qu'elle serait pressentie pour des emplois dont elle n'aurait jamais entendu parler autrement. Alors pourquoi être indécise ?

— Puis-je prendre un ou deux jours pour y réfléchir ? finit-elle par dire.

Il haussa les sourcils avec étonnement.

— Vraiment ? Vous avez besoin d'y réfléchir ?

— J'ai des choses à régler, rien de plus.

Ce n'était pas tout à fait vrai. Elle se sentait partagée à l'idée de quitter Oliver précisément au moment où ils commençaient véritablement à se connaître, et sa maison de Golden Valley, malgré son délabrement, pesait également dans la balance. La maison était un lien puissant avec le passé, celui de ses parents ; et même si le fait qu'elle s'y sentait chez elle ne s'expliquait pas rationnellement, la demeure était une partie d'elle-même. Et Elvira ? Restait encore à éclaircir l'histoire du bébé européen remontant la rivière avec un couple de Birmans. Certes, sa sœur disparue n'avait pas été au premier rang de ses préoccupations ces derniers temps, mais Bella reviendrait-elle jamais en Birmanie si elle en partait maintenant ? Connaîtrait-elle un jour le fin mot de l'histoire ? Elle inspira longuement, profondément. D'un autre côté, c'était une occasion formidable de lancer sa carrière. Comment pouvait-elle seulement envisager de la laisser passer ?

Elle jeta un coup d'œil à Edward à l'autre bout du bar. Gloria venait de le rejoindre. Lorsque Bella reconnut celle qui les accompagnait, elle fut interloquée. C'était la rousse, celle qu'elle avait aperçue avec Edward dans le quartier chinois. Voilà que cette femme lui souriait ! Bella la regarda fixement, une multitude de questions à l'esprit. Qui était-elle ? Et pourquoi Bella avait-elle l'impression de la connaître ? Cela était-il dû à autre chose qu'à sa ressemblance avec Diana ?

— Si nous retournions voir les autres ? suggéra Clayton.

Tandis qu'ils se dirigeaient vers le bar, Gloria fit signe à Bella d'approcher.

— Venez, que je vous présente Susannah.

Susannah sourit, et, aussitôt, l'impression de Bella se confirma : cette femme ressemblait trait pour trait à sa mère morte. Lorsque Susannah ouvrit la bouche, Bella fut étonnée d'entendre un fort accent écossais. Quoique bien conservée, malgré un fin réseau de rides, elle était plus âgée que Bella ne l'avait cru au premier abord. Son maintien très droit et sa robe moderne l'avaient fait paraître de loin plus jeune qu'elle ne l'était. Mais à en juger de plus près, elle devait avoir dans la cinquantaine bien avancée. Si Bella avait eu ne serait-ce que l'ombre d'un soupçon qu'il s'agissait d'Elvira – ce qui n'avait pas été le cas ; enfin, pas vraiment –, ce soupçon eût été immédiatement dissipé. L'âge de Susannah rendait cette éventualité impossible. Elle lui serra la main.

— J'ai retrouvé Harry le soir de la régate, annonça Gloria. Bon sang, il me semble que cela fait des lustres ! Mais quand je vous ai cherchée, vous aviez disparu. Sans prévenir, et je ne vous ai guère revue depuis notre rencontre au champ de courses.

— Oh ! s'exclama Bella, en s'empressant de revenir à la réalité et se souvenant de la manière dont elle s'était enfuie avec Oliver. J'avais la migraine ce soir-là. Alors je suis rentrée. Et depuis, eh bien… j'ai été assez occupée.

Gloria, les yeux plissés, lui jeta un regard insolent.

Bella sentit le rouge lui monter aux joues.

— Désolée, je vous ai cherchée ce soir-là pour vous prévenir.

— En êtes-vous bien sûre, ma jolie ?

Là-dessus, Gloria se tut, ne mordant manifestement pas à l'hameçon.

— Bah, n'en parlons plus à présent, ajouta-t-elle. Harry est parti pour les contrées reculées peu après la régate, de sorte qu'il aurait été inutile d'évoquer de nouveau la question de votre voyage sur le fleuve, mais il est de retour à présent, et nous nous retrouvons au *Golden Eagle* à 11 heures demain pour un déjeuner rapide. C'est le bar où je vous ai emmenée à votre arrivée. Vous vous en souvenez ?

Bella hocha la tête mais ne put s'empêcher de penser qu'elle s'était fait prendre en flagrant délit de mensonge.

Désireuse à présent de s'en aller, elle marmonna une excuse au sujet d'une longue et pénible journée et promit de la voir le lendemain matin. Puis elle leur souhaita à tous bonne nuit.

Chapitre 30

Harry Osborne se révéla être un homme sérieux qui parlait le birman couramment et dont le travail consistait à établir le cadastre du pays et à rédiger un rapport officiel détaillant l'occupation des sols et l'activité humaine dans les confins de la Birmanie. Cet homme excessivement soigné aux cheveux blond-roux et aux lunettes glissant constamment de son nez semblait étrangement détonner dans ce bar où il sirotait tranquillement une citronnade en refusant obstinément les propositions d'alcool que lui faisait Gloria.

Une fumée d'encens fortement odorante en provenance de l'angle de la salle piqua les yeux de Bella, et elle se mit à tousser. Quand elle se fut remise et qu'elle eut exposé son désir de découvrir la vérité au sujet de sa sœur, Harry hocha lentement la tête, jetant des coups d'œil à la cantonade, comme s'il voulait s'assurer que personne ne surprendrait leur conversation.

Puis ce fut au tour de Gloria de parler :

— Harry connaît tout le monde dans les villages qui jalonnent le trajet. Les Birmans, veux-je dire. Si l'un d'entre eux a vu quelque chose, il lui tirera les vers du nez en un clin d'œil. Personne n'est plus qualifié que lui, et c'est une chance colossale qu'il s'apprête à reprendre la route. Mais laissons Harry vous expliquer lui-même.

Sur ces mots, elle lui passa la parole avec un rapide sourire.

— Si vous souhaitez m'accompagner à Mandalay…, commença-t-il.

Il parlait à voix si basse que Bella fut obligée de se pencher tout près, au point de découvrir à son haleine qu'il avait mangé du poisson.

— Je pars dans trois jours, poursuivit-il. Et ne rentrerai pas avant dix mois. Après Mandalay, je vais au nord-ouest, voyez-vous, jusqu'aux frontières accidentées qui séparent les montagnes de la rivière Chindwin. Je suis certain que je peux vous organiser des rendez-vous utiles à Mandalay. Peut-être même avec le préfet de police du district. Laissez-moi un jour ou deux, et j'improviserai un plan.

La gorge de Bella se serra. « *Trois jours* » *!* Il lui faudrait se décider rapidement. Maintenant qu'elle avait enfin fait la connaissance de Harry, le voyage sur le fleuve prenait une tournure plus concrète. L'histoire du bébé européen et du couple de Birmans représentait une tentation très forte pour elle. En outre, si Harry pouvait convaincre un haut responsable de la recevoir, elle aurait peut-être l'aubaine d'approcher de la vérité, ou au moins de découvrir une piste. Ce n'était pas gagné, bien sûr, mais avec un peu de chance, elle rencontrerait quelqu'un qui les avait vus.

— Combien de temps faut-il pour remonter le fleuve ?

— Deux semaines.

— « Deux semaines » !

Dans sa naïveté, elle avait escompté deux ou trois jours, ce qui lui aurait en outre laissé le temps de se rendre à Sidney.

Il lui lança un regard plein de lassitude.

— Et puis le train du retour pour Rangoon n'est pas toujours rapide non plus, il peut mettre plus de vingt-quatre heures, à moins qu'il n'y ait des inondations, auquel cas, c'est encore plus long. En fait, si vous prévoyez de revenir par train, vous devrez partir bien avant l'arrivée de la mousson.

— Et quand est-ce ?

— Début juin environ.

Du moins restait-il assez de temps avant les pluies, même si, c'était indéniable, toute cette équipée pouvait fort bien se résumer à une totale perte de temps : une fausse piste qui lui coûterait une occasion en or d'avoir un agent.

Remarquant son hésitation, Gloria intervint :

— Ma jolie, vous devriez y aller, je suis sérieuse. Vous n'avez rien à perdre, même si Harry, le pauvre, risque d'y perdre la tête.

Ne comprenant pas à quoi elle faisait allusion, Bella parut perplexe.

— Il compte se rendre en pays naga. Les Nagas ont l'affreuse réputation d'être des coupeurs de têtes.

Elle laissa échapper un éclat de rire retentissant qui ne fut pas du goût de Harry, remarqua Bella.

— Pour tout vous dire, Gloria, je suis un peu plus inquiet à cause des tigres, nuança-t-il. Et quant aux Nagas, je ne me rends dans leur territoire que pour y faire l'arpentage des terres, même je dois également m'assurer de l'engagement de certains d'entre eux dans les rangs de notre armée.

Pendant cet échange, Bella avait réfléchi, mais non au sujet des coupeurs de têtes et des tigres.

— Et Clayton Rivers ? s'enquit-elle, en jetant un regard inquiet à Gloria. Il n'attendra pas.

— D'après ce qu'on m'a dit, ce n'est qu'un rôle de doublure. D'autres occasions plus intéressantes se présenteront. Sans doute acceptera-t-il de vous représenter à une date ultérieure ?

— Il a stipulé que je devais me trouver à Sidney à la fin de la semaine prochaine.

Gloria poussa un grognement.

— Ne croyez pas tout ce qu'on vous dit, surtout si cela a quelque lien avec mon frère. Retenez bien ce que, moi, je vous dis : cela ne débouchera sur rien. J'ai déjà vu ce genre d'affaire. Quoi qu'il en soit, je suis pratiquement sûre qu'Edward sera en mesure de persuader Clayton de devenir votre agent malgré tout. Clayton a une dette envers lui.

— Pourquoi ?

— Edward lui a prêté de l'argent voici quelque temps à l'époque où Clayton prenait ses marques dans le monde du spectacle.

Bella poussa un soupir et se tourna vers Harry Osborne, qui regardait son verre vide d'un œil fixe et morose. Elle remarqua qu'il émanait de sa personne une tristesse indéfinissable. Mais cela ne répondait pas à la question de savoir ce qu'elle devait faire. Fallait-il saisir au vol sa proposition ou accepter celle de Clayton Rivers ?

Une heure plus tard, ce même matin, Bella s'arrêta à l'appartement d'Oliver. Il fut long à venir ouvrir, et, lorsqu'il apparut enfin, elle était sur le point de repartir. Il avait une mine affreuse, avec ses cheveux en bataille et des poches sous ses beaux yeux frangés de cils noirs. Manifestement, elle l'avait tiré du lit, car il ne portait qu'une serviette autour des reins. Il s'étira et bâilla.

— Que t'est-il arrivé hier soir ? s'enquit-il d'une voix rocailleuse.

Elle tressaillit en entendant la froideur de son ton.

— Je t'empêche de te recoucher ? s'enquit-elle à son tour en s'efforçant de ne pas fixer éhontément son regard sur son torse nu.

Elle aperçut néanmoins son nombril et la pointe d'une boucle pubienne en dessous. Elle en fut toute bouleversée. La peau dorée d'Oliver lui fit l'effet d'un fruit irrésistible, et elle tendit la main pour le toucher. C'est alors que, apercevant une trace de rouge à lèvres sur son cou, elle se figea.

Il se rembrunit.

— Comme tu peux le voir, je ne suis pas en état de recevoir des visiteurs.

— Très bien, rétorqua-t-elle, embarrassée et se demandant si la femme était encore dans l'appartement. On se verra une autre fois, alors.

Il la retint par le bras tandis qu'elle faisait mine de s'en aller.

— Désolé. Entre. Je file sous la douche et ensuite je ferai du café. Si cela ne te dérange pas d'attendre.

Elle le suivit à l'intérieur et ne dit rien pendant un moment, tandis qu'elle le regardait faire du café depuis le seuil de la cuisine.

— Je croyais que tu prenais d'abord une douche ?

Il tourna la tête vers elle.

— Tu as raison, c'était mon intention.

Il lui tendit une tasse de café apparemment corsé et but la sienne d'un seul trait.

— Je n'en ai pas pour longtemps, ajouta-t-il.

— Prends ton temps. Je ne suis pas pressée. Je voulais t'expliquer au sujet d'hier soir.

Il hocha la tête puis alla à la salle de bains. Elle prêta l'oreille aux grincements et aux claquements de la plomberie, au bruit de l'eau qui coulait. Elle aurait pu lui téléphoner avant de venir, mais elle mourait d'envie de le voir, et voilà que la vue de cette trace de rouge à lèvres lui gâchait le plaisir. Elle s'efforça de trouver une explication anodine à la présence de ce baiser rose vif sur son cou, mais elle échoua lamentablement. De quoi était-ce le signe ? Ou plutôt de qui ? Elle essaya de se concentrer sur le salon qui baignait dans la clarté, examinant le mobilier en rotin, les coussins en soie couleur émeraude et les magnifiques tapis persans bleu et vert. Rien n'avait changé. Elle posa sa tasse vide sur l'élégante table basse et fouilla dans sa pile de magazines, puis elle alla admirer les grands arbres.

— La vue est belle, n'est-ce pas ? lança-t-il.

Elle se retourna brutalement, ne l'ayant pas entendu revenir. Blême malgré son bronzage, il ne s'était pas rasé. Une barbe de trois jours noircissait son menton.

— Je voulais t'expliquer pour hier soir.

— Ça n'a vraiment aucune importance, dit-il en haussant les épaules.

— Mais si, au contraire, répliqua-t-elle en ouvrant de grands yeux. Je suis désolée. J'ai eu un empêchement de dernière minute.

— Apparemment quelque chose d'important, souligna-t-il avec une réserve inhabituelle.

— Eh bien, oui.

Il lui tendit la main.

— Viens. Asseyons-nous. Je suis complètement claqué.

— Nuit difficile ? s'enquit-elle, en jetant les magazines sur la table.

— Mouais. Je suis tombé sur une vieille amie.

— Je savais qu'il y avait une femme là-dessous, dit-elle dans un accès d'audace, tandis qu'ils s'asseyaient sur le divan.

Il ouvrit tout grand ses yeux bleus.

— Comment le sais-tu ?

Elle releva le menton et le regarda d'un air grincheux.

— Le rouge à lèvres sur ton cou. Indice révélateur, non, tu ne crois pas ?

Plutôt que de riposter, il se contenta d'éclater de rire.

— Jalouse ?

— Ne sois pas ridicule.

Consciente de s'être trahie et s'en voulant pour son irritabilité, elle se dressa brusquement sur ses jambes.

— Je ferais mieux d'y aller.

— Tu ne m'as pas expliqué pourquoi tu m'as posé un lapin.

— Oh, ce n'était pas grand-chose, juste un agent artistique international qu'Edward m'a présenté ! Tu sais, le genre de chose qui arrive tous les jours. Bref, je vais…

— Si tu tiens à t'en aller, à ta guise, lança-t-il en haussant les épaules, paumes tournées vers le ciel.

— C'est ce que je m'apprête à faire.

Mais elle ne bougea pas. À la place, à sa grande horreur, les yeux commencèrent à lui piquer, et tandis qu'un flot de larmes en jaillissait, elle les essuya d'un geste rageur du revers de la main. Oliver se leva aussitôt, la prenant dans ses bras et la serrant contre lui. Elle sentit le cœur du jeune homme battre contre son sein tandis qu'il lui susurrait à l'oreille :

— Allons, ma chérie, ne nous querellons pas. Je me suis simplement soûlé avec une vieille amie. Il ne se passe rien, je te le jure.

Elle s'écarta et renifla.

— Et le rouge à lèvres ?

— Quand nous nous sommes quittés, une bise destinée à ma joue a dû atterrir dans mon cou. J'étais en rogne que tu m'aies posé un lapin, alors j'ai bu plus que de raison.

— Vieille amie ou vieille petite amie ?

Il se gratta la nuque.

— Vieille petite amie. C'est fini depuis des années. Elle est heureuse en ménage à présent.

Son regard sincère, dénué de toute duplicité, la rassura. Sachant qu'elle avait réagi avec excès, elle acquiesça. Après tout, ils ne s'étaient rien promis, n'avaient pas même rendu leur liaison publique. Elle n'avait aucun droit d'être fâchée. Il était libre et elle aussi. La journée avait mal commencé mais ils y survivraient.

Elle lui caressa le menton avec le pouce, hésitant toujours à entreprendre ce voyage sur le fleuve.

— J'ai une décision à prendre, commença-t-elle. Je voulais en parler avec…

— Je t'en prie.

Ils s'assirent à nouveau et elle lui expliqua son dilemme ; pendant ce temps, il ne lui lâcha pas la main.

— Fais-tu confiance à Edward ? s'enquit-il d'un air incrédule lorsqu'elle eut terminé. Cet agent, il est *kasher* ?

— Pourquoi ne le serait-il pas ?

— Écoute, je ne voudrais pas être rabat-joie, mais d'après mon expérience, Edward peut être sournois.

— De quelle manière ?

Le visage d'Oliver s'assombrit.

— Je n'ai aucune preuve, mais on raconte qu'il aurait interféré avec le cours ordinaire de la justice plus d'une fois.

Bella se raidit légèrement, son esprit marchant à cent à l'heure.

— Mais cela ne signifie pas que l'agent n'est pas réglo. Quoi qu'il en soit, comment es-tu au courant au sujet d'Edward ?

Il lui lança un sourire en coin.

— Un bon journaliste ne révèle jamais ses sources, répliqua-t-il sèchement.

— Que fait-il au juste ? Comme travail, j'entends.

— Voilà, à ce qu'on raconte, c'est un puissant conseiller du préfet de police.

— Tu n'y crois pas ?

Il haussa les épaules de manière évasive.

— Dans ce cas, qu'essaies-tu de me dire ?

— Il est le cerveau d'un certain nombre d'affaires louches. Lui et d'autres ont étouffé plus d'une de mes enquêtes quand cela les arrangeait. Quant aux gens qui l'ont défié, ils ont disparu. Comme bien d'autres, il est sans scrupules

quand il s'agit de maintenir le pouvoir et l'honneur de la Grande-Bretagne.

Bella se rembrunit. Ce n'était pas un portrait fidèle de l'Edward qu'elle avait appris à connaître. Il ne lui avait jamais témoigné que gentillesse et serviabilité. En fait, elle avait beaucoup d'affection pour lui à présent.

— En tout cas, une chose est sûre : découvrir ce qu'il est arrivé à ta sœur prime, n'est-ce pas ?

— Ma foi, oui. Sans doute. Mais…

— Et de Harry Osborne, qu'en penses-tu ? l'interrompit-il.

— Tu le connais ?

— Oui. C'est un type régulier, m'a-t-on dit, extrêmement apprécié dans son domaine.

— Il m'a fait plutôt bonne impression, même s'il ne parle pas beaucoup.

— Méfie-toi de l'eau qui dort ! rappela Oliver, une lueur dans le regard et le sourire aux lèvres.

— En tout cas, je ne peux pas t'accuser d'être comme l'eau qui dort ! répliqua-t-elle en le poussant du doigt, tandis qu'il faisait la grimace. Existe-t-il des Américains vraiment silencieux ?

Il éclata de rire puis recouvra son sérieux.

— Ce bébé européen sur un bateau est le premier indice valable que tu aies eu. Et si tu vas à Mandalay, tu y feras probablement d'autres découvertes, surtout si tu peux accéder à un haut fonctionnaire, un chef de la police ou quelqu'un de ce genre.

Il exprimait exactement ce que pensait Bella, mais la décision restait ardue. Si elle partait en voyage sur le fleuve, elle ne pourrait pas respecter la date butoir imposée par Mr Rivers. C'était aussi simple que cela. Et même si Gloria avait laissé entendre que d'autres occasions se présenteraient, qu'en savait-elle ?

Plein d'enthousiasme, Oliver se dressa sur ses jambes et se mit à arpenter la pièce.

— Imagine un peu ! Si l'on opte pour ce voyage et qu'il donne des résultats, si tu découvres la vérité, voire si tu retrouves Elvira vivante, quel magnifique article cela fera. Je vois d'ici les gros titres : « Une belle et jeune Anglaise résout le mystère de la disparition de sa sœur ; La chanteuse de cabaret résout l'*énigme.* » Ce serait l'article de l'année. Il pourrait même intéresser les journaux étrangers ou, tiens, être adapté au cinéma. Notre fortune serait faite !

Un long silence accueillit cette tirade.

— Bella ?

Elle inspira une bouffée d'air par la bouche. Comment avait-elle pu se montrer si naïve ? Comment avait-elle pu placer sa confiance en quelqu'un qui trouvait acceptable de convertir en argent l'histoire – la tragédie ! – de sa famille et d'en faire le sujet de la rumeur publique ? Un film, bon sang ! Elle fut parcourue d'un frisson et se leva brusquement.

— « Un article » ? balbutia-t-elle, trop contrariée pour en dire davantage.

— Bella, je…

Elle secoua la tête.

— En voilà assez, lança-t-elle.

Tandis qu'elle était prise dans les remous d'une douloureuse déception et que la vérité lui apparaissait dans toute sa crudité, la chaleur de la pièce devint insupportable.

— C'est ce que je représente pour toi, un scoop ?

— Non, ce n'est pas ce que j'ai vou…

— Reste où tu es, ordonna-t-elle en reculant. Ils m'avaient mise en garde contre toi.

Il serra les dents et se tint complètement immobile, les yeux braqués sur elle.

— « Ils » ?

— J'avais préféré ne pas les croire.

Elle se sentit soudain oppressée. Quelle imbécile elle avait été ! Elle ne souhaitait plus qu'une chose à présent : s'en aller le plus vite possible et ne plus jamais avoir affaire à sa perfidie.

—Ainsi, ce n'est pas à Edward que je devrais me fier, mais à toi ?

—Bella, tu exagères…

Elle le fit taire d'un geste de la main.

—Tu me fréquentes parce que tu cherches à faire un coup d'éclat. Tu as besoin de moi pour t'aider à démêler la vérité des rumeurs. Le grand scoop d'Oliver Donohue !

Il eut un regard si malheureux qu'elle crut que son propre cœur allait se briser. Puis il secoua la tête de dépit.

—Tu as tout faux, lança-t-il, en laissant échapper un rire caverneux. Mais il faut croire que tu es plus anglaise que je ne le pensais. À tes risques et périls, si tu fais confiance à Edward et consorts.

Un sentiment de tristesse et de solitude l'envahit, qui vint s'ajouter à son horrible déception. Toutefois, mobilisant tout son courage, et bien déterminée à sauver la face, elle ravala la boule d'angoisse qui lui serrait la gorge.

—Je regrette que mon amitié avec Edward n'ait pas l'honneur de susciter ton approbation. Je ne t'embêterai plus. Je n'ai aucune importance à tes yeux. J'étais idiote de penser que c'était le cas…

Il la dévisagea pendant un moment avec incrédulité puis haussa les épaules.

En sortant du bâtiment, Bella prit immédiatement une décision. Au diable l'histoire de sa famille ! Au diable le voyage sur le fleuve ! Tout cela était terminé. Pour l'heure et à jamais. Aveuglée par ses larmes de colère, qui se mirent à couler dès qu'elle fut dans la rue et qu'accroissait le sentiment d'avoir été dupée, elle fut néanmoins stupéfaite de sa propre réaction. La nonchalance de son dernier haussement d'épaules avait enfoncé le clou. À présent la peine l'écrasait. Comment, oui, comment avait-il pu faire si peu de cas de ses sentiments, des souffrances de sa famille ? Qu'il était douloureux de reconnaître qu'on s'était trompé sur le compte de la personne en qui on avait mis sa confiance. C'est alors qu'elle se souvint du billet anonyme : *« Vous pensez savoir à qui vous fier ? Cherchez mieux… »*

Chapitre 31

DIANA

Cheltenham, 1922

Cela fait trois semaines que Simone vit à mes côtés et je dois dire que je ne me suis jamais sentie aussi bien. Une fois que j'ai été remise de mon dangereux coup d'éclat qui m'avait envoyée à l'hôpital, nous avons commencé à faire de courtes sorties, à commencer par quelques minutes dans le jardin devant la maison tout en profitant de la vue du parc. Elle me tient la main et, anticipant le moment où j'aurai l'impression que le monde se referme sur moi, elle me fait rentrer immédiatement. Chaque jour nous allons un peu plus loin, et chaque fois je tiens un peu plus longtemps.

Simone est la personne la plus tolérante qui soit ; elle ne juge jamais ni ne fait jamais la moindre allusion à quoi que ce soit qui pourrait me donner prétexte à me dévaloriser. Elle croit fermement qu'un jour je serai complètement guérie. Son calme et sa présence apaisante sont exactement ce qu'il me faut. J'essaie moi aussi de m'en persuader, mais hier la voix qui susurre dans ma tête m'a encore entraînée au fond. De sorte qu'après seulement quelques minutes dehors, il m'a semblé que mon cœur allait exploser. Simone m'a dit de respirer lentement et m'a incitée à ne pas courir me réfugier à l'intérieur, mais à concentrer mon attention sur les fleurs qui bordent les massifs. Ce que j'ai fait. Et j'y suis parvenue.

Elle m'aide à emballer toutes mes affaires en vue de mon déménagement. Nous espérons que je pourrai d'ici peu supporter le trajet en voiture. Ce n'est pas tellement le fait d'être en voiture que j'appréhende, pourvu que quelqu'un soit avec moi. C'est d'être dans un espace ouvert qui me donne le sentiment qu'un gouffre s'apprête à m'engloutir.

Elle est assise par terre à présent. Elle regarde les quelques photographies que je possède de notre vie en Birmanie. Selon Simone, je ne devrais pas nier ce qui me terrifie. Elle me dit que la fuite ne fait qu'aggraver les choses, et elle pense que c'est la raison pour laquelle j'entends la voix. D'après elle, l'obscurité que je refuse de regarder en face, voire de simplement admettre, doit nécessairement trouver à s'exprimer. C'est pourquoi, désormais, afin de faire taire la voix, nous essayons de reprendre la main en consacrant quinze minutes par jour au passé. Il n'y a pas de carte pour m'indiquer la route. Je n'ai pas d'autre choix que d'accueillir les souvenirs comme ils se présentent. Les impasses et le reste. C'est ainsi que nous tentons de démêler l'écheveau de ma vie, même si cela me semble une folie et que je ne le fais que pour faire plaisir à Simone.

Lorsque je la rejoins sur le tapis, elle prend l'une des deux seules photographies qu'il me reste d'Elvira. Avant même qu'elle me la tende, je sens l'affolement m'envahir et je détourne la tête.

—Allons, Diana. Jette un coup d'œil. Elle ne te mordra pas.

J'ai quelque difficulté à décrypter son expression, mais je finis par y consentir et pose les yeux sur une image brouillée de moi plus jeune tenant tendrement mon aînée. Tandis que je passe délicatement le doigt sur le cliché, un cri se coince dans ma gorge.

— Diana ?

Je lève des yeux pleins d'angoisse.

— Mais je ne sais pas ce que j'ai fait.

— Crois-tu que tu aurais pu faire du mal à ton enfant ?

Je secoue la tête.

— Je l'adorais, réponds-je dans un filet de voix.

— Crains-tu que la voix t'ait ordonné de faire quelque chose ? Est-ce cela ? La voix avait déjà commencé à te parler à l'époque ?

Je soupire.

— Je ne parviens pas à m'en souvenir. Si ce n'est pas à ce moment-là, peu de temps après.

Un long silence s'ensuit pendant lequel se succèdent les images du passé. Le landau, toujours sous le tamarinier, et moi, les yeux perdus dans ses branchages tandis que j'écoute le chant des oiseaux. J'avais bu deux grands verres de gin angostura au déjeuner et avais la tête qui tournait. Je ne l'ai pas dit au policier, bien qu'un des domestiques ait dû le faire. Je me souviens que j'avais été soulagée qu'Elvira se soit enfin endormie. Je ne prétendrai pas qu'il ne m'était pas difficile de supporter ses cris. Ce n'était pas tellement le bruit, même s'il eût suffi à rendre folle une mère, mais le fait que, quoi que je fisse, rien n'y faisait. Le docteur disait que c'était probablement les coliques et que cela passerait, mais je me sentais impuissante face à ses plaintes désolantes.

— C'est très bien, lance Simone avant de glisser son bras à l'intérieur du mien. Ça va ?

Je ne l'écoute qu'à demi, mais, revenant au présent, je hoche la tête et lui rends la photo.

— Demain, annonce-t-elle avec un sourire confiant tandis qu'elle m'aide à me relever, je pense que nous devrions pouvoir convaincre Mrs Wilkes de nous donner du pain dur et ensuite nous irons nourrir les canards à l'étang. Qu'en penses-tu ?

— Magnifique ! m'exclamé-je.

Mais au fond de moi, je suis assaillie par le doute. Suis-je vraiment capable d'aller aussi loin que l'étang ?

Chapitre 32

L'indignation justifiée de Bella s'intensifiait à chaque pas tandis qu'elle s'éloignait, furieuse, de l'immeuble d'Oliver. Fulminant en silence, ce fut à peine si elle remarqua la cohue habituelle des piétons, des véhicules et des animaux qui encombraient les rues. Elle ne remarqua pas davantage que le soleil brillait haut dans le ciel et qu'elle avait le dos en nage. Une seule pensée occupait son esprit : elle irait assurément à Sidney en fin de compte, abandonnant sans regret tout le reste – Oliver y compris. Elle était certaine à présent que c'était la seule chose à faire.

Lorsqu'elle eut recouvré son sang-froid, elle jeta un coup d'œil circulaire et s'aperçut que ses pas l'avaient conduite dans un secteur inconnu de la ville parcouru en tous sens de ruelles. Elle fit halte lorsqu'elle se heurta à un petit groupe de Birmans torse nu qui lui barrait la route. L'un d'entre eux peignait des signes cabalistiques en noir sur la poitrine d'un client tandis que d'autres faisaient la queue, dans l'attente impatiente de ces mêmes ornementations. Absorbés dans cette étrange occupation, ils ne prêtèrent aucune attention à Bella. Lorsque de nouveaux venus rejoignirent l'attroupement, Bella en profita pour se faufiler sur le côté et se diriger vers ce qu'elle espérait être la route du secrétariat.

Elle voulait trouver Edward pour lui dire qu'elle était ravie de prendre Clayton Rivers pour agent.

Tandis qu'elle tournait à un coin de rue pour se diriger vers un carrefour, elle entendit un battement cadencé qui lui donna aussitôt la chair de poule. Quel bruit bizarre était-ce ? Immobile, elle tendit l'oreille au sourd « bam, bam, bam » et en identifia bientôt la nature. *Des bruits de pas ! Un défilé.* C'était effectivement un défilé. Quelques instants plus tard, des dizaines de Birmans, brandissant qui une épée, qui une barre de fer, qui une hache, arrivèrent en vue.

— Mon Dieu, murmura-t-elle.

Que diable se passait-il ? Elle se retourna promptement à la recherche de la meilleure issue, mais hélas, des manifestants semblaient se précipiter de toutes parts. Elle comprit aussitôt qu'elle était encerclée. Elle s'écrasa dos à une entrée, le cœur battant la chamade, le souffle coupé par la peur. Là, elle vit la foule tripler de volume et un nombre considérable de protestataires se ruer dans sa direction.

Se figeant, elle essaya de hurler mais aucun son ne sortit de sa bouche. Elle fit mine de changer d'endroit mais un rapide tour d'horizon lui apprit que tout le passage était bloqué. Elle ferma les yeux et serra très fort ses paupières dans un effort désespéré pour ne pas voir la scène atroce qui se préparait. Une troupe de Birmans déterminée la menaçait en gesticulant et en criant tout en frappant le sol avec les pieds. Prise entre stupéfaction et incrédulité, elle fut tétanisée. Était-ce ainsi que sa vie devait finir ? Battue à mort à un coin de rue ? Elle aurait donné n'importe quoi pour que sa mère, son père, n'importe qui, vienne la sauver. Mais tout ce qu'elle put faire fut d'emplir ses poumons d'un air vicié par l'abattement et la terreur, et d'attendre la mort.

Comme au bout de quelques minutes elle était toujours en vie, elle rouvrit les yeux et constata que les meneurs de la charge avaient jeté leur dévolu à deux numéros de là sur la porte et les fenêtres d'une maison qu'ils martelaient littéralement. Elle se souvint vaguement d'avoir entendu dire que c'était dans ce secteur que vivaient les Indiens. Et lorsqu'elle leva les yeux, elle vit effectivement des Indiens qui jetaient violemment des briques par les fenêtres des habitations situées de l'autre côté de la chaussée. Affolée par ce déchaînement de violence, elle balaya la rue du regard dans l'espoir d'y apercevoir un policier qui aurait pu la tirer de cette situation, mais il n'y en avait aucun.

Elle observa en face des Birmans qui montaient en grappe à l'assaut de l'escalier extérieur de l'une des maisons indiennes. Consciente du terrible danger que couraient ses habitants, Bella chercha de nouveau une présence policière. En vain. En haut de l'escalier, les assaillants taillèrent la porte en pièces jusqu'à ce qu'elle s'effondre, leur livrant passage. Puis elle entendit les cris de terreur des assiégés qui couvrirent la clameur de la foule. Elle eut la certitude qu'ils allaient être massacrés. Toujours incertaine quant à son propre sort, elle eut envie de pleurer, mais, à présent que la populace s'était déportée de l'autre côté de la rue, il lui fallait saisir sa chance. Pour commencer, elle échappa, pantelante, à la vigilance des émeutiers toujours assemblés qui lui tournaient le dos sur la chaussée ; puis, n'écoutant que son courage, elle se mit à courir au hasard.

Dans sa course, elle passa à côté d'un nombre invraisemblable de Birmans armés au torse décoré qui brandissaient des pieds-de-biche et des gourdins en faisant route vers le quartier indien. Dans l'une des petites rues étroites, elle contourna, en rasant les murs, quelques agents de police qui faisaient face, sans armes, à une population indienne en colère bien décidée à contre-attaquer. Manifestement, cette bataille était une affaire entre Birmans et Indiens, mais quelles en étaient les raisons ? Ne parvenant pas à s'expliquer pourquoi les autorités brillaient en grande partie par leur absence, Bella pensa qu'il était d'autant plus important de trouver Edward pour le prévenir.

Lorsqu'elle parvint à un alignement d'immeubles dans une venelle qui menait aux quais, elle comprit qu'elle était partie dans la mauvaise direction. L'atmosphère était chargée d'une puanteur d'égouts et de poisson, mais il y avait pire, bien pire, encore : l'odeur écœurante du sang qui parvenait à ses narines et lui nouait la gorge. La rue elle-même, sinistrement déserte, était sans vie. Elle recula brusquement sous le choc lorsqu'elle avisa, étendus par terre, les corps contorsionnés d'une demi-douzaine d'hommes, de femmes et d'enfants, tous des Indiens. Elle laissa errer alentour son regard plein d'effroi, mais ne vit personne accourir pour les emporter. Elle regarda fixement l'affreuse contusion violette qui recouvrait le visage de l'un des hommes et le sang noirâtre qui se coagulait sur sa tempe à l'endroit où son crâne avait été enfoncé. Puis elle vit ses orbites : deux trous noirs qui lui donnèrent la nausée. Ils lui avaient arraché les yeux ! Elle ferma les siens et, se tenant le ventre, vomit à n'en plus finir. Lorsqu'elle eut terminé, elle entendit le bourdonnement de mouches énormes. Toujours tête baissée, elle jeta un regard de biais et vit que le festin macabre avait commencé. Elle regarda au loin en direction d'une femme qui gisait dans une mare de sang luisant. Ses vêtements avaient été déchirés et des entailles béantes zébraient sa poitrine. Un petit enfant était couché près des pieds nus de sa mère. Bella aurait voulu les secourir, mais il n'y avait rien, absolument rien, qu'elle pût faire. Aucun n'avait survécu. Plus loin, un autre homme avait été, de toute évidence, battu à mort. Horrifiée par cette sauvagerie, elle n'avait qu'une idée en tête : déguerpir. Le *Strand Hotel* ne devait pas être très loin. Elle pivota, cherchant à s'orienter. Mais soudain, entendant un bébé pleurer, elle hésita.

Elle avait supposé que tous avaient péri et avait eu hâte de fuir cet affreux carnage. Mais comment pouvait-on laisser un bébé entre les griffes de la mort ? Elle essaya de localiser le nourrisson et commença à longer la rue, se forçant à ne pas regarder les yeux sans vie de trois autres hommes qu'elle trouva gisant par terre après avoir été, eux aussi, battus à mort. Elle s'arrêta devant l'un des immeubles où les pleurs avaient redoublé et hésita par crainte de la boucherie qu'elle risquait d'y découvrir.

La porte d'entrée était restée ouverte. Elle lança un appel avec le maigre espoir que quelqu'un serait encore en vie. La peur lui contracta l'estomac avant de s'emparer de tout son être. *Ressaisis-toi !* se tança-t-elle à mi-voix. *Un peu de nerf!* Puis, évitant, pour ne pas glisser, de poser le pied aux endroits où les marches en bois étaient le plus imbibées de sang, elle se fraya prudemment un passage jusqu'à l'étage, se sentant de plus en plus nauséeuse à mesure qu'elle progressait et incapable de réprimer ses haut-le-cœur.

Les trois pièces qui s'étendaient au-delà du palier étaient vides, à l'exception d'un homme assis contre un mur, une blessure mortelle à la tête et les yeux vitreux, sans vie. Elle laissa échapper un sanglot mais poursuivit néanmoins jusqu'à l'étage supérieur. Les pleurs du bébé s'étaient désormais affaiblis. Peu avant d'arriver, elle sentit ses jambes l'abandonner et elle tomba jusqu'au palier du dessous. Demeurant immobile pendant quelques instants, elle essaya enfin de se relever, mais une douleur fulgurante lui déchira la jambe gauche. Elle fit une nouvelle tentative et finit par réussir à se hisser jusqu'à l'étage marche après marche. Mais les pleurs avaient à présent cessé.

Dans la première pièce, deux femmes gisaient sans vie sur le sol. Juste au moment où Bella se demandait si elle allait avoir le cran d'inspecter le troisième étage, elle vit quelqu'un bouger. Elle s'approcha en boitant de l'une des victimes et, se penchant vers elle, souleva timidement le coin d'une fine couverture dégouttant de sang à l'intérieur de laquelle était pelotonné un bébé. Le cœur serré, elle constata la mort de la femme et prit ensuite délicatement l'enfant dans ses bras. Il cligna des yeux, et Bella étouffa un sanglot. L'enfant était vivant. Elle plongea son regard dans ses grands yeux marrons puis vérifia s'il avait des blessures, passant la main sur son petit corps tout doux et sur ses cheveux avant de l'envelopper de nouveau dans la couverture souillée et de le serrer tendrement contre elle. Que convenait-il de faire ? Devait-elle abandonner ce nourrisson dans l'espoir que les autorités retrouveraient sa famille ou bien devait-elle l'emmener en lieu sûr ? Si elle le laissait là, il risquait de mourir, ou encore la foule meurtrière risquait de revenir. Elle prit une décision dans l'urgence. Après avoir regagné en boitant le palier, elle serra le bébé très fort et commença à redescendre lentement.

Dehors, elle se repéra afin de pouvoir décrire avec précision l'endroit où elle avait trouvé l'enfant, puis elle entama sa fuite à travers les ruelles. Parvenue dans une rue déserte, la douleur qui se propageait dans sa jambe devint si aiguë qu'elle laissa échapper un cri. Elle s'arrêta pour reprendre son souffle, en proie à la terreur et guettant le retour des émeutiers. En plus des vertiges et des nausées, d'atroces élancements lui faisaient l'effet d'une brûlure dans la jambe. Au bord de l'évanouissement, la douleur devint si insupportable que, se sentant défaillir, elle trouva appui contre un mur avant de poursuivre son chemin tant bien que mal. Le bébé – une petite fille – gémissait et essayait de se libérer en se tortillant en tous sens. Bella envisagea de la poser pendant quelques instants seulement à l'ombre d'un arbre, mais elle en fut empêchée par le bruit d'une voiture qui arrivait à toute allure. Lorsqu'elle s'arrêta, Bella vit que c'était un véhicule de police. Trois hommes en uniforme en descendirent, suivis par… Elle n'en crut pas ses yeux. *C'est impossible!* Pourtant, le quatrième homme, celui qui ne portait pas d'uniforme, accourait bien vers elle. Elle passa une main ensanglantée sur ses yeux, puis tout bascula et elle s'effondra.

Lorsqu'elle s'éveilla, il faisait noir. Elle ignorait l'heure qu'il était, le temps n'était plus qu'un mouvement sans repères. Une présence, la plus obscure qui soit, planait sur les ombres nocturnes de la chambre. Un filet de lumière en provenance du poste de garde des infirmières filtrait sous la porte. La peur l'avait changée. Voici qu'elle avait un mouvement de recul lorsque des bruits soudains se faisaient entendre, qu'elle sursautait au simple déplacement d'une ombre. Une tension intérieure s'était emparée d'elle, qui la rendait vulnérable. Tout son être se résumait au sentiment de peur. Elle n'appela pas.

Plus tard, elle s'éveilla à nouveau et ouvrit ses yeux gonflés. Elle avait la bouche insupportablement sèche. Parfaitement immobile dans son lit, Bella vit qu'elle se trouvait dans une chambre d'un blanc immaculé. Des rideaux de gaze flottaient doucement dans la brise qui entrait par la fenêtre ouverte. Étourdie et le corps raide, elle huma l'air, mélange de désinfectant et d'odeur florale. Une infirmière en uniforme qui disposait quelques pivoines roses dans un vase posé sur le meuble de chevet remarqua que Bella était réveillée.

Les poumons comprimés – douloureux –, le souffle rauque et la gorge brûlante, la convalescente prononça à grand-peine ces quelques mots :

— Depuis combien de temps suis-je ici ?

Clignant pendant un instant des yeux à cause de la clarté soudaine, elle fut secouée d'une houle nauséeuse qui lui retourna l'estomac à mesure que les souvenirs du massacre revenaient dans son esprit. Elle se couvrit les yeux et gémit. Des images de sang et de mort défilaient dans son cerveau confus : les femmes gisant sans vie dans la maison, les cadavres dans la rue, la tuerie, toute cette tuerie. Et le bébé… le pauvre petit bébé. *Oh, mon Dieu !* Elle se souvenait de la douceur de sa peau et du soyeux de ses cheveux. Et ses yeux… les yeux immenses de cette enfant. Qu'était-il advenu de la petite ?

L'infirmière lui tendit une bassine. Bella se redressa pour vomir mais ne rejeta presque rien car elle était à jeun, du moins lui-semblait-il. L'ordre chronologique des événements lui échappait. Il y avait eu la dispute avec Oliver. Elle s'en souvenait parfaitement. Mais qu'était-il arrivé tout de suite après ? Trop faible pour rester longtemps assise, elle retomba contre l'oreiller, et l'infirmière lui essuya le visage avec un linge humide et frais.

— Merci, murmura Bella.

Puis elle essaya de se redresser à nouveau et répéta :

— Depuis combien de temps suis-je ici ?

L'infirmière lui passa un verre d'eau.

Bella le but, puis l'infirmière l'aida à se recoucher.

— Vous avez besoin de vous reposer.

— Il faut que je sache au sujet du bébé.

— Il y a tout le temps pour cela.

— Alors, depuis combien de temps je suis là ?

— Presque quarante-huit heures.

— Il me semble m'être réveillée pendant la nuit.

— C'est possible, malgré le sédatif que vous a administré le médecin. Vous avez dû faire un rêve.

— Et je peux m'en aller maintenant ? s'enquit-elle, désireuse de se lever, de se dégourdir les jambes et de s'occuper de ses affaires, désireuse également de trouver un moyen d'échapper à tout ce dont elle avait été témoin et à la peur qui avait failli la tuer.

Un bon gin devrait faire l'affaire. Quelques verres de gin bien tassés.

— Le médecin vous verra plus tard mais pour l'instant vous avez un visiteur. Il était très impatient que vous vous réveilliez.

Oliver…, pensa Bella, oubliant leur dispute.. Mais lorsque l'infirmière ouvrit la porte, elle vit, non sans en concevoir des sentiments partagés, qu'il s'agissait d'Edward. Néanmoins, elle lui sut gré d'être venu et s'efforça de lui faire bon accueil.

— J'espère que ces fleurs vous plaisent, lança-t-il, tout sourires.

Elle hocha distraitement la tête et tenta d'épier par l'entrebâillement de la porte les allées et venues du couloir.

— Merci. Mais le bébé, est-il ici ?

— Elle est saine et sauve.

— Avez-vous retrouvé sa famille ? s'enquit-elle, anxieuse de connaître la réponse.

Il referma doucement la porte et lui expliqua que le bébé était entre de bonnes mains et qu'il ne fallait pas qu'elle s'en inquiète.

— Je peux vous dire exactement où je l'ai trouvée, si cela peut être utile. Je suis sûre de pouvoir y retourner si vous m'y emmenez. S'il vous plaît, aidez-moi à me lever.

Sur ces mots, elle commença à s'asseoir tant bien que mal.

— Je suis certaine de pouvoir marcher, ajouta-t-elle.

— Bella, ce n'est pas nécessaire. Nous avons déjà diligenté une enquête. Avec un peu de chance, nous retrouverons bientôt un membre de sa famille.

— En êtes-vous sûr ? Je ne peux supporter l'idée que ce tout petit enfant finisse dans un orphelinat.

Elle ravala un sanglot avant de poursuivre :

— Edward, vous imaginez comme ce dut être affreux pour elle de voir sa mère être poignardée sous ses yeux ?

Edward tira une chaise et, après s'être assis, lui tint la main et la caressa avec douceur.

— Allons, allons, il n'y a pas lieu de s'inquiéter. Je vous ai dit que le bébé va bien. Comment vous sentez-vous ? C'est le point important.

Elle fit la moue.

— Reconnaissante d'être en vie, mais j'ai la tête comme une toupie. Je ne parviens pas encore à me souvenir de tout.

— C'est probablement préférable.

— Mais comment suis-je arrivée ici ? Que m'est-il arrivé ?

— Vous vous souvenez que nous vous avons trouvée dans le quartier indien ?

— Oui, ce n'était pas intentionnel de ma part.

— J'espère bien que non. Vous vous êtes évanouie et vous êtes blessée à la jambe avec un morceau de verre, c'est du moins ce qu'il nous a semblé.

Elle baissa les yeux sur son propre corps.

— Je ne sens plus rien.

— Ils vous ont donné des antalgiques.

Les larmes embuèrent ses yeux puis ruisselèrent sur ses joues.

Sans mot dire, il lui tendit un mouchoir propre avec lequel elle les essuya.

— Cela va mieux, à présent ? s'enquit-il.

— C'était atroce, Edward. Atroce. Les choses que j'ai vues. Pourquoi tuaient-ils les Indiens ?

— Je vous expliquerai tout cela quand vous irez mieux.

Elle retira sa main. Elle avait besoin d'y voir clair. Pourquoi ce massacre avait-il eu lieu ? Pourquoi avait-on laissé faire ? Manifestement, il n'avait pas l'intention de le lui dire maintenant. Elle prit appui des deux mains sur le matelas et se redressa.

— Je dois me lever. Je ne veux pas rester ici une minute de plus. S'il vous plaît, aidez-moi. Je vous en prie ! Il faut que je voie Clayton et que j'aille à Sidney.

Il secoua la tête et ses yeux s'assombrirent.

— C'est hors de question, je le crains. Vous avez subi un traumatisme. Le médecin veut vous garder en observation pendant encore au moins une semaine, peut-être davantage.

— Mais, Clayton ?

Edward fit une moue et prit un air navré.

— Désolé, ma petite, mais il s'est envolé dès les débuts de l'émeute.

Bella fut dépitée et devint sceptique.

— Non, je n'y crois pas. Vous insinuez qu'il n'a pas l'intention de me représenter ?

— Pas pour l'instant. Ils ont déjà engagé une autre doublure, m'a-t-on dit. Mais, cela dit, je ne doute pas qu'il revienne.

— N'auraient-ils pas pu m'attendre ?

Sa voix n'était plus qu'un filet suraigu. Malgré sa faiblesse, elle s'efforça de cacher sa déception. Cependant, après ce qu'elle avait vécu, il lui apparut qu'une déconvenue à cause d'un agent était chose abominablement triviale. Était-ce vraiment si important ?

— Il semblerait qu'ils ne pouvaient pas attendre.

Edward lui prit de nouveau la main et ajouta :

— Je sais que vous en êtes contrariée, mais le monde du spectacle a tout l'air d'être un milieu où la concurrence fait rage.

Elle le fixa du regard.

— C'est vous, vous savez, qui…

— Oui. Coup de chance que je vous aie trouvée par hasard, surtout que vous perdiez du sang. Mais que diable faisiez-vous là-bas ?

Bella secoua la tête.

— J'essaie de me souvenir mais tout est flou. Je me suis tout simplement retrouvée prise au milieu de la bataille et ensuite, dans l'affolement, je me suis perdue.

— Pauvre Bella…

— Que s'est-il passé ? l'interrompit-elle. Je vous en prie, dites-le-moi.

— Je vous donnerai toutes les explications quand vous irez mieux. À l'heure qu'il est nous nous efforçons encore de reconstituer les faits. Maintenant, il faut vous reposer.

Pendant les deux ou trois jours qui suivirent, Bella ne fit guère autre chose que manger et dormir. Quand elle était éveillée, elle avait l'impression d'étouffer à cause de l'odeur écœurante des fleurs. Elle avait glané auprès de l'infirmière quelques renseignements au sujet des troubles. Edward, quant à lui, n'était pas encore revenu. L'avait-elle seulement remercié de l'avoir secourue ?

C'est alors que le visage de l'homme sans yeux lui revint en mémoire.

— Oh, mon Dieu ! s'exclama-t-elle.

Et elle plaqua ses mains sur ses propres yeux.

Comment tout cela était-il arrivé ? Et pourquoi ? Quelle pouvait être la cause d'un carnage aussi effroyable ? Edward reviendrait le lui dire. Très certainement. Il le fallait, car jamais elle n'avait éprouvé un tel besoin de comprendre. Si elle ne comprenait pas, elle continuerait d'être hantée par la violence et la brutalité dont elle avait été témoin dans ces rues. Les somnifères que, par bonheur, on lui donnait le soir la rendaient vaseuse et l'empêchaient de se concentrer le matin, mais sans ces cachets, elle n'aurait pas dormi du tout. Durant la journée, le souvenir des écœurants relents de sang ne la quittait pas, le bruit de ses pleurs couvrait le lancinant bourdonnement des mouches et l'épouvantable silence des morts. La peine qu'elle ressentait pour le bébé aux grands yeux ne diminua pas, et elle pria pour que les autorités fassent de leur mieux. Elle se promit de s'assurer, dès qu'elle serait sur pied, que le nourrisson était en sécurité et bien soigné.

Un matin que Bella n'avait qu'une seule envie – se cacher du monde entier et ne plus sortir la tête de sous son oreiller –, Gloria refit surface.

— Ma chérie, vous étiez sur un champ de bataille ! Qu'il faut être sotte ! Où aviez-vous donc la tête ?

Au son de la voix de son amie, Bella se raidit. Elle s'obligea à un semblant de sourire et constata que Gloria était particulièrement à son avantage dans son tailleur blanc et noir avec chapeau assorti. Elle était venue armée de chocolats et de vin. Mais Gloria était vraiment la dernière personne que Bella avait envie de voir.

— Vous ne vous asseyez pas ? parvint à dire cette dernière.

— En fait, je ne fais que passer, mais je voulais vous apporter ces choses.

Elle déposa ses présents sur le meuble de chevet déjà encombré.

— Mais, ma jolie, vous ne semblez pas excessivement ravie de me voir. Alors qu'en plus je suis porteuse d'excellentes nouvelles.

— Désolée, je ne me sens pas très en forme. C'était affreux, Gloria.

— Je n'en doute pas, et c'est normal que vous ne vous sentiez pas bien. Rien de surprenant à cela.

Bella se carra contre son oreiller et se passa une main dans les cheveux.

— J'ai vu de telles atroci…

— Bien sûr, bien sûr, l'interrompit Gloria avec un geste dédaigneux avant de pencher la tête de côté pour mieux examiner l'apparence de Bella. Hum, un petit tour chez le coiffeur ne vous ferait pas de mal. Je vous arrangerai ça. Mais pour l'instant, les bonnes nouvelles.

— Ma foi, ça ne peut pas me faire de mal ! s'exclama Bella d'un air abattu, craignant que rien ne puisse lui remonter moral.

— Youpi ! Écoutez un peu ça : Harry a reporté son voyage. Il attendra pour partir que vous soyez suffisamment rétablie.

Elle lui fit un clin d'œil et ajouta :

— Grâce aux quelques paroles bien senties que je lui ai glissées à l'oreille, soit dit en passant.

— Oh, bon sang, que lui avez-vous dit ? s'enquit Bella, sans trop savoir comment elle devait le prendre.

— Disons simplement que je lui ai rappelé une petite indiscrétion dont j'avais été témoin.

— Vous lui avez fait du chantage ?

Bella était atterrée.

Gloria sourit.

— Juste un tout petit peu.

— Mais il va me maudire !

— Bien sûr que non. C'est moi qu'il maudira. Sauf que je m'en fiche complètement.

Bella détourna le regard. Elle n'était absolument pas convaincue. Mais elle avait la certitude que Harry lui en voudrait.

— Il vous a organisé une rencontre avec le préfet de Mandalay, conformément à sa promesse. Cela fait apparemment une éternité que ce type-là est en poste. Si quelqu'un est au courant de quoi que ce soit, c'est forcément lui. Maintenant remerciez-moi bien gentiment.

Bella réussit à esquisser un autre pâle sourire. C'était tout Gloria. Elle refusait évidemment d'entendre parler du massacre. Bella ne put s'empêcher de penser à Oliver et de regretter de ne pouvoir se confier à lui.

— Bref, je dois filer.

Gloria se pencha pour embrasser Bella sur la joue.

— Au revoir, ma jolie. Bon rétablissement !

Puis, elle sortit précipitamment en laissant derrière des effluves de jasmin, de rose et de santal. *Chanel N°5*, pensa Bella en prenant le roman que quelqu'un avait eu la délicate attention de laisser pour elle : *L'Affaire Protheroe* d'Agatha Christie. Elle lut pendant quelques minutes mais fut à nouveau assaillie par des images horribles. Au moment où elle posait le livre, un bout de papier glissa et tomba sur le couvre-lit. Elle le ramassa et le lut. Puis, la gorge nouée, elle le déchira en petits morceaux. Elle ne pouvait se laisser attendrir par ce qu'elle venait de lire. Et bien qu'elle eût envie de le voir, elle ne se laisserait pas berner deux fois. Oliver lui transmettait ses amitiés et espérait qu'elle se remettait de sa terrifiante épreuve. Il exprimait le souhait qu'elle fût bientôt rétablie et proposait qu'ils se revoient autour d'un verre. Au lendemain du massacre, Bella se sentait vulnérable. Les événements avaient fait resurgir son manque de confiance en elle. Elle avait cruellement besoin d'un ami, mais celui-ci ne pouvait être Oliver. C'était absolument impossible.

La mémoire lui revenait de plus en plus à présent. Elle revivait les instants où, pétrifiée de terreur, elle avait cru que les émeutiers allaient fondre sur elle. Cette peur-là était lovée dans ses entrailles tel un serpent l'étouffant de ses anneaux. Elle faisait partie intégrante d'elle. Elle appuya fermement sur son ventre comme s'il eût été possible de l'expulser. Mais elle n'y gagna qu'une impression plus grande d'étouffement et d'angoisse. Au bout du compte, cédant à l'épuisement, elle parvint à s'assoupir, jusqu'à ce que des chiens se mettent à aboyer dans la rue et que la porte s'ouvre à nouveau. Elle ferma les yeux mais elle devina de suite l'identité de son visiteur avant qu'on ne le fasse entrer.

— Bonjour, Edward, lança-t-elle en rouvrant les yeux. Pourriez-vous fermer totalement le rideau ? Il y a un éclat de lumière qui m'aveugle.

— Rebecca attendait à côté pour vous voir, mais je crains d'avoir abusé de mon autorité. Elle a dit qu'elle reviendrait demain.

Il tira le rideau, approcha une chaise du lit et s'assit, lui prenant une main et la tapotant.

Elle le regarda droit dans les yeux.

— S'il vous plaît, dites-moi ce qu'il est advenu du bébé. Je dois le savoir.

— Il semblerait que nous ayons retrouvé une de ses grands-mères. Je vous promets de vous prévenir dès que nous aurons la certitude que nous tenons la bonne personne.

— Que s'est-il passé, Edward ? Pourquoi est-ce arrivé ?

Il eut un sourire compatissant.

— C'est un peu compliqué mais je vais essayer de faire simple, même si, incontestablement, vous n'auriez jamais dû y être mêlée.

Bella s'attendait à ce qu'il la traitât de sotte comme l'avait fait Gloria. Comme il s'en abstint, elle fit un effort de concentration pour écouter ce qu'il avait à lui dire. Selon toute vraisemblance, tout avait commencé sur les quais. Des centaines d'ouvriers indiens employés au chargement et au déchargement des marchandises s'étaient mis en grève afin d'obtenir de meilleurs gages. Les Birmans, eux, s'étaient vu confier la tâche de mettre fin à la grève. Une fois celle-ci arrêtée, le gouvernement britannique s'était séparé des Birmans. Ces derniers étaient venus de loin, accompagnés de leurs femmes qui portaient les paniers-repas. Une fois les Birmans congédiés, les Indiens avaient fait l'erreur de les humilier en se moquant d'eux devant leurs épouses. Cet incident avait donné lieu à des échanges de coups au cours desquels des Indiens avaient été tués puis jetés dans le fleuve.

Ensuite, la rumeur avait couru que des Indiens avaient coupé les seins d'une Birmane, en conséquence de quoi des milliers de Birmans s'étaient lancés à la poursuite des Indiens pour les tuer. Malheureusement, la rancœur couvait déjà depuis longtemps, car les Indiens avaient migré en masse depuis leurs villages misérables, et les Birmans les méprisaient, arguant qu'ils ne valaient pas mieux que la vermine.

—Les ennuis s'amoncèlent, expliqua Edward. Il y a des centaines de victimes, et voilà que la population indienne se barricade et refuse de sortir. La plupart des épiceries sont tenues par des Indiens, de sorte que la ville commence à manquer des produits de première nécessité. Qui plus est, ce sont des travailleurs indiens qui s'occupent habituellement de nettoyer les évacuations de la ville. Conséquence : toute la ville sent horriblement mauvais !

—Qu'allez-vous faire ?

Il lâcha un profond soupir.

—Au moins sept mille Indiens se sont réfugiés dans l'ancien asile d'aliénés. La plupart de leurs habitations ont été détruites pendant l'émeute.

—« L'émeute » ? Le massacre, plutôt, si j'en crois ce que j'ai vu. Ils doivent être terrorisés.

Il esquissa un triste sourire.

—Vous pouvez le dire ! Il y a eu non seulement des meurtres, mais aussi des pillages. C'est pourquoi, afin d'éviter une catastrophe sanitaire, nous allons les remettre au travail.

—J'espère qu'ils seront dédommagés.

—Peu probable.

Soudain déçue, elle se rembrunit.

—Mais ce n'est absolument pas normal !

Il haussa les épaules.

—Nous n'avons pas les moyens de les aider davantage.

—Ni la volonté, rétorqua-t-elle.

Il parut surpris de sa virulence.

— Écoutez, Bella, la situation est délicate en ce moment et beaucoup d'aspects vous échappent.

— Eh bien, éclairez-moi, dans ce cas.

— Il y a toujours eu des dissensions entre ces deux peuples.

— Et à qui la faute ? Nous avons fait venir les Indiens dans ce pays et maintenant nous négligeons de les protéger.

— Ils sont venus de leur plein gré.

— Attirés par des promesses de travail et d'argent, nul doute.

Il secoua la tête, mais Bella était convaincue d'avoir raison. Elle le défia du regard et, sachant qu'il ne risquait guère de s'étendre, elle changea de sujet.

— Pourquoi les Birmans se peignaient ces signes bizarres sur le torse ? s'enquit-elle.

— Cela les rend invincibles. Ils croient que ces dessins sont magiques et les protègent. Vous vous êtes peut-être déjà rendu compte d'à quel point ils sont superstitieux ?

— Oui, mais je croyais qu'ils étaient bouddhistes. Vous savez, la compassion, la non-violence…

— Leur bouddhisme est mêlé d'animisme et Dieu sait de quoi d'autre ! Mais la violence a toujours eu cours ici.

Après un autre profond soupir, il ajouta :

— Quoi qu'il en soit, concernant votre voyage sur le fleuve, je vous recommande fortement de vous mettre en route avec Harry dès que vous serez suffisamment en bonne forme. Pensez-vous en être capable ? Rangoon risque de connaître de longs troubles de la paix civile. Quant à vous, ma chère petite, vous avez déjà suffisamment souffert.

Il avait raison. Elle avait suffisamment souffert. Et puisqu'elle avait raté sa chance avec Clayton, l'idée de remonter le fleuve lui semblait de nouveau attrayante. Après tout ce qu'elle avait traversé, ce serait une accalmie. Rien ne la débarrasserait de sa peur constante et des souvenirs qui continuaient de la tourmenter, mais plus elle s'éloignerait de Rangoon, mieux elle se sentirait. Elle repensa à son arrivée en Birmanie et à son attirance pour le beau côté de la médaille. Mais à présent, c'était à travers les yeux d'Oliver qu'elle voyait les choses. Il avait vu juste sur tant de points. Sous le clinquant de cet univers colonial couvaient des conflits qui ne pouvaient que s'exacerber ; et quant à la justice, elle était une denrée rare pour quiconque n'était pas britannique. Elle osait à peine imaginer l'étendue des abus de pouvoir, de la cupidité effrénée et des affreux préjugés raciaux… À la lumière de la compassion qu'elle ressentait envers les Indiens spoliés, elle se demanda si elle ne ressemblait pas plus à Oliver qu'elle ne le pensait.

Chapitre 33

Diana

Cheltenham, 1922

Je me suis réveillée tôt, sachant que quelque chose d'inhabituel se préparait, mais je ne me souviens pas avec précision de quoi il s'agit. Soudain, tandis que je suis en nage et brûlante, cela me revient. Je vérifie autour de moi que tout est prêt et me répète ma phrase d'adieu. Un merci solennel et un au revoir sans larmes ou bien une mine attristée et empreinte de regrets ? Malgré mon anxiété, j'opte pour la solution solennelle et digne. Car je n'ignore pas que les apparences ont encore leur importance. Ma malle est partie avant moi, et il ne reste donc plus que mes objets personnels, des babioles qui voyageront avec nous dans la voiture de Simone : quelques accessoires de toilette, le miroir à main en argent de ma mère, mes pilules, mon stylo Parker et mon journal intime. Il n'est pas très garni, mais j'aimerais recommencer à le tenir si je peux. Selon le docteur, cela serait une aide supplémentaire.

Je suis désormais censée utiliser mon nom de jeune fille de Riley. Miss Diana Augusta Riley. Cela sonne bien. Adieu la solitude ! Même si je n'ai pas encore posé les yeux sur ma petite maison, Simone et Douglas l'ont déjà aménagée et, naturellement, je suis curieuse de la voir. Ce n'est pas sans appréhension que j'envisage ce changement de vie. C'est pourquoi je me glisse près de la fenêtre et agrippe le rebord dans l'espoir d'apercevoir une dernière fois Annabella. Ils ne veulent pas qu'elle me voie partir, et il a été tacitement conclu que Mrs Wilkes l'emmènerait loin de la maison pour la journée. Hier soir, je me suis assise sur le lit de ma fille et lui ai chanté des petites chansons drôles qu'elle apprécie. Au bout d'un moment, elle a joint sa voix à la mienne, et lorsque nous avons eu terminé, nous avons ri ensemble à ne plus pouvoir nous arrêter. Je n'en connais pas avec certitude la raison, mais c'était un rire de bonheur. Elle s'est laissé brosser les cheveux jusqu'à ce qu'ils deviennent luisants, puis je lui ai dit bonne nuit et l'ai embrassée sur ses deux joues au teint de pêche. Elle m'a regardée avec un tel regard, en fronçant les sourcils, que j'ai eu le sentiment qu'elle avait deviné que je partais. Mais ensuite l'impression s'est estompée.

— Bonne nuit, maman…, a-t-elle dit.

J'ai dû faire un effort pour empêcher mes larmes de couler.

— Bonne nuit, ma chérie, ai-je répondu en me dirigeant vers la porte. Dors bien.

Puis je me suis empressée de quitter sa chambre pour qu'elle ne m'entende pas pleurer.

Comment supporterai-je la perte de ma fille ?

Je suis incapable de répondre. Pas encore. Et, pour dire la vérité, je l'ignore. Je ne sais pas non plus si j'agis sagement. Mon esprit tourne impitoyablement sans cesse en boucle et je m'oblige à penser à autre chose. Comme dit Simone, je referme la porte sur mon vieux moi et en ouvre une autre sur quelqu'un de nouveau. Il faut que je me concentre. C'est impératif, en dépit de ce que je m'apprête à sacrifier et de mes sentiments à cet égard. Et je ne dois pas non plus oublier que je fais cela pour Annabella.

Simone dit qu'ainsi je n'aurai jamais à faire semblant avec elle. Cette seule assurance est un poids en moins sur ma conscience.

Je pose ma joue contre la vitre de la fenêtre et me laisse bercer par sa fraîcheur apaisante. Nous sommes en juin à présent, et c'est une belle et douce journée. Je me demande si je ne suis pas un peu trop habillée, avec un pull, un gilet assorti et une jupe en lin. Je palpe les perles de mon collier et j'ai soudain le souffle coupé lorsque, de manière très inattendue, je les aperçois. Deux silhouettes. Annabella et Mrs Wilkes quittent la propriété par le portail de devant. Annabella sautille à côté de la gouvernante sans se douter apparemment de ce qui va arriver. Quant à Mrs Wilkes, elle marche d'un bon pas, comme si elle était pressée de s'en aller. Je lève une main pour leur faire au revoir et suis submergée par l'angoisse. Est-ce vraiment ce qu'il convient de faire ? Je me souviens des raisonnements de Douglas. Que ferions-nous si la voix m'ordonnait de faire du mal à ma propre enfant ? Croit-il que j'aie fait du mal à Elvira en Birmanie ? Est-ce la raison pour laquelle il tient tant à ce que je quitte la maison ? Il n'est jamais allé jusque-là, mais cela expliquerait quantité de choses. Je couve Annabella du regard jusqu'à ce qu'elle disparaisse de mon champ de vision, mais je ne pleure pas. C'est mieux ainsi. Je ne sers à rien dans mon état, et je n'échapperai pas non plus à la culpabilité qui m'accable en permanence si je reste. Elle sera plus heureuse avec Douglas.

On frappe à la porte et Simone entre dans une robe d'été à fleurs sous un imperméable léger de couleur crème.

— Pleuvra-t-il aujourd'hui ?

Elle hausse les épaules.

— Cela se pourrait. Es-tu prête ?

Je fais signe que oui et balaie une dernière fois ma chambre du regard. *Adieu, chère chambre*, me dis-je.

Adieu, cher parc. Et, en cet instant, je me sens complètement démunie.

— Peux-tu m'accorder quelques secondes ?

— D'accord. Je suis garée juste devant le portail. Tu as pris tes médicaments ?

J'acquiesce par un sourire qui, je l'espère, n'est pas trop blême, et me retiens de craquer.

Chapitre 34

Le bateau à aubes, propriété de l'Irrawaddy Flotilla Company et naviguant sous le commandement d'un Écossais, était plus modeste que Bella s'y était attendue, mais sa cabine de première classe était douillette et confortable. Après qu'Edward lui eut appris, à son grand soulagement, que le bébé indien secouru par elle avait été finalement rendu à sa grand-mère, elle avait emballé quelques affaires et embarqué la veille au soir. Edward lui avait dit que la petite s'appelait Madhu et que ce nom signifiait « miel ». Sa grand-mère vivait dans l'un des villages qui jouxtaient Rangoon. Ainsi, l'enfant grandirait à l'abri du danger et, avec un peu de chance, elle ne se souviendrait de rien. Mais quelles horreurs avait vues exactement ce tout petit témoin ? Consciente du fait que rien n'aurait pu empêcher cette petite d'entendre les cris des suppliciés, Bella se contraignit à ne pas imaginer la scène. Mais au moins, la petite fille serait bien soignée. *À quelque chose malheur est bon…*, se dit Bella, même si elle ignorait comment elle-même se remettrait entièrement de ce traumatisme.

Le navire était amarré sous un ciel privé d'étoiles qui n'avait offert presque aucun charme lors de l'embarquement, mais que lui importait ? Malgré les jolis reflets des lampions qui ondulaient sur l'eau, la fatigue et la mélancolie l'avaient emporté. Déclinant le cocktail qu'on lui tendait, elle avait rejoint son lit en se souvenant de la prédiction du diseur de bonne aventure. Indéniablement, il avait vu juste au sujet du voyage.

Contre toute attente, elle passa une bonne nuit et fut réveillée par les machines que l'on mettait en route. Désireuse de voir le fleuve à la lumière du jour, elle se dépêcha de s'habiller. Depuis la rampe en métal glissant qu'il lui fallut gravir pour accéder au pont panoramique, moyennant beaucoup de précaution à cause de sa jambe toujours douloureuse, elle aperçut le large fleuve enveloppé dans une brume dorée vaporeuse. Se félicitant d'avoir emporté le vieux châle en cachemire de sa mère, elle l'enroula autour de ses épaules.

Lorsqu'elle avait fait sa demande de congés, le visage déjà rougeaud de Fowler avait franchement viré au violet. Du haut de sa carrure d'athlète, il s'était rengorgé encore plus que de coutume, et Bella avait craint que ses sourcils, à force de mouvements, ne se mettent à virevolter dans l'air. Elle avait réussi à dissimuler son amusement tandis qu'il lui expliquait avec emphase toute la difficulté d'accéder à une telle demande. Elle savait que Gloria avait déjà intercédé en sa faveur et que Fowler n'oserait pas le lui refuser. Néanmoins, il lui fallut jouer la comédie des supplications avant de le remercier avec effusion lorsqu'il eut enfin cédé. Il lui avait accordé moins de trois semaines, et Bella espérait que cela suffirait.

Tout en prenant son petit déjeuner – une étrange mixture de nouilles collantes, de lamelles de poulet et de sauce trop sucrée –, elle examina les autres passagers déjà occupés à manger. Un tandem d'hommes d'affaires bien habillés qui s'attaquaient à un petit déjeuner à l'anglaise, trois Birmans solitaires en habit traditionnel et une Birmane en fin de grossesse qui portait un *longyi* rose et vert et des fleurs dans les cheveux. Celle-ci sourit gentiment à Bella, qui se fendit d'un faible sourire en retour. De confortables chaises et des tables en rotin parsemaient le pont, émaillé de magnifiques palmiers en pots. À la proue, une rangée de transats avait été mise à la disposition de ceux qui désiraient profiter du soleil.

La brume se dissipa bientôt et, tandis que Bella se concentrait sur la journée à venir, elle se rendit compte qu'en s'éloignant de Rangoon, elle avait fait exactement ce qu'il fallait. Ragaillardie par cette radieuse matinée où le soleil déversait au-dessus des eaux des diamants de lumière dans l'écrin saphir du ciel, elle eut la quasi-certitude que ce voyage en amont du fleuve lui ferait le plus grand bien. Lorsqu'une volée de hérons prit les airs, Bella y vit un signe de bon augure.

Le bateau glissait lentement vers le nord. Environ une heure passa dans cette paix réconfortante, pendant laquelle elle observa l'ombre profonde des grands arbres tropicaux qu'accentuait, de part et d'autre du fleuve, l'éclat du soleil. Même les herbes et les arbustes en lisière demeuraient immobiles, si bien que Bella, frappée par l'aspect hors du temps du paysage, sentit ses nerfs à vif se détendre. Ici et là, ils passaient devant des villageois qui vaquaient à leurs tâches quotidiennes, apprêtant leurs filets, faisant la lessive dans le fleuve avant de battre le linge contre les rochers. Certains faisaient la cuisine sur des feux à foyer ouvert tandis que leur marmaille à demi-nue jouait dans la boue. Bella se surprit à sourire. La vie suivait son cours inchangé.

Une heure plus tard, Harry, le regard trouble et visiblement pas dans son assiette, fit son apparition.

— Ça va aller ?

— Je me suis couché tard hier.

— Café ?

Il hocha la tête et rajusta ses lunettes sur son nez.

Bella regarda des bateaux passer en silence : d'abord une énorme péniche pétrolière transportant, lui apprit Harry, du pétrole brut pour la Burmah Oil Company. Puis une autre, croulant sous son chargement de bois de construction destiné à la Burmah Bombay Corporation. De plus modestes embarcations de pêche voguaient sans se presser. Elle aperçut un vapeur qui remorquait une plate-forme en forme de fer à repasser sur laquelle deux automobiles avaient été arrimées avec des cordages. Des cargos remplis de marchandises passaient en sens inverse, alourdis par le jade, les jeunes bœufs, les éléphants gris-bleu, les balles de coton et des sacs de riz remplis à ras bord. Harry les lui indiqua tous, exultant dans son rôle de guide, sa gueule de bois déjà oubliée.

— Rien n'entre ni ne sort de Birmanie sans passer par l'Irrawaddy, expliqua-t-il.

Bella se demanda si sa sœur avait emprunté d'une façon ou d'une autre ce même fleuve.

Semblant deviner ce qu'elle pensait, il leva un doigt en l'air.

— J'ai touché deux mots au commissaire de bord à votre sujet, hier soir. Un bon gars. Tout comme son whisky. Si vous voulez bavarder avec lui, il sera libre ce soir pour l'apéritif.

— Que lui avez-vous dit ?

— Je lui ai dit que vous espériez retrouver la trace d'un membre de votre famille.

Une volée de grands oiseaux noirs surgit soudain d'un arbre près de la rive. Bella observa une autochtone – un foulard rouge autour du front et se servant de son *longyi* pour porter son bébé en écharpe – qui levait la tête pour suivre leur envol.

Elle pensa à Oliver et fut prise de regret. Toutefois, elle rejeta toute velléité de chercher à le revoir. Il avait dévoilé son véritable jeu ; cela était amplement suffisant. Et pourtant, dans son besoin persistant de se décharger du poids qu'elle portait, elle eût aimé pouvoir lui parler, tout lui raconter. Lui seul aurait pu comprendre. Elle n'avait jamais connu cela avec Nicholas. Elle secoua la tête de dépit. Il ne servait à rien de penser ni à l'un ni à l'autre. Oliver et elle, c'était terminé. Mais les circonstances de leur séparation demeuraient douloureuses, elle ne pouvait se le cacher.

À l'exception de la mi-journée, moment auquel la lumière était le plus aveuglante, elle passa la journée sur le pont à lire ou à glisser dans des rêveries nourries de ses observations de la vie du fleuve, émettant un sifflement ébahi chaque fois qu'elle apercevait un alignement de pagodes sur le rivage. Parfois, elle distinguait la robe rousse d'un chien sauvage ; mais, jusque-là, elle n'avait posé les yeux ni sur la moindre panthère nébuleuse, ni sur le moindre ours des cocotiers, ni même sur le plus petit babouin. Elle avait entendu dire que les ours des cocotiers étaient capables de grimper aux arbres où ils construisaient des nids pour la nuit. Le déjeuner, qu'elle prit avec Harry, était birman. Il se composait d'une salade de feuilles de thé suivie d'un poisson appelé stromaté accompagné de riz très parfumé. Elle remarqua que Harry avait un grand faible pour la boisson et s'interrogea à ce sujet. Il ne lui avait pas fait l'effet d'un buveur lors de leur premier entretien à Rangoon, car il avait dédaigné le gin pour s'en tenir à une citronnade. En fait, il semblait nerveux à présent, et Bella se demanda ce qui n'allait pas.

En fin de journée, le bleu irisé de l'eau devint noirâtre ; les rives, qu'éclairait la lumière arasante du soleil, étincelaient d'or, et le ciel, devenu lilas, transformait les collines au loin en un à-plat gris qui s'assombrissait. Sur le pont, on avait allumé les lampes, de sorte qu'à l'odeur saline et à l'odeur de poisson se mêlait celle de l'huile en combustion qui flottait dans l'air. Bella eut la chair de poule lorsqu'il lui sembla que des eaux noires du fleuve montaient des psalmodies funèbres, bien qu'en réalité elle ne doutât pas qu'il s'agît probablement de chants venus des villages environnants. Son esprit ne cessait de lui représenter l'image de la morte couchée dans son sang, son bébé serré contre elle sous une couverture. Cette mère avait fait preuve d'un courage inouï pour protéger ainsi son enfant. À ce moment-là, elle interrompit le fil de ses souvenirs pour se demander ce qui serait arrivé si elle n'avait pas découvert la petite.

Tout en continuant de penser au bébé, elle observa les voyageurs qui s'assemblaient par petits groupes, parlant et riant, acceptant les verres que leur proposaient des serveurs élégants. Cependant, la femme enceinte restait invisible.

Un homme de petite taille vêtu d'une chemise vert foncé et d'un *longyi* de couleur sombre aux motifs discrets s'avança vers elle en souriant. Elle se leva de sa chaise, mais il s'inclina et lui signifia qu'il n'était pas nécessaire qu'elle se donne cette peine. Prenant la chaise face à elle, il se présenta. C'était le commissaire de bord. Son anglais était affligeant, et il fallut un bon moment à Bella pour comprendre qu'il lui demandait comment il pouvait l'aider. Perdant quelque peu ses moyens, elle chercha Harry du regard. Celui-ci serait en mesure de lui traduire les propos du commissaire. Elle le repéra rapidement, en grande conversation avec un inconnu ; une bouteille de whisky à moitié vide était posée entre eux sur la table.

Après qu'elle eut fait part au commissaire de bord de la rumeur au sujet d'un bébé européen qui aurait été vu avec un couple de Birmans des années auparavant, il secoua la tête, geste que Bella interpréta comme signifiant que cela s'était passé bien avant sa nomination. Il parvint néanmoins à lui faire comprendre qu'à Bagan, un certain archéologue saurait peut-être quelque chose. Celui-ci y habitait la villégiature du gouvernement colonial et faisait des fouilles dans la région depuis de nombreuses années. La résidence était un endroit particulier, puisqu'elle avait été construite en 1922 pour loger le prince de Galles lors de sa visite en Birmanie. Hélas, il n'y avait jamais séjourné.

Lorsque Harry les rejoignit en titubant, Bella lui demanda s'il serait possible qu'elle séjournât, elle aussi, à la villégiature. Harry répondit par l'affirmative d'un hochement de tête.

— Nous passons deux jours et une nuit à Bagan, précisa-t-il d'une voix passablement traînante. C'est un site magnifique, avec d'immenses temples en ruine. Il y a donc beaucoup à voir. De toute façon, le capitaine a besoin de s'y ravitailler en carburant et de se réapprovisionner.

Lorsqu'ils arrivèrent à Bagan plus d'une semaine plus tard, Bella s'était à ce point habituée au rythme lent de la vie et à la routine du bord qu'elle avait perdu le compte des jours. Ce voyage était bénéfique. Ses souvenirs de la tragédie s'estompaient peu à peu. Mais parviendrait-elle un jour à oublier ? Tout en se l'interdisant, elle n'y pensait plus en permanence. Il lui faudrait du temps. Et la meilleure chose à faire, pour l'instant, était de visiter Bagan, de rencontrer cet archéologue et de suivre toute piste qu'elle découvrirait.

Ils avaient déjà fait une escale d'une nuit au cours de laquelle on avait procédé au ravitaillement. De nombreux passagers, dont Bella et la femme enceinte, étaient restés à bord. Cette dernière lui avait de nouveau souri et souhaité bonsoir dans un anglais presque parfait. Bella s'était ensuite isolée pour profiter de l'air nocturne et écouter le tintement de la musique birmane qui lui parvenait depuis un village situé tout près.

À Bagan, tout le monde descendrait à terre.

Surprise par la manière improvisée par l'équipage pour faire débarquer les passagers, elle observa le commissaire de bord qui assistait la femme enceinte. Puis Bella accepta volontiers lorsqu'il lui proposa de porter sa petite valise pendant qu'elle avançait d'un pas mal assuré sur la planche étroite qu'on avait jetée au-dessus d'un boueux cloaque. L'embarcation fluviale elle-même, arrimée à un poteau enfoncé profondément dans le sol, se balançait doucement sur l'eau.

Harry l'accompagna jusqu'à la résidence de repos dans une voiture tirée par un cheval sur une piste poussiéreuse. Dès l'instant où la grande demeure à colombages, qui, à l'exception d'une touche orientale ici et là, était digne d'un comté d'Angleterre, entra dans son champ de vision, Bella ne cessa d'en admirer la beauté. Ils furent reçus par un majordome birman qui les conduisit jusqu'à une salle de réception spacieuse où ils se virent offrir un délicieux mélange de jus de mangue et de jus de goyave. Le majordome leur expliqua que de plus en plus de visiteurs venaient pour voir les ruines. Après qu'ils eurent inscrit leurs noms sur le registre, il leur montra leurs chambres plongées dans la pénombre au premier étage.

Une fois seule, Bella alla ouvrir les volets et parcourut du regard le jardin qui s'étendait sous ses yeux. Fermé sur trois côtés par un mur et orné de bougainvilliers d'un violet vif, il y régnait une tranquillité qui faisait oublier ses modestes dimensions. Le murmure d'un filet d'eau laissait deviner la présence d'une fontaine en son centre. Pour le reste, il semblait mal entretenu, voire laissé à l'abandon. Des oiseaux volaient en piqué d'arbre en arbre, mais le vent léger qui secouait leurs feuillages ne suffisait pas à chasser la chaleur étouffante de sa chambre. Sans rien renier de son plaisir à voyager sur le fleuve, Bella se rendait compte à présent que ce dernier lui avait donné un sentiment de sécurité trompeur. Elle avait presque oublié le but de sa présence en ce lieu, et l'heure était venue de faire la connaissance de l'archéologue, un certain docteur Walter Guttridge.

Chapitre 35

Diana

Les Cotswolds, 1922

Douglas se tient près du portail, et je remarque qu'il est voûté, les yeux rivés au sol, comme s'il était plongé dans la contemplation de ses chaussures. Je m'approche de lui et il se redresse, mais il évite mon regard.

— Eh bien, lancé-je. Nous y voilà.

— En effet, répond-il, avant de me regarder enfin.

Je scrute ses yeux magnifiques. Magnifiques et confus. Ils n'expriment ni dureté ni sévérité, juste de l'égarement. Je devine qu'il contient ses émotions et que ce seront des adieux sans effusion. J'éprouve le désir ardent de le prendre dans mes bras, qu'il me prenne dans les siens, que nous retrouvions notre tendresse passée. Mais cela ne se peut. Ce temps-là s'est enfui. Mon mari est devenu expert dans l'art de dissimuler ses sentiments, et il est désormais si rigide qu'il n'ose s'autoriser à ressentir quoi que ce soit.

Il saisit ma main et la serre, puis la lâche et fait un pas en arrière. Je fais ce qu'il attend de moi et passe le portail sans mot dire, sans regarder en arrière, sans faire de scène.

C'est une magnifique journée de juin. Le ciel est d'un bleu à peine croyable, et le soleil inonde d'or et d'argent la crête des nuages. Je garde le silence tandis que la voiture s'ébranle. Il m'est impossible de parler à Simone. Néanmoins, je finis par trouver un peu d'apaisement. Nous passons devant une explosion de verdure semblable à une dentelle vivante, des murs de pierres sèches au bord des prés et toujours, s'étendant à l'infini, le paysage des Cotswolds, avec ses pâturages parsemés de moutons que jouxtent des prairies où des chevaux poussent du nez les clôtures. Nous faisons deux arrêts dans des auberges de bord de route afin de laisser refroidir le moteur et de faire le plein d'eau et d'essence. Lors de l'un de ces arrêts, Simone m'encourage à descendre de voiture pour prendre l'air, mais je ne bouge pas. En conséquence, elle m'apporte une citronnade bien fraîche et un sandwich pour le déjeuner.

Lorsque nous bifurquons enfin sur la gauche, laissant de chaque côté des bois profonds, et que nous amorçons la descente de la colline jusqu'à la vallée où se trouve le village de Minster Lovell, mon estomac se serre. Mais une fois passé le pont médiéval qui enjambe la rivière, une surprise m'attend. Je n'avais pas espéré découvrir un endroit aussi charmant. Bien qu'étroite et bordée d'énormes saules pleureurs, la rivière coule sans rencontrer d'obstacle. Ensuite, nous tournons à droite, laissant le moulin derrière nous, et passons devant un pub à notre gauche. Simone me montre sa maison du doigt. Comme plusieurs autres, elle est coiffée d'un toit de chaume. C'est une étroite longère en pierre butyreuse des Cotswolds qui s'embrase dans la lumière du soleil. Une glycine en recouvre la façade. Un fossé en signale l'entrée. Je le suis du regard : il court tout le long de l'allée, emportant les eaux pluviales. Je remarque également la façon dont quelques-unes des habitations sont extrêmement rapprochées, attenantes en réalité. Simone s'avise de ma moue désappointée.

— Ne t'inquiète pas. La tienne n'est pas mitoyenne et elle est située tout au bout du village en haut de la colline.

Je n'avais pas prêté attention à la faible déclivité, mais je constate à présent que nous montons et je suis soulagée de savoir que ma vie ne se déroulera pas au cœur du village.

— Il n'y a plus que deux maisons après la tienne. Toutes les deux ne sont pas très éloignées, mais elles sont séparées par une grande étendue de terres.

J'ai hâte de voir ma nouvelle maison. Simone s'arrête soudain et me désigne une superbe chaumière derrière un mur en pierres sèches. Autant que je puisse voir, elle est sise au milieu d'un joli jardin.

Elle sort de la voiture et fait le tour pour m'aider à descendre. Mon cœur s'accélère, mais mon impatience de découvrir l'intérieur prime sur ma nervosité initiale. Quelques instants plus tard, Simone déverrouille la porte d'entrée et me fait pénétrer dans le couloir.

— J'ai placé les meubles comme je pensais que cela te plairait. Et l'on a mis des rideaux aux fenêtres, mais bien sûr, tu ne dois pas hésiter à changer tout ce qui n'est pas à ton goût. Je ne m'en offusquerai pas.

Je lui souris avec reconnaissance pour tout ce qu'elle a fait.

Elle me fait faire le tour du propriétaire et je dois faire un effort pour me souvenir que c'est ma maison, non la sienne. En haut d'un escalier étroit qui donne sur un minuscule palier, il y a trois chambres et une salle de bains. Deux des chambres donnent sur la route mais surtout sur un joli, quoique modeste, jardin en façade. Ma chambre, m'informe Simone, se trouve à l'arrière. J'y entre et me dirige directement vers l'une des deux fenêtres. De là où je suis, j'aperçois un jardin bien fourni et bien entretenu qui mène au loin à des bois touffus.

Dans un élan de gratitude, je me retourne vivement.

— Merci !

— Je savais que cela te plairait. Quand je suis rentrée de Birmanie après la mort de Roger, j'avais besoin de trouver la paix, et je l'ai beaucoup cherchée.

— Tu l'as trouvée.

— Mais seulement en venant à Minster Lovell.

— J'adore. Vraiment.

— C'est un endroit pas comme les autres. Je dis toujours que la tranquillité qui règne ici a réparé mon cœur brisé.

Je lui tends une main ; elle la serre dans la sienne.

— J'ai fait monter ta malle. Quand je resterai dormir ici, je prendrai l'une des chambres qui donnent sur le devant.

Nous redescendons et explorons un ravissant salon doté d'une grande cheminée, un petit salon pourvu d'une cheminée de moindres dimensions, une salle à manger et une petite cuisine avec un cellier contigu.

— Quand tu te sentiras prête, annonce Simone, je t'emmènerai voir le médecin. C'est tout de suite à droite en sortant de la maison, puis il faut descendre en direction de l'église. On ne passe qu'un seul pâté de maisons qui sont relativement en retrait de la ruelle. La sienne est celle du fond à droite.

— Je pensais qu'il viendrait ici.

— Si tu préfères. Je suis sûre qu'il acceptera.

Je hoche la tête, soulagée.

— Mrs Jones, qui habite le village, viendra faire la cuisine et le ménage chaque matin. Je lui ai expliqué que tu sors d'une maladie et que tu as besoin de paix et de calme. Comme c'est une femme raisonnable, je ne pense pas qu'elle se montrera envahissante. Elle ira également faire les commissions, et *Norridge & Son* assure les livraisons grâce à sa camionnette Ford T spécialement aménagée. Elle est extrêmement drôle à voir, en fait. On dirait une boîte rectangulaire sur roues.

Je frémis, ayant soudain froid. Même si nous sommes en juin, les fins d'après-midi et les soirées sont encore parfois très fraîches.

— Il ne nous reste plus qu'à allumer le feu, lance Simone d'un ton rassurant. Mrs Jones en a préparé un ici, dans le petit salon, mais également un dans le salon et un dans ta chambre. En plus, elle nous a fait de la soupe de pois au jambon pour le dîner. En attendant, si tu mettais ton châle en cachemire pour te réchauffer ? Ne l'as-tu pas emporté ?

— Je ne l'ai pas pris. Annabella sera peut-être contente un jour de l'avoir, et je tiens à ce qu'elle ait quelque chose de moi.

Je fais un effort surhumain pour ne pas pleurer en pensant à Annabella.

— Je dois repasser chez moi prendre mes affaires pour la nuit, annonce Simone en posant une main sur la mienne. Cela va aller ? Je peux y aller plus tard, si tu préfères ?

Je lui réponds que cela ira et, pendant son absence, je pense à notre maison de famille. Après que j'ai souhaité bonne nuit à Annabella hier soir, j'ai vu Douglas. Il était plus tendre que lors de mon départ ce matin. Il est venu dans ma chambre et nous nous sommes serrés dans nos bras pendant ce qui m'a semblé être une éternité. Je ne voulais pas qu'il me voie pleurer, alors j'ai mis un terme à notre étreinte et, lui tournant le dos, j'ai séché mes larmes. Il a vu clair dans mon petit jeu, évidemment, et a compris que je pleurais. Quand je me suis retournée et l'ai regardé à nouveau, il avait les yeux tristes, lui aussi, et ses mains tremblaient.

Je prends une lente bouffée d'air. Puis j'expire.

Maintenant que je suis ici, je suis certaine que j'en viendrai à connaître chaque recoin de ma nouvelle maison, de même que chaque brin d'herbe du jardin. Cette idée me réconforte, étrangement. Peut-être qu'un jour je connaîtrai également le village comme ma poche ? Le monde qui s'étend au-delà de ma fenêtre me paraît soudain moins vaporeux et le lien qui m'unit à lui moins fragile. Simone avait raison, cet endroit n'est pas comme les autres, mais le prix en est tellement élevé que je regrette plus que tout au monde qu'Annabella ne soit pas là, elle aussi.

Chapitre 36

Le premier entretien qu'eut Bella avec l'archéologue Walter Guttridge fut marquant. Elle ne s'était pas attendue à ce qu'il fasse un mètre quatre-vingt-deux, qu'il ait dans les soixante-dix ans passés, de longs cheveux en désordre et un bronzage noir qui soulignait ses profondes pattes-d'oie. À en juger par les apparences, il était encore fringant. Il avait par ailleurs l'habitude étrange de tirer sur son oreille gauche quand il parlait.

— Le British Museum m'a envoyé ici en 1905, déclara-t-il d'une voix forte et stridente, après que Harry eut fait les présentations et qu'il eut accepté d'emmener Bella avec lui pour la matinée.

— Ç'a dû être un énorme choc culturel, j'imagine.

Il confirma d'un hochement de tête.

— Le gouvernement venait de prendre la décision de conserver et de protéger Bagan. Depuis plus de trente ans, j'arpente la région, faisant des recommandations, supervisant des remises en état et j'en passe.

Tout en parlant, il la menait le long des pistes sableuses qui se dirigeaient vers le village, contournant des touffes de bambous, des bouquets de bananiers sauvages et la dense et mystérieuse forêt qui s'étendait au-delà. Harry avait déclaré forfait, prétextant qu'il avait un travail urgent à faire.

Bella s'était ainsi retrouvée seule avec cette espèce d'ours dont la présence parmi les Birmans qui n'étaient pas très grands paraissait des plus incongrues. Toutefois, ceux-ci semblaient tous lui vouer un profond respect. Il s'adressait à eux dans leur propre langue et riait en écoutant leurs réponses.

— Vous connaissez tout le monde ? s'enquit Bella en levant les yeux vers lui.

— Comme vous le savez, je suis ici depuis un bon bout de temps.

— Rentrerez-vous un jour au pays ?

— Je suis ici chez moi.

— Et quand vous prendrez votre retraite ?

— Je n'ai pas l'intention de prendre ma retraite. Je continuerai à vivre et à travailler ici, jusqu'à ce que je tombe raide mort sur ce sol.

— Le commissaire de bord m'a dit que vous vous souviendriez peut-être de l'histoire d'un bébé européen aperçu en compagnie d'un couple de Birmans faisant route vers Mandalay.

— Je m'en souviens parfaitement. C'était en 1912, c'est bien ça ?

— 1911, en fait.

— Cela m'avait paru très étrange tout cela, à l'époque.

— Et vous avez vu le bébé de vos propres yeux ?

— Oh non. Mais mon assistant probablement.

— Il est ici ?

— Bientôt. Il va rentrer de Mandalay. Il a de la famille là-bas.

— J'espère qu'il sera revenu avant que je ne sois obligée de repartir.

Lorsqu'ils arrivèrent à destination, Bella fit un tour du village. Au premier coup d'œil, il semblait entièrement constitué de maisons à armatures de bois au bâti constitué d'un entrelacs de tiges.

— Les murs sont faits en bambou ?

— En palmier à sucre, plus exactement. Les fenêtres, elles, sont protégées par des nattes en bambou.

La première habitation, blottie au milieu des arbres et construite sur pilotis, semblait confortable avec son toit végétal. Une femme en balayait le devant de porte et le pourtour clôturé. Un enfant jouait à la balle et plusieurs poules décharnées picoraient çà et là dans la poussière. À l'arrière, deux chèvres à la robe tachetée étaient attachées au piquet sous la surveillance d'un chien qui somnolait à l'ombre.

— De quoi vivent les gens ? s'enquit Bella.

— Culture vivrière, pêche… Ils fabriquent des outils agricoles et des filets, des cordages, des voiles… Certain fabriquent des objets laqués qu'ils vendent aux pèlerins de passage.

Elle avait compris que Guttridge était sourd de l'oreille gauche, celle qu'il tirait sans arrêt. Elle se fit donc une obligation de toujours marcher à sa droite. Ils passèrent devant trois moines pieds nus en robe safran suivis de deux très jeunes garçons qui portaient des bols à offrandes.

Bella s'enquit d'eux auprès de Guttridge.

— Entre sept et treize ans, les jeunes garçons vivent ensemble dans les monastères pendant des durées variables. Ceux qui y restent tissent des liens solides entre eux, constituent une sorte de famille.

— Tous les garçons doivent-ils en passer par là ?

— Tous les petits Birmans bouddhistes font au moins quelques semaines de noviciat, d'autres poussent jusqu'à plusieurs mois, d'autres encore jusqu'à des années, surtout lorsqu'ils n'ont pas de famille.

— Sont-ils libres d'en partir ?

— Bien sûr. Ils peuvent retourner à la vie civile à tout moment ou rester et se faire moines.

— Et les bols servent à mendier la nourriture ?

— Oui. Ils ne peuvent manger que ce qu'on leur donne. Parfois, ce n'est que du riz. Ils croient que la vie est faite de souffrance et que la cause de la souffrance est le désir. Pour faire cesser la souffrance, il faut renoncer au désir et à l'attachement. D'où la vie simple qu'ils mènent.

Bella resta songeuse. Elle ne pouvait nier que le désir qu'elle avait d'Oliver s'était soldé par de la souffrance, mais en dépit de tout, la vie elle-même n'était-elle pas faite de contrastes ? Elle ne put s'empêcher de penser qu'elle préférait affronter les problèmes qu'entraînait une telle vie, malgré tous ses hauts et ses bas, que de mener une existence en demi-teinte. Mais bon, elle était jeune et n'ignorait pas qu'elle avait encore beaucoup à apprendre.

Elle fit halte pour admirer une femme magnifiquement vêtue d'un *longyi* et d'un châle traditionnels, qui portait des chaînes d'or au cou et aux poignets. Accroupie sur la terre battue, elle broyait le bois qu'elle mélangerait ensuite à de l'eau pour fabriquer la pâte appelée *thanaka*. Timidement, elle en tendit une petite quantité à Bella en secouant la tête plusieurs fois en signe d'encouragement. La jeune Européenne en étala un peu sur le dos de sa main, mais la pâte eut tôt fait de sécher dans la chaleur oppressante et commença à lui donner des démangeaisons.

À un croisement, un Indien attendait avec un cheval attelé par une corde à une calèche qui, avec ses côtés ouverts et son toit de paille, tenait davantage de la charrette, mais dont la fonction était clairement le transport des personnes.

— Nous montons là-dedans ?

Guttridge acquiesça.

— Y a pas mieux. Vous pouvez aller à pied mais il va faire horriblement chaud.

Lorsqu'ils furent à hauteur de l'étrange véhicule, il l'aida à monter l'unique marche située à l'arrière avant de se plier lui-même en deux dans l'habitacle.

— Alors, quel est votre programme aujourd'hui ?

— Vérifier l'état d'un *stupa*, là-bas, de l'autre côté.

— « Un *stupa* » ?

— On dit aussi parfois pagode. C'est le sommet d'un édifice monumental. Il n'est pas rare qu'ils contiennent des reliques dans un sanctuaire intérieur. À l'apogée de la royauté, entre les XIe et XIIIe siècles, on comptait plus de dix mille temples bouddhistes, pagodes et monastères dans ces seules plaines. L'endroit s'appelait Pagan à l'époque, non Bagan.

— Combien en reste-t-il ?

— Moins de trois mille. Vous aurez l'occasion d'apercevoir ceux que nous avons restaurés ces dernières années, surtout grâce à la main-d'œuvre indienne, ce qui n'a pas toujours été sans causer des difficultés.

Il secoua la tête de dépit et ajouta :

— Certains sont trop délabrés. Vous ne verrez que des fissures et des ruines sous la végétation qui les étouffe. Cela dit, les tremblements de terre n'ont pas arrangé les choses. C'est un miracle que tant aient survécu.

— Et les gens vivent au milieu de ces ruines ?

— Comme ils l'ont toujours fait, même si l'on parle de déplacer ces populations.

— Quel dommage ! L'idée que la vie ordinaire continue à l'ombre des monuments du passé me plaît.

La charrette s'ébranla sur le chemin cahoteux, faisant de temps à autre un crochet afin d'éviter une vache ou une brebis. Sans amortisseurs pour adoucir le voyage, Bella fut livrée aux ballottements, aux saccades et aux secousses de la charrette. Pendant ce temps, Guttridge rivalisait de sa voix tonitruante avec le bruyant grincement des roues métalliques. Elle aperçut *stupa* sur *stupa*, le plus souvent de la couleur rougeâtre de la terre sur laquelle elles se dressaient, ressemblant à des excroissances de la nature plutôt qu'à des édifices construits par la main de l'homme.

— Et quels sont tous ces arbres ?

— Tamariniers, prunus, margousiers, pour l'essentiel, répondit-il. Mais pour se faire véritablement une idée du plan général, un survol en montgolfière est le seul à offrir une vue d'ensemble. Cela vous tente ? Je prends les airs demain. Vous avez du temps devant vous. Mon assistant ne sera pas de retour avant un petit moment.

Bella jeta un coup d'œil au ciel. Était-elle tentée ?

— Construit en Angleterre selon les plus hautes exigences de sécurité et acheminé ici voilà quelques années. Il a complètement changé notre manière de travailler. J'ai formé les gamins des environs à l'intendance, de sorte que c'est absolument sans risque.

Au bout de quelques instants, elle lui signifia qu'elle était partante et devint impatiente d'y être. Qu'avait-elle à perdre ?

— Il faudra nous trouver sur le terrain vers les 5 heures du matin. Nous décollons toujours avant l'aube. Dites-vous bien que voir le soleil se lever sur la plaine est une expérience inoubliable.

Il faisait encore nuit noire lorsque Bella, migraineuse à cause des heures passées le jour précédent dans la charrette sous la chaleur implacable, fut réveillée par des coups répétés à sa porte. Elle chercha à tâtons l'interrupteur, jeta un coup d'œil à sa montre et constata qu'il ne lui restait plus que cinq minutes pour retrouver Walter Guttridge en bas à la réception. Elle enfila un pantalon large, passa une chemise blanche à manches longues, puis, après mûre réflexion, un gilet en laine. Il pouvait faire froid là-haut de si bonne heure.

Guttridge l'attendait au bas de l'escalier.

— Prête ? s'enquit-il d'un ton vif qui n'admettait pas la contradiction.

Elle fit signe que oui, regrettant de pas avoir le temps de prendre une tasse de thé et presque d'avoir accepté cette excursion en montgolfière.

Le conducteur s'aidait d'une torche qui n'émettait qu'une faible lumière, à peine suffisante pour éclairer la piste, et Bella se demanda ce qu'il pouvait bien voir. Néanmoins, il réussit à les conduire jusqu'à un endroit où ses regards furent immédiatement attirés par un brasier incandescent. Dans l'inquiétant silence, interrompu seulement par le souffle du feu, il fallut quelques instants à ses yeux pour s'habituer à l'obscurité. Progressivement, elle distingua la forme d'un énorme ballon dégonflé étalé par terre et autour duquel des silhouettes sombres s'activaient sans bruit aux préparatifs de vol. Elle eut un frisson, et lorsqu'on alluma le brûleur au gaz qui se mit à vrombir et que le ballon fut soulevé du sol, ses oreilles se mirent à bourdonner et son cœur à battre. La nacelle paraissait si petite et insignifiante. Assurément, on ne pouvait s'y trouver en sécurité !

— Alors, vous venez ? lança Guttridge. C'est l'heure d'embarquer. Je prendrai des notes sur les éventuels changements survenus depuis mon dernier survol, aussi je crains de ne pas être très bavard.

Il monta dans la nacelle en premier, suivi d'un autre membre d'équipage. Tandis qu'elle attendait son tour, elle se tança.

Prends ton courage à deux mains, se dit-elle entre les dents. *Tu n'auras peut-*être plus jamais l'*occasion de vivre une telle expérience.*

Elle mit à profit ces quelques instants pour recouvrer son sang-froid avant que quelqu'un ne s'avance avec un tabouret dont elle se servit pour monter dans la nacelle avec un certain manque de grâce, mais se félicitant toutefois d'avoir mis un pantalon. De sa position, elle aperçut cinq autres hommes qui tenaient le ballon en place grâce à de longues amarres.

Guttridge expliqua la marche à suivre, puis la nacelle rebondit légèrement et commença à s'élever pour le plus grand plaisir de Bella.

Ils furent bientôt en altitude au-dessus de Bagan, se laissant porter par le vent frais et silencieux. Lorsqu'elle vit le sol enveloppé de volutes de brume, elle éprouva de la déception. Mais ensuite le brouillard se dissipa et le soleil, entamant sa lente ascension, teinta les coupoles des pagodes et des *stupas* d'un chatoiement de rose et d'or. Enfin, son bonheur ne connut plus de limites lorsqu'elle put apprécier toute l'étendue de l'antique plaine. Dans sa course, le ballon l'emmenait de découverte en découverte : de la fumée montant d'une ferme isolée en décrivant des cercles, un patchwork bien net de champs rectilignes, les bœufs tirant déjà la charrue, les descentes en piqué des oiseaux et le silence que seul troublait le tintement des cloches des temples ou les aboiements d'un chien. Elle ne s'était pas attendue à trouver ce calme hors du temps en flottant dans les airs au-dessus de ce rassemblement exceptionnel de témoignages du passé. Au loin, la lumière du soleil se mêlait au flux des eaux de l'Irrawaddy, les faisant virer au doré et à l'argenté. Elle n'avait pas la fibre religieuse, mais le seul mot qui lui vint à l'esprit fut le mot « mystique ». Bien convaincue que la vie ne se résumait pas à ce qu'elle en connaissait, elle eut les larmes aux yeux. Elle se sentit légère, métamorphosée, comme si elle était un être du ciel qu'elle partageait avec les oiseaux et la douce brise. Que tant de beautés côtoient une si grande violence lui semblait incompréhensible. Cependant, elle avait l'intuition qu'elle devrait, d'une manière ou d'une autre, trouver le moyen d'accepter ces deux extrêmes.

Elle serait volontiers restée là-haut des jours durant si Guttridge, mettant la dernière main à son relevé, n'avait mis presque en même temps un terme à leur excursion.

La descente fut lente et l'atterrissage bringuebalant, la nacelle touchant le sol dans un bruit mat au cours de ses nombreux rebonds. Hormis cet inconfort minime, Bella avait gardé pendant toute l'épopée un sourire de satisfaction aux lèvres. Elle vivrait sa vie différemment désormais. Elle cesserait de s'appesantir sur les événements de Rangoon. Elle verrait le monde avec un regard neuf et ne s'inquiéterait plus au sujet de choses qui ne dépendaient pas d'elle. Jamais elle n'aurait cru faire un jour un tour en montgolfière au-dessus de l'un des paysages les plus extraordinaires et les plus magnifiques au monde. Mais c'était arrivé.

Chapitre 37

Diana

Minster Lovell, 1922

Aujourd'hui je dois voir pour la première fois le docteur Gilbert Stokes. Je ne sais que peu de choses de lui, excepté qu'il fut pendant quelques années médecin à la Radcliffe Infirmary d'Oxford, avant de travailler à l'asile d'aliénés de Radcliffe. Lorsque Simone me l'a dit, j'ai dû devenir blême parce que cela m'a terriblement inquiétée, mais elle m'assure qu'il est à présent en semi-retraite et ne suit que des patients avec des pathologies particulières. Apparemment, il a une vision progressiste de son art, il a étudié l'œuvre de Sigmund Freud et je crois comprendre qu'il a foi dans le traitement de certaines maladies par la parole. Je ne sais qu'en penser et, pour être honnête, je ne suis pas convaincue parce que, franchement, je ne vois pas en quoi parler peut faire guérir.

Chose positive, je suis tombée amoureuse de ma petite maison, avec son enclos de pierres sèches qui en délimite les frontières, ses grands chênes de part et d'autre et son toit de petites ardoises. Je suis contente que quelques pièces de petit mobilier, qui sont, je dois dire, parmi les plus belles, m'aient été livrées de notre maison de Cheltenham : la coiffeuse couleur crème de ma mère, une minuscule commode qui se trouvait dans la chambre d'enfant, mon abat-jour préféré de chez *Tiffany*, une modeste console en demi-cercle et le vieux bureau de ma mère avec son petit tiroir secret.

J'emploie actuellement un jardinier pour couper l'herbe et commencer à désherber, mais il me tarde de me sentir mieux pour sortir m'occuper moi-même des plantations et de la taille. Je ne connais pas encore le village, mais selon Simone, il suffit de traverser le cimetière, de trouver les ruines de Minster Hall puis de faire quelques pas pour arriver aux berges splendides de la rivière.

Soudain, un murmure de voix venues de l'extérieur parvient à mon oreille. Pourtant, ni Simone ni le docteur ne sont en vue. Ils doivent être dans l'entrée où je ne peux les voir. J'attends donc qu'ils achèvent d'entrer. Lorsqu'ils pénètrent dans le salon, je suis muette de surprise. Gilbert Stokes ne ressemble pas à ce que j'imaginais. Pour moi, les psychiatres sont des êtres filiformes et sournois qui passent leur temps à essayer de vous piéger avec des manières habiles. Mais celui-ci est un homme rondelet au profil de tonton gâteau, aux yeux bleus pleins de bonté et à la tignasse incroyablement blanche.

Il me tend la main. Je la serre et ne peux m'empêcher de sourire. Il referme sa deuxième main sur la mienne et la presse doucement.

— Mrs Hatton. C'est un immense plaisir.

— Bonjour, lancé-je. En fait, c'est Miss Riley, désormais.

— Toutes mes excuses. Je l'ignorais.

Simone fait mine de quitter la pièce à reculons.

— Je vais faire du thé, annonce-t-elle, tout sourires.

J'acquiesce. Nous nous sommes mises d'accord à l'avance. C'est un petit stratagème destiné à m'offrir l'occasion de jauger par moi-même le docteur et, songé-je ironiquement, d'être jaugée par lui.

— Si nous nous asseyions ? suggéré-je en lui désignant la chaise près de la fenêtre.

Je m'assois face à lui afin de pouvoir profiter de la vue sur le jardin en façade. Il tourne sa chaise pour me faire face.

— Je tiens à ce qu'il soit bien clair que ce processus peut être relativement lent, mais que vous avez toute liberté de vous rétracter dès que vous le souhaitez.

Je hoche la tête.

— Nous parlerons simplement, si je ne me trompe ?

Ses yeux pétillent et il me lance un sourire sincèrement chaleureux.

— Tout à fait.

Je ne vois pas comment parler peut m'aider à aller mieux, mais j'acquiesce quand même ; puis, au sifflement de la bouilloire, je tourne la tête vers la porte, me demandant s'il serait impoli de me lever pour aller aider Simone.

Comme s'il devinait mes pensées, il dit :

— Vous pouvez aller donner un coup de main à votre amie, si vous voulez.

Là, je suis impressionnée !

Il se pourrait que l'aspect jovial cache un esprit d'une très grande acuité ; mais si cette perspicacité s'accompagne de bonté, alors je peux lui accorder ma sympathie. En me donnant la permission de m'absenter à la cuisine, il m'en a fait passer l'envie ; par conséquent, je reste à ma place. Tandis que la conversation se prolonge un peu et que nous parlons du village et qu'il m'entretient de sa maison, qui se trouve plus bas, près de l'église, je me surprends à me détendre. Sa présence est si rassurante que je suis un peu désappointée lorsque Simone revient avec un plateau et que je n'ai plus le docteur pour moi seule.

Une fois le thé servi et bu et les biscuits dégustés, il s'essuie les lèvres avec sa serviette avant de se lever de sa chaise.

— Par conséquent, s'il vous agrée de devenir ma patiente, Diana, nous pouvons commencer la semaine prochaine et nous donner comme objectif, disons deux séances par semaine, une le lundi et une le vendredi. Toutes deux à 10 heures. Qu'en dites-vous ?

Je me dresse sur mes jambes à mon tour.

— Merci, docteur Stokes. Cela me convient.

Tandis que je le raccompagne, puis me tiens dans l'entrée sans ressentir la moindre angoisse du fait d'être presque dehors dans le jardin, je m'étonne de penser ce que je viens de dire avec sincérité.

Chapitre 38

Peu avant 17 heures, tandis que la chaleur commençait à tomber, Bella, ayant une heure à perdre avant d'aller retrouver l'assistant de Guttridge et ressentant le besoin de se changer les idées, quitta la résidence pour aller se promener toute seule. Son bateau ne devant pas appareiller avant 20 heures, elle disposait d'un peu de temps. Elle avala un verre d'eau d'un trait, glissa quelques bonbons à la menthe dans sa poche et sortit.

Une brise légère contribuait à faire baisser la température, et comme elle marchait à l'ombre des grands arbres touffus, elle conservait un peu de fraîcheur. Elle suivit la piste recouverte de poussière ocre, bercée par le bruit de ses propres pas et choisissant de prendre à droite à chaque tournant de manière à pouvoir retrouver sa route facilement en tournant systématiquement à gauche au retour. Elle manqua d'écraser un capricorne qui arborait des pompons sur ses antennes et s'arrêta un instant pour le regarder se déplacer. Elle passa devant les mêmes habitations que précédemment, mais à présent les jardins étaient envahis de familles entières qui prenaient l'air à l'ombre dans les odeurs de fumet de poisson et d'oignons frits sur des braseros à charbon de bois. La lumière du soleil, dansant à travers les feuillages, projetait des motifs mouvants sur le sol frappé de sécheresse, et tout ce petit monde sembla à Bella très charmant et amical lorsqu'elle le salua de la main avant de poursuivre sa route, qui l'éloignait du centre du village.

Un chien qui l'avait adoptée sur les talons, elle tendit l'oreille aux pépiements des oiseaux et pensa à Elvira. Quelle aurait été son enfance si elle avait grandi avec une sœur ? Auraient-elles partagé des secrets et se seraient-elles protégées ainsi que le faisaient les sœurs ? Ou bien auraient-elles été rivales, se chamaillant sans fin, cherchant à attirer l'attention et ne parvenant jamais à s'entendre ? Elle imagina qu'Elvira et elle marchaient côte à côte, bras dessus, bras dessous. Elles désignaient telle ou telle plante à l'intention l'une de l'autre et riaient trop fort d'une cocasserie ou de quelqu'un qu'elles trouvaient toutes deux désopilant. Auraient-elles débattu au sujet des garçons en gloussant furtivement une fois leurs parents couchés ? Leurs parents ! La gorge nouée, elle se demanda quelle femme aurait pu être sa mère en d'autres circonstances...

Elle continua d'avancer, absorbée dans ses pensées, sans vraiment se rendre compte de l'endroit où elle se trouvait. Lorsqu'elle se retourna enfin, elle s'aperçut qu'elle avait dépassé la dernière maison et se trouvait à présent dans une sorte de maquis. Afin d'échapper au soleil encore brûlant, elle se dirigea vers une zone boisée qui entourait l'un des *stupas*. Là, assise dans l'herbe et suçant un bonbon à la menthe, elle contempla la lumière déclinante de fin d'après-midi qui teintait l'horizon d'une unique touche rosée.

Elle vérifia l'heure à sa montre. *Encore quelques minutes...* Le bruit léger des cloches du temple lui parvenait sur les ailes du vent, et les parfums des branchages se mêlaient aux arômes des fleurs blanches qui poussaient en abondance. Elle ferma les yeux et se détendit contre la chaleur d'un tronc chauffé par le soleil. Elle se prélassait ainsi depuis un bon moment, en écoutant le martèlement du pic jaune, lorsqu'elle fut arrachée en sursaut à sa rêverie par un gémissement déchirant. Elle rouvrit brusquement les yeux et se dressa immédiatement sur ses jambes. Elle s'épousseta, prête à se sauver, doutant de pouvoir rentrer à temps et se reprochant sa sottise. C'est alors que les gémissements se firent de nouveau entendre, de manière plus déchirante encore. Quelqu'un souffrait atrocement. Malgré une forte appréhension et espérant qu'on n'essayait pas de l'attirer dans un piège, Bella décida de chercher à en connaître la cause. Avec une conscience aiguë de sa position en tant que femme et en tant qu'étrangère dans un pays qu'elle connaissait à peine, elle se demanda s'il ne s'agissait pas de quelque rituel bizarre. Sans parler des serpents et des insectes venimeux dissimulés dans les broussailles. Avec précaution, elle fit le tour du *stupa* en ouvrant l'œil en cas de danger. Soudain, elle faillit trébucher sur la femme enceinte du bateau qui était couchée, jambes relevées, sur le flanc.

Bella s'agenouilla à côté de la malheureuse.

— Que se passe-t-il ? s'enquit-elle. Je peux aller chercher de l'aide.

L'inconnue agita la main de manière négative.

— Je vous en prie, non. N'y allez pas. J'ai peur.

— Mais que faites-vous ici toute seule ?

La femme suffoqua de douleur avant de pouvoir répondre :

— Je voulais provoquer la naissance du bébé. Il est en retard. Mais je dois accoucher sur le bateau, sinon mon mari se mettra en colère.

Bella se rembrunit. Était-ce là un autre exemple des superstitions abracadabrantes dont elle avait entendu parler ?

— Pourquoi cela a-t-il de l'importance ? s'enquit Bella.

— C'est signe de grande félicité que de naître sur l'Irrawaddy. J'ai déjà remonté le fleuve une fois.

— Où est votre mari ?

— Il travaille, au secrétariat, à Rangoon. Il n'a pas pu obtenir de jours de congés pour ce deuxième voyage.

— Ainsi, vous êtes venue seule ?

La femme laissa échapper un long râle de douleur.

Bella se dressa sur ses jambes.

— Il faut absolument que j'aille chercher de l'aide. J'ignore tout des accouchements.

Elle n'avoua pas que le seul fait d'y penser lui soulevait le cœur.

La femme lui désigna un sac.

— J'ai apporté du curcuma pour en oindre le corps du bébé. Cela sert à éloigner les esprits maléfiques, et nous devons aussi trouver un astrologue. Il y en a un sur notre bateau. Je m'en suis assurée avant d'embarquer.

— Pensez-vous pouvoir aller jusqu'au bateau ?

La femme tendit une main, et Bella l'aida à se lever, mais la malheureuse se courba aussitôt en deux et se serra le ventre en geignant. Bella parvint à la faire asseoir à l'ombre d'un arbre, mais à l'évidence, elle ne pourrait rejoindre le bateau de sitôt.

— Comment vous appelez-vous ? s'enquit Bella, s'accroupissant à côté d'elle sans lui lâcher la main.

— Hayma. Cela veut dire « forêt ». Je suis née dans une forêt.

— Vous n'êtes pas de Rangoon ?

— Non, mais je suis née dans un petit hameau tout près de la ville.

Elle se courba de nouveau en deux, le visage grimaçant de douleur. Bella comprit que Hayma se forçait à réprimer un cri.

La poitrine serrée d'angoisse, elle répéta en regardant sa montre :

— Il faut que j'aille chercher de l'aide.

Elle avait manqué son rendez-vous, mais sa terrible inquiétude au sujet de Hayma l'emportait.

— S'il vous plaît, je vous en supplie, ne me laissez pas toute seule.

Bella acquiesça, et, pendant une vingtaine de minutes, Hayma resta relativement tranquille. Elle semblait beaucoup plus calme à présent que Bella lui tenait compagnie. Mais bientôt les contractions reprirent. Bella jeta un coup d'œil alentour dans l'espoir de trouver quelqu'un qui puisse la remplacer. De prime abord désert, l'endroit révéla une demi-heure plus tard la présence d'une femme qui, un bébé sur le dos, remontait d'un pas solennel le sentier menant au village. Bella lui fit signe d'approcher et Hayma trouva la force de lui parler entre deux contractions. Quelques instants plus tard, l'inconnue tourna les talons et se mit en route précipitamment.

— Elle revient avec de l'aide, assura Hayma.

Mais la femme ne revint pas immédiatement. Tandis que Bella s'efforçait d'apaiser Hayma, elle eut le pressentiment que l'enfant n'allait plus tarder à naître. Elle réfléchit. Quels soins apportait-on à un nouveau-né ? Elle se gratta la tête, regrettant de n'avoir personne à qui demander conseil. Enfin, la femme qui portait son petit dans le dos revint avec ce qui ressemblait à un gros ballot de tissu et un broc d'eau. Bella se mit debout en poussant un grand soupir de soulagement.

Le bébé n'était pas encore arrivé lorsque que le soleil amorça son déclin à l'ouest. Le ciel vira au vermillon avant de se transformer en une fraction de seconde en une nappe veloutée indigo saupoudrée de millions d'étoiles minuscules. Bella assista au réveil de ces bois imprégnés de magie, et, sous la surface du monde qu'elle partageait avec les autres êtres vivants, la vie lui sembla instinctive et abyssale. Vivant au rythme de l'attente, Bella retint son souffle. C'est alors que le miracle eut lieu. Les puissants arômes nocturnes et le chant des cigales qui s'en donnaient à cœur joie accueillirent dans un débordement d'allégresse la petite lorsqu'elle se décida enfin à venir au monde. Bella observa une étoile filante tandis que les petites chauves-souris perchées dans les arbres semblaient souhaiter de leur caquet la bienvenue à l'enfant. Bella sut alors qu'elle n'oublierait jamais cet instant. Elle resta auprès de Hayma, lui tenant la main et priant jusqu'à ce que le nouveau-né eût poussé son premier cri de protestation. *C'est bien !* pensa-t-elle. *Fais entendre ta voix.*

Laissant la jeune mère et la petite aux bons soins de la femme, elle partit en traînant les pieds, mais riche de la chance insigne que la vie lui avait donnée de rétablir l'équilibre. Certes, elle avait vu la mort de près, dans toute son horreur violente, et elle s'en souviendrait jusqu'à la fin de ses jours, mais elle avait également assisté à une naissance, et c'était surtout cela qu'elle retiendrait.

Après avoir changé plusieurs fois de direction, les mains sur le crâne pour se protéger des chauves-souris qui voletaient tout près et priant pour ne pas croiser le chemin d'un serpent sorti chasser, elle se concentra sur l'unique piste dont elle se souvenait et retrouva finalement le chemin de la résidence. Il était à présent 20 h 30 et elle doutait que le bateau l'ait attendue.

Elle fut bientôt fixée sur ce point. La première personne qu'elle rencontra fut Harry Osborne. Son air furibond, tandis qu'il arpentait le hall d'entrée de long en large en marmottant hargneusement dans sa barbe, se passait de commentaire. Dès qu'il l'aperçut, il s'arrêta net et lui jeta un regard noir.

— Vous savez quelle heure il est, nom d'un chien ?

— Je suis désolée, répondit-elle, en s'efforçant de recouvrer son sang-froid malgré la forte impression que lui avait causée le fait d'assister pour la première fois à un accouchement. Ce n'est vraiment pas ma faute.

—Vous, les femmes, êtes toutes les mêmes. Je regrette d'avoir accepté ce boulot.

Sur ces mots, il se mordit la lèvre inférieure et parut regretter ses paroles, puis il rajusta ses lunettes sur le haut de son nez d'un geste nerveux.

Il n'échappa pas à Bella qu'il sentait le whisky.

—Ce « boulot » ? répéta-t-elle en se rembrunissant.

Il évita son regard.

—Je veux dire… hum… Je voulais dire en vous servant de guide. Quoi qu'il en soit, nous avons raté ce satané embarquement.

—Je suis vraiment désolée. J'ai dû venir en aide à une femme enceinte. C'était…

Elle ne trouva pas les mots qui eussent pu donner quelque idée du miracle que constituait le fait d'avoir assisté à un accouchement et du sentiment, certes éphémère, qu'après cela le monde ne renfermerait plus que merveilles.

Il haussa les sourcils comme s'il en doutait fort mais s'abstint de toute considération.

—Alors, que faisons-nous maintenant ? s'enquit-elle.

Il soupira.

—J'ai réussi à nous obtenir deux cabines pour demain matin.

—Oh, c'est fantastique !

—Vous n'avez pas encore vu le bateau. Je doute que vous le trouviez « merveilleux ». Grâce à Dieu, nous arriverons quand même à temps à Mandalay pour votre rendez-vous avec le préfet Alistair Ogilvy. Ma réputation aurait souffert si vous aviez manqué ce rendez-vous. Si quelqu'un est au courant de quoi que ce soit, c'est lui. Bon, l'assistant de Guttridge vous attend dans le salon.

—Merci.

Malgré sa soif et son envie de se débarrasser de ses vêtements poussiéreux pour prendre un bon bain, elle se dirigea vers le salon. Par l'embrasure de la porte, elle découvrit un homme assis bien droit sur l'un des deux divans. Il se leva à son entrée, et Bella put constater qu'il était tout petit, qu'il avait de grandes oreilles et des cheveux raides poivre et sel.

Lorsqu'il lui fit une petite révérence, elle ne put s'empêcher de sourire.

— Je m'appelle Nyan, commença-t-il. Vous avez des questions à me poser ?

— Oui. Je suis vraiment désolée de vous avoir retenu.

— « Retenu » ?

— De vous avoir fait attendre.

Il lui adressa son plus doux sourire.

— Ce n'est pas un problème.

— C'était il y a extrêmement longtemps. En 1911, pour tout vous avouer, mais Mr Guttridge m'assure que vous vous en rappellerez.

— Il m'a tout expliqué, et, oui, je m'en souviens en effet. J'étais commissaire de bord sur le même bateau en route pour Mandalay, et c'est moi, qui ai fait remonter l'affaire jusqu'au commandant.

— Que s'est-il donc passé exactement ?

— Pas grand-chose. Je peux vous dire que c'était un petit bébé qui avait l'air d'être européen, mais le couple qui l'accompagnait venait de Thaïlande et n'était pas jeune. Malgré mes inquiétudes, dont j'ai fait part au commandant, il a refusé de s'en mêler de crainte de créer des histoires. C'était un Écossais apathique qui approchait de la retraite, si je m'en souviens bien.

Il se tut, parut gêné, et ajouta :

— Je vous prie de m'excuser. J'ai le plus grand respect pour les nombreux commandants de bord dévoués qui naviguent sur notre fleuve depuis des années. Il n'était tout simplement pas de leur trempe.

— Donc ?

— J'ai interrogé le couple, qui m'a affirmé être les grands-parents. J'avais des doutes, mais je suis devenu encore plus soupçonneux quand je leur ai demandé de me répéter leur histoire un peu plus tard le même jour. Cette fois-là, ils m'ont dit qu'ils emmenaient l'enfant auprès de ses grands-parents, qui étaient britanniques. Ils dirent qu'ils n'avaient pas bien compris ma question la première fois. Mais je craignais une entourloupe et j'ai pris la résolution d'en informer les autorités dès que nous jetterions l'ancre, avec ou sans l'approbation du commandant.

— Et vous l'avez fait ?

Il acquiesça.

— J'ai surveillé le couple pendant qu'ils débarquaient, mais lorsque je suis arrivé au poste de police du quartier, c'était trop tard. Il n'était pas en mon pouvoir de les retenir, et le commandant s'en lavait entièrement les mains.

— Et la police a-t-elle donné suite ?

Il soupira.

— Oui, au début ils ont procédé à une fouille complète des environs, mais le couple s'était volatilisé. Personne ne reconnut les avoir aperçus. J'avais entendu parler de la disparition d'un bébé dans un jardin de Rangoon, c'est pourquoi je craignais que l'enfant du bateau n'ait fait l'objet d'un enlèvement. C'était dans tous les journaux, voyez-vous. J'espérais, par conséquent, que la police se laisserait convaincre et poursuivrait les recherches.

— Mais ils ne l'ont pas fait ? suggéra-t-elle, déçue.

— Non, j'ai peur que non.

— Savez-vous si le bébé était une fille.

— Oui, c'était une fille.

Chapitre 39

Diana

Minster Lovell, 1922

Nous n'avons jamais été des gens de la campagne. Je le précise parce que je m'habitue formidablement bien ici et m'en étonne. La famille de ma mère a compté des fermiers jadis. Je tiens peut-être d'eux.

Mon installation est encore récente, mais Minster Lovell me convient parfaitement. Naturellement, Annabella me manque terriblement, et je me languis aussi de Douglas ; quoique, pour être franche, pas au point d'en être profondément malheureuse. Leur absence est compensée par le fait que je puisse faire ce que bon me semble sans inquiéter qui que ce soit. J'ai Simone et Mrs Jones, qui est une âme dévouée, et bien sûr, j'ai le docteur Gilbert Stokes, que j'attends pour notre séance.

Même si je ne suis pas encore allée m'asseoir sur un banc au jardin, j'apprécie de laisser la porte d'entrée ouverte et de sortir devant la maison. Dès que quelqu'un passe, je me sens, certes, un peu affolée, mais j'ai réappris à saluer les passants de la main et à esquisser un sourire. Aujourd'hui, la pluie n'est pas loin, malgré le soleil radieux. C'est un véritable bol d'oxygène, si apaisant, et qui vaut la peine d'être vécu. L'averse fera du bien à la pelouse après cette longue période de sécheresse. Tandis que j'attends le docteur, le vent m'apporte l'odeur de l'herbe fraîchement coupée et le parfum des fleurs magnifiques qui s'épanouissent en ce début d'été.

La tête dans le prolongement de son corps penché en avant, il monte à l'assaut de la côte. Je le reconnais à sa crinière blanche. Parvenu au sommet, il relève la tête et m'aperçoit. Il me fait signe de la main. Je lui rends son salut. Je ne prétendrais point n'être pas nerveuse, mais comme c'est un homme bon, je suis pleine d'espoir.

Après nous être serré la main, nous nous installons confortablement dans mon salon aux dimensions modestes où Mrs Jones a apporté du thé et des biscuits sur un plateau. Elle est en ce moment même au marché ; ainsi, nous ne serons pas dérangés.

Je ne saurais exprimer à quel point cela me rassure de m'entendre dire par le docteur Stokes qu'il est indispensable que je le prévienne si l'une de ses questions venait à me mettre mal à l'aise. Ce point me causait effectivement quelque inquiétude.

Ensuite, nous parlons pendant quelques instants de mon enfance. Je ne suis pas certaine de savoir ce qu'il attend de moi, mais il m'assure qu'il n'y a pas de bonne ou de mauvaise réponse et qu'il faut bien commencer quelque part. Lorsqu'il me demande de lui décrire quel genre d'homme était mon père, je prends une grande bouffée d'air, que j'expire lentement afin de me laisser le temps de réfléchir. Je pense à la manière dont mon père m'incitait à « être moi-même ».

Le problème, c'est que je n'ai jamais su comment y parvenir. Je le dis au docteur, qui accueille cette confession par un doux sourire d'encouragement. Je remarque alors qu'une lueur s'est allumée dans ses yeux bleus.

— Cela vous préoccupe-t-il de ne pas savoir comment y parvenir ? s'enquiert-il.

Je mordille l'intérieur de ma joue, ne sachant pas au juste jusqu'où je peux aller dans la sincérité. C'est alors que je me souviens que cet homme n'a aucun intérêt à m'envoyer à La Grange ou dans un endroit semblable. Je puise un peu de courage dans cette certitude et lui dis que ne pas savoir comment m'y prendre pour être-moi-même me rend triste.

— Et fait que vous vous sentez seule ? suggère-t-il.

J'éprouve un malaise, ma gorge se noue ; je regarde fixement mes chaussures et suis incapable de répondre. Il me dit que quantité de gens ne commencent à se découvrir eux-mêmes qu'à l'approche du terme de leur vie, ou, pour être plus exact, à découvrir ce qu'ils furent ou auraient pu être.

Je ravale mon angoisse. Cela fait si longtemps qu'on m'inculque que je suis irrécupérable, que ce qui cloche chez moi ne peut être guéri. Ce médecin-là me donne un peu d'espoir, et cela lui vaut un sourire sincère de ma part.

Je lui avoue que je m'attendais à ce que nous parlions du drame survenu en Birmanie, mais lorsqu'il me demande si je veux en parler, je fais signe que non.

Chapitre 40

Harry avait raison au sujet du bateau, pensa Bella peu avant l'aube. Elle contemplait en silence l'embarquement. Avant même de pouvoir à son tour gravir la passerelle couverte de boue, elle avait pu constater que le navire était bondé. Sur le pont, des familles formaient des petits groupes serrés les uns contre les autres. Elles terminaient leur nuit, enveloppées de châles et de *longyis*, même si la plupart des femmes étaient déjà occupées à natter leurs cheveux et à appliquer du *thanaka* sur leurs pommettes. Pendant que les mères entamaient les préparatifs pour le petit déjeuner, quelques enfants se réveillèrent, clignant vivement des yeux et se les frottant afin d'en chasser les reliquats de sommeil, la tête hérissée d'épaisses mèches de cheveux raides et très bruns.

Un groupe de moines faisait bande à part, et Bella se demanda s'ils priaient. Elle regarda le soleil se lever, jaune vif sous une voûte céleste bleu nuit en son zénith et zébrée de bandes nuageuses éparses. Un oiseau bleu roi perché sur les bastingages semblait, lui aussi, profiter du spectacle avant de prendre son envol. Quelques hommes se dégourdissaient les jambes en fumant. D'autres regardaient fixement la rive grisâtre sans mot dire, profitant des quelques instants précieux dont dispose un être humain avant d'affronter la journée qui commence, tandis qu'il erre encore à mi-chemin du sommeil, du rêve et de l'oubli.

D'autres encore étaient assis, l'air hébété, à même le pont, dos aux sacs de marchandises qui constituaient une partie de la cargaison. Une fine couche de poussière recouvrait le pont. Ici, point de petits palmiers en pots et, par conséquent, point d'ombre ; par ailleurs, seul un petit nombre de sièges en rotin offraient la possibilité aux passagers de s'asseoir pour regarder défiler le rivage. *Au moins j'ai une cabine*, pensa Bella, même s'il aurait été amusant de dormir à la belle étoile, malgré l'inconfort.

Harry et elle furent conduits à leurs cabines, et Bella s'endormit aussitôt couchée. Il était encore tôt ; et, bouleversée par l'accouchement de Hayma, elle avait fort mal dormi la nuit précédente.

Le voyage jusqu'à Mandalay passa rapidement, et même s'il ne fut pas aussi tranquille que la première moitié du trajet, il se révéla plus amusant. Tandis que le soleil se déversait à flots sur le pont, Bella était absorbée par le quotidien de ses compagnons de voyage qui se déroulait à la vue de tous. Ils étaient majoritairement joyeux, épris de conversation, et donnaient l'impression de prendre la vie comme elle venait, sans se plaindre ; à la réserve près, bien sûr, que Bella aurait été incapable de comprendre un traître mot de ce qu'ils disaient si Harry ne lui avait pas servi de traducteur.

Tandis que, penchés au bastingage, ils regardaient le fleuve, le géomètre lui exposa également quelques bribes de l'histoire de Mandalay. Il lui dit que chaque fois qu'un nouveau roi accédait au trône, tous ses rivaux potentiels étaient obligatoirement assassinés afin de prévenir toute possibilité de renversement du pouvoir. Lors du couronnement de Thibaw, le dernier roi, au moins quatre-vingts membres de sa famille, y compris de jeunes enfants, avaient été liquidés d'horrible manière.

— On raconte, poursuivit-il en lui lançant un coup d'œil par en dessous, qu'ils furent enfermés dans des sacs et battus à mort pendant qu'un groupe de musiciens jouait pour couvrir leurs cris. Ensuite, leurs cadavres furent piétinés par des éléphants.

— Doux Jésus ! s'exclama Bella, horrifiée à cette seule idée. C'est complètement barbare !

— En effet.

— Pourtant, les Birmans paraissent si doux.

Harry haussa les sourcils.

— Ce n'est pas tout. Lors de la construction du palais et de l'enceinte royale, quantité de personnes furent enlevées pour être enterrées vivantes dans les fondations afin de protéger la ville des esprits malfaisants.

Consternée, Bella ne put s'empêcher d'avoir un funeste pressentiment. Qu'allait-il leur arriver à Mandalay ?

Leur dernier lever de soleil sur le bateau fut incandescent, et tandis que l'astre du jour mêlait son feu aux eaux du fleuve en un rayonnement aveuglant, Bella ferma les yeux. Lorsqu'elle les rouvrit, l'onde frissonnante étincelait sous une pluie de diamants argentés. Un peu plus tard, à l'approche de Mandalay, des dizaines de pagodes dorées se mirent à briller de tous leurs feux du haut des collines. Comment était-il possible que cette féerie et cette magnificence côtoient la cruauté dont elle avait entendu parler et dont elle avait également été témoin ?

Les huttes en bambou en bordure du quai étaient envahies par tout un peuple de vendeurs de colifichets qui se pressa à l'assaut des nouveaux arrivants. Bella regarda au loin les montagnes de l'autre côté du fleuve et se demanda si c'était dans ces hauteurs que le bébé européen avait été emmené.

Faussant compagnie à leurs assaillants, ils se frayèrent un chemin entre pêcheurs et vendeurs à la sauvette, puis ils poursuivirent leur route en voiture à vive allure par les rues bondées. Bientôt, Bella fut installée à son hôtel, l'un des trois seulement à être fréquentés par les Britanniques, lui avait-on dit. Il était construit en tek, et sa petite chambre, qui sentait la cire citronnée, était confortable, avec sa fenêtre donnant sur le Fleuve Rouge. Migraineuse, elle décida de passer le reste de la journée dans sa chambre.

Harry l'avait informée qu'il lui avait obtenu un rendez-vous avec le préfet pour 10 heures le lendemain matin. Ainsi, après le déjeuner, n'ayant rien d'autre à faire, elle s'allongea sur son lit en sous-vêtements et essaya de faire la sieste. Mais le souvenir du massacre pénétra sa rêverie et elle dut renoncer à dormir. Se libérerait-elle jamais de ce qu'elle avait vu ? Elle observa un lézard qui grimpait le long du chambranle de la porte face au lit. Il était vert olive. De petite taille, c'était sûrement un tout jeune lézard. Il se déplaçait par à-coups, comme s'il n'était pas sûr de savoir où aller. Un peu comme elle. Les bruits de la ville s'étaient tus dans la chaleur accablante de l'après-midi. Soudain, il lui sembla nettement entendre des bruits de pas approcher dans le couloir avant de s'arrêter devant sa chambre. Alanguie et écrasée de chaleur, elle fut contrariée de voir son repos interrompu et ne se leva pas pour se rhabiller. De toute façon, elle avait, c'était certain, fermé la porte à clé. Qui que soit l'importun, il lui faudrait tout simplement rebrousser chemin. Elle attendit, les yeux rivés sur la porte, s'attendant à ce qu'un employé de l'hôtel s'annonce. Mais au lieu de cela, elle eut la surprise de voir la poignée tourner extrêmement lentement. Abasourdie, elle la regarda tourner une seconde fois.

— Qui est-ce ? lança-t-elle enfin.

Mais aucune femme de chambre timorée ne répondit.

Irritée par l'absence de réponse, elle se saisit de sa robe de chambre et alla au pas de charge jusqu'à la porte pour l'ouvrir en grand.

Personne.

Elle jeta un coup d'œil à droite et à gauche. Harry tournait l'angle au fond du couloir.

— Oh, c'est vous, lança-t-elle. Vous me cherchiez ?

— Désolé, je…

— Harry, avez-vous besoin de quelque chose ?

— Non, je… me suis trompé. Désolé. C'est ma faute.

Là-dessus, il tourna les talons et disparut.

Elle secoua la tête et retourna à l'intérieur. Décidément, la chaleur rendait les gens bizarres.

Une fois sa migraine passée, elle décida d'aller explorer la ville en rickshaw, là où les rues bordées d'arbres grouillaient de vie. Bien qu'elle se sentît seule et un peu triste, surtout à cause d'Oliver, c'était une belle journée, et elle avait bien l'intention d'en profiter.

Elle passa devant un sanctuaire où priaient quelques religieuses au crâne tondu vêtues de robes monastiques roses. Dans presque chaque artère, pagodes et bouddhas dorés se livraient à une rude concurrence au milieu des dignes demeures des Britanniques. À l'étage de ces bâtisses s'étendaient des terrasses qui reposaient sur des colonnes monumentales, lesquelles formaient des passages ombragés. Puis ce fut le tour des orfèvres accroupis dans les petites cours devant leurs maisons en bois, un brasier dans un coin et leurs outils dans des sacs de toile disposés sur de petits établis à côté d'eux. Bella jeta un coup d'œil aux fines et complexes gravures qu'ils exécutaient sur des supports allant de vasques énormes destinées aux temples à de minuscules éléphants et dragons en argent. Lorsqu'elle parvint devant les immenses remparts du palais avec ses nombreux pavillons qui servaient désormais de siège administratif aux Anglais, lesquels avaient converti la salle du trône en un club, Bella eut le souffle coupé par la démesure de l'ensemble. Elle jeta un coup d'œil par une porte entrouverte et aperçut les omniprésentes couleurs porte-bonheur rouge et or, les ornements sculptés des bâtiments et le treillage au-dessus des portes.

Bifurquant non loin d'un temple chinois, elle avisa le bazar des marchands de soieries. Elle entra afin d'y trouver son bonheur. D'abord interdite, elle s'aventura ensuite dans les profondeurs du bazar où une foule nombreuse se massait autour d'éventaires serrés les uns contre les autres. Se sentant à son aise et heureuse d'être là, elle trouva l'ambiance plaisante, mais au bout d'un moment, tous ses sens se mirent en alerte. Quelque chose n'allait pas. Était-elle suivie ? Elle jetait un coup d'œil en arrière de temps à autre. Était-ce bien la silhouette d'un jeune Birman qu'elle voyait chaque fois se glisser dans l'ombre ? Elle crut d'abord être le jouet de son imagination, mais bientôt, elle comprit. Chaque fois qu'elle se retournait, elle apercevait son *longyi* rouge et sa chemise vert pâle. Plus agacée que véritablement effrayée par cet ennuyeux jeu du chat et de la souris, elle continua de palper les fines soieries sous le regard des jolies marchandes birmanes. Après tout, que pouvait tenter cet homme dans un endroit aussi fréquenté ? Il n'en persistait pas moins à la suivre. Elle s'arrêtait, il s'arrêtait. *Trop c'est trop !* s'exclama-t-elle intérieurement. Elle pivota sur ses talons et se trouva nez à nez avec un jeune homme qui la dévisagea effrontément. Peut-être en voulait-il à son argent et avait-il l'intention de la voler une fois parvenus dans un coin tranquille ? Elle serra son sac fermement contre sa poitrine et reprit sa marche, à la recherche de la première sortie venue.

C'est alors qu'elle se figea de peur.

Deux types de couleur, un rictus aux lèvres, l'air malintentionné et couverts de tatouages noirs, avançaient vers elle d'un pas décidé. Était-ce un piège ? Elle savait que les Birmans croyaient que les tatouages permettaient de résister aux balles et aux lames de couteaux. En avaient-ils après elle ? Voyant leur air renfrogné, elle se sentit cernée et balaya le bazar du regard. Se pouvait-il qu'ils sentent qu'elle avait peur ? Le jeune homme était toujours derrière elle, et les deux autres en face. Faute de mieux, elle songea à leur proposer de l'argent. Mais une fois à sa hauteur, ils passèrent et la saluèrent d'un hochement de tête en continuant de sourire. Elle posa une main sur son cœur pour se calmer et eut honte d'avoir, au prétexte de la couleur de leur peau, automatiquement vu en eux une menace. Le jeune homme s'était envolé, lui aussi. Atterrée de s'être transformée si rapidement en ce qu'il y a de pire chez les Anglais, elle se tança de s'être montrée soupçonneuse. Elle prit une grande inspiration et suivit ce qu'elle espérait être la direction de la sortie, se demandant si elle avait entièrement été le jouet de son imagination.

Pendant quelques instants, les bruits de fond du bazar semblèrent s'atténuer, le silence reprenant peu à peu ses droits comme après une longue absence. Redevenue plus calme, elle éprouva un étrange sentiment de détachement. Mais cela ne dura pas. Soudain, le bruit revint en force, comme si quelque chef d'orchestre malicieux avait donné le signal de jouer à plein volume. Le raffut fracassant de cette immense fourmilière n'en finissait plus d'augmenter. Elle fut prise d'un accès de panique. Risquait-elle de devenir comme sa mère, qui avait été trop terrifiée pour oser mettre le nez dehors ? Lorsque le bruit atteignit son paroxysme, Bella fut prise de nausée. Les voix des femmes se muèrent en cris inconnus horriblement aigus et les rires des hommes se firent mauvais et menaçants. L'air entier résonnait du bruit métallique et du cliquetis de la monnaie qui changeait de main et des voix bien trop nombreuses. La tête se mit à lui tourner. Voilà que les marchandes, qui jusque-là s'étaient montrées polies envers elle, se mettaient à la harceler. La foule se pressait en masse de tous côtés, la bousculant et la heurtant au gré de mille collisions. Lorsqu'elle essayait de se dégager, elle avançait avec une lenteur digne d'un cauchemar. Pour couronner le tout, les scènes du massacre de Rangoon lui revenaient une à une en mémoire. Toutes les images qu'elle s'était efforcée d'oublier et qu'elle avait cru s'estomper paraissaient désormais aussi réelles que lors des événements. Elle avait l'impression de voir le monde à travers des yeux noyés de sang. Les bruits assourdissants, anormaux, monopolisaient son esprit et déposaient un poids sur sa poitrine. L'air n'entrait plus dans ses poumons, et tout le monde la dévisageait.

Malgré sa faiblesse, elle se mit à courir comme une folle, ne se préoccupant pas de ceux qu'elle heurtait ou bousculait. Elle devait rentrer coûte que coûte.

Lorsqu'elle arriva à son hôtel, sa crise de panique était retombée. Était-ce la chaleur accablante qui avait fait resurgir les souvenirs du massacre ? Elle en doutait. Mais ce fut d'un pas plus calme qu'elle s'avança jusqu'à la réception où un jeune employé lui tendait une enveloppe.

— Miss Hatton ? lança-t-il avec déférence. C'est pour vous.

Surprise, elle prit le pli d'un air renfrogné. *De nouvelles dispositions pour le rendez-vous, peut-être ?* se demanda-t-elle.

Le réceptionniste s'inclina avant de lui souhaiter une bonne journée, puis il se pencha sur son registre.

À l'étage, Bella déchira l'enveloppe et poussa un cri en découvrant le contenu.

Vous vous croyez à l'abri à Mandalay ?

Son moral fit soudain une chute vertigineuse. Ce billet était quasi identique à celui reçu à Rangoon. Elle se souvint de l'Eurasien qu'elle avait vu quitter le couloir des filles peu avant de regagner sa chambre, où Rebecca lui avait remis le premier billet. Se pouvait-il que ce fût le même individu qui ait déposé celui-ci à la réception ? Mais dans quel but essayait-on de lui faire peur ?

Elle se dépêcha de redescendre pour s'enquérir de la personne qui avait déposé l'enveloppe et découvrit que c'était un homme de grande taille de type eurasien. Hélas, le réceptionniste ne lui avait pas demandé son nom. Il pouvait fort bien s'agir du même homme. De retour dans l'escalier, elle éprouva un malaise à cause de l'adrénaline.

Agitée et inquiète, elle fit les cent pas dans sa chambre. Elle n'avait personne à Mandalay, excepté Harry. Et ce n'était pas à proprement parler un ami. Mandalay ne lui disait rien, absolument rien qui vaille. À l'évidence, la meilleure chose à faire était de retourner à Rangoon dès que possible. Elle se contenterait d'honorer le rendez-vous organisé par Harry avec le préfet Ogilvy. Ensuite, elle s'en irait. Jusque-là, l'histoire du bébé européen n'avait rien donné. Alors pourquoi continuerait-elle à perdre son temps ici ? De toute manière, ses congés seraient bientôt terminés, et si elle voulait conserver son travail, elle avait intérêt à rentrer. Elle avait espéré que retrouver Elvira compenserait le manque qu'elle ressentait dans sa vie. Mais personne n'avait assisté à la scène du drame. Tout ce qu'elle avait appris se résumait à des suppositions sans fondement. Elle soupira de guerre lasse et redescendit à la réception.

Là, elle sonna, espérant que l'employé serait en mesure de l'aider à réserver un billet de train pour Rangoon. Mais ce fut Harry qui se présenta à son côté. Elle lui dit qu'elle partirait le lendemain, immédiatement après son entrevue avec le préfet, mais ne fit aucune allusion au billet anonyme.

Le visage de Harry se décomposa. Bella ne put que s'étonner de le voir si déçu.

— Oh, mais, c'est que j'ai pris des dispositions spéciales pour que nous allions visiter un *pwè* demain soir.

— Un « *pwè* » ?

— Un *zat pwè*. C'est un spectacle de variétés. Avec des danses en extérieur au son des percussions. Cela vous plaira, je vous le promets.

— Je ne crois pas…

— Vous devriez venir, l'interrompit-il. Une personne que j'aimerais vous présenter sera présente. C'est un négociant en jade anglo-indien qui a entendu parler d'un bambin européen qui aurait été enlevé et passé clandestinement en Chine par l'État Shan.

— A-t-il dit quand ?

— Non. Mais je pense vraiment que vous devriez lui parler vous-même. Il parle parfaitement l'anglais. Venez avec moi demain soir et je vous aiderai à trouver un train le lendemain. Qu'en dites-vous ?

Bella hésita.

— Je vais y réfléchir, Harry.

De retour dans sa chambre, elle remarqua qu'un des volets de la fenêtre était légèrement entrouvert et qu'un rai de lumière tombait directement sur le plancher ciré. Elle alla ouvrir l'autre, et aussitôt la pièce fut inondée de soleil. Dans la salle de bains, un des robinets du lavabo gouttait. Quelqu'un était-il venu dans sa chambre en son absence ? La femme de ménage, sans doute. Perdue dans ses pensées, elle considéra le robinet puis elle mit le creux de la main sous le goutte-à-goutte qui forma une petite flaque.

Ensuite, elle ouvrit le robinet à fond et remplit le lavabo avant de se pencher en avant pour tremper ses cheveux dans l'eau.

Une fois ses cheveux lavés et séchés avec une serviette, elle enfila une robe fraîchement repassée. Elle était contrainte de changer de tenue deux fois par jour depuis son arrivée en Birmanie, et par chance l'hôtel disposait d'une bonne réserve d'eau chaude pour la toilette. Elle peigna ses cheveux, mit du rouge à lèvres, puis se remit à arpenter la chambre en tous sens en pensant à ce que Harry lui avait dit.

Au tout début, elle s'était laissé emporter par la perspective de retrouver Elvira, mais la motivation l'avait soudain abandonnée. C'était devenu trop difficile. Et pourtant… Si cette ultime tentative pouvait lui apprendre quelque chose d'essentiel, ne serait-il pas dommage de rater l'occasion faute de s'être donné la peine d'aller rencontrer le négociant ? Elle se passa une main dans les cheveux, les soulevant afin de les aider à sécher plus rapidement. Devait-elle rentrer à Rangoon ou bien prolonger son séjour à Mandalay pour aller à ce *pwè* avec Harry ? Elle ne parvenait pas à se décider. Elle débattit intérieurement et poussa un soupir d'agacement tandis qu'elle pesait le pour et le contre. C'est alors qu'elle trancha : malgré ses efforts pour se convaincre du contraire, elle n'avait pas vraiment le cœur d'arrêter ses recherches. Elle ne l'aurait probablement jamais. Et si elle renonçait en effet, son échec la poursuivrait sa vie durant. Quoi qu'il soit arrivé à sa sœur, il fallait qu'elle le sache.

À 10 heures le lendemain matin, elle frappa à l'imposante porte sculptée du bureau du préfet. Un jeune Birman en tenue élégante lui ouvrit, s'inclina et la fit entrer, lui demandant si elle souhaitait du thé. La pièce, peinte en blanc, était inondée de lumière. Ogilvy lui tournait le dos et semblait absorbé dans ses pensées face à la grande fenêtre. Lorsqu'il se fut retourné et qu'il s'avança vers elle, Bella put constater que c'était un homme de petite taille, râblé, au nez épaté et aux yeux gris rieurs enchâssés dans un visage rond très rouge. Il lui serra la main et lui fit signe de s'asseoir sur une chaise à dossier non rembourré placée devant son bureau en tek lustré où il la rejoignit. Une fois installé, il alluma un cigare puis se racla la gorge.

— Bien, Miss Hatton. Mon assistant a fouillé notre registre d'état civil.

— Et ?

— Eh bien, les nouvelles ne sont pas bonnes, j'en ai peur. Enfin, cela dépend du point de vue.

— Je ne comprends pas.

Il toussa avant de lui expliquer que les registres ne mentionnaient aucun bébé décédé à Mandalay en janvier, février ou mars 1911.

— Donc, si votre sœur est arrivée jusqu'ici, il est très probable qu'elle était encore en vie à la fin mars.

— Elle avait trois semaines, lorsqu'on l'a enlevée. Aurait-elle pu passer pour l'enfant d'autres personnes à Mandalay ?

— Si un couple de Britanniques ou, disons, d'Européens, avait essayé de la faire passer pour leur enfant dans cette région, ils auraient été obligés de déclarer une naissance. Nous sommes rigoureux sur ce point, même si, hélas, il n'est pas impossible de faire enregistrer une fausse déclaration si vous connaissez le bon médecin.

— Et personne n'a déclaré de naissance durant cette période ?

Le préfet soupira.

— Oh, si, assurément. Trois bébés sont nés en janvier. Tous des garçons, je le crains.

— Et qu'en est-il dans les environs de ce district ? Dans celui de Maymo, peut-être ?

Il hocha la tête.

— Nous sommes peu nombreux ici à Mandalay, et ils sont encore moins nombreux là-bas. Mais mon assistant a vérifié également dans le registre de Maymo. Rien de concluant, j'en ai peur.

— On m'a dit que vous étiez ici depuis longtemps et que vous seriez au courant si des bruits avaient couru.

— Tout à fait. Et il arrive parfois qu'on entende de tristes histoires d'enfants qui disparaissent et qu'on ne revoit plus jamais. Aux avant-postes de la Birmanie, il s'agit souvent d'enfants qui se sont égarés et perdus. Et, bien entendu, les bêtes sauvages ne sont pas étrangères à cet état de fait…

— Oh, mon Dieu, vous voulez dire que…

Il hocha de nouveau la tête et se leva de sa chaise.

— Je suis désolé de ne pas pouvoir vous aider davantage.

— Avez-vous des souvenirs de l'époque où ma sœur a été enlevée ?

Se levant à son tour, Bella retint son souffle dans l'attente d'une réponse.

Il expira.

— Oh, oui. Racontars mis à part, c'était dans tous les journaux. Nous étions en alerte rouge ici, sur le qui-vive, voyez-vous.

— Quelqu'un a-t-il vu quelque chose ?

Le préfet esquissa un sourire de regret.

— Les témoins n'ont pas manqué. Tous ces témoignages n'ont conduit nulle part. Certaines femmes y ont vu une manière de trouver un peu d'occupation à l'époque. Un peu de tragédie mettait du soleil dans leurs vies, et rien ne stimule plus l'imagination d'une femme que la disparition d'un bébé.

Bella lui tendit une main et le remercia, mais elle quitta les lieux en songeant que l'affaire était close.

En route pour le *pwè* ce soir-là, Harry et Bella passèrent devant de petits brasiers qui brûlaient sur le bas-côté et autour desquels étaient agglutinés des badauds souriants et des vendeurs de rue qui proposaient des galettes à la noix de coco et des gâteaux de riz frits. Plus loin, sur un terre-plein où l'on avait érigé un pavillon provisoire en bambou, Harry conduisit Bella jusqu'à un endroit tranquille situé au fond. Le pavillon faisait environ neuf mètres de long sur six de large. Un orchestre de percussions y trônait sur le devant. Le centre était éclairé par des braseros disposés autour de la scène. Le public, bruyant et constitué de familles assises par terre sur des couvertures, devint bouillonnant d'énergie lorsque les musiciens s'assemblèrent.

Au signal d'un des percussionnistes, quelques danseurs entonnèrent une prière au Bouddha.

— C'est le spectacle birman le plus populaire, chuchota Harry à l'oreille de Bella à la faveur d'un moment de silence avant le début des danses, enveloppant la jeune femme dans un effluve de whisky.

Elle prit un peu de temps pour réfléchir. Quelque chose chez Harry n'était pas clair, mais elle n'arrivait pas à savoir quoi. Il semblait nerveux, agité même.

— Vous allez bien ? s'enquit-elle enfin.

— Pourquoi posez-vous la question ?

— Vous semblez préoccupé.

Il passa un doigt entre son col et son cou.

— C'est juste la chaleur.

— J'aurais pensé que vous vous y étiez habitué depuis tout ce temps.

Il ne répondit pas.

— Alors, cela fait combien de temps que vous êtes géomètre ? C'est bien le but de ce voyage ?

— Oui, j'espère gagner le territoire naga, comme je vous l'ai dit.

Il parlait sur un ton irrité, comme s'il était agacé qu'elle ait oublié.

— Racontez-le-moi à nouveau, suggéra-t-elle.

— Eh bien, les Nagas sont de féroces coupeurs de têtes. C'est tout ce qui intéresse les gens en général.

— Et cela ne vous inquiète pas ?

Il secoua la tête.

— Je ne suis pas intéressant pour eux. Et pour répondre à votre question, je fais ce boulot depuis vingt ans. Je me rends là-bas seulement pour cadastrer les terres.

— Et vous vivez ici toute l'année ?

— À Rangoon, avec Angela.

— « Angela » ?

— Ma femme, évidemment !

Bella s'était imaginé qu'il était célibataire et fut étonnée d'apprendre le contraire.

— Vous n'avez jamais fait allusion au fait que vous étiez marié.

Il se renfrogna.

— Je ne savais pas que j'en avais l'obligation.

— Je veux tout simplement dire que vous auriez pu avoir l'occasion d'en parler avant. Avez-vous des enfants ?

Il secoua de nouveau la tête.

— Nous n'avons pas eu cette chance.

— Vos longues absences la dérangent-elle ?

Il la regarda d'un air perplexe.

— Voilà beaucoup de questions !

— Désolée.

— Eh bien, la vérité, c'est qu'Angela voudrait retourner en Angleterre.

— Et vous ?

Il haussa les épaules.

— C'est surtout une question d'économiser la somme nécessaire.

C'est alors que, dans un fracas métallique, la vedette du spectacle bondit sur scène dans un costume étincelant et coloré qui ressemblait à ceux des princes d'autrefois. Il dansa pendant très longtemps, tel un gymnaste possédé par le diable, exécutant des mouvements très techniques au son des tambours, des gongs et des hautbois.

— Une fois qu'ils ont commencé, ils ne s'arrêtent plus, fit remarquer Harry tandis que le danseur sortait enfin de scène sous les applaudissements enthousiastes. Cela va durer jusqu'au bout de la nuit.

— Nous pourrions essayer de trouver le négociant dont vous m'avez parlé ? s'enquit Bella, désireuse d'en finir.

— Vous en avez marre ?

— J'ai la tête qui résonne comme une enclume. C'est à cause du bruit.

— Pas de problème. Notre homme habite dans les parages.

— Il n'est pas ici ?

Harry fronça les sourcils.

— Qu'est-ce qui vous a fait croire cela ?

— Bah, peu importe. Si nous y allions plutôt ?

— Allons-y.

Ils s'éloignèrent à petits pas de la masse compacte des spectateurs qui se tenaient au fond du pavillon, puis ils empruntèrent le même chemin qu'à l'aller mais s'arrêtèrent à l'entrée d'un réseau de ruelles où Harry balaya les alentours du regard, faisant des moues dubitatives.

— On s'est perdus ? s'enquit Bella avec l'intuition naissante que quelque chose n'allait pas et craignant une nouvelle crise de panique.

Elle devint hésitante.

Il fit signe que non.

— Tout paraît si différent de nuit. J'aurais juré que nous étions au bon endroit.

À mesure qu'il s'engageait dans des venelles de plus en plus étroites et de plus en plus sombres, Bella se souvint que Harry avait bu. Savait-il seulement où il allait ?

Elle le suivit au détour d'une intersection à angles droits puis lui emboîta le pas dans une ruelle plus large qui ressemblait davantage à une rue. Là, il fit halte devant une maison d'aspect sordide pareille à toutes les autres.

— Il me semble que c'est celle-ci.

Il héla le négociant en anglais, et un homme répondit, leur disant d'entrer. Bella avait de plus en plus l'impression qu'il y avait quelque chose de louche et devint encore plus méfiante.

Par la porte entrouverte, elle vit que l'intérieur était simplement meublé de nattes posées par terre et d'une table basse sur laquelle une lampe à huile projetait une lueur si faible que les murs restaient dans les ténèbres. Un seul et unique meuble marqueté, suspendu à deux crochets au milieu de la pièce, en divisait l'espace de manière nette. À mesure que ses yeux s'habituaient à l'obscurité, Bella put distinguer un empilement d'ustensiles de cuisine sur une autre table basse. Cela ne ressemblait pas au foyer d'un négociant en jade florissant.

C'est alors qu'elle vit l'hôte en personne : un homme aux yeux noirs et portant une grosse moustache était assis en tailleur à même le sol en simple chemise noire et pantalon à l'européenne assorti.

— Non, lança-t-elle, brusquement décidée, je ne veux pas entrer. Ramenez-moi à l'hôtel, Harry. Maintenant.

Chapitre 41

Diana

Minster Lovell, 1923

Aujourd'hui est un jour marqué d'une pierre blanche, puisque Simone et moi nous apprêtons à emprunter le chemin qui mène, non au village, mais dans la direction opposée où ce sera plus calme. J'ignore ce que demain réserve, mais je suis contente des progrès que je fais. Il me suffit d'être ici et de faire confiance au docteur Stokes. N'importe qui ferait confiance à un homme tel que lui, non ? En outre, après de nombreuses séances durant lesquelles nous avons remonté ensemble le cours des années, j'ai commencé à ressouder des pans entiers de ma vie. Je travaille parfois dans le jardin désormais. Seulement un peu de désherbage et de taille, mais cela me rend si heureuse que j'en pleurerais de joie.

Je ne parviens pas à laisser les portes déverrouillées, pas encore, par crainte que le monde extérieur ne se faufile à l'intérieur et ne me dépossède de mon sanctuaire. Le docteur Stokes préférerait que je travaille à l'arrière de la maison et que je laisse la porte de derrière ouverte afin que je puisse garder un œil sur ce qui se passe. Mais j'ai peur que quelque chose ne s'introduise subrepticement puis emplisse le moindre recoin de ma maison ; or, je n'aurais pas la force de l'empêcher. Je lui dis que c'est un cauchemar pour moi que d'être livrée à moi-même et sans protection contre l'extérieur, sans un abri où je me sente en sécurité.

Quoi qu'il en soit, je fais des progrès. En plus de m'encourager à faire quelques pas dehors, il réduit également la quantité de médicaments que je prends, et je crois en effet que j'ai réellement une chance de recouvrer la santé un jour. Nous parlons de tout, le docteur et moi, y compris de ma honte à cause de l'infidélité de Douglas en Birmanie. Jusque-là, je n'avais osé en parler qu'avec Simone, m'enjoignant constamment à moi-même de ne plus y penser. Mais comment ne pas penser à une mésaventure qui vous hante ? Lors de plusieurs séances, le docteur Stokes m'a incitée à évoquer ce que j'avais ressenti alors. Je connaissais la réponse, bien sûr : douleur, rage, impuissance ! Au début, j'étais réticente à le formuler, cela me paraissait une faiblesse de l'avouer, mais lorsque j'ai enfin pu l'exprimer, ç'a été un torrent de larmes. Quand j'ai eu tout dit, je les ai séchées ; la honte avait disparu comme par magie, et c'est alors seulement que j'ai pris conscience du fardeau que j'avais porté.

Petite lueur de lucidité : j'ai aussi pris conscience du fait que c'était sur les épaules de Douglas, et non sur les miennes, que la honte aurait dû peser de tout son poids. Excepté que lorsque nous vivions en Birmanie, lorsqu'un mari faisait un écart, c'était perçu comme étant la faute de sa femme qui n'avait pas su rendre son époux heureux. Et s'il commettait l'écart tandis que sa femme était enceinte, eh bien, on ne refaisait pas les hommes, hein ? Aucune épouse n'a jamais exprimé sa souffrance ni son sentiment d'avoir été trahie.

Ce qui m'enthousiasme le plus dans ce processus est que le docteur me demande quels sentiments m'inspire tel ou tel événement. Personne ne m'a jamais posé la question avant lui, pas même lorsque j'étais enfant ou plus tard, quand ma mère a succombé à la terrible épidémie de grippe espagnole. Même si je suis sûre que mes parents m'aimaient à leur manière, enfant unique, je passais l'essentiel de mon temps avec ma nounou. Ce n'était jamais ma mère qui me consolait lorsque je tombais et me râpais les genoux ou que j'étais malade et clouée au lit. Je ne la voyais qu'à l'occasion de sorties exceptionnelles ou après mon bain en fin de journée, lorsque ma nounou me faisait descendre au salon pour dire bonne nuit, vêtue d'une chemine de nuit blanche amidonnée.

Le docteur Stokes m'a même demandé ce que j'aurais dit à mes parents si j'avais pu leur parler. J'ai gardé le silence, mais je sais ce que je leur aurais dit : « Aimez-moi, aimez-moi. » Mais je n'ai pas voulu l'avouer, je ne voulais pas me ridiculiser en pleurant encore. Il m'a demandé comment j'avais vécu ce manque d'amour, et j'ai été très étonnée de constater que je n'avais que peu de souvenirs précis. Je lui ai répondu que j'avais reçu de l'amour, que ma nounou m'avait aimée. Le docteur a suggéré que je fasse une visite à mon père dès que je m'en sentirais capable, et il n'est pas exclu que je le fasse. Peut-être y a-t-il un moyen d'estomper les chagrins du passé. C'est un effort qu'il me faudra faire. Cela fait trop longtemps que nous ne nous sommes vus, même s'il écrit quelques fois par an et que je l'ai invité à venir séjourner dans ma petite maison.

Depuis cette séance-là, les souvenirs n'ont cessé d'affluer. Et à présent, bien évidemment, je me sens dévastée par la culpabilité de songer que ma fille Annabella a souffert du même manque d'amour de ma part. Je pense à ses yeux de jade et à ses cheveux cuivrés, et je m'aperçois qu'elle me manque terriblement. Le docteur dit que nous parlerons d'Annabella bientôt. Même si je sais désormais que ce triste et honteux passif est moins nocif au grand jour, l'exprimer m'emplit de crainte. Il dit que si nous n'affrontons pas nos zones d'ombre, il peut en résulter de graves maladies.

Ainsi, grâce à tout cela, et si ardu que soit le démêlage de l'écheveau qu'est ma vie, celle-ci commence à nouveau à me sembler réelle. Moi-même, je me sens plus ancrée dans la réalité, et mon cœur est gonflé d'espoir.

Mais à présent, je dois me préparer pour notre promenade. Simone m'a décrit l'itinéraire. D'abord, nous gravirons la côte sur une petite distance, puis nous tournerons à droite et redescendrons en longeant l'église et le cimetière par les ruines de Minster Hall, et de là, nous gagnerons le bord de la rivière. Elle affirme que c'est à une courte distance et que nous serons seules dans la magnifique et réconfortante paix de la nature. Le docteur dit que la nature aide à cicatriser. Je le crois.

Chapitre 42

Lorsque Bella revit Harry, c'était pour un petit déjeuner typiquement anglais, avec thé, pain grillé et œufs au bacon. D'une voix très douce, il lui demanda s'il pouvait s'asseoir avec elle. Elle accepta, et il tira une chaise et s'assit tout en l'approchant de la table.

— Désolé pour hier soir, marmonna-t-il. Je me suis trompé d'endroit.

— Où aviez-vous la tête, Harry ? lança-t-elle.

Mais il prit une mine si abattue que, malgré la peur qu'elle avait eue chez le prétendu négociant en jade, elle décida de ne pas revenir dessus.

Harry regarda fixement ses mains puis leva un regard inquiet vers Bella. Elle se dit que les nerfs du géomètre étaient mis à rude épreuve et que cela ne faisait qu'empirer à mesure que leur séjour se prolongeait.

— J'ai de mauvaises nouvelles, annonça-t-il.

— Oh, j'espère que ce n'est pas trop grave.

— Pour vous, j'entends.

Elle haussa les sourcils.

— Je suis allé à la gare pour vous réserver un billet.

— C'est gentil.

— Nous étions convenus que je m'en occuperais.

— C'est exact.

Il retint son souffle pendant quelques secondes avant de poursuivre :

— Il n'y a pas de trains.

— Quoi ?

— On a fait sauter une portion de voie à l'explosif un peu plus loin sur la ligne.

— Quand sera-t-elle réparée ?

— Ils ne l'ont pas dit. Ça peut prendre du temps, j'imagine.

— Alors, je fais quoi ? Je rentre par le fleuve ?

— Vous en aurez pour deux semaines.

— D'ici là, j'aurai perdu mon emploi.

— Mon contact va faire tout son possible pour se tenir au courant de l'état de la voie. Je vous conseille d'attendre, et, avec un peu de chance, demain nous aurons plus de renseignements. Mais il va falloir vous armer de patience.

Bella soupira. Elle n'avait pas envie de patienter. Il régnait à Mandalay une chaleur atroce et la mousson ne tarderait pas à arriver. Elle n'avait pas particulièrement envie de rester coincée dans cette ville des journées durant.

Elle se dirigea vers le salon où elle avait l'intention de passer le reste de la matinée à se détendre dans la fraîcheur toute relative d'un ventilateur, à l'abri des éventuelles menaces du monde extérieur. Elle prit un magazine et regarda les clients aller et venir, mais c'était une matinée ennuyeuse et mortellement insipide. Elle opta finalement pour un livre qui se trouvait là et sortit dans le petit jardin. À l'aide d'un élégant éventail au manche d'ivoire, elle chassa les insectes volants qui bourdonnaient dans la léthargie ambiante. Devant une petite mare, elle admira les nénuphars blancs qui flottaient à la surface et les poissons rouges qui nageaient en dessous. Concernant ses recherches, elle avait un sentiment d'échec et en éprouvait de la peine. Elle s'était souvent demandé comment se passerait son éventuelle rencontre avec Elvira après toutes ces années, sous réserve qu'elle soit toujours en vie. Que lui dirait-elle ? À quoi ressemblerait sa sœur ? Comment vivraient-elles toutes deux ces retrouvailles ? Elvira aurait-elle les mêmes cheveux qu'elle où bien ressembleraient-ils davantage à ceux de leur mère ? Serait-elle la plus grande ou la plus petite des deux ? Aurait-elle également les yeux verts ? *Bah,* pensa-t-elle, résignée, *je ne le saurai probablement jamais. Et puis, de toute façon, il est fort possible qu'Elvira soit morte.*

Du moins, si elle arrêtait ses recherches, aurait-elle du temps pour reprendre sa carrière où elle l'avait laissée. Elle retournait ces pensées dans son esprit tout en songeant à s'organiser différemment, lorsqu'elle entendit quelqu'un l'appeler par son nom. Elle se retourna promptement et ne put réprimer un petit cri de surprise.

— Oliver !

Il hocha la tête mais ne bougca pas, l'air étrangement rigide et hésitant.

— Je ne comprends pas, que fais-tu ici ?

— Je suis venu parce que tu ne m'as plus donné de nouvelles. J'ai laissé deux messages urgents à l'intention de Harry Osborne.

Elle fut troublée par un déferlement de sentiments confus. Elle était si heureuse de le revoir ; et pourtant, elle ne parvenait pas à oublier la cause de leur séparation.

— Comment as-tu su que j'étais ici ?

— J'ai essayé tous les hôtels jusqu'à ce que je tombe sur le bon.

Elle le dévisagea en plissant les yeux et pria pour que son émotion ne soit pas trop visible. De son côté, il la regarda avec ses yeux bleus sincères, et Bella ne put refuser d'admettre qu'elle se sentait liée à lui, malgré tout. Fort et bronzé, il demeura parfaitement immobile. À son corps défendant, elle se sentit mollir. Elle brûlait d'envie de passer ses doigts dans ses cheveux rebelles et de lui renverser la tête en arrière afin de caresser son cou… Elle tendit une main et la retira aussitôt.

— Personne ne m'a dit que tu avais appelé, assura-t-elle d'une petite voix fluette.

— J'ai laissé un message à Harry le matin de ton arrivée, puis un autre. J'ai appelé la réception et, comme par hasard, il s'y trouvait les deux fois. Sachant que vous voyagiez ensemble, ils lui ont passé le téléphone. J'ai insisté sur l'importance de la situation et lui ai laissé mon numéro pour que tu me rappelles immédiatement. Il a dit qu'il te le communiquerait sans délai, alors j'ai attendu.

— Comment es-tu arrivé à Mandalay ?

— J'ai eu de la chance d'attraper un express de nuit.

— Je ne savais pas qu'il y avait des express.

Il sourit.

— Ce sont des animaux rares, mais ils existent.

Elle se rembrunit.

— Mais comment a-t-il circulé ? Ils ont fait sauter la voie.

— En tout cas, pas sur la ligne qui fait la liaison avec le nord.

— As-tu vu quelque chose ? Les dégâts, je veux dire ?

— Aucune trace, répondit-il, tout sourires. Peut-être que je dormais.

— Pourquoi es-tu venu, Oliver ?

Ils furent interrompus par l'arrivée de Harry.

— Je te le dirai plus tard, chuchota-t-il avant d'aller à la rencontre de Harry en quelques enjambées.

— Écoutez-moi bien, Osborne ! s'exclama-t-il. Bella me dit que vous ne lui avez pas transmis mes messages.

Harry parut acculé.

— Ah oui ? Je croyais l'avoir fait.

— Vous savez très bien que non.

Harry tordit son chapeau entre ses doigts et lança un regard à Bella.

— Je suis désolé. Ça m'est tout bonnement sorti de l'esprit. J'avais tant à m'occuper, voyez-vous.

Oliver était furieux mais ne dit rien.

— Écoutez, si vous m'accordiez une chance de me faire pardonner ? poursuivit Harry. Je connais un excellent restaurant chinois. J'avais l'intention d'y emmener Bella, mais pourquoi n'irions-nous pas tous ensemble ? Si nous disions midi ? C'est moi qui invite.

Oliver haussa les sourcils à l'intention de Bella, qui acquiesça.

— Très bien, lança-t-il. Mais c'est un sacré oubli.

— Oui, je suis totalement désolé.

Sur ces mots, Harry mit son panama sur sa tête et esquissa un sourire nerveux avant d'ajouter :

— Bon, eh bien, j'ai juste un coup de fil à passer. Je vous prie de m'excuser.

Bella se demanda s'il s'excusait de nouveau de ne pas avoir transmis le message ou parce qu'il devait les laisser.

Harry aussitôt parti, Oliver s'approcha de Bella.

— Moi aussi, je tenais à te présenter mes excuses.

— Ma foi, on dirait que c'est la journée, répliqua-t-elle en souriant, incapable de cacher sa joie de le revoir.

— J'ai été maladroit... l'autre jour. Vraiment, je me suis mal exprimé. Je voulais te dire que tu représentes bien plus pour moi qu'une série d'articles.

— Et tu penses que je vais te croire ? rétorqua-t-elle d'un ton cependant plus amène que précédemment.

Malgré sa méfiance, son désir de lui faire confiance devait, elle en était sûre, se lire sur son visage.

— Je me ferais un plaisir de t'aider sans toutefois écrire une ligne sur l'affaire, si cela peut te convaincre.

Elle baissa les yeux et regarda fixement le sol. Il y eut un bref silence pendant lequel elle réfléchit. Puis elle releva les yeux, et lorsque leurs regards se croisèrent, quelque chose de merveilleux se passa entre eux. Alors, elle comprit qu'elle comptait plus que tout pour lui et que c'eût été un crime de le rejeter.

— J'ai vraiment besoin d'un ami en ce moment, Oliver. Mais je dois être absolument certaine que je peux te faire confiance.

Il hocha solennellement la tête.

— Dans ce cas…, dit-elle.

Puis elle tira le second billet anonyme de son sac et le lui remit.

Il le lut et leva les yeux vers elle.

— Quelqu'un essaie de te faire peur. As-tu confiance en Harry ?

— Bien sûr. Il s'est montré très serviable. Même s'il m'a emmenée dans un endroit louche hier soir. Il m'a dit qu'il s'était trompé.

Oliver prit une grande bouffée d'air puis expira lentement.

— Je me demande ce qu'il se trame.

— Avec Harry ?

— Non. Je voulais parler du billet.

Elle secoua la tête.

— Eh bien, ils ont réussi à me faire peur. J'ai peur de mon ombre depuis que je l'ai reçu ; c'était déjà le cas avant, d'ailleurs. J'ai eu une crise de panique au marché.

— Je me faisais du souci pour toi. Il y a eu des troubles à Rangoon et on dit qu'ils s'étendent, probablement jusqu'à Mandalay.

— Raconte.

— Les étudiants se sont soulevés. C'est la deuxième grève estudiantine. Celle-ci a été déclenchée par l'expulsion d'Aug San et de Ko Nu.

— Qui sont-ils ?

— Les dirigeants du syndicat étudiant de Rangoon. Ils ont refusé de révéler le nom de l'auteur d'un article publié dans leur revue universitaire. Il contenait une attaque cinglante contre un des grands pontes de l'université.

— Ils ont été expulsés pour ça ?

— Les représailles menées par les Britanniques à la suite des émeutes ont été atroces. Comme je te le disais, on craint que les troubles ne s'étendent bientôt à Mandalay. J'ai appelé pour te prévenir, mais comme tu n'as pas rappelé, j'ai sauté dans un train et suis venu jusqu'ici. Il fallait que je m'assure que tu étais en sécurité.

— Ne devrais-tu pas être là-bas pour écrire sur les événements ?

Il lui prit une main, et elle sentit la chaleur de sa peau, ce qui la fit frissonner.

— C'est déjà fait, et il n'y a pas grand-chose de neuf à en dire pour le moment. Quoi qu'il en soit, je voulais te voir, et maintenant que je suis là, ne compte pas sur moi pour te laisser toute seule. Qui que soit la personne qui essaie de t'inquiéter, elle aura affaire à moi.

À l'heure du déjeuner, Bella et Oliver retrouvèrent Harry, qui était très en verve. Il parla de son travail tout en marchant et évoqua les confins obscurs de la Birmanie qu'il n'avait pas encore arpentés. Il poursuivit ensuite en leur parlant d'Angela, vantant sa gentillesse, sa blondeur, son charme et sa beauté. Ils s'étaient rencontrés à Londres, s'étaient mariés et étaient venus s'installer en Birmanie, malgré les réticences de sa femme. Il les mena à pied par les ruelles bondées de Mandalay tout en poursuivant son monologue, paraissant légèrement nerveux. Bella s'interrogea encore au sujet de la nervosité de Harry, bien qu'elle commençât à s'habituer à son étrange manière de se comporter. Les gens vaquaient à leurs affaires ou fumaient dans de petites maisons de thé et devant des étals de nourriture. L'odeur de poisson séché parvint jusqu'aux narines de Bella bien avant qu'ils n'arrivent en vue de l'éventaire en question, et elle se retint de se pincer le nez. Elle fit halte près d'une femme qui vendait dans des bols remplis à ras bord de curieux aliments jaunes, orange et rouge vif qui ressemblaient à des vers.

—Ce sont des bonbons, expliqua Harry, avisant le visage perplexe de Bella.

Plus loin, légumes et haricots formaient des tas dans des panières. Puis vinrent les noix et les racines. L'endroit était bruyant et quelque peu intimidant, car ils étaient visiblement les seuls Européens. Toutefois, Oliver lui tenait le bras, le lui serrant de temps à autre, rappel de sa promesse qu'il ne la laisserait pas seule.

Enfin, ils parvinrent à un secteur plus tranquille et plus délabré de la ville.

—Êtes-vous certain que le quartier est sûr ?

Harry acquiesça avec emphase.

—Oui, oui. C'est un peu à l'écart, mais on m'a dit qu'on ne fait absolument pas mieux.

—Vous n'y êtes jamais allé ?

—Non. Mais je suis sûr de moi.

Oliver haussa les épaules.

—Si vous le dites.

Ils pénétrèrent dans un dédale de rues extrêmement sordides au cœur du quartier chinois.

—Il n'y a aucun risque, tu crois ? susurra Bella à Oliver pendant que Harry traversait la rue pour s'arrêter enfin devant ce qu'elle supposa être la devanture du restaurant.

—Je suppose que nous ne tarderons pas à le savoir.

Il la prit par les épaules, et ils entrèrent à la suite de leur guide.

Hormis eux, le restaurant était vide, à l'exception d'un barman solitaire.

— Pourquoi n'y a-t-il absolument personne, si c'est censé être si délicieux ? s'enquit Bella. Quelque chose m'échappe.

— Il est encore tôt, répondit Harry. J'imagine qu'ils ouvrent à peine.

— Mais je ne sens aucune odeur de cuisine, et vous ?

— Ils n'ont peut-être pas encore commencé.

— Une bière ne serait pas de refus, lança Oliver. Mais je n'ai pas l'impression qu'il y ait la moindre bouteille derrière le bar.

— Ils les stockent probablement dans les frigos, là-bas, dans l'arrière-boutique, supposa Harry.

Oliver fit signe au barman, qui hocha la tête et disparut par une porte à battants.

— Et voilà ! s'exclama Harry. Je vous le disais, ils gardent tout derrière. Maintenant, si vous voulez bien m'excuser, je vais partir à la recherche des commodités.

Bella et Oliver profitèrent de l'absence de Harry pour discuter. Il lui dit qu'elle lui avait manqué depuis son départ, et elle lui parla de son palpitant voyage en montgolfière au-dessus de Bagan. Cependant, elle s'avisa que tout en lui prêtant attention, Oliver surveillait la salle à intervalles réguliers, comme s'il était en alerte. Au bout d'un long moment, voyant que Harry ne revenait pas, Oliver se leva brusquement, attrapa Bella par la main et l'obligea à se lever à son tour.

— Je n'aime pas ça, lança-t-il entre ses dents.

Dans un frémissement de peur, Bella serra sa main.

— Viens. Allons-nous-en d'ici. C'est bizarre.

Il la poussa en direction de la sortie. Une fois dehors, ils se mirent à courir, toujours main dans la main.

Soudain une explosion secoua les bâtiments dans un aveuglant éclair blanc. La chaleur devint si intense que Bella eut l'impression que ses os allaient fondre. Projetée dos au mur contre une maison, elle fut incapable de se sauver, et son cœur se mit à battre à tout rompre lorsque des hurlements de panique se firent entendre. Des projections de débris et de verre brisé par la déflagration l'obligèrent à s'accroupir au sol en se couvrant la tête de ses bras. Sous le choc et incrédule, elle essaya de déglutir ; mais parce qu'elle avait la bouche pleine de poussière, sa gorge lui fit très mal, tandis que l'odeur âcre de la fumée lui donnait des haut-le-cœur. Au début, cela avait un goût de charbon, mais mêlé au sang qui se répandait dans sa bouche, le mélange devint amer et parfaitement nauséabond. Elle essaya d'appeler Oliver, à peine consciente du fait qu'il était peut-être mort. Sa voix demeurait inaudible dans le vacarme assourdissant et le visage du journaliste restait invisible dans l'épaisse nuée de cendres noires qui s'élevait et enveloppait la rue. Elle ferma ses yeux secs et douloureux. C'est alors qu'elle ressentit une vive douleur à la tête, comme si quelqu'un lui avait donné un coup sur le crâne. Elle rouvrit les yeux, mais sa vision se brouilla. Il faisait chaud. Beaucoup trop chaud. Elle fit mine de crier, mais de sa gorge à vif à cause de la poussière et de la chaleur ne sortit qu'un son rauque. Pendant un instant, elle eut l'impression de flotter, puis tout devint noir.

Lorsqu'elle reprit conscience, Oliver était agenouillé à côté d'elle, ses yeux bleus pareils à deux points lumineux. Il avait le visage couvert de poussière. *Il est vivant !* pensa-t-elle. Il lui caressa les cheveux puis s'assit à ses côtés. Abasourdis et horrifiés par la violence du choc, ils gardèrent le silence. Au bout de quelques minutes, Oliver sembla reprendre ses esprits, se leva et l'aida à se dresser sur ses jambes. Puis ils se soutinrent mutuellement, reconnaissants d'avoir la chance inouïe de se trouver encore en vie.

— Penses-tu pouvoir marcher ? s'enquit-il tandis qu'ils basculaient simultanément en arrière.

Elle acquiesça d'un signe de tête.

— J'ai cru…

Rendue muette par le choc, sa voix se brisa, et elle n'eut pas la force de prononcer les funèbres mots.

— Moi aussi.

Bella vit qu'Oliver avait les yeux emplis de larmes.

Il la soutint tandis qu'elle rejoignait le trottoir en boitant. Là, elle s'appuya contre le mur, une douleur lancinante à la tête. Puis Oliver alla aider les personnes qui avaient besoin de lui pour se relever. Certains, légèrement blessés, se relevaient déjà précipitamment, tandis que d'autres, plus grièvement atteints, restaient à terre. Il s'assura qu'une ambulance était en route et fit ce qu'il put pour venir en aide à chacun avant de retourner auprès de Bella.

— Laisse-moi regarder tes blessures, suggéra-t-il en lui tendant les mains.

Au lieu de les lui prendre, elle essuya une trace de poussière calcinée sur sa joue gauche et ferma les yeux.

— Bella ?

Elle hocha la tête, mais, prise de vertige et d'étourdissement, elle fut incapable d'exprimer la commotion qui couvait en elle. Pleurer lui aurait fait le plus grand bien, mais ses yeux restaient secs, et les larmes qu'elle n'avait pas versées lui obstruaient la gorge.

— Est-ce que ça va, toi ? s'enquit-elle, lorsqu'elle rouvrit enfin les yeux.

— Ça va. Maintenant, laisse-moi t'examiner.

Bella était couverte de poussière et de saletés projetées dans l'air par l'explosion. Aussi fut-il difficile au début à Oliver d'identifier la nature de ses blessures. Mais un bref examen lui assura que, hormis quelques coupures et égratignures, elle n'avait pas de blessure grave.

Il suggéra de faire venir un médecin à l'hôtel plutôt que de se traîner jusqu'à l'hôpital où le personnel serait débordé et les soins médiocres. Bella avait encore les jambes tremblantes lorsqu'ils se remirent en route par le dédale des rues. Appuyée contre lui et maintenue par son bras, elle avança à pas menus en traînant les pieds, trébuchant régulièrement, jusqu'à ce qu'ils trouvent enfin un rickshaw isolé.

Tandis qu'il l'aidait à pénétrer dans le hall de l'hôtel, ils rencontrèrent Harry qui dévalait l'escalier, sa valise à la main. Il devint très blême lorsqu'il les vit et essaya de sortir en force en marmonnant qu'on l'attendait ailleurs d'urgence.

Oliver l'attrapa par le bras.

— Je ne crois pas, non, lança-t-il.

Il jeta un coup d'œil à Bella pour s'assurer que tout allait bien, la lâcha et tira le petit homme jusqu'à une arrière-salle de modestes dimensions. Bella les suivit.

— Où étiez-vous passé ? demanda Oliver, furieux.

Harry, le regard fixe, essaya de se justifier, mais n'émit qu'un vague balbutiement.

— Répétez !

— Je... je... je suis sorti dans l'arrière-cour.

— Soyons clairs. Vous êtes sorti. Parce que ?

— Pour... pour aller aux toilettes.

— Mais vous n'êtes pas revenu ?

Harry considéra ses chaussures, puis leva les yeux vers Bella, la mine coupable.

— Écoute-moi bien, espèce d'ordure ! gronda Oliver, tutoyant soudain le géomètre. Tu as failli nous faire tuer tous les deux. Alors maintenant tu vas me dire exactement ce qu'il se passe.

Harry, prenant tout son temps pour faire remonter ses lunettes sur son nez, parut terrifié.

Oliver le tenait fermement par le bras et le secouait à présent.

— La vérité, Harry.

Harry s'obstinait à se taire.

— Vous voulez vraiment que je vous casse le bras ?

Harry secoua la tête.

— Je vous en prie, ne me faites pas de mal, supplia-t-il en sanglotant. Je ne savais pas.

— Vous ne saviez pas quoi ? s'enquit Bella en se laissant tomber sur une chaise.

— Ils ont dit que je n'avais pas le choix.

— Sinon ? l'incita Bella d'un ton glacial.

Harry blêmit, sa voix n'étant plus qu'un murmure lorsque, tête baissée, il dit en regardant par terre :

— Que si je ne faisais pas ce qu'ils voulaient, ils s'en prendraient à ma femme.

Bella passa une main dans ses cheveux poussiéreux et se gratta le crâne. Disait-il seulement la vérité cette fois ? Harry avait-il un lien avec le billet anonyme ? À cet instant, elle remarqua qu'elle avait une entaille au bras qui saignait. Elle la tamponna avec sa jupe sous le regard vigilant d'Oliver. Lorsqu'elle eut terminé, elle examina minutieusement le visage de Harry et vit dans quel état d'épuisement nerveux était le géomètre. Malgré sa colère et son propre ébranlement, elle ne put s'empêcher de ressentir une pointe de pitié pour cette épave tremblante.

— Et que voulaient-ils que vous fassiez ? s'enquit Oliver.

Harry leva les yeux et croisa pour la première fois le regard furieux d'Oliver.

— Je jure que je ne savais pas que ce serait si grave.

— Et que pensiez-vous ?

— Je croyais qu'ils avaient seulement l'intention de lui faire peur.

— Oh, comme c'est généreux de votre part ! Faire peur à une jeune femme qui ne vous a rien fait est normal, n'est-ce pas ?

Harry se mordit la lèvre inférieure et implora Bella du regard.

— Ils ont dit qu'ils feraient du mal à Angela. Elle est déjà malade des nerfs, vous savez.

Oliver desserra son emprise et poussa sans ménagement Harry sur une chaise.

— Je pense que vous auriez intérêt à tout nous raconter.

Harry garda le silence.

— Harry, insista Bella en se penchant en avant. Il faut vraiment que vous parliez.

— Je suis désolé, répéta-t-il en lui jetant un bref coup d'œil.

— Alors ?

Une fois encore, Harry se referma comme une huître.

— Bon, écoute-moi bien, espèce de salaud..., intervint Oliver avant de s'interrompre pour faire les cent pas dans le but de se calmer.

Bella ne doutait pas qu'Oliver avait très envie de faire passer un mauvais quart d'heure au géomètre. Elle lui fit signe de s'en abstenir.

— Qui étaient ces gens, Harry ? Qui vous a forcé à faire cela ? s'enquit-elle.

Harry fit la grimace et les verres de ses lunettes s'embuèrent.

— Ils ont dit : « Fais en sorte de la retenir. »

— Qui ? lança Oliver en se retournant vers lui.

— Je jure que je ne savais pas qu'ils poseraient une bombe. Je devais appeler un numéro pour les prévenir que Bella était en route pour le restaurant. Le barman m'a dit qu'il avait un mot à me dire et nous sommes allés dans la réserve. Là, il m'a dit qu'il fallait qu'on quitte les lieux. Ensuite, j'ai entendu l'explosion et alors j'ai compris.

— Bien, Harry, répliqua froidement Oliver. Voici ce que nous allons faire…

Chapitre 43

Diana

Minster Lovell, 1923

Le docteur Stokes pose sur moi un regard bienveillant depuis le divan où il est assis, le dos appuyé contre un de mes coussins de plume.

— Vous avez habité Mandalay, si j'ai bien compris, avant de déménager à Rangoon.

J'acquiesce.

Il me pose des questions, me demande si je souhaite évoquer un événement particulier en lien avec cette période. Je prends le temps de réfléchir et frissonne au souvenir de la fureur injustifiée de mon mari, de son visage cramoisi de rage. Je lui dis que Douglas avait été très en colère contre moi, même si je suis en dessous de la vérité.

C'était stupide, mais je désirais tant avoir un enfant, sans toutefois parvenir à tomber enceinte. Lorsque j'allai voir la voyante, il faisait encore une chaleur étouffante malgré la tombée de la nuit. Maquillée à outrance, vêtue de satin et de soie, elle dansa pour moi et les autres femmes dans une quasi-transe. Elle buvait de la bière, et toutes, autant que nous étions, accrochions des billets de banque aux manches brillantes de son costume. Les esprits aimaient faire la fête, de toute évidence. Lorsqu'elle eut terminé, elle dit que les esprits avaient parlé mais ne révéla pas ce qu'ils avaient dit. J'explique au docteur que les gens étaient très entichés de leurs médiums, qu'ils croyaient qu'une certaine Natkadaw, ainsi qu'ils l'appelaient, leur parlait, et qu'ils pensaient que les esprits pouvaient accomplir les désirs.

Douglas ne voulait rien entendre. C'est un homme très rationnel, et il était indigné que j'aie pu céder à une de leurs superstitions obscurantistes.

— Cela a-t-il marché ? Le recours à la voyante ? s'enquiert le docteur Gilbert.

Je fais signe que oui. Plutôt que de me morfondre, j'avais pris les choses en main. Je ne me sentais plus la même après. J'avais repris espoir. Le lendemain fut un autre jour et bientôt je fus enceinte d'Elvira.

— Et votre mari vous a pardonné ?

— Nous n'en avons plus jamais reparlé, à une exception près.

— Et cela continue-t-il de vous perturber ?

Un long silence troublant s'ensuit.

— L'unique fois où nous en avons reparlé, Douglas a accusé la Natkadaw d'être responsable des voix que je commençais alors à entendre.

Il m'est pénible d'en dire davantage.

— Un homme rationnel, disiez-vous ? fait remarquer le docteur Stokes en me souriant avec une grande douceur.

— Oui. Curieux, n'est-ce pas ? Il a dit que je l'avais provoqué en assistant à de dangereuses pratiques superstitieuses.

Chapitre 44

Oliver tira Harry de sa chaise et le considéra d'un air féroce.

— Voici ce que nous allons faire.

Le géomètre tremblait, trop apeuré pour dire quoi que ce soit.

— Je vais vous emmener directement au poste de police et je leur dirai ce que vous avez fait. Je leur expliquerai que vous nous avez attirés dans un piège mortel. C'est une tentative de meurtre avec préméditation, sans compter le nombre de blessés qui ne survivront pas à leurs blessures.

Harry retrouva soudain l'usage de la parole.

— Ils ne vous écouteront pas.

— Sans blague ? Et pourquoi donc ?

— Parce que…, commença-t-il. C'est la police qui… qui m'a menacé.

Oliver se figea.

— En la personne d'un représentant des forces de l'ordre, vous voulez dire ?

— Euh, non.

— Qui alors ?

— Les services secrets de Rangoon.

— Voilà qui leur ressemble davantage. Qui, des services, Harry ?

Harry fit un geste de dénégation.

— Je ne connais pas son nom. Un grand type, la peau mate, les cheveux coupés ras.

— Aucun autre signe distinctif?

— Il portait un costume en lin. Rien d'autre ne m'a frappé. Il a juste dit que je devais retarder son départ.

Oliver et Bella échangèrent un regard, puis Oliver reprit la parole.

— Foutez le camp, Harry. Je jure devant Dieu que si vous dévoilez que Bella et moi sommes sortis vivants de l'explosion, je vous retrouverai.

Harry ne se le fit pas dire deux fois et quitta la pièce en courant.

— Mais nous devons quand même aller voir la police, non ? s'enquit Bella, encore toute tremblante.

Oliver prit un air de dédain.

— C'est une perte de temps.

— Comment ça ?

— À cause de la corruption. Si les services secrets sont derrière cette affaire, et là-dessus je crois Harry, ils ont des antennes un peu partout.

— Oliver, pourquoi ont-ils fait ça ? Je ne comprends pas. Pourquoi vouloir me faire du mal ?

Sa voix était chevrotante. Elle étouffa un sanglot et fit un effort pour se maîtriser mais n'y parvint qu'à moitié. C'était trop horrible.

Il posa une main sur son bras et le serra.

— Sans vouloir te choquer, ils cherchaient à te tuer, mon cœur, non à te faire du mal.

Elle le regarda dans les yeux et vit l'inquiétude qui le rongeait à son égard.

— Je sais, murmura-t-elle. Je sais.

Un bref silence tomba.

— Ils cherchaient à te tuer aussi, ajouta-t-elle.

Il haussa les épaules en faisant la grimace.

— Dommage collatéral. Mais c'est après toi que ces salauds en ont. C'est en lien avec ta sœur. Il est évident que ta mère n'y était pour rien, mais quelqu'un ici est mouillé jusqu'au cou.

Elle inspira profondément et expira lentement afin de calmer ses nerfs.

— Avons-nous bien fait de laisser partir Harry ?

— On se fiche de Harry Osborne. Les responsables sont bien plus haut placés.

— Mais qui ?

— Je pourrais faire une supposition, mais voyons plutôt ce que nous pouvons découvrir.

— Mais, bon sang, que cherchent-ils donc à dissimuler ?

Oliver soupira.

— Je ne sais pas, mais ils sont prêts au pire pour garder le secret. Et ils voient en toi une menace.

Bella massa ses tempes douloureuses et regretta d'avoir déclenché tout cela. On en voulait à sa vie, nom d'un chien ! Quelqu'un voulait sa mort, et le seul fait d'y penser la rendait malade. Mais pas seulement. Elle serra le poing de colère. Elle aurait volontiers rendu la monnaie de sa pièce à celui qui avait fait poser la bombe. De quel droit ? Ils ne manquaient pas d'air !

— Nous ne rentrerons pas directement à Rangoon, annonça Oliver. J'ai des amis à Maymo. C'est à une quarantaine de kilomètres au nord-est. Nous allons y aller et aviserons une fois là-bas. Il fait plus frais là-haut dans les collines, nous échapperons ainsi un temps à cette maudite chaleur.

— Comment voyagerons-nous ?

— Par train. Penses-tu avoir besoin de consulter un médecin ?

Elle secoua la tête.

— Ce n'est que de la saleté et des petites coupures au bras. J'ai des pansements dans ma chambre.

— Ok. Va nettoyer ça et fais tes bagages, mais fais vite, mieux vaut ne pas traîner.

— Ils vont encore essayer, n'est-ce pas ? s'enquit-elle sans parvenir à endiguer sa peur.

— Tu veux savoir la vérité ?

Elle hocha la tête.

Une heure plus tard ils étaient prêts, mais juste à temps. Tandis que le train quittait Mandalay en glissant sur les rails, Bella regarda défiler par la fenêtre des avenues bordées d'arbres et de vastes demeures coloniales. Pendant un certain temps, le paysage resta dénué d'habitations humaines, mais des cahutes en bois ne tardèrent pas à parsemer la piste qui courait le long de la voie de chemin de fer. La piste fourmillait de chars à bœufs qui tournaient le dos à Mandalay en cette fin d'après-midi, de chiens accablés de sommeil dans l'air chargé de poussière, de jeunes et jolies Birmanes qui avaient des fleurs dans les cheveux et portaient des jattes d'eau sur la tête, d'hommes qui pédalaient en danseuse sur leurs bicyclettes aux prises avec le terrain caillouteux. Oliver expliqua que ses amis Jeremy et Brenda dirigeaient un petit hôtel, ou maison d'hôtes, et qu'il les avait prévenus par téléphone de leur arrivée. Bella avait changé de vêtements mais n'avait pas eu le temps de se laver les cheveux, et son cuir chevelu, toujours desséché, ne cessait de lui démanger. Le voyage devait durer trois heures. Bella, secouée par l'explosion et par les révélations de Harry, n'avait qu'une envie : dormir.

Elle s'appuya contre la fenêtre, mais, les secousses du train devenant de plus en plus fortes, elle ne put trouver le sommeil. Elle rouvrit les yeux et réfléchit à sa situation. Avec une lenteur d'escargot, ils laissèrent derrière eux des villages où les arbres tropicaux fournissaient de l'ombre aux habitants, où les bananiers poussaient à foison et d'où les collines lointaines apparaissaient nimbées d'une brume de chaleur violet foncé. Les bosquets d'acacias jaunes et les contreforts tapissés de verdure se profilaient à l'horizon. Mais bientôt le train se faufila entre d'abruptes collines arrondies au socle rocheux qui recélaient une végétation dense. Sous les dernières teintes bleutées du ciel, ils passèrent devant des sanctuaires et traversèrent un pont qui enjambait la vallée, continuant de prendre de l'altitude. Bella balaya du regard les crêtes envahies par la jungle, dont le vert foncé semblait à portée de main et devenait plus clair dans les lointains, puis franchement pâle avant de céder la place au bleu crépusculaire.

Pendant quelques instants, elle s'appuya contre l'épaule d'Oliver et parvint à somnoler par à-coups. À l'approche de Maymo, elle s'éveilla, surprise de se voir entourée de verdure. Oliver lui montra du doigt les fruits qui poussaient dans cette région : fraises, prunes de Damas, raisins, citrons et citrons verts.

— C'est incroyablement fertile, fit-il remarquer.

Elle considéra son beau visage anguleux.

Il lui caressa la joue, et la simplicité de ce geste rassura Bella.

— Ça va aller ?

— Je crois que oui.

Non loin de la gare, du bétail endormi sur la voie retarda leur arrivée, mais ils furent bientôt en mesure de descendre. Un porteur achemina leurs valises jusqu'à une charrette tirée par un poney, puis, passant devant les habituels éventaires et une église méthodiste, ils entreprirent l'ascension des hauteurs. Là, des maisons coloniales en briques rouges aux volets du même vert que la forêt, mais aux colombages bruns, avec terrasses et jardins, étaient nichées entre les arbres.

Après avoir dépassé la maison du gouverneur, le bureau de l'administration publique et le cadastre, ils gravirent une autre colline. Oliver désigna une demeure à colombages.

— C'est Candacraig, dit-il, voyant qu'elle était intéressée. Le club où se réunissent les Britanniques. Ils l'appellent « la garçonnière ». Nous ne sommes plus très loin de chez mes amis.

Ils arrivèrent au petit hôtel à la nuit tombante. Bella fut reconnaissante de trouver de la fraîcheur et en profita pour contempler le ciel, dont le chatoiement rose corail était strié de violet.

— Les nuits peuvent être froides ici, selon la saison, fit remarquer Oliver. Les gens font même du feu.

Bella fit d'abord la connaissance des amis d'Oliver, Jeremy et Brenda, un vieux couple d'Américains à la retraite mais qui continuait à diriger cette maison d'hôtes. Oliver expliqua qu'ils l'avaient hébergé pendant quelques semaines lors de son arrivée en Birmanie. Ils lui avaient fait faire ses classes, pour ainsi dire. Nul doute qu'ils avaient pour lui la plus grande affection, car ils s'enquirent entre autres de sa carrière et de sa santé. Brenda était accueillante et amicale, en plus d'être une formidable cuisinière. Oliver avait prévenu Bella, aussi s'attendaient-ils à trouver un succulent dîner en arrivant.

Jeremy et Brenda les conduisirent ensuite à une chambre qui donnait sur le devant. Une fois qu'ils furent seuls, Bella se tourna vers Oliver.

— Une chambre pour deux ?

— Cela te gêne-t-il ? J'ai pensé que ce serait plus sûr. Je peux dormir dans le fauteuil.

Elle réfléchit à ce qu'il convenait de faire.

— Ou bien, je peux demander une seconde chambre ? suggéra-t-il.

— Tes amis pensent-ils que… enfin, tu sais.

— Cela t'ennuierait-il si c'était le cas ?

— Un peu. Je ne voudrais pas qu'ils s'imaginent des choses à notre sujet. À mon sujet.

— Pas d'inquiétude. Je leur ai expliqué la situation. Ils comprennent pourquoi nous ne devons pas nous séparer. C'est un militaire à la retraite, il a des nerfs d'acier et n'a peur de rien. C'est la personne idéale à avoir à nos côtés. Tout ira bien.

— Parfait.

Elle se tut puis s'approcha d'Oliver et lui toucha la joue.

— Nous dormirons tous les deux dans le lit.

— Si nous prenions un bain et mangions quelque chose pour commencer ?

— Pourquoi pas ? répondit-elle en le regardant dans ses yeux bleus étincelants de lumière avant de tendre le cou pour l'embrasser.

Le choc des événements et le fait d'avoir frôlé la mort ensemble avaient accru leur besoin de réconfort et de sécurité. Plus tard, tandis qu'ils étaient allongés sur le lit après le bain et le délicieux repas promis par Oliver mais que Bella avait à peine touché, celle-ci fut prise de tremblements. La peur s'empara à nouveau d'elle avant de se résumer à une boule d'angoisse sur la poitrine. C'était comme si le traumatisme dû au massacre de Rangoon revenait en force. Plus que tout, elle avait grand besoin de se blottir dans des bras rassurants et de s'entendre dire que tout allait bien se passer. Hélas, tout ne se passerait pas bien ; pas tant qu'elle serait en Birmanie. Et malgré l'étreinte puissante d'Oliver et le fait qu'elle sentait le cœur du jeune homme battre contre le sien, elle n'ignorait pas quel choc cela avait été pour lui aussi. C'est alors que ses larmes se mirent à couler.

— Tu es encore sous le coup du traumatisme, susurra-t-il.

Bella pensa qu'il avait raison, car la terreur l'envahit et l'oppressa au point qu'elle ne se reconnaissait plus elle-même.

Elle essaya de parler mais bredouilla et buta sur les mots jusqu'à la suffocation et l'étouffement. Elle se mit soudain à battre vivement des mains. Il l'aida à se redresser et approcha un verre d'eau de ses lèvres.

Lorsqu'elle eut quelque peu recouvré son calme, il lui demanda si elle se sentait prête à parler des événements de Rangoon.

Elle le regarda en silence puis, d'abord hésitante, elle commença à exprimer sa peine. Elle lui raconta tout, et toute la peine qu'elle avait enfouie au fond d'elle et dont elle n'avait jamais parlé à personne se déversa comme une rivière en crue. Les atrocités dont elle avait été témoin, les mares de sang, la brutalité bestiale et le gâchis humain resurgirent. Puis, haletant au souvenir du drame, elle lui parla du tout petit bébé qu'elle avait trouvé en vie. Lorsque ses larmes se furent taries, il lui caressa les joues et l'embrassa sur le front avec une absolue tendresse.

—J'ai peur, dit-elle. Qu'allons-nous faire ?

Il lui prit la main et la serra.

—Je ne sais pas. Essayons de dormir un peu, nous y réfléchirons demain à tête reposée.

Après le petit déjeuner, ils se promenèrent à bicyclette sous un ciel bleu pâle dans la fraîcheur de la ville arborée. Oliver lui montra les divers bâtiments officiels et les maisons des dignitaires de l'autorité coloniale. Elle n'en manqua pas une miette, s'interrogeant sur le luxe de leurs domiciles en comparaison des minuscules cahutes des autochtones. Lorsque, une fois de plus, Oliver exprima sa certitude qu'un jour viendrait où la Birmanie serait aux Birmans, elle en convint.

—Le moment sera bientôt venu, ajouta-t-il avec conviction. On en voit partout les signes avant-coureurs.

—Comme l'agitation ?

— Exactement. Dans tout l'Empire. Il va y avoir du changement, et bien plus vite qu'on ne le croit.

Ils s'arrêtèrent à un marché aux fleurs qui bordait une des artères principales. L'air embaumait la subtile fragrance de fleurs violet et blanc. Celle-ci causa à Bella une étrange délectation douce-amère. Ils se glissèrent dans les vastes jardins botaniques où ils découvrirent un tamarinier géant à l'ombre duquel ils s'assirent, le dos contre le tronc. Tandis qu'elle contemplait les teks au loin, Oliver lui expliqua que c'étaient ces arbres-là qui avaient attiré les Britanniques en Birmanie. Ils avaient eu besoin de son bois pour leur marine, et le commerce du tek était rapidement devenu une source importante de revenus, en plus de l'or et des rubis en provenance de l'État Shan, sans oublier le jade que l'on extrayait des mines situées aux confins septentrionaux du pays. Ensuite, après que les Britanniques avaient condamné à l'exil le dernier roi de Birmanie, ils n'avaient plus eu qu'à se servir.

Sur ces mots, il lui releva le menton.

— Alors, comment te sens-tu ?

— Pas très bien.

Il hocha la tête.

— Il vaudrait peut-être mieux que je rentre seul à Rangoon.

— Et que je reste ici ?

— Oui.

— Je préférerais venir avec toi.

— Jeremy et Brenda veilleraient sur toi.

Elle secoua la tête.

— Je ne sais pas…

— Soit tu restes ici, soit nous te ramenons clandestinement à Rangoon et te mettons dans le premier avion.

— J'ai entendu dire qu'il existait des avions de transport de passagers à présent.

— Imperial Airways ! Ils ne proposent pas beaucoup de vols, cela dit. Il faut onze jours pour arriver à Londres.

Elle y réfléchit.

— Si je savais qui est derrière l'attentat de Mandalay, je saurais par où commencer.

— Qui penses-tu que ce soit ? s'enquit Bella.

— Selon moi, toute cette affaire est politique. En 1935, le Parlement a décrété que la Birmanie deviendrait une entité distincte des Indes britanniques. Un nouveau Sénat et une nouvelle Chambre législative vont être créés. Ton ami Edward de Clemente est membre du comité chargé de mettre au point les derniers détails de la Constitution et des listes électorales en prévision des élections législatives.

— Je l'ignorais.

— Toutes les parties impliquées dans cette transition se doivent d'être au-dessus de tout soupçon afin que leurs recommandations soient recevables. Par conséquent, j'en déduis que quelqu'un de très haut placé se sent menacé par tes recherches.

— Et pour quelle raison, d'après toi ?

— Parce qu'il a étouffé l'affaire de la disparition de ta sœur, voilà ce que je crois. À l'évidence, quelqu'un a dissimulé la vérité sur cette histoire.

— Soupçonnes-tu Edward ?

— Pas particulièrement. Il pourrait s'agir de n'importe lequel d'entre eux.

Un long silence s'installa. Bella écouta le bourdonnement des insectes volants et le frémissement de la brise dans les feuillages. Aussi loin que s'étendait la vue, tout était vert.

— Marchons jusqu'au lac, suggéra Oliver.

Ils poussèrent leurs bicyclettes jusqu'à une autre section du parc où des cygnes glissaient sur la surface argentée de l'eau.

— T'ai-je dit que le portier du *Strand* m'a dit que son père a entendu un bébé crier lors de cette fameuse nuit de 1911 ? Il était gardien de nuit.

— Il a une sacrée bonne mémoire.

— En fait, il n'y avait pas de bébé parmi les clients de l'hôtel, et quand il est arrivé à la porte de service, il a aperçu une voiture qui démarrait à toute vitesse. L'incident l'a marqué.

— En a-t-il parlé à la police ?

— Je pense qu'on l'en a dissuadé.

— Cela mérite une petite enquête.

— Tu crois ?

Il confirma d'un signe de tête.

— Dans ce cas, je rentre avec toi.

— Il est possible que cela ne débouche sur rien.

Elle le regarda dans les yeux.

— Oliver, je ne pense pas que je pourrais quitter la Birmanie sans savoir ce qui est arrivé à Elvira, et il y a ma maison, dont je dois m'occuper. Je ne peux simplement pas tout laisser en plan.

— Tu ne peux pas retourner au *Strand*.

— Non.

— Tu logeras chez moi.

Elle le dévisagea.

— Que vont penser les gens ?

— Malgré d'évidentes pratiques scandaleuses qui ont tout le temps lieu, ils jaseront et feront semblant d'être outrés. Peut-être que certains seront sincèrement choqués, mais, quoi qu'il en soit, ta sécurité est la seule chose qui compte dans l'immédiat.

Chapitre 45

DIANA

Minster Lovell, 1925

J'ai vécu comme si tout le reste de ma vie avait été déterminé par cet unique instant dans notre jardin en Birmanie. J'ai envie de crier que ce n'est pas moi, mais aussitôt je suis prise par le doute. Sans conteste, nous sommes tous prisonniers d'un instant fondateur dont nous ne parvenons jamais à nous affranchir !

Le jour de ma complète libération est un jour comme tous les autres. Le soleil fait de timides percées à travers les nuages vaporeux. Je suis assise comme d'habitude sur ma chaise.

J'ai l'impression d'être au bord de la noyade lorsque le docteur Stokes me demande de lui décrire la journée au cours de laquelle j'ai perdu Elvira. Il souligne que je n'y suis pas obligée, mais je sais qu'il le faut. Je ferme les yeux. J'essaie inlassablement de me souvenir mais un blocage m'en empêche, comme si un mur se dressait devant moi. Je tente de l'abattre, mais il me résiste. Le docteur dit que je m'acharne trop et me conseille de ne pas focaliser mes pensées sur le landau mais plutôt de me rappeler avec patience les autres détails agréables du jardin. À mesure que je me détends et commence à me laisser porter par le souvenir, le joli pavillon d'été se dessine dans mon esprit, même si je n'y figure pas moi-même. Puis d'autres images se mettent à défiler. Soudain, je me souviens de l'arbre à orchidées, avec ses feuilles en forme de cœur et ses fleurs blanc et rose, et aussi de l'immense voûte feuillue où les singes se balancent de branche en branche. Je souris. J'aperçois les oiseaux d'un vert intense ; je sens l'odeur exquise des fleurs : roses de juin et de juillet, vastes massifs d'étoiles de Noël aux fleurs rouge vif qui s'épanouissent en décembre et asters assaillis par de délicats papillons blancs au printemps. Peu à peu, je me plonge dans le passé, et j'ai vraiment l'impression d'y être, étouffant dans l'air chargé d'humidité.

Comme si elle venait de loin, j'entends la voix du docteur qui me demande ce que je vois d'autre.

Je secoue la tête et ma respiration s'accélère.

— Seulement le landau sous le tamarinier, réponds-je.

Le docteur Stokes ne dit plus rien.

Enfin, au moment où l'exercice me devient insupportable, un vague souvenir me donne le coup de grâce. Je fais un effort de concentration en contractant encore davantage mes paupières fermées. À moins que je ne me trompe… Quoi qu'il en soit, l'image se précise et je distingue une femme vêtue de noir qui s'éloigne en courant du landau, portant dans ses bras un paquet. Tout disparaît en un éclair et je me demande si c'est le fruit de mon imagination. C'est alors qu'elle reparaît, se retournant pour s'assurer que personne ne l'a vue, et pendant une fraction de seconde, il me semble la reconnaître.

Ce n'est pas moi, qui ai fait du mal à ma petite fille. Ce n'est pas moi.

J'ouvre les yeux et vois le docteur Stokes qui me sourit.

— Bien joué, ma chère, lance-t-il. Bien joué !

Chapitre 46

Il était prévu qu'ils passeraient une nuit supplémentaire à Maymo, et Bella avait le sentiment qu'un changement essentiel s'était opéré. Leur relation avait basculé, changeant insensiblement de nature. Elle ressentit de la gêne lorsque, muette comme une carpe, tête baissée et pleine de sentiments contradictoires comme elle n'en avait jamais connu, elle se déshabilla devant Oliver. Était-ce de l'espoir ? Un frisson d'anticipation ? Un brin d'appréhension, peut-être même ? Il était fort possible que frôler ensemble la mort de si près l'ait rendue plus consciente de ses émotions intimes et que la journée tranquille au parc de Maymo ait cimenté leur lien, probablement parce qu'elle avait enfin pu parler du massacre de Rangoon. À moins que ce ne soit à cause de toutes ces raisons-là ? Quoi qu'il en soit, elle avait l'impression d'avoir perdu sa langue, si bien que l'atmosphère qui régnait dans la chambre était chargée de sous-entendus érotiques. D'emblée, ils avaient été fortement attirés l'un par l'autre. Et voilà qu'il ne décrochait plus son regard de sa personne. Lorsqu'elle releva la tête et qu'elle lui rendit son regard, elle s'avisa qu'il la désirait aussi. Quelle que fût la force qui les avait réunis, le moment était venu pour eux de s'unir.

Il se déshabilla à son tour, et tous deux se tinrent nus. Tout se passait comme si, spontanément et sans se consulter, ils s'étaient mis d'accord pour se livrer, sans rien se cacher de leurs défauts, de leurs incertitudes, exposant leur désir avec franchise. Il ne faisait pas froid, mais Bella frissonna néanmoins légèrement. Puis elle l'invita à la suivre au lit.

Là, il lui ordonna de se laisser faire. S'abandonnant à sa caresse, elle ne dit rien, et chaque seconde se chargea d'une sensualité accrue qui, parce qu'elle se contenait, lui faisait l'effet d'une exquise torture. Chaque frôlement de ses mains sur son cou, ses seins, ses hanches, sa bouche l'électrisait. Chaque effleurement de ses lèvres la laissait haletante. Puis tout bascula. À mesure que leur étreinte gagnait en intensité, elle sentit toutes les tensions et toutes les inquiétudes longtemps accumulées l'abandonner. Elle laissa également sourdre la douleur et la peine. Elle avait tant envie de lui à présent qu'elle ne pensait à rien d'autre.

— Fais-moi l'amour maintenant, ordonna-t-elle à son tour d'une voix qui laissait transparaître l'impatience.

Ce fut puissant, enivrant ; et elle eut envie de pleurer, mais pas des larmes de tristesse ; des larmes de libération et de joie. Puis, sans comprendre ce qui arrivait, elle fut prise d'un fou rire irrépressible. Elle ne se souvenait pas d'avoir jamais ri avec autant d'innocence et de naturel. Elle se sentait telle une enfant, libre comme ces oiseaux à qui elle avait ouvert la cage à la pagode Shwedagon.

Oliver joignit son rire au sien, puis il se redressa sur un coude et scruta le visage de Bella, avec une attention totale.

— Si tu savais depuis combien de temps j'en avais envie !

— Depuis combien de temps ? demanda-t-elle d'un air inquisiteur.

— Hum…

Il fit une moue, faisant semblant de calculer.

— Depuis notre première rencontre.

Elle sourit, et un frisson exquis se répandit dans son corps encore en émoi.

— Ça va ? Je ne t'ai pas fait mal ?

Elle lui pinça les flancs et répondit :

— Si c'était de la douleur, alors je veux bien que tu recommences.

— Tout de suite ?

— Pourquoi pas…

— Tu es un petit tyran très exigeant, fit-il remarquer en partant d'un grand rire.

Cette fois, ils procédèrent avec une extrême lenteur, et ensuite, il lui dit qu'il l'aimait et qu'il l'aimerait toujours. Elle lui prit la main et embrassa le bout de ses doigts, puis elle se blottit tout contre lui, épuisée mais l'esprit en paix.

Le lendemain, Oliver rangea leurs bagages dans la galerie en surplomb de leurs sièges dans le train en partance pour Rangoon, qui n'avait pas de voitures première classe. Ils partagèrent leur compartiment avec quelques Indiens qui passèrent le temps à dormir et, sporadiquement, avec plusieurs Birmanes qui transportaient des fruits et des légumes quelques arrêts plus loin. Hormis l'odeur des cigares, leur compagnie n'avait rien de désagréable. Mais lorsqu'un marchand de poisson se joignit à eux, Bella n'eut d'autre choix que de se tenir, blafarde, à la fenêtre, laquelle était coincée au point de ne laisser entrer qu'un filet d'air chaud. De là, elle humait la fumée des feux domestiques en provenance des villages et des vendeurs ambulants qui cuisinaient sur des braseros le long des voies. La fumée la fit tousser mais c'était mieux que la nausée provoquée par l'odeur de poisson.

Pratiquement toutes les heures, des hordes de vendeurs ambulants frappaient aux carreaux ou traversaient le couloir du train pour vendre des en-cas de riz gluant et de nouilles pimentées. Bella et Oliver ignoraient pourquoi le train s'immobilisait de temps en temps pendant de longs moments.

Parfois, c'étaient les voies qui étaient en travaux, mais d'autres arrêts demeuraient sans explication et personne ne semblait en mesure de leur dire avec quel retard arriverait le train. À chaque halte, Oliver insistait pour que Bella restât tout près de lui, car c'était un fait notoire que les voleurs hantaient les gares les plus reculées et les plus perdues, se tenant prêts à se hisser à bord pour détrousser les passagers dans leur sommeil.

À présent qu'elle s'était remise du choc initial dû à l'explosion, Bella avait retrouvé sa joie de vivre et était soulagée d'avoir de nouveau Oliver à ses côtés, même si elle aurait préféré que leurs retrouvailles aient lieu dans d'autres circonstances. Elle se sentait en sécurité en sa présence. Le fait qu'il lui ait sauvé la vie avait plus de valeur pour elle que tout l'or du monde. Elle se blottit contre lui, se laissant enivrer par l'odeur de sa peau et priant pour que leur vie ne soit plus mise en danger. Oliver, en revanche, semblait nerveux, surveillant les gens qui montaient et descendaient en permanence du train et inspectant du coin de l'œil le quai à chaque arrêt. Il portait des lunettes de soleil et un chapeau de paille, ce qui rendait sa vigilance difficilement détectable à autrui. Mais Bella percevait la tension qui raidissait tous ses membres. Elle aussi mesurait du regard tout nouveau venu, mais lorsqu'une demi-douzaine de policiers montèrent à bord du train, elle se détendit quelque peu.

Après un trajet de plus de six cents kilomètres qui leur prit trois jours – ce qui dépassait très largement la durée prévue –, ils retrouvèrent la chaleur humide et poisseuse de Rangoon. Ils gagnèrent immédiatement l'appartement d'Oliver. Avec un immense soulagement et sans se soucier de l'avenir, ils s'allongèrent sur son lit sans même se déshabiller. Il lui prit une main et aussitôt sa respiration s'apaisa. Bella, trop épuisée pour ressentir quoi que ce soit, ne pouvait se cacher qu'elle avait confusément attendu ce rapprochement. Leur relation était devenue plus que sérieuse. Et elle était certaine que la force de leur amour les acheminerait vers un autre mode de vie. De cela, au moins, elle avait la certitude. Là-dessus, elle ferma les yeux, se blottit contre lui et s'endormit à son tour.

À son réveil, Bella s'aperçut qu'ils avaient dormi dans les bras l'un de l'autre, comme si malgré l'extrême fatigue leurs corps avaient deviné à quoi aspiraient leurs âmes. Elle toucha sa barbe naissante, se réjouissant de ce réconfort, de leur intimité et de son haleine tiède sur sa joue. Il ouvrit les yeux et lui sourit. Elle l'embrassa passionnément sur la bouche et sentit son érection contre sa hanche. Elle suivit le contour de son visage aimé du bout des doigts et fut frappée par sa beauté, celle de sa peau dorée et rayonnante, de ses yeux bleus pleins d'empathie. Ils firent l'amour, très tendrement au début, puis avec une telle passion qu'elle en poussa des cris de bonheur. Il lui couvrit doucement la bouche.

— Chut…, ordonna-t-il.

Après que les dernières vagues de plaisir furent retombées, elle se dégagea de son étreinte en se tortillant et passa dans la salle de bains pour faire un brin de toilette. Tous ses vêtements étaient sales à présent. Elle rinça donc un chemisier et une jupe longue qu'elle mit à sécher au-dessus de la baignoire.

Lorsqu'elle ressortit, ses cheveux défaits et mouillés retombant mollement autour de son visage, elle trouva Oliver occupé à faire du café.

Il pivota et lui lança un sourire si tendre que le cœur de Bella manqua de s'arrêter. Ressentir autant d'amour tout en étant sous l'emprise de la peur était indescriptible.

— Désolé, il n'y a rien à manger, annonça-t-il. Je vais faire un saut à l'épicerie.

— Je n'ai pas vraiment faim. Du café sera parfait.

—Approche, ordonna-t-il, le visage illuminé par un sourire encore plus radieux que le précédent.

Mais soudain la dure réalité reprit le dessus, avec son cortège de peur accrue. Sa poitrine se serra et, d'une voix à peine audible, elle dit :

—Quelqu'un a essayé de me tuer…

Immobile, elle examina les lames du plancher. N'importe quelle technique était bonne pour essayer de ne pas y penser.

—Tout ira bien, assura Oliver.

—Vraiment ? insista-t-elle en levant les yeux vers lui.

Il confirma d'un hochement de tête.

—Approche, répéta-t-il.

Elle s'approcha, et il la serra dans ses bras, lui caressant tendrement les cheveux.

—Nous allons faire en sorte que tout aille bien. Ensemble.

Elle se sentait davantage en sécurité de le savoir à ses côtés. Le lien qui les unissait était instinctif. C'était un lien sincère, le sceau par lequel chacun déclarait à l'autre : « Je sais qui tu es, et ce que je ne sais pas de toi, je veux le découvrir. » L'expression « âme sœur » lui vint à l'esprit, et malgré le côté un peu cliché de la formule, c'était la stricte vérité.

Tandis qu'ils se mettaient en route pour le *Strand Hotel* en arpentant les rues qu'ils connaissaient bien, Bella eut une montée d'angoisse. Malgré l'affairement et la foule omniprésente, il eût été facile pour un individu décidé à les suivre à la trace de se glisser dans l'ombre sans se faire remarquer. Oliver se montrait toujours encourageant, mais elle redoutait un autre attentat, craignant chaque fois qu'ils croisaient quelqu'un qu'il ne dissimulât un couteau, voire un pistolet. Elle se serrait fermement contre Oliver, mais ses yeux fouillaient inlassablement la foule, sans qu'elle parvienne à contenir sa peur. Sentant son malaise s'accroître, il la guida à travers le flot des passants avant de s'empresser de héler un rickshaw.

À l'hôtel, elle laissa une lettre de démission à la réception et se vit remettre une lettre arrivée par avion durant son absence. Elle la fourra dans son sac dans l'intention de la lire plus tard, puis elle monta en hâte récupérer quelques affaires dans sa chambre. Plus vite elle quitterait cet endroit, mieux ce serait.

Elle ne fut pas longue. Elle avait terminé de mettre quelques vêtements et affaires de toilette dans une valise et s'apprêtait à partir lorsque Rebecca entra, ses formes soulignées, comme l'on pouvait s'y attendre, par une robe moulante rouge.

— Bella ! Où étais-tu passée ? Tu as une mine affreuse.

Bella sourit à son amie et remarqua aussitôt ses yeux qui manquaient de sommeil et le désordre de ses cheveux. Elle avait probablement passé une nuit blanche.

— C'est une très longue histoire, répondit Bella.

Rebecca se laissa tomber mollement sur son lit.

— Eh bien, dis-moi au moins où tu vas à présent. Rentres-tu chez toi en Angleterre ?

— Pas encore. Je quitte ce boulot et vais m'installer chez Oliver.

Rebecca n'en croyait pas ses oreilles.

— Ça alors ! Ma foi, tant mieux pour toi, mais que fais-tu des colporteurs de ragots ? Ils vont s'en donner à cœur joie.

— Je m'en fiche complètement maintenant.

— Mais pourquoi démissionner ? Tu es une excellente chanteuse.

Bella regarda son amie dans les yeux et fit une moue triste.

— Je suis vraiment désolée de ne pas pouvoir t'en dire plus pour l'instant, mais quand tout sera fini je te promets que je le ferai.

— Cela a-t-il un lien avec tes recherches pour retrouver ta sœur ? As-tu découvert le fin mot de l'histoire ? s'enquit Rebecca, visant juste, comme toujours.

— Pas encore.

Rebecca hocha la tête, le regard peiné.

— Tu me manqueras.

Les deux jeunes femmes s'étreignirent, puis Bella alla retrouver Oliver devant l'hôtel. Le portier accepta de faire envoyer sa malle à la consigne de la gare. Ensuite, Oliver lui demanda de lui répéter l'histoire que son père lui avait racontée au sujet du bébé qu'il avait entendu crier en plein milieu de la nuit. Bella et Oliver durent promettre de ne pas révéler leur source, puis le portier raconta de nouveau l'aventure, mais avec davantage de précisions que précédemment.

— Ce que j'ai omis de vous dire, c'est que peu après l'incident, mon père fut renvoyé sur de fausses accusations.

— On l'a fait taire, lança Oliver.

— Pourquoi ne pas me l'avoir dit avant ? s'enquit Bella.

Le portier leva les yeux vers le ciel avant de les poser sur Bella.

— Il avait honte. Je n'estimais pas avoir le droit d'en parler. En plus, j'avais peur de perdre mon propre emploi.

— Je suis vraiment désolée, assura Bella en hochant la tête.

Le portier haussa les épaules.

— Tout cela est si vieux, mais la vie de mon père en a été bouleversée. On a refusé de lui fournir des certificats et il a eu des difficultés à retrouver du travail.

— Ces gens sont sans vergogne ! souffla Oliver.

Ils remercièrent le portier et firent le plein de victuailles en route. Ils prirent ensuite un rickshaw en s'assurant qu'ils n'étaient pas suivis. De retour à l'appartement, il dit à Bella qu'il venait d'avoir une idée et qu'il avait besoin d'éplucher les archives d'un journal concurrent. Elle allait devoir rester seule. Elle ne se fit donc pas prier pour s'enfermer à clé.

— En tout cas, personne ne sait que tu es ici, ajouta-t-il. Ainsi, tu seras tranquille.

Elle fit la grimace.

— Rebecca est au courant.

— Tiendra-t-elle sa langue ?

— Je ne sais pas. J'aurais peut-être mieux fait de ne pas le lui dire. Du moins aurais-je dû lui demander de garder le secret.

— C'est trop tard à présent. Tout se passera bien si tu ne sors pas de l'appartement, mais je t'en prie, n'ouvre à personne. Je ne serai pas long.

Puis il ajouta :

— Ce ne serait pas plus mal si tu restais à l'écart de la fenêtre.

Après son départ, elle se prépara des tartines et une autre tasse de café avant d'essayer de se calmer en lisant un journal. Quelques minutes plus tard, trop agitée pour se concentrer, elle passait en revue le dos des livres d'Oliver. C'est alors seulement qu'elle se souvint de la lettre reçue par avion. Elle se jeta sur une chaise, fouilla dans son sac à la recherche de la fine enveloppe, l'ouvrit et lut :

Ma chère Annabella,

J'espère que cette lettre te trouvera en bonne santé. Je voulais te prévenir que je ferai bientôt un séjour en Birmanie. Je me suis toujours fait la promesse d'y retourner un jour et si je n'entreprends pas ce voyage maintenant, je crains de n'en avoir jamais le courage. Je souhaite vraiment de tout cœur que nous nous rencontrions. J'ignore bien sûr si tu vis encore à Rangoon, mais je passerai au Strand à la première occasion.

Voilà, ma chère enfant, je crois que c'est tout pour aujourd'hui. Prends bien soin de toi là-bas.

Amitiés chaleureuses,

Simone

Bella lut la lettre deux fois puis s'adossa contre la chaise, pensant à Simone. C'était formidable. Elle ne s'était jamais figuré rencontrer un jour en Birmanie la vieille amie de Diana. C'était une occasion inespérée d'en apprendre davantage sur sa mère. Elle avait onze ans lorsque son père lui avait annoncé qu'ils ne reverraient plus jamais Diana. Tout ce dont se souvenait Bella, c'était qu'il pleuvait ce jour-là et qu'elle était depuis peu interne au collège pour filles de Cheltenham. Bien qu'elle eût pleuré un peu en apprenant la nouvelle du décès de sa mère, ses larmes lui avaient paru insincères, ses émotions embrouillées et difficiles à saisir. Après cela, on n'avait plus jamais reparlé de Diana à la maison. À présent, les sentiments qu'éprouvait Bella étaient encore plus déroutants. Même si elle comprenait que la perte d'Elvira avait forcément dû contribuer à rendre sa mère malade et négligente envers sa famille, la douleur que Bella avait ressentie enfant était toujours vive. La petite fille qui était en elle ne parvenait pas à pardonner, et cela l'attristait au plus profond d'elle-même. Elle ne pouvait s'empêcher de penser que sa mère aurait pu trouver une autre issue à la tragédie. Qu'elle aurait dû essayer. Quant à la venue de Simone, Bella ne savait pas le moins du monde si elle serait encore là pour l'accueillir.

Tandis qu'elle réfléchissait à tout cela, on frappa très doucement à la porte. Oubliant la mise en garde d'Oliver, elle alla ouvrir. La main sur la clé, elle s'immobilisa, se réprimandant intérieurement. *Quelle idiote ! Qui que ce soit, ils m'auront entendue me déplacer.* On frappa de nouveau, plus fort, cette fois. Elle ne fit pas un geste. Elle était paralysée par la peur. Elle attendit et, après quelques instants, une voix de femme se fit entendre de l'autre côté de la porte.

— Bella, je sais que vous êtes là.

Gloria!

Elle aurait reconnu cette voix entre mille. Devait-elle répondre? Devait-elle faire entrer son amie?

— Bella?

— Oui?

— Pour l'amour du ciel, laissez-moi entrer. Je me fais du souci pour vous.

Bella s'appuya le front contre la fraîcheur de la porte en tek, puis elle déverrouilla la porte, sans trop savoir si elle ne faisait pas là une bêtise. Gloria n'était-elle pas, après tout, la sœur d'Edward, individu qu'elle tenait de plus en plus pour suspect?

Gloria entra en paradant et se mit aussitôt à scruter le visage de la jeune femme, comme si elle était à la recherche d'indices.

— Que se passe-t-il, Bella?

Bella se méfiait. Elle rougit.

— Je ne vois pas à quoi vous faites allusion, se défendit-elle.

Gloria semblait réellement perplexe.

— À d'autres! Vous avez quitté votre emploi, vous logez dans l'appartement d'un homme contre lequel je vous ai déjà mise en garde parce qu'il est volage. C'est de la folie.

Elle se précipita sur la chaise laissée vacante par Bella.

— Vous avez du café, ma jolie? Je suis à bout de souffle.

Bella fit signe que oui et se félicita de pouvoir cacher son visage écarlate pendant qu'elle lui tournait le dos pour faire du café. Elle n'ignorait pas que les langues iraient bon train dès que le bruit courrait qu'elle logeait chez le journaliste américain, mais pourquoi diable Gloria s'en souciait-elle?

D'habitude, son amie se fichait comme d'une guigne de ce que pensaient les autres. Elle en était même fière.

— Voici votre café, annonça Bella avec un sourire forcé.

Gloria prit la tasse puis tira un coffret à cigarettes en argent de son sac et en offrit une à son amie.

— Comment saviez-vous que j'étais ici ? s'enquit cette dernière.

— Bah, vous savez, mon petit doigt… Était-ce censé être un secret ? J'ai dû insister pour qu'elle me le dise.

— Rebecca ?

Gloria plissa les yeux et esquissa un petit sourire de satisfaction. Puis, à mesure que son expression se faisait plus austère, Bella sentit l'inquiétude revenir. Certes, Gloria ne tenait pas Oliver en très haute estime, mais n'y avait-il pas autre chose ? Une chose que Gloria savait et que Bella aurait dû savoir ?

— Dites-moi pourquoi vous avez quitté votre emploi ? s'enquit Gloria avec un regard désapprobateur qui vira rapidement à l'incrédulité. Dieu du ciel, ne me dites pas que c'est lui qui vous l'a demandé ?

— Oliver ?

— Ma petite, je vous trouve bien laconique. Évidemment, Oliver. Nous sommes bien dans son appartement, non ?

— Il ne m'a pas demandé de ne quitter que le *Strand*. Il se peut que je rentre en Angleterre.

Gloria parue enchantée par la nouvelle.

— Mais pourquoi loger chez Oliver ? Vous savez que sa réputation le précède. Vous ne devriez pas tourner le dos à vos vrais amis.

— Quelle réputation ?

— De coureur de jupons, ma colombe. Je vous l'ai déjà dit. Il donne aussi dans l'illégalité. Nous en avons parlé, non ?

Bella acquiesça mais doutait de plus en plus de la noblesse des motifs qui avaient poussé Gloria à venir la trouver chez Oliver.

— On ne sait jamais vraiment pour qui il travaille.

— Ce n'est qu'un journaliste.

— C'est ce qu'il prétend, mais vous seriez malavisée de lui faire confiance. Sans compter qu'il est américain.

Bella soupira d'exaspération.

— En quoi cela est-il important ?

Gloria battit des paupières, et les coins de sa bouche s'abaissèrent presque imperceptiblement en une moue sévère, mais suffisamment visible pour trahir son préjugé. Malgré toutes ses poses rebelles, Gloria était conformiste jusqu'à la moelle.

— Songez aux conséquences que pourrait avoir le fait de fréquenter quelqu'un comme lui, insista Gloria.

— Quelles conséquences ?

— Il vous laissera tomber, pour commencer.

— Et ensuite ?

Gloria rejeta la tête en arrière et haussa les épaules, gestes qui semblaient signifier que les travers d'Oliver crevaient les yeux.

Bella émit un soupir.

— Je me débrouille très bien, Gloria. Et puis, sachez que j'ai découvert que ma mère n'était absolument pour rien dans la disparition d'Elvira.

Gloria posa rapidement les yeux sur sa tasse de café, l'air passablement nerveux.

— Comment le savez-vous ?

Bella hésita à répondre et opta finalement pour passer l'attentat à la bombe sous silence.

— C'est une longue histoire.

Gloria ne mordit pas à l'hameçon. Tenace et entêtée, elle insista :

— Mon enfant, ne restez pas ici. Vous savez comme les langues vont bon train une fois la rumeur lancée. Venez plutôt vous installer chez moi, au moins jusqu'à ce que vous retourniez en Angleterre. Vous y serez beaucoup plus à votre aise.

— Laissez-moi y réfléchir.

— Je préférerais que vous veniez avec moi maintenant.

— Comme je viens de vous le dire : je vais y réfléchir.

— Dans ce cas, je repasserai vous prendre plus tard dans la journée. À présent… (elle s'interrompit pour jeter un coup d'œil circulaire à la pièce) racontez-moi vos aventures à Mandalay.

Bella parla avec enthousiasme du voyage sur le fleuve et de l'excursion en montgolfière mais ne dit pas un mot de son séjour à Mandalay. Elle expliqua que les recherches au sujet du bébé européen n'avaient rien donné. Enfin, cela, ajouté aux troubles qui sévissaient à Rangoon, l'incitait à envisager son retour en Angleterre. Gloria approuva d'un hochement de tête et proposa de mettre Edward à contribution pour lui réserver une place sur le prochain bateau, puisqu'elle tenait tant à partir.

— Quelle que soit votre décision, ajouta-t-elle, Edward et moi-même ferons de notre mieux pour vous aider. Cependant, Bella, je ne saurais trop insister là-dessus : vous devez prendre vos distances avec Oliver. C'est un homme dangereux.

— Y a-t-il quelque chose sur son compte que vous ne m'avez pas dit ?

— Que vous faut-il de plus ?

Bella eut un mouvement de recul devant la suffisance que Gloria mettait à croire détenir la vérité. Puis elle s'empourpra de nouveau, mais d'agacement cette fois. Elle en avait assez entendu.

Gloria, s'avisant de son exaspération, secoua la tête et, dans une tentative de conciliation, leva les mains au ciel.

— Je ne cherche qu'à assurer votre sécurité.

Gloria n'avait pas pour habitude qu'on la contredise, mais Bella fit exception en prenant la défense d'Oliver, n'ayant pas besoin de raison pour se faire l'avocate de l'homme qu'elle aimait.

— Vous vous trompez sur le compte d'Oliver. C'est un homme honnête. Et il a toute ma confiance.

Les deux femmes se défièrent du regard, puis Gloria haussa un sourcil et soupira profondément, comme si elle avait affaire à un enfant qui refuse d'entendre raison.

— Eh bien, n'en parlons plus. Inutile de se disputer. Ma proposition reste valable. Ne tournez pas le dos à vos vrais amis.

Bella détourna le regard. Elle appréciait Gloria, l'admirait même. Elle l'avait toujours trouvée cocasse et prête à lui venir en aide, mais en l'occurrence son amie ne lui inspira que crispation et rage contenue.

Tandis que Gloria tirait une autre cigarette de son boîtier, Bella, fouillant dans ses souvenirs et remontant jusqu'à leur toute première rencontre sur le bateau, en profita pour se remémorer la trajectoire de leurs relations. Au début, elle avait alors été flattée par l'intérêt que lui portait Gloria, mais à présent la défiance prédominait. Leur amitié avait-elle été aussi désintéressée qu'il y paraissait ? Ou bien Gloria l'avait-elle entretenue à partir du moment où elle avait découvert que Bella s'appelait Hatton ?

Furieuse que Gloria ait insisté à plusieurs reprises pour lui faire admettre qu'Oliver était prétendument indigne de confiance, Bella secoua la tête de rage. Elle savait que la confiance qu'elle avait en lui ne résultait pas de quelque erreur de jugement de sa part, ainsi que Gloria l'avait laissé entendre. Aussi n'avait-elle pas l'intention de se laisser persuader du contraire. Gloria n'avait aucun droit de venir parader chez Oliver pour exiger littéralement d'elle qu'elle quitte l'appartement.

— Je pense que vous feriez mieux de vous en aller, suggéra enfin Bella, réussissant à dissimuler la brisure dans sa voix et consciente que quelque chose s'était rompu entre elles.

À dire vrai, Bella ne savait plus exactement qui était Edward et à quel jeu il jouait, et les mêmes doutes s'appliquaient à Gloria.

Chapitre 47

Diana

Minster Lovell, 1928

Cela fait six ans maintenant que je vis à Minster Lovell. Pendant la première année, Simone a habité avec moi presque en permanence, mais ensuite, à mesure que je reprenais des forces, elle rentrait chez elle et ne restait sous ce toit que de temps en temps. Ces deux dernières années, j'ai vécu seule. Je sors. Je salue mes voisins. Tous les jours, si le temps le permet, je quitte ma petite maison, la dernière du village, puis je fais quelques pas en montant avant de tourner tout de suite à droite et de redescendre par Church Lane. Le vieux presbytère, presque tout en bas de la pente, est la résidence du docteur. Si je l'aperçois tandis qu'il taille ses rosiers ou qu'il coupe ses roses fanées – il a une magnifique roseraie –, nous nous sourions d'un air entendu puis échangeons quelques mots agréables, exactement comme si je ne lui avais jamais rien raconté sur moi. Le sentier aboutit à Manor Farm, c'est pourquoi, parvenue là, je tourne à droite et traverse le terrain qui entoure l'église Saint Kenelm, qui est en pierre des Cotswolds. J'ai plaisir à lire les noms sur les pierres tombales et à imaginer la vie de ceux qui m'ont précédée. La première fois que j'ai remarqué qu'un grand nombre de familles avaient été frappées, comme je l'ai été, par la perte d'un jeune enfant, cela ne m'a pas rendue triste. Au contraire, je me suis sentie proche de ces gens. Cela rend cet endroit cher à mon cœur et m'y enracine. Je n'avais jamais ressenti cela avec une telle force auparavant. Passé l'église, je me faufile généralement entre les ruines si évocatrices de Minster Hall, puis je rejoins le chemin qui suit le cours de la Windrush. Là, je me promène parmi les fleurs éphémères, et l'atmosphère résonne du chant des oiseaux, des canards sauvages et des foulques.

Je me demande souvent comment nous savons lorsque nous sommes heureux. Est-ce l'absence de soucis ou de tristesse ? Ou, en ce qui me concerne, est-ce parce que j'ai imposé, chose merveilleuse et douce, un rythme à ma vie ? La bonne pulsation. Celle qui, enfin, me permet de vivre avec sérénité et me rend capable d'apprécier la rafraîchissante simplicité des choses. Pourtant, pour nous tous, le bonheur reste chose précaire. Il faudrait être idiote pour ne pas l'admettre.

Quelque chose en moi s'était cassé. Peut-être l'est-il encore. Mais désormais, je sais que je peux vivre avec. Auparavant je ne le pouvais pas.

Je ne vis plus dans un monde peuplé de fantômes, hormis ceux des anciens habitants de Minster Hall, mais ceux-ci ne sont pas exclusivement les miens. Et même si parfois je fais un grand effort pour l'entendre, la voix reste extraordinairement muette. Au cas où elle se manifesterait à nouveau, mon très novateur docteur Stokes m'a appris à lui donner la réplique. « Ne craignez rien », m'a-t-il dit. Il m'a assuré que c'est moi, qui contrôle la voix, et non l'inverse. Ce n'est pas toujours facile. Parfois, lorsque je suis seule dans l'épaisseur de la nuit noire et qu'il me semble sentir la présence du luxuriant feuillage et des branches des arbres de Rangoon qui cherchent à m'empoigner, j'échoue. Alors le passé continue d'exercer son emprise sur moi, mais dès que l'aube me cueille enfin, éclairant progressivement chaque recoin, je retrouve mon chemin. Surmonter la difficulté fait tout simplement partie de ma vie, m'assure le docteur. Pendant mes cinq premières années ici, je l'ai vu deux fois par semaine, et à maintes et maintes reprises, j'ai clamé que tout cela n'était qu'une perte de temps et d'argent. À présent, je ne le vois qu'une seule fois par mois. Il m'a sauvé la vie, et je ne pourrai jamais lui revaloir sa gentillesse et son dévouement. Lui, en plus de ma très chère Simone, s'est révélé mon plus grand ami.

Et maintenant, un seul regret demeure.

J'ai nourri pendant toutes ces années des sentiments de culpabilité et de défaite au sujet d'Annabella, et il est temps d'y remédier. Je désire tant la revoir et j'aimerais tant trouver un moyen de me faire pardonner de l'avoir négligée dans le passé, si toutefois Douglas me le permet.

Par conséquent, la semaine prochaine, ce n'est pas sans appréhension que je retournerai à Cheltenham.

Chapitre 48

Tout en faisant les cent pas dans la pièce, Bella, accablée de chaleur, cherchait l'interrupteur pour faire fonctionner le ventilateur du plafond. Elle le trouva et l'actionna, mais l'appareil brassa de l'air chaud, ce qui ne servit à rien. Elle avait hâte de revoir Oliver, car elle espérait que leur attachement dissiperait la réserve instillée dans son esprit par Gloria. Bien que sa confiance en lui fût profonde, un doute infime s'était insinué dans son cœur au moment même où elle le défendait. Et s'il y avait la moindre chance pour que Gloria ait raison ? Mais non, c'était impossible. Elle s'était tout simplement laissé effrayer et, gagnée par l'inquiétude, ne savait plus quoi penser.

Lorsqu'il reparut enfin, sa mallette à la main, son regard semblait indéchiffrable, et Bella se sentie déstabilisée. *J'ai peur de t'aimer*, pensa-t-elle, et elle baissa aussitôt la tête afin qu'il ne vît pas ses yeux.

— Quelque chose ne va pas ? s'enquit-il.

— Gloria est venue.

— Mais, je…

— Elle a dit que je ne devrais pas te faire confiance, l'interrompit-elle.

Un voile d'irritation assombrit son visage.

— Pourquoi l'as-tu laissée entrer ?

Ils se regardèrent dans les yeux.

— Bella, ce n'est pas de moi, que tu dois te méfier, ajouta-t-il.

— Je sais. Mais de qui ?

Il haussa les épaules.

— Je l'ignore encore, mais regarde, j'ai trouvé quelque chose.

De sa mallette il sortit un lambeau de journal jauni qui, au vu de ses bords noircis, semblait avoir échappé au feu.

— Je l'ai trouvé par hasard en cherchant à faire des recoupements au sujet de Golden Valley. Ce n'est qu'un tout petit fragment d'un article plus long, mais la date est toujours visible. Cela nous ramène huit ans en arrière, à seulement quelques semaines de mon arrivée en Birmanie. Il semblerait qu'au cours des travaux de rénovation entrepris dans une propriété de Golden Valley, le squelette d'un bébé ait été retrouvé tandis qu'on creusait le terrain attenant en vue de la construction d'un pavillon d'été.

Bella blêmit.

— La maison de mes parents ? Est-ce la raison pour laquelle ma mère elle-même avait creusé ?

Que savait sa mère ? se demanda-t-elle. Et si Diana n'avait pas enterré le bébé, qui l'avait fait ? Perdue dans ses pensées, elle n'entendit pas ce qu'Oliver lui disait.

— Tu as entendu ?

Elle fit « non » de la tête, le moral au plus bas.

— Je disais que l'article ne précise pas le nom des propriétaires, Bella. Mais c'était au numéro 21. Ce n'était donc pas celle de tes parents.

— Mais tout près. Cela doit certainement être la preuve que ma sœur a été enterrée là.

Il hocha la tête.

— Possible. Comme je te l'avais dit, je suis allé consulter les archives d'un autre journal, dont le rédacteur en chef est un ami. Et j'ai trouvé ce reste d'article glissé entre deux autres portant sur la question des constructions et de l'urbanisation de Golden Valley. Le squelette n'y est pas mentionné. Je suppose que la censure est passée par là. Je n'ai rien trouvé d'autre.

— Penses-tu qu'ils en aient informé mon père ?

— Pas sûr. L'affaire était classée depuis des années. Personne n'a suivi le dossier, bien que quelqu'un ait manifestement détruit le reste de l'article dont est issu ce reliquat…

Il se tut puis ajouta :

— Cela doit mener quelque part. En tout cas, je ferai mon possible pour découvrir de quel jardin il s'agit.

— À quoi bon ?

— Si c'étaient les restes d'Elvira, ne voudrais-tu pas savoir qui est responsable ?

Une heure plus tard, ils arrivèrent au cadastre où ils purent enfin retrouver trace de la famille qui avait habité au numéro 21 à l'époque des faits. Lorsqu'ils apprirent qu'il s'agissait de George de Clemente, préfet du district de Rangoon, époux de Marie de Clemente, tous deux parents d'une petite fille encore bébé, Oliver se mit à siffloter.

— Edward a-t-il déjà fait allusion à quoi que ce soit en ta présence qui était en lien avec le numéro 21 ?

— Non. Il a dit qu'il aimerait acheter ma maison.

— Voilà qui est intéressant, répliqua Oliver en haussa les sourcils.

— Ce George est forcément un parent d'Edward et Gloria. De Clemente n'est pas un nom courant, fit remarquer Bella.

— Je chercherai le nom de l'héritier ou de l'acheteur de la maison.

Oliver poursuivit sa lecture pendant quelques minutes encore. Bella ne comprenait pas pourquoi personne ne lui avait dit qu'un squelette avait été retrouvé dans le jardin du numéro 21. Lui avait-on volontairement caché la macabre découverte ? Ou bien s'agissait-il d'un autre sombre secret de famille sans aucun lien avec Elvira ? Comme une grossesse non désirée…

— Nous y voilà ! Il semblerait que la maison ait été transmise à leur neveu Edward de Clemente. Tu as ta réponse.

— Gloria a une maison à Golden Valley. Je n'y suis jamais allée, mais peut-être qu'elle y vit. Et si c'est la même maison, pourquoi ne m'a-t-elle jamais parlé du squelette qu'on y a découvert ?

— C'est exactement la question que je me pose. Bizarre, non ?

— En effet. À ton avis, en quoi Edward est-il mêlé à cette affaire ?

Oliver fit une grimace.

— Je ne sais pas. Peut-être en rien. Quoi qu'il en soit, je sais de longue date qu'Edward ne se contente pas de travailler comme conseiller du préfet de district.

— Pour qui d'autre travaille-t-il ?

— Pour les services de renseignement.

Bella fut atterrée.

— Tu ne penses tout de même pas qu'il se cache derrière l'attentat de Mandalay ?

— Mieux vaut ne pas conclure trop hâtivement. Il nous faudrait des preuves irréfutables pour l'affirmer.

— En résumé, que savons-nous de ce George de Clemente ?

Oliver fronça les sourcils et réfléchit.

— Eh bien, d'après ces documents, il avait une fille. Évidemment, lui et sa femme ont pu avoir un autre bébé. Peut-être des jumelles, dont l'une est décédée ?

— Mais pourquoi l'enterrer dans le jardin ?

— Un bébé mort-né ?

— Cela n'expliquerait pas tout. Pourquoi ne pas l'avoir inhumée au cimetière ? C'est forcément Elvira !

— Ils ont pu avoir d'autres raisons. C'était peut-être l'enfant naturel d'une domestique ?

Bella baissa la tête avec résignation.

— D'abord, établissons les faits concernant ce George, suggéra Oliver. Trouvons où il vit maintenant.

Du cadastre ils passèrent aux archives de la fonction publique afin de vérifier s'ils trouvaient des indices dans les quelques dossiers accessibles au public. Certes, l'essentiel serait classé confidentiel, mais il valait la peine d'essayer. Au bout d'une demi-heure, leurs efforts furent récompensés lorsqu'ils tombèrent sur une note complémentaire au paragraphe consacré à George de Clemente. Cette note donnait les détails du transfert de sa famille à Kalaw en 1911.

— C'est l'année de la disparition d'Elvira, rappela Bella.

— Je connais un gars qui a travaillé au ministère de la Santé à Kalaw pendant des années. Il pourrait nous en apprendre davantage.

Un petit ministère des Postes et Télégraphes avait été fondé en 1884. En tant que journaliste, Oliver avait très tôt bénéficié, par l'entremise de son journal, d'une ligne téléphonique. Pendant qu'il passait quelques appels, Bella l'observa, se mordant l'intérieur de la joue et s'interrogeant au sujet de la famille de Clemente. Quel lien y avait-il entre eux et sa pauvre sœur disparue ? Bella était épuisée par le tourbillon de questions qui tournait dans sa tête, mais c'était également un parfait stimulant. Elle avait soif de découvrir enfin la vérité après toutes ces années et de savoir pourquoi tant de renseignements avaient été perdus ou dissimulés.

Lorsque Oliver en eut terminé avec le téléphone, il lui apprit que les de Clemente avaient quitté la Birmanie pour aller s'installer en Amérique, mais qu'avant cela, ils avaient employé une nourrice chinoise qui, après le départ de la famille, était retournée à Rangoon où elle avait repris un petit kiosque à journaux.

— Ils ne sont vraiment pas restés longtemps à Kalaw, fit remarquer Oliver.

— C'est bizarre.

— En effet. Pourquoi aller à Kalaw s'ils avaient décidé de quitter le pays ?

— À moins qu'ils n'y soient allés en vacances. C'est une station de montagne, n'est-ce pas ? Un peu comme Maymo.

Oliver acquiesça.

— Je crois que nous allons devoir retourner au secrétariat. Je connais le fonctionnaire du registre du commerce. Si nous parvenions à retrouver la nounou, elle pourrait peut-être nous apprendre quelque chose au sujet du bébé enterré dans le jardin du numéro 21.

— Parce qu'il est bien connu que les nourrices savent tout ! s'esclaffa Bella.

— Et si elle a une patente pour son kiosque, nous la retrouverons.

— Elles savent tout, et toi, tu connais tout le monde.

Il fit une parodie de révérence.

— Pour vous servir, madame. Les Britanniques gardent jalousement leurs secrets, alors je suis obligé de dénicher des renseignements par tous les moyens à ma disposition.

Elle lui sourit avec reconnaissance.

— Eh bien, vous m'en voyez drôlement contente.

— Tu parles comme une Anglaise ! fit-il remarquer en lui rendant son sourire. Mais je ne voudrais pas te donner de fausses espérances. Il est fort possible que la nounou ait changé de ville, voire qu'elle soit retournée vivre en Chine.

À l'approche du secrétariat, Oliver lui signala un petit salon de thé avec des chaises et des tables à l'ombre sous un large auvent.

— Mieux vaut que tu m'attendes ici.

— Non, je viens avec toi.

— Ma chérie, je connais mon homme. C'est le genre vieille école. Il ne voudra pas avoir affaire à une femme. Si tu viens, cela ne fera que le rendre soupçonneux. Si j'y vais seul, il pensera simplement que j'enquête pour un article.

— À propos d'article, tu ne devrais pas être en train de travailler ?

— Congé exceptionnel. Bon, je n'en ai pas pour longtemps, mais fais bien attention. Ceux qui ont posé la bombe sont tout à fait capables de te reconnaître.

— Oh, mon Dieu !

— Ce ne serait pas nécessairement une mauvaise chose. Cela pourrait les faire sortir du bois. De toute façon, il y a trop de monde ici pour qu'ils tentent quoi que ce soit. Si tu détectes le moindre signe d'entourloupe, entre dans le café et demande l'aide du propriétaire. C'est un ami.

Oliver partit, et Bella traversa la rue pour aller s'installer à une table non loin d'un groupe de femmes, puis elle commanda du thé. C'était une chaude journée qui promettait de fortes pluies, si bien qu'elle se sentit faiblir sous la lourdeur humide. Au loin, la rumeur des rues encombrées de Rangoon vrombissait sans relâche. Nerveuse, elle suivit du regard les passants qui s'agitaient devant l'imposant secrétariat. Certains, qui n'étaient pas britanniques, attendaient avec impatience d'être introduits, tandis que des hommes affairés imbus de leur personne entraient et sortaient à leur gré par l'accès principal. Elle pria pour qu'Oliver revienne vite. De quelle diligence il avait fait preuve, ne laissant rien au hasard et se révélant en tout point le journaliste d'investigation qu'il était !

Plus Bella s'approchait de la vérité, plus le passé lui semblait concret. Quel accablement ç'avait dû être pour sa mère de se voir accusée alors qu'elle était écrasée par le chagrin. Cela faisait trop longtemps qu'elle s'érigeait en juge de Diana. Elle se rassura en se disant qu'elle n'avait été qu'une enfant et qu'elle ne pouvait pas savoir. Mais cela ne l'aida guère.

— Je te demande pardon, maman, implora-t-elle en murmurant.

Mais il était bien trop tard.

Une voix retentit qui interrompit le fil de ses pensées et, aveuglée par la lumière, elle leva les yeux et vit qu'Edward s'avançait vers sa table. Un frisson lui parcourut le dos et elle fit un effort pour se reprendre. Il paraissait mal à l'aise, son visage plus rouge que d'ordinaire, comme s'il avait pris un coup de chaud.

— Bella ! salua-t-il.

Elle déglutit à grand-peine car elle avait la gorge nouée et lui indiqua une chaise libre d'un geste bref de la main.

Il ne s'assit pas et la considéra d'un air renfrogné.

— J'apprends que vous menez une enquête. Vous devez faire plus attention à qui vous vous adressez et à qui parle en votre nom. Si vous vouliez savoir quoi que ce soit, il vous suffisait de me le demander.

— Je…

— Venez, ma chère. J'aimerais vous emmener quelque part.

Il s'exprimait d'un ton impérieux, mais elle fit néanmoins signe qu'elle ne le suivrait pas. Enfonçant d'un coup l'ongle de son pouce dans la paume de son autre main, elle recouvra enfin l'usage de la parole.

— Désolée, Edward, je suis vraiment ravie de vous voir, mais j'attends Oliver.

— Je croyais que nous étions amis, vous et moi.

Il pencha la tête de côté et sourit pour la forme. C'est alors que Bella s'avisa des poches qu'il avait sous les yeux.

— Vous avez l'air fatigué, fit-elle remarquer.

— C'est à cause de la chaleur.

Elle hocha la tête, bien que son visage maussade lui contât une autre histoire. Puis elle s'essuya le front avec l'intérieur de la main et pria une nouvelle fois pour qu'Oliver revienne le plus vite possible.

— Il fait si chaud, n'est-ce pas ? Mais comme je vous le disais…

— Je vous le demande entre vous et moi, Bella. Je ne voudrais pas être obligé de vous forcer, mais j'ai vraiment besoin que vous me suiviez. Pour votre propre bien, vous comprenez ?

Il avait changé de ton, se faisant plus enjôleur.

— Non, Edward, je ne comprends pas. De quoi s'agit-il ? demanda-t-elle en s'efforçant de conserver un ton aussi anodin et propice à la conversation que possible, malgré sa peur tenace.

— Une voiture nous attend, répliqua-t-il sans répondre à la question. Je ne peux rien vous expliquer ici. C'est une petite affaire qui ne prendra vraiment pas longtemps. Vous serez revenue d'ici quelques minutes. Nous aimerions seulement vous poser certaines questions. Il ne vous arrivera rien et vous serez de retour en un clin d'œil.

— Qui est ce « nous » ?

— Mon ministère, qui d'autre ?

Bella soupira. La chaleur était de plus en plus accablante, au point d'en devenir insupportable.

Pendant qu'Edward sortait son mouchoir pour s'éponger le front, Bella jeta un coup d'œil sur sa gauche et aperçut

Oliver qui arrivait au loin. Restait à espérer qu'Edward n'avait pas prêté attention à son soupir de soulagement. Elle ne bougea pas de sa chaise et joua la montre, disant qu'elle avait hâte de voir la mousson. Intérieurement, elle tremblait comme une feuille. Rien au monde ne l'obligerait à suivre Edward.

— Comment va Gloria ? s'enquit-elle ensuite.

— Gloria va bien. Très bien, même. Merci de poser la question. Bref, on y va ? Je vous ramène dans une minute. Mais que vous êtes adorable !

Quelle condescendance ! pensa Bella. *Mais il est vrai qu'il semble sous pression.*

Oliver n'était plus qu'à quelques mètres lorsque Edward, qui avait dû l'entendre approcher, pivota brusquement pour voir qui venait.

Bella accrocha le regard d'Oliver puis se dressa sur ses jambes et prit son sac afin de laisser croire à Edward, malgré ses jambes chancelantes, qu'elle s'apprêtait à lui obéir. Elle s'appuya d'une main à la table pour garder l'équilibre et pria encore une fois dans l'espoir de pouvoir mener à bien sa petite mise en scène.

— Edward veut que je le suive. Il dit que cela ne prendra pas longtemps. Alors, je m'absente juste…

— Est-ce sur mandat de la police ? s'enquit Oliver en s'adressant à Edward et interrompant Bella. Est-elle en état d'arrestation ?

Edward n'eut d'autre choix que de dire la vérité.

— Bien sûr que non. Pourquoi le serait-elle ? J'essaie simplement de veiller au grain pour elle.

— Dans ce cas, à moins que vous ne vouliez effectivement la faire arrêter, elle reste avec moi. Je peux veiller au grain moi-même. N'est-ce pas, Bella ?

Bella acquiesça.

Edward se tourna vers la jeune femme et lui jeta un regard à la fois sévère et plein de regret.

— Je ne peux pas vous obliger à mieux choisir vos amis, mais soyez assurée que vous commettez une grave erreur. Dommage que vous ne vouliez rien entendre.

Chapitre 49

Diana

Cheltenham, 1928

Cheltenham n'a pas changé. Je retrouve les mêmes bâtiments d'un style chic régence que j'ai toujours affectionnés, les mêmes rues bordées d'arbres, les mêmes parcs immenses… C'est moi, qui ai changé. Tandis que Simone se gare non loin de mon ancienne maison, je me tourne vers elle.

— Merci. Je vais me débrouiller maintenant.

Elle me prend la main et la serre très fort.

— Je vais aller faire un tour d'une demi-heure au parc puis j'attendrai dans la voiture.

Je descends de voiture, referme la portière et m'avance à pas lents vers la maison avec une confiance en moi-même que je ne me suis découverte que récemment. Je laisse passer quelques secondes afin de me laisser le temps d'intégrer le fait que je suis de retour. Puis, soudain, je me souviens de la soirée au cours de laquelle Douglas et moi nous sommes rencontrés pour la première fois. J'avais dix-huit ans. C'était au cœur de l'été, par une de ces soirées rendues idéales par leur tiédeur. Le genre qui vous laisse le cœur empli du parfum du chèvrefeuille et des roses épanouies et vous fait regretter que la nuit ne dure pas toujours. Mon père donnait une réception. Il avait convié des amis et des voisins, ainsi que mes parents en avaient l'habitude chaque année du vivant de ma mère.

J'ai repéré Douglas avant même qu'il ne me remarque et, allez savoir pourquoi, je n'avais d'yeux que pour lui. Il était grand et avait l'air d'un universitaire. Ce n'était assurément pas le type d'homme qui fait s'émouvoir une jeune fille. Cependant, lorsque je me suis assise sur un banc au fond du jardin, à l'abri des convives, il s'est approché et m'a demandé s'il pouvait se joindre à moi. Il avait un sourire sincère et j'ai trouvé que sa voix avait quelque chose qui en imposait quand il s'est présenté et m'a demandé comment je m'appelais. Mon cœur palpitait mais je suis tout de même parvenue à lui répondre et à lui rendre son sourire. La réception n'a bientôt plus été qu'un bruit de fond. Seuls au monde, nous sommes restés longtemps assis à parler et à rire. Enfin, il m'a demandé s'il pouvait passer me voir le lendemain. Je me suis endormie heureuse et consciente qu'un événement extraordinaire allait se produire. Quoi qu'il en soit, notre enthousiasme était tel ce premier soir qu'il s'est rapidement mué en amour et j'ai su que je voulais passer le reste de ma vie avec cet homme dont le regard papillonnant augurait, malgré ses lunettes qui lui donnaient un air sérieux, d'une passion enfouie.

Les rires qui retentissent dans le parc me ramènent au présent. Je frappe. Après une attente qui me semble interminable, j'entends des bruits de pas et Mrs Wilkes ouvre la porte. Haussant les sourcils, elle marmonne une formule de bienvenue qui ne fait guère illusion et m'invite à entrer. Son attitude m'incite à me demander si Douglas l'a prévenue de mon arrivée. Puis elle me fait signe d'attendre dans le salon réservé aux grandes occasions. Mon anxiété est plus forte à présent que je suis à l'intérieur de la maison, mais je ne peux me permettre de flancher, c'est pourquoi je ne m'assieds pas mais me dirige directement vers la fenêtre. J'avais oublié comme la vue est différente depuis le salon. Elle est moins étendue que depuis l'étage où j'avais autrefois mon ouverture sur le monde.

Douglas entre enfin. Je remarque qu'il ne sourit pas et il me semble qu'il a pris un coup de vieux.

— Ne veux-tu pas t'asseoir, Diana ? Mrs Wilkes va nous apporter du thé dans un instant. Alors…, commence-t-il avant de s'interrompre pour esquisser une ébauche de sourire, comment va ta santé ?

Je lui rends son sourire.

— Comme je te le disais dans ma lettre, je vais grandement mieux et j'ai hâte de voir Annabella. Le docteur Stokes est un génie.

Il acquiesce.

— J'en suis extrêmement ravi.

— Et comment va notre fille ? m'enquiers-je gaiement.

— Elle va bien. Mais c'est un peu délicat, Diana. Tu te souviens de notre accord ?

Il s'est exprimé avec une nette lenteur, et je me demande ce que cela signifie.

— Bien sûr. J'étais censée rester à l'écart, réponds-je, toujours enjouée.

— Exactement.

Tout sourires, je garde un ton anodin :

— Mais je vais mieux désormais et cela change tout.

Il me regarde en fronçant les sourcils et paraît mal à l'aise.

— Non, Diana, je suis désolé, mais cela ne change rien.

Je cligne rapidement des yeux et m'efforce de faire comme si je n'avais pas saisi le sens de cette entrée en matière qui n'augure pas de retrouvailles heureuses. Assurément, il ne peut pas penser cela ! J'attends, mais il ne dit plus rien ;

alors je me penche en avant pour l'encourager à parler. Finalement, c'est moi, qui reprends la parole :

—Ne fais pas l'idiot, Douglas. Je ne suis plus la même à présent et il va sans dire que j'ai le droit de voir ma petite.

Je lance des regards fiévreux de droite et de gauche.

—Est-elle ici ? Je t'ai dit dans ma lettre que je voulais la voir aujourd'hui.

—Elle est interne au collège pour jeunes filles de Cheltenham ; donc non, elle n'est pas ici.

—Mais, Douglas…

Il m'interrompt d'un geste de la main, et je devine chez lui une indécision qu'il s'efforce de dissimuler.

—Il est vraiment tout à fait impossible de te laisser voir Annabella.

Ses paroles me font l'effet d'un coup de poing dans l'estomac.

—Pourquoi ?

Il incline la tête de côté comme pour mieux scruter mon visage, puis il choisit minutieusement ses mots, qu'il prend soin de bien articuler.

—Laisse-moi terminer. Si tu te souviens, nous étions convenus qu'au bout d'un certain temps, je lui dirais que tu étais décédée.

—Ne me parle pas comme si j'étais stupide.

—Diana, elle te croit morte. Je le lui ai dit voilà quatre ans. Elle s'est habituée à cet état de fait, l'a surmonté.

Il s'exprime de façon ferme, résolue, avec raideur, à présent, ce qui ressemble davantage à ce qu'il est devenu dans les dernières années de notre mariage.

Mon cœur s'emballe, en proie au plus horrible effroi. *Mon Dieu, il ne peut pas penser ce qu'il dit ! C'est impossible.* Je chancèle face à ces propos atroces, mais je ne me laisserai pas intimider.

— Pour l'amour du ciel, j'étais malade lorsque j'ai donné mon accord.

— Je suis navré, ma chère, elle s'épanouit à présent, et je pense que si tu revenais soudain d'entre les morts, cela ne ferait qu'anéantir tous les progrès accomplis. Ce serait trop déstabilisant pour elle après toutes ces années.

Il a la voix cassante. Mais j'entends lui tenir tête, et tout de suite. Je serre les poings et réplique :

— Mais, Douglas, c'est démentiel ! Je suis sa mère. Nous trouverons quelque chose à lui dire. Que tu as été victime d'une erreur en lui annonçant ma mort. Qu'on t'avait mal renseigné ou quelque chose de ce genre. Il y a forcément un moyen.

Il secoue la tête et parle à voix basse comme s'il voulait, ce faisant, désamorcer ma colère :

— Je dois vraiment insister pour que nous nous en tenions à la lettre à notre accord.

Tandis que Mrs Wilkes apporte le thé sur un plateau, ses paroles font mouche. Je sens que je perds pied. Afin de l'éviter, je me dresse sur mes jambes et fais quelques pas qui me ramènent à la fenêtre. Je respire lentement. Au bout d'un moment, je jette un coup d'œil en arrière. Mrs Wilkes nous sert le thé, puis elle quitte la pièce.

— Un biscuit ? lance-t-il en me tendant une assiette. Allons, reviens t'asseoir. Mrs Wilkes a suivi sa recette préférée.

— Je me contrefiche de ses maudits biscuits ! m'exclamé-je de colère sans bouger de ma place. Je veux voir Annabella !

Il repose l'assiette, se lève et s'avance vers moi, mais je lui tourne aussitôt le dos.

— Tu dois comprendre, Annabella a quinze ans maintenant et elle est très équilibrée. Je ne peux permettre qu'on bouleverse sa vie. Tu comprends assurément cela ?

Je fais volte-face.

— Non, je ne comprends pas. Tu ne peux pas l'empêcher de voir sa mère. Je ne bougerai pas d'ici, et si tu me mets dehors par la force, je plaiderai ma cause devant les tribunaux.

— Tu n'as pas les idées claires.

Ses paroles déclenchent mon hilarité.

— C'est mot pour mot ce que tu disais quand j'étais en désaccord avec toi. Absolument chaque fois. Tu n'as pas changé, mais moi, si. Et pour la première fois depuis des années, j'ai les idées parfaitement claires. C'est toi, qui fais une erreur de jugement.

Il secoue la tête dans un geste de dénégation, et j'observe que son intransigeance ne fait que croître. Quelle tête de mule ! J'avais presque oublié.

— Tu es absente depuis six ans. Tu perdrais ton procès et, de toute façon, pense aux conséquences que cela aurait sur Annabella.

Je le fusille du regard et élève la voix, même si je sais depuis longtemps que lui crier après ne fait qu'aggraver les choses.

— Je ne me laisserai pas intimider. Si tu refuses de me laisser la voir, je lui écrirai à son école ! Tu ne pourras pas m'en empêcher.

Il se retient de rire.

— Franchement, Diana, mets-toi à sa place. Sans compter que je peux facilement faire en sorte que l'école intercepte son courrier si c'est dans son intérêt. Et ça l'est. Il faut que tu le comprennes.

— Non, je ne le comprends pas. C'est ma fille, Douglas. J'ai déjà perdu une enfant.

— Nous sommes deux à avoir perdu Elvira, rappelle-t-il, d'un ton plus calme ; mais je refuse de revenir là-dessus.

— Comment as-tu pu me faire accepter de ne plus jamais revoir ma fille quand j'étais si malade ? C'était cruel.

Son débit augmente à présent, devient plus agité. Il est en colère, ce qu'il déteste.

— Écoute-moi. Je ne l'ai pas fait par cruauté. Il m'a semblé que c'était la meilleure solution, et c'est toujours ce que je pense. Tu imagines son désarroi lorsqu'elle apprendra que feu sa mère n'est finalement pas morte ? Il lui a fallu si longtemps pour trouver son équilibre actuel.

Mes yeux commencent à me brûler, mais je me raidis. Je refuse absolument de pleurer devant lui.

— Et c'est ton dernier mot ?

Il hoche la tête.

— Je suis ravi que tu te sentes beaucoup mieux, crois-moi, mais je crains qu'il ne faille en rester là, du moins tant qu'elle n'est qu'une enfant. Je suis navré, Diana.

Je perçois la tension qui est la sienne tandis qu'il continue à faire comme il a toujours fait, mais les paroles que je voudrais dire meurent au bord de mes lèvres. Je réfléchis longuement et pèse bien mes mots avant de parler, car je n'ai pas oublié ce que j'ai pu ressentir pendant les dernières années que j'ai passées sous ce toit, prise au piège et devenant folle, toute seule dans ma chambre. Comme cela a été perturbant pour notre fille ! Dans quel affreux pétrin nous étions tous ! En fin de compte, je parviens à la conclusion que Douglas a peut-être raison. Cela me fait si mal que j'ai l'impression d'avoir à la place du cœur une dalle de pierre qui me broie et m'étouffe. Je me mords l'intérieur de la joue avec le faible espoir que cette douleur moins grande fera un peu contrepoids au chagrin écrasant qui s'annonce. J'ignore comment je ferai pour le supporter, mais je refuse d'affliger davantage ma fille. Elle a déjà assez souffert, comme nous tous, et si effroyable que cela puisse paraître, il va me falloir renoncer à mon rôle de mère.

— Diana ? lance-t-il.

— Eh bien non, je ne suis plus celle que j'étais.

Voilà finalement tout ce que je parviens à dire. Je suis bien loin d'exprimer le fond de ma pensée, mais c'est la vérité. J'ai envie de lui dire que nous changeons tous. Que nous ne sommes plus celui ou celle que nous étions ne serait-ce que la veille. Assurément, je ne suis plus la même et je m'en réjouis, mais cela échappe à Douglas. Il veut que tout reste pareil.

Plutôt que de le lui dire, je hoche la tête, au bord des larmes.

— J'accepte ta décision… pour l'instant. Mais il y a encore une chose que je veux savoir.

Il pose une main sur mon bras, et ce contact physique fait resurgir une foule de souvenirs.

— Douglas, pourquoi as-tu eu une liaison pendant que j'étais enceinte d'Elvira ? Je n'ai jamais compris. Nous nous aimions, non ?

Il a soudain l'air honteux, comme si je l'avais pris sur le fait. Le visage blême, il serre les dents sous l'effet de la surprise. Il me répond en tremblant :

— Tu… tu attendais notre enfant. Je ne voulais pas… enfin, tu sais.

— Tu ne voulais pas me faire l'amour ? C'est ce que tu veux dire ?

— Je ne voulais pas te faire mal… ni au bébé.

— Et pourtant, tu m'as fait bien plus mal. Tu aurais dû me parler de tes craintes. Tu ne me disais jamais ce que tu ressentais.

— Je n'ai pas su comment m'y prendre, murmure-t-il.

Mais je n'en ai pas terminé.

— J'ai toujours cru que c'était ma faute. Que j'avais fait quelque chose de mal. J'ai enduré ce fardeau pendant des années.

Il ne répond pas mais devient de plus en plus désemparé et s'escrime à éviter mon regard.

— Mais je n'y étais pour rien, n'est-ce pas ?

Il fait signe que non puis me regarde avec une telle angoisse dans les yeux…

— Je suis désolé. Cela n'aurait pas dû arriver. Jamais de la vie. J'ai été assez orgueilleux pour croire que si je… que si je trouvais mon plaisir ailleurs, ce serait mieux pour toi.

— Et tu m'as brisé le cœur. Pourquoi penses-tu que j'ai sombré ?

Un bref silence s'ensuit durant lequel je le regarde se débattre avec sa conscience.

— Et tu continues de m'en vouloir d'avoir été malade, poursuis-je, avant de me taire, muette de chagrin.

Lorsqu'il me répond, c'est d'une voix douce :

— Ce n'était pas de la rancœur que je ressentais, Diana, mais de la pitié. C'est de la pitié que je ressentais, et que je ressens toujours.

— De la « pitié » ?

— Et un vide permanent.

Je réfléchis.

— Nous y avons perdu tous deux, n'est-ce pas ?

Il acquiesce faiblement. Devant l'immense tristesse que j'aperçois dans ses yeux, ma colère se dissipe quelque peu.

— Me tiens-tu responsable pour Elvira ? Penses-tu toujours que je suis mêlée à sa disparition ?

Il secoue la tête.

— Non, je n'ai jamais cru cela.

— As-tu tout oublié du couple que nous formions ? lancé-je. Te souviens-tu de nous ?

Son regard s'adoucit encore un peu plus, et soudain m'apparaît une parcelle de l'homme que j'ai aimé, mais je sais qu'il ne changera pas d'avis au sujet d'Annabella.

— Évidemment. Je veux que tu saches que je n'ai pas oublié. Mais à présent, j'ai la certitude que tu feras passer les besoins de notre fille avant les tiens, ainsi que je me dois, moi aussi, de le faire.

Il caresse ma joue avec une telle tendresse… Il a les yeux humides. Je suis résolue à attendre mon heure. Peut-être qu'un jour, lorsque Annabella sera grande, je reverrai ma fille.

— As-tu une photographie récente d'elle ?

Il se dirige vers la commode et en tire un unique cliché qu'il me tend. À présent, il me faut faire un effort surhumain pour retenir mes larmes, car elle me manque tant. Elle est mon portrait craché au même âge. Je suis le contour de son visage avec le doigt.

— Je peux la garder, s'il te plaît ?

Il hésite pendant une fraction de seconde puis accepte.

Je m'apprête à partir avant de me raviser pour lui tendre la main.

— Au revoir Douglas, lancé-je.

Je ne sais pourquoi, mais à l'intensité de son regard je pressens que c'est la dernière fois que je vois mon mari.

Chapitre 50

Bella se tourna vers Oliver.

— As-tu trouvé l'adresse de la nounou ?

— À ton avis ? répliqua-t-il, tout sourires.

— Tu l'as trouvée ! s'esclaffa-t-elle.

— Viens.

Il lui tendit une main et ajouta :

— Nous ferions mieux de retourner à l'appartement. On dirait qu'il va pleuvoir.

— Ne devrions-nous pas nous lancer à sa recherche dès maintenant ?

— Il va faire nuit. Nous sommes tous les deux fatigués et sa boutique est dans le quartier chinois. Pas l'endroit idéal pour se promener après le coucher du soleil. Nous commencerons demain. Pour être franc, j'ai besoin d'une bonne douche et je suis sûr que toi aussi.

La robe de Bella était trempée de sueur et, assurément, elle aurait donné n'importe quoi pour pouvoir prendre une douche. Cependant…

— Ne devrions-nous pas nous dépêcher d'aller la voir ? insista-t-elle. Si elle sait quelque chose, quelqu'un risquerait de nous doubler.

— Exact. On mange un morceau d'abord ?

Elle lui concéda un casse-croûte et, au terme d'une course en rickshaw jusqu'au quartier chinois, ils pénétrèrent dans un modeste restaurant mal éclairé mais plein à craquer de clients chinois.

— C'est toujours bon signe quand un endroit est bondé de gens du cru, fit remarquer Oliver, tandis qu'ils prenaient la dernière table libre.

— J'espère qu'ils ne mettent pas des heures à apporter les plats, lança Bella.

— Détends-toi. Nous avons le temps, et le registre du commerce n'est pas encore ouvert, ainsi personne ne pourra découvrir que nous savons où trouver la nounou.

— Edward m'a dit qu'il était au courant de mes investigations.

— Les employés du cadastre ont dû le renseigner.

— Pourquoi feraient-ils cela ?

— Un individu tel qu'Edward a des informateurs partout. Mais souviens-toi, en dehors du lien familial qui le rattache au numéro 21, nous n'avons aucune raison de le soupçonner d'avoir posé la bombe ou fait enlever Elvira.

Bella réfléchit un instant.

— Tu oublies ce que Harry nous a dit des services d'espionnage de Rangoon.

— Exact. Mais quantité de gens peuvent être derrière tout ça, pas seulement Edward.

— Pourquoi le défends-tu ?

— Je ne le défends pas. Tout ce que je dis, c'est que nous ne savons pas.

Ils se turent et écoutèrent la rumeur des voix chinoises et le bruit métallique des ustensiles qui s'entrechoquaient en cuisine. Plus affamée que jamais, Bella se mit à saliver en humant l'arôme parfumé des épices. Elle jetait un regard circulaire aux autres clients lorsqu'une brusque averse suivie d'un coup de tonnerre surprit toute l'assemblée.

Toutes les têtes se tournèrent involontairement vers la vitrine où l'éclairage de l'estaminet teintait de rouge et d'or le rideau de pluie ininterrompu.

— La mousson, fit remarquer Oliver.

Bella sentit à sa voix que c'était pour lui un soulagement.

— La première pluie de la saison. Merveilleux ! ajouta-t-il.

Elle fut, elle aussi, sensible au miracle. La moiteur accumulée était devenue insupportable, et même si la pluie rendait certaines activités plus difficiles, ce répit était le bienvenu.

Lorsqu'ils eurent terminé leur repas, Oliver emprunta un parapluie au propriétaire du restaurant en promettant de le rapporter le lendemain.

À l'extérieur, le monde disparaissait sous le déluge ; la pluie libérait mille senteurs et odeurs ; certaines, agréables, rappelaient celles des fleurs parfumées qui tombaient en cascades des jardinières posées sur le rebord des fenêtres ; d'autres étaient moins plaisantes, telles celle de l'huile rance ou bien celle, plus acerbe, qui émanait des caniveaux saturés d'eau. La pluie torrentielle leur barrait la vue, et malgré le parapluie, ils furent trempés jusqu'aux os en quelques minutes. Oliver savait à peu près où ils se rendaient et vérifiait en permanence portes et ruelles afin de préciser leur position. Ils virent s'avancer au pas une voiture qui remontait la rue phares allumés, et Oliver poussa Bella dans un renfoncement obscur en attendant qu'elle passe. Peu après, ils parvinrent dans un quartier où la lumière brillait encore dans les estaminets, transformant ceux-ci en des sortes de fanaux imprécis qui perçaient à grand-peine l'écran luisant de la pluie.

— Rentrons pour nous renseigner, suggéra Oliver, lorsqu'ils furent parvenus devant la boutique d'un marchand de journaux. Je pense que c'est ici. Je suis presque sûr d'être déjà venu ici, bien que ce ne soit pas une femme qui tienne le commerce. Je connais ce type.

Tenant Bella par le bras, il ouvrit la porte. Ils entrèrent, s'ébrouant de la pluie.

Oliver expliqua le but de leur visite, et le commerçant le regarda d'un air glacial.

— Comme moi dire à autre homme, elle partie. Moi pas savoir où.

— Allons, vous me reconnaissez. Nous ne sommes pas des officiels, et je crains que la vieille dame ne soit en danger. Nous pouvons l'aider.

Le marchand de journaux parut déconcerté.

— Dites-moi au moins à quoi ressemblait l'autre homme qui est venu.

— Lui homme grand. Eurasien.

Bella et Oliver échangèrent un regard.

— Mais autre homme avec lui. Plus vieux. Anglais. Pas très grand. Mince, cheveux gris, expliqua-t-il en montrant ses tempes. Eux venir ici. Lui patron. Lui commander.

— Se peut-il vraiment que ce soit Edward ? glissa Bella à Oliver.

Puis elle écarta cette idée, se disant que tout un tas de Britanniques pouvaient correspondre à la description.

— Écoutez, insista Oliver. Nous sommes venus pour aider la dame. Pas pour causer des ennuis.

Le commerçant secoua la tête mais paraissait de plus en plus inquiet, et Bella était à court d'arguments.

— Êtes-vous certain de ne pas savoir où elle est ?

— Elle donner moi magasin. Tout légal.

Bella lui sourit et lui parla d'une voix douce :

— Nous ne cherchons pas à vous importuner.

— Alors toi vouloir quoi ? s'enquit-il en plissant les yeux.

— Parler. Vous êtes de sa famille ?

Il ouvrit la bouche, mais juste au moment où Bella commençait à penser qu'ils allaient réussir, il leur demanda de partir. Elle se sentit complètement abattue. Personne d'autre ne pouvait les renseigner, et tout semblait indiquer qu'ils ne sauraient jamais qui avait enterré le bébé, ni pourquoi il avait été enterré au numéro 21, ni même qui était l'enfant. Même si elle avait l'intime conviction que ce ne pouvait être que sa sœur.

Mais au même moment, une vieille dame se glissa hors de l'arrière-boutique. L'homme s'empressa de lui faire signe de retourner d'où elle venait, mais Oliver fut plus rapide.

— Liu Lin ? s'enquit-il. (La femme hocha la tête sans paraître d'abord comprendre ce qu'il se passait.) Vous étiez nourrice autrefois ?

— Il y a longtemps, répondit-elle prudemment.

— Je pense que nous avons des choses à nous dire.

L'homme lui parla en dialecte, mais elle repoussa ses conseils d'un geste de la main.

— Je vais te parler. À l'étage, dit-elle à Oliver.

Ils suivirent la vieille dame par un escalier étroit. Quand ils furent arrivés à l'étage, elle écarta un rideau et fit coulisser une partie de la cloison de bois, puis elle les fit passer par cette porte secrète dans ce qui devait être la maison d'à côté.

— La maison de ma sœur, lança-t-elle en guise d'explication. Elle est morte. C'est la mienne, maintenant ; mon frère a le magasin. Je me cache ici.

Elle leur fit signe de s'asseoir sur des coussins posés à même le sol.

— De quoi est-ce que vous voulez parler ? s'enquit-elle, une fois qu'ils furent installés.

Bella prit la parole en premier.

— Je veux savoir si le bébé qui a été enterré dans le jardin de la maison de George de Clemente, où vous travailliez, était ma sœur.

Liu Lin la regarda longuement sans réagir.

—Je vous en prie, implora Bella, si vous savez quoi que ce soit, dites-le-moi.

—Qui était votre sœur ?

—Mes parents, Diana et Douglas Hatton, habitaient deux numéros plus bas à Golden Valley. Leur bébé, ma sœur donc, s'appelait Elvira. Elle a disparu en 1911 alors qu'elle se trouvait dans le jardin.

La vieille dame secoua la tête.

—Ce n'était pas elle.

—Qui alors ?

—Ils m'ont donné de l'argent pour que je ne le révèle jamais.

—Qui ? Je vous en supplie, dites-le-nous.

—Le corps dans le jardin des de Clemente était l'enfant de ma maîtresse, née sans souffle dans les poumons.

Bella devint soupçonneuse.

—Pourquoi fallait-il que cela reste secret ?

Liu Lin se mordit la lèvre inférieure et devint blême.

—Les gens devaient bien se douter que le bébé n'avait pas vécu, insista Bella.

—Moi seule savais. Le bébé était un peu prématuré et j'ai aidé à l'accouchement. Mr de Clemente était encore sur le chemin du retour de l'État Shan et il est arrivé trois jours plus tard.

—Donc ?

—Mrs de Clemente avait perdu la tête. Elle m'a dit que je serais renvoyée si j'en parlais à quiconque. Elle refusait d'admettre que le bébé était mort, ne voulait pas que je l'approche, refusait que j'organise l'enterrement, ne voulait laisser entrer personne dans sa chambre. Sauf moi. Personne dans la maison ne savait que le bébé était mort. J'ai dit à tous que tout allait bien et que Mrs de Clemente avait besoin de rester seule. Le lendemain, quand elle a entendu pleurer sans discontinuer le bébé des Hatton…

La vieille dame s'interrompit, mais Bella, hypnotisée par son récit et en proie à une boule d'angoisse, devina la suite.

— Elle s'est glissée dans le jardin du numéro 23 par un sentier qui courait derrière les jardins, a pris la petite fille et l'a emportée chez elle. Ce soir-là, elle m'a dit d'enterrer son propre bébé dans la partie non entretenue de notre jardin, où personne n'allait.

— Oh, mon Dieu ! s'exclama Bella tandis qu'elle assimilait la vérité.

— J'ai creusé un trou puis ai recouvert le sol avec des branchages et des feuilles. J'ai dû attendre que les domestiques soient rentrés chez eux ou qu'ils dorment.

— Personne n'a fait le lien quand Elvira a été portée disparue ? s'enquit Oliver.

— Non, parce que j'étais la seule à savoir que le bébé de Mrs de Clemente était mort-né.

— Et le médecin ?

— Elle m'avait obligée à ne pas faire venir de médecin après l'accouchement.

— Et à son mari ? Lui a-t-elle dit la vérité ?

— Non.

— Il ne l'a pas su ?

— Quand la police a lancé des recherches pour retrouver le bébé disparu, j'ai pris peur et ai dit à Mr de Clemente ce qui était arrivé. Je pensais qu'il insisterait pour que sa femme rende le bébé, mais il a refusé. Ils ont quitté Rangoon à la place. Le scandale, si les gens avaient su que sa femme avait volé un bébé, aurait causé sa perte.

— Ils sont donc allés à Kalaw.

— Je les ai suivis là-bas. Ils ont dit à tout le monde que c'était pour des vacances mais après une semaine nous sommes tous rentrés à Rangoon, de nuit. Ils m'ont donné beaucoup d'argent pour que je ne parle jamais. Ensuite, ils ont quitté le pays clandestinement en voiture. Je crois qu'ils sont allés vers la Thaïlande. Ce qui est certain, c'est que je ne les ai plus jamais revus en Birmanie. Ils ont dit que je mourrais, si je ne tenais pas ma langue. Ensuite, j'ai acheté l'échoppe et les deux maisons, une pour ma sœur et une pour moi et mon frère.

Oliver n'en croyait pas ses oreilles.

— Et vous ne vous êtes pas demandé ce que pouvaient ressentir les Hatton ? Il ne vous est pas venu à l'esprit d'aller voir la police ?

— J'ai essayé de faire comprendre à Mrs de Clemente que c'était mal, mais elle m'a crié dessus, et Mr de Clemente était encore pire. Il a menacé de s'en prendre à ma famille. J'étais terrorisée.

— Ils ont dû bénéficier d'une aide pour filer ?

— Au retour de Kalaw, nous sommes rentrés à Rangoon dans une seule voiture et après nous avons retrouvé le neveu de Mr de Clemente au *Strand Hotel*.

— Edward de Clemente ! intervint Bella à voix très basse et au bord du malaise.

— Oui, Mr Edward. Il venait souvent dîner à la maison. Son oncle l'aidait pour sa carrière.

— Tu parles ! s'exclama Oliver d'un ton sec.

— Ce neveu avait une autre voiture qui les attendait.

— C'est ainsi qu'ils ont emmené ma petite sœur et que ma pauvre mère a été accusée d'avoir attenté à la vie de son propre enfant.

— Je suis navrée.

— Pourquoi nous raconter tout ça maintenant ?

— Je suis malade. C'était une chose affreuse. Je ne veux pas qu'on me mette dans la tombe avec cette histoire sur la conscience.

— Edward de Clemente vous a-t-il menacée ?

Elle hocha la tête.

— Il a menacé mon frère.

— Récemment ?

— Il y a quelques mois. Je logeais ici mais j'ai entendu mon frère lui dire que j'étais partie pour la Chine. Mr de Clemente a répondu que si des gens venaient poser des questions, il devait le prévenir, sinon il y aurait du grabuge.

— Pourquoi n'êtes-vous pas partie alors ?

— C'était dans mes projets.

— Et votre frère serait parti avec vous ?

— Oui, mais d'abord je devais vendre les maisons. Sans argent, où voulez-vous que j'aille ? Je savais qu'en restant, on risquait tous les deux d'être tués. Mais je n'ai pas trouvé d'acheteur et, comme je vous le disais, je suis malade.

Oliver lui toucha l'épaule et lui parla avec ménagement.

— Êtes-vous prête à répéter tout cela à la police ?

La vieille dame ferma les yeux mais ne répondit pas immédiatement, puis elle donna son accord.

Oliver lui sourit en manière d'encouragement.

— Ce serait préférable si vous et votre frère veniez avec nous et logiez dans un endroit sûr en attendant de faire votre déposition.

La marchande de journaux acquiesça.

Bella fut d'abord sous le choc, puis, progressivement et malgré ce qu'elle venait d'entendre, une lueur d'espoir se fit jour en son cœur qui prima bientôt sur toute autre émotion. Si les de Clemente avaient émigré en Amérique et si rien de funeste n'était arrivé à Elvira par la suite, alors sa sœur était encore en vie. Cela dépassait tout ce qu'elle avait imaginé, et elle fut bientôt gonflée d'espoir et d'attente.

Elle considéra la Chinoise avant de poser la question qui la taraudait :

— Savez-vous si le bébé a survécu ?

Ils emmenèrent Liu Lin et son frère en lieu sûr puis ceux-ci firent leur déposition. Tôt le lendemain matin, Bella resta seule à l'appartement, où elle tournait et retournait en tous sens l'affaire de l'enlèvement, pendant qu'Oliver était sorti acheter de la nourriture. On frappa à la porte, et elle ne tarda pas à reconnaître la voix de Gloria.

— Bella, si vous êtes là, laissez-moi entrer. Pour l'amour du ciel, c'est urgent.

Bella hésita, mais sa colère fut telle en l'entendant qu'elle ressentit le besoin de la voir.

Lorsque Gloria entra, Bella fut consternée. Elle avait une mine épouvantable. Son maquillage de la veille s'était agglutiné dans ses pattes-d'oie et dans les rides, de ce fait plus accusées, qui descendaient des ailes du nez au coin des lèvres. Elle sentait le vieux parfum et ses yeux gonflés étaient injectés de sang.

— Il faut absolument que vous m'aidiez, lança-t-elle avec précipitation sans regarder Bella tout en arpentant la pièce de long en large, la tête rejetée en arrière.

— Que voulez-vous dire ?

Gloria la dévisagea comme si elle avait affaire à une demeurée.

— C'est votre faute. Ils ont arrêté Edward et l'ont accusé d'entrave à la justice. S'il est reconnu coupable, il risque de tout perdre : carrière, réputation, relations.

— Comme mes parents, qui ont perdu tout ce qui comptait à leurs yeux, est-ce à cela que vous faites allusion ?

— Je suis navrée, Bella, mais cela remonte à si longtemps. Le passé est le passé, et Edward a encore un brillant avenir devant lui. Assurément, vous ne voulez pas l'anéantir ?

Bella fut stupéfiée par la légèreté avec laquelle Gloria traitait le malheur de ses parents.

— Je ne pense pas que vous mesuriez l'étendue de ce que mes parents ont souffert, ni à quel point cela a pesé sur ma propre vie.

— Mais vous n'avez jamais connu votre sœur.

— Ma mère en a perdu la tête. Il semblerait même qu'elle en soit venue à se convaincre qu'elle avait fait du mal à son propre enfant.

— Edward n'a fait qu'apporter son aide à notre oncle. Il n'a pas enlevé le bébé.

— Il a couvert l'enlèvement. C'est un délit, Gloria. Et si cela ne tenait qu'à moi, il serait également accusé de complicité, en plus d'entrave à l'enquête pénale. Ainsi que vous.

— Je jure que je ne savais rien à l'époque. Ce n'est que plus tard…

Elle n'osa terminer sa phrase face au regard noir que lui jeta Bella.

Elle alluma une cigarette et essaya de prendre la jeune femme par les sentiments.

— Écoutez, je ferai tout ce que vous voudrez. Je peux peut-être prendre contact avec ma cousine Emily… Elvira, c'est bien cela ? Accepteriez-vous d'aider Edward si je faisais cela ?

Bella demeura immobile. Elvira était toujours en vie. Elle en avait enfin la certitude. Sa sœur vivait.

Et pourtant, à présent qu'elle en avait la confirmation, elle ne savait guère comment réagir. Après toutes ces épreuves ! Elle regarda fixement Gloria tandis qu'un soulagement grandissant le disputait à sa colère. Mais elle ne fléchit pas. Gloria et son frère lui avaient caché l'existence de sa sœur, et cela était impardonnable.

— Est-elle au courant ? Emily connaît-elle la vérité au sujet de ses origines ?

Gloria fit « oui » de la tête.

— Quand l'a-t-elle découvert ?

— Après la mort de sa mère, Emily a trouvé une lettre… Marie y avouait tout.

— Quand était-ce ?

— Voici seulement quelques mois.

— Et ?

— Et quoi ?

— Sait-elle que j'existe ?

— Non.

Au terme d'un long silence, Bella serra les poings et émit un rire grinçant.

— Et vous pensez que prendre contact avec elle suffira à vous racheter de ce que vous avez fait ?

— Eh bien, dites-moi ce que vous voulez. J'ai de l'argent.

Sous l'effet de la colère qui se transformait en fureur glaciale, Bella détacha chaque mot avec une implacable précision :

— Vous ne m'avez pas bien comprise : non seulement vous saviez que je recherchais Elvira, mais vous m'avez incitée à croire que ce pouvait être ma propre mère qui lui avait fait du mal.

— Je…

Bella l'arrêta d'un geste de la main.

— Non ! Vous n'avez pas droit à la parole. Vous m'avez lancée sur une fausse piste avec Harry, épisode durant lequel, ajouterai-je, j'ai bien failli être tuée. Comme cela aurait été pratique ! Et j'imagine que mon petit flirt avec la mort ne devait rien ni à vous ni à votre frère ?

Gloria secoua la tête.

— Je ne sais rien de tout cela et je suis sûre qu'Edward non plus. Pouvez-vous prouver que c'était lui ?

— Probablement pas, mais notre témoin, elle, peut attester des faits qui se sont produits il y a vingt-six ans.

— Je vous en prie, Bella. Edward était si jeune à l'époque, il entamait à peine sa carrière. Je vous supplie de demander au témoin de revenir sur sa déposition.

Bella la regarda sans en croire ses oreilles.

Gloria se laissa tomber sur une chaise et, le visage dans les mains, se mit à pleurer.

— Cela va détruire la réputation de notre famille.

— Écoutez, Gloria, voici ce que nous allons faire. Vous allez me donner l'adresse d'Emily et je vais prendre moi-même contact avec elle. C'est le moins que vous puissiez faire.

— Et Edward ?

— Edward aura exactement ce qu'il mérite.

Bella secoua la tête d'incrédulité sans quitter Gloria des yeux, et aucune des deux ne dit mot, jusqu'à ce qu'une lueur dans le regard de Gloria – un aveu de culpabilité peut-être ? – n'incite Bella à parler tandis que son sang se figeait.

— C'est vous, n'est-ce pas, qui m'avez envoyé ces billets anonymes ? Pour l'amour du ciel, Gloria, pourquoi ?

Bella s'était attendue à de vives protestations, mais Gloria ne nia pas les faits. Au contraire, prenant une attitude de défi et avec un éclair dans le regard, elle dit :

— C'était pour une excellente raison. Je voulais vous empêcher de vous approcher trop près de la vérité. Je craignais que vous ne soyez en danger si vous réussissiez.

— En danger de la part de qui ?

Gloria fit comme si elle n'avait pas entendu, mais Bella savait qu'elle faisait allusion à Edward.

— J'espérais que ces billets vous pousseraient à partir, ajouta Gloria.

Bella siffla d'admiration.

— Oh, bon sang ! C'est le bouquet. Vous êtes fière de ce que vous avez fait ? Vous veilliez sur moi ?

Gloria acquiesça d'un air bête.

— C'est la raison pour laquelle je vous ai incitée à aller à Mandalay. J'avais besoin de gagner du temps pour trouver le moyen de vous persuader d'arrêter vos recherches, surtout à Rangoon.

— Mais vous m'avez aidée au début ?

— Il vous aurait sauté aux yeux que j'avais quelque chose à cacher si j'avais essayé d'emblée de vous faire obstacle.

— Edward aussi ?

Gloria hocha la tête.

— Ni lui ni moi ne pensions que vous découvririez la vérité un jour.

— Et c'est pourquoi vous m'avez mise en garde contre Oliver. Vous saviez qu'il avait la compétence et les contacts. Vous saviez qu'il saurait où chercher.

Gloria demeura immobile, son visage figé en un masque de cire, à l'exception du mascara qui coulait sur ses joues. Bella n'éprouva pas la moindre pitié pour elle.

Chapitre 51

Bella était penchée sur la lettre qu'elle s'efforçait d'écrire à Elvira, ou Emily, ainsi qu'elle se prénommait désormais. Trop de questions sans réponses obstruaient son esprit, et elle en était à son cinquième brouillon. Sans résultat. Emily souhaiterait-elle la rencontrer ? Se réjouirait-elle que sa sœur l'ait retrouvée et qu'elle lui écrive ? Ou bien serait-elle encore trop bouleversée par la révélation de ses origines pour pouvoir envisager des retrouvailles ? Ayant toutes les difficultés du monde à trouver les mots justes, Bella réfléchissait, impuissante, au milieu des feuillets roulés en boules. Que disait-on à une sœur que l'on n'avait jamais vue et qui ignorait tout de votre existence ?

Elle chiffonna encore une autre feuille et la jeta par-dessus sa tête d'exaspération. Oliver, qui entrait dans la pièce, l'attrapa au vol.

— Holà ! s'exclama-t-il. C'est si grave que cela ?

Puis il s'approcha d'elle et l'embrassa sur le sommet du crâne avant d'ajouter :

— C'est ardu ?

— C'est horrible, tu veux dire ! gémit-elle en levant les yeux vers lui. Tout ce que j'écris me semble maladroit. Toi qui es journaliste, dis-moi quoi écrire.

— Tu sais bien que c'est impossible, mais voici mon conseil : raconte les faits de façon simple et directe.

— Ça ne devrait pas être aussi dur, si ?

— Tiens-t'en aux faits. Évite les explications superflues. Accorde-lui la possibilité de réagir comme elle l'entend.

— Et si elle ne veut pas en entendre parler ?

— Désolé, mon ange, mais c'est un risque que tu dois courir, répondit-il en haussant les sourcils.

— Dois-je lui présenter mes condoléances pour le décès de celle qui est devenue sa mère ?

Il haussa les épaules.

— C'est à toi de voir.

Bella se tint la tête entre les mains, puis elle leva de nouveau les yeux vers Oliver.

— Tu es sûr que tu ne veux pas écrire à ma place ?

— Tout à fait sûr, s'esclaffa-t-il.

Tandis qu'il quittait la pièce, elle prit son stylo, tira une feuille de papier vierge estampillée « Par avion » et recommença de zéro. Cette fois, les mots vinrent facilement sous sa plume.

Chère Emily,

Vous ne me connaissez pas. Je m'appelle Annabella Hatton et je suis votre jeune sœur, née après que nos parents ont quitté la Birmanie. Votre « cousine », Gloria de Clemente, m'a dit que les circonstances qui ont entouré votre naissance et les premières semaines de votre vie vous ont été récemment révélées. J'imagine que ça a dû être extrêmement bouleversant d'apprendre la vérité de cette manière.

Par ailleurs, c'est avec regret que j'ai été informée du décès de Marie de Clemente. Malheureusement, ma mère, Diana, votre mère biologique, est, elle aussi,

décédée, mais elle aurait donné tout l'or du monde pour savoir que vous êtes en vie. Je n'ai découvert votre existence qu'à la mort de mon (de notre) père, lorsque je suis tombée avec stupéfaction sur des coupures de presse qui rapportaient votre disparition. Celle-ci avait été gardée sous silence pendant si longtemps que je ne savais même pas que j'avais eu une sœur.
Pour ma part, je suis venue en Birmanie pour occuper un emploi de chanteuse au Strand Hotel, mais j'ai passé les mois qui ont suivi mon arrivée à essayer de découvrir ce qu'il vous était arrivé. J'ai toujours désiré avoir une sœur et je suis ravie de vous avoir enfin trouvée. Peut-être ne partagerez-vous pas mes sentiments. Naturellement, je le comprendrais.
Je vis actuellement à Rangoon où j'ai pris la décision de rester, du moins pour l'instant, principalement parce que je me fais une joie de rénover la maison où vous avez vu le jour. Si cela ne vous cause pas trop de peine, mon vœu le plus cher serait d'avoir de vos nouvelles et d'en savoir plus sur votre vie. Si une rencontre vous ferait plaisir, ce n'est pas la place qui manque ici, et vous y seriez plus que bienvenue. Toutefois, je ferais mienne votre décision si vous préfériez en rester là. Je sais d'expérience que découvrir soudain qu'on a une sœur peut-être très bouleversant.
Je me marie dans quatre mois avec Oliver, un journaliste américain doublé d'un homme merveilleux. Il y a tant de choses que j'aimerais vous dire et vous demander, mais il me faut terminer cette lettre avant qu'elle ne soit trop longue et espérer de tout cœur avoir une réponse de vous.

Avec mes salutations les plus sincères,

Bella

Bella était consciente d'une chose : si elle voulait éviter une amère déception, elle devait mettre un frein à ses espérances et à son enthousiasme. Néanmoins, un sourire involontaire se dessina sur ses lèvres. Plus tard, tandis qu'elle cachetait l'enveloppe puis sautait dans le tram pour aller la poster dans le centre-ville, elle débordait de joie. N'était-il pas certain que sa sœur désirerait faire sa connaissance ?

Chapitre 52

Bella

Rangoon, trois mois plus tard

Bella posa avec précaution son pinceau sur le couvercle du pot de peinture, puis elle recula d'un pas et admira la troisième chambre qu'elle venait d'achever de peindre, après avoir gratté la moisissure des murs pour les rendre aussi étincelants de lumière et frais que ceux de la première. Cette chambre-ci, avec sa terrasse qui donnait sur le jardin, celle dont elle était convaincue que ç'avait été celle de sa mère, allait devenir la sienne, même si, pour l'instant, tout le confort dont elle disposait se limitait à un lit de camp et à un tabouret. Mais au moins, l'eau et l'électricité avaient été rétablies, et elle disposait d'une salle de bains ; les sols avaient été restaurés et le toit rendu étanche. Certaines cloisons avaient nécessité une nouvelle couche d'enduit, et la cuisine, rudimentaire, rendait d'assez bons services en matière de petit déjeuner et de goûter. Quant au salon, bien que dépouillé, il y trônait déjà un divan et deux fauteuils. Elle avait repeint chaque pièce elle-même et, à mesure que les travaux progressaient et que l'intérieur reprenait vie sous la peinture blanche, elle regardait son nouveau foyer avec une immense satisfaction. Son seul regret était que ses parents ne fussent pas là pour le voir.

La semaine durant, elle travaillait d'arrache-pied et réservait ses week-ends à son nouveau travail au *Silver Grill*, où elle faisait un tour de chant. Ce n'était pas grand-chose, mais, par chance, l'argent qu'elle avait hérité de son père suffisait à couvrir les frais des travaux.

Tandis qu'elle nettoyait ses pinceaux à l'évier carré de la petite arrière-cuisine, elle entendit grincer la porte de service qui avait justement repris du service. Oliver entra.

— La voiture de madame est avancée !

— Tu veux dire que tu as engagé un rickshaw ? répliqua-t-elle, tout sourires.

— En plein dans le mille ! s'esclaffa-t-il.

— Laisse-moi juste le temps de me changer, lança-t-elle en désignant sa chemise et son short striés de marques de peinture.

Il s'approcha d'elle, lui enleva les pinceaux des mains et l'embrassa sur le bout du nez.

— C'est le seul endroit où tu n'as pas de peinture, fit-il remarquer. Là non plus, ajouta-t-il avant de l'embrasser sur le front.

Se laissant embrasser sur les joues, dans le cou et enfin sur les lèvres, elle rejeta la tête en arrière dans l'attente de ce qui allait suivre.

— Reste dormir chez moi, ce soir, suggéra-t-il, en affectant une sensation pénible. Je ne pense pas que mon dos supporte de partager ton lit de camp une nuit de plus, d'autant que je termine d'ordinaire la nuit par terre.

Bella fit tourner sa bague de fiançailles autour de son doigt et rayonna de joie.

— Il me faudra rentrer tôt, alors. Il reste encore tant à faire pour que cet endroit soit impeccable avant l'arrivée de Simone.

Il pencha la tête de côté et la considéra d'un air interrogatif.

— On croirait que tu attends la reine d'Angleterre.

Bella sourit gaiement, contente d'avoir pu informer Simone par lettre de toutes ses découvertes.

— Mieux que ça ! Quoi qu'il en soit, la dernière fois que je me suis intéressée à la question, je crois que c'était un roi !

— Tu sais quoi ? lança-t-il. J'ai repéré de superbes antiquités chez un antiquaire chinois près de chez moi.

— Chères ?

— Non. Quand je dis « antiquités »...

— Tu veux dire rebut.

Il sourit.

— Du beau rebut.

Elle lui prit le bras et en profita pour allonger la liste :

— J'ai besoin d'une nouvelle literie et d'un édredon.

— Tu trouveras tout cela chez *Rowe*. Mais tu n'oublies rien ?

— Les lits sont déjà commandés. Ils arriveront après-demain.

Elle monta se laver et se changer, puis elle ouvrit la porte-fenêtre pour admirer le jardin et penser à ce jour de 1911, lorsque Elvira avait été enlevée par la tante d'Edward et de Gloria. Après qu'elle avait écrit à sœur, ou plutôt à Emily, elle était passée successivement de l'anxiété à l'effervescence, et lorsque la réponse était enfin arrivée, elle l'avait ouverte d'une main tremblante. Elle sortit la lettre de son sac et la relut, probablement pour la vingtième fois.

Ma chère Bella,

Je ne sais que dire. Je suis toute chamboulée, sidérée, même, mais si contente, oh oui, si contente, d'apprendre que tu existes. Moi non plus, je n'ai jamais eu de frères et sœurs, mais j'en ai toujours rêvé. Ma mère – pardonne-moi, mais je ne peux

l'appeler autrement –, vois-tu, ne pouvait plus avoir d'enfant. Malheureusement, elle n'a donné naissance qu'à un seul, une petite fille mort-née.
Je travaille dans l'édition, ici à New York, suis mariée et mère d'un garçon de cinq ans qui s'appelle Charlie, et qui est, par conséquent, ton neveu. Je serais ravie de venir faire ta connaissance à Rangoon, même si je devrai régler quelques détails avant. Il y a tant de choses que j'aimerais savoir de toi et de Diana.
Tu dis que tu vas te marier. Si tu peux me communiquer la date, et si je peux venir à temps, j'aimerais être présente, si je suis invitée, bien sûr.

D'ici là, reçois toute mon affection,

Emily

Chaque fois que Bella relisait cette lettre, elle sentait ses yeux s'embuer de larmes. Emily était-elle vraiment contente d'avoir reçu sa lettre ou bien était-elle tout simplement bien élevée et lui écrivait-elle ce qu'elle pensait que sa sœur voulait lire ? Elle savait qu'il ne serait pas facile à Emily de regarder en face le méfait commis par ses parents, ni d'affronter l'existence d'une sœur dont elle ignorait tout jusque-là. Quoi qu'il en fût, Bella lui avait répondu, lui disant que ce serait parfait si elle pouvait venir à temps pour le mariage.

Elle avait jugé préférable de ne pas aborder dans ses deux lettres le sort qui était échu à Gloria et à Edward. Toutefois, elle était fâchée que Gloria ait quitté Rangoon sans laisser de traces. Une fois de plus, quelqu'un avait tiré les ficelles, et Bella était furieuse que la sœur d'Edward s'en tirât en toute impunité. Son frère, en revanche, avait été reconnu coupable d'entrave à la justice et croupissait à présent dans les geôles de Rangoon où il purgeait une peine de dix-huit mois d'enfermement. Tout le monde s'était attendu à ce qu'il soit libéré sous caution et renvoyé en Angleterre, la queue entre les jambes, mais ce ne fut pas le cas, grâce à un jeune avocat général diligent qui avait refusé de se laisser corrompre. Dans tous les cas, sa réputation n'y survivrait pas et sa carrière serait anéantie.

Bella ferma les fenêtres puis tira une paire de chaussures rouges à talons hauts de sous le lit de camp et accrocha des boucles en argent à ses oreilles. Un dernier coup d'œil dans un minuscule miroir à main pour vérifier sa coiffure, et elle fut prête.

Deux jours plus tard, en fin d'après-midi, Bella arpentait le vestibule de sa maison en admirant le sol de marbre nouvellement lustré. Elle avait fait l'acquisition d'un guéridon oriental orné d'un décor peint tout en finesse et d'un joli miroir, le tout chez l'antiquaire indiqué par Oliver. Bien que toujours sommairement meublée, la villa paraissait plus chaleureuse. Les murs étaient blancs, et l'air embaumait les roses fraîchement coupées et disposées en bouquet dans un vase en verre posé sur le guéridon, leur arôme couvrant l'odeur de peinture. Il avait plu pendant tout l'après-midi, et même si l'averse avait cessé, le ciel restait sombre et menaçant. Elle pria pour que l'arrivée de Simone ne fût pas retardée par la météo.

Oliver, qui était occupé à restaurer la cuisine, travaillait en chantant faux. Pour sa plus grande joie, Bella avait découvert qu'il était excellent cuisinier – elle-même n'avait pas grand plaisir à cuisiner –, ce qui leur avait valu de partager de délicieux repas à son appartement. C'était à la fin de l'un d'entre eux qu'il lui avait fait la surprise de se mettre à genoux pour, yeux dans les yeux, la demander en mariage. S'efforçant de garder son sérieux, elle avait considéré son beau visage et l'inclinaison pleine d'espoir de sa tête avant de sourire et de lui dire « oui ». Lorsqu'il s'était enfin redressé, elle lui avait fait remarquer que la méthode était un peu vieux jeu. Puis ils avaient vidé presque deux bouteilles de champagne et avaient fait l'amour dans un accès d'émerveillement et de joie. Ils ne s'étaient plus quittés depuis. Bella s'était guérie de son aversion pour l'alcool et s'aimait infiniment mieux ainsi.

Il lui avait également fait la surprise d'un nouveau poêle, d'une batterie de casseroles, de couverts, d'assiettes, de verres, le tout flambant neuf et livré à domicile par la maison *Rowe*, sans oublier les victuailles. Ils disposaient donc de tout le nécessaire pour confectionner un premier repas pour Simone. Bella monta vérifier la chambre de cette dernière pour la énième fois. Le nouveau lit, confortable à souhait, était prêt, avec ses draps blancs immaculés recouverts d'un dessus-de-lit en soie couleur ivoire.

Jusque-là, Bella et Oliver n'avaient pas discuté en détail de l'avenir. Il redoutait l'irruption d'une autre guerre et, ne sachant absolument pas si la Birmanie en serait affectée, il avait suggéré de s'installer en Amérique si la situation devenait difficile. Toutefois, il n'avait fait aucune objection lorsqu'elle avait exprimé le désir de rénover la vieille maison de ses parents en vue de l'habiter au cas où ils resteraient en Birmanie.

Tandis qu'elle songeait à cette éventualité, elle entendit frapper à la porte d'entrée. Pleine d'effervescence, elle descendit ouvrir en toute hâte.

Une très belle blonde entre deux âges aux yeux ambrés lui sourit. Bella, qui était très contente de rencontrer enfin la vieille amie de sa mère, l'accueillit avec chaleur sur le perron.

— Bienvenue ! s'exclama-t-elle en lui tenant les deux mains. Je ne saurais vous dire ma joie que vous soyez venue.

Simone fit un pas en avant et les deux femmes se donnèrent l'accolade. Enfin, Simone, posant les mains sur les épaules de Bella, recula pour mieux la regarder.

— Vous êtes donc Annabella. Comme vous ressemblez à votre mère !

— Ah oui ?

Simone confirma d'un hochement de tête.

— Écoutez, je ne vous ai pas vraiment tout dit…

Sur ces mots, elle tourna ses yeux vers la gauche d'où surgit une autre femme dans une robe élégante bleu pâle.

Bella crut d'abord que cette inconnue aux cheveux auburn était sa sœur, mais elle était trop âgée pour qu'il s'agisse d'Elvira. Elle eut un instant d'hésitation pendant lequel elle imagina toutes sortes de possibilités, toutes plus folles les unes que les autres. Non, ce ne pouvait… C'était impossible. Tout autant incapable de soutenir son regard que de se détourner, Bella fut profondément bouleversée, et il lui sembla que la terre se dérobait sous ses pieds. Elle se figea. Était-ce un rêve ? S'était-elle cogné la tête quelque part ? Ou bien était-ce la réalité ? Le silence se prolongea, et Bella crut ne jamais plus pouvoir reprendre son souffle. Soudain, dans un grand bourdonnement d'oreilles, le sang afflua à ses tempes qui se mirent à battre. Comme au sortir d'un envoûtement, elle poussa un cri de surprise, recula et tomba dans les bras d'Oliver qui, prêt à intervenir, la réceptionna. Elle s'efforça de ravaler la boule qui lui serrait la gorge, mais ne réussit qu'à libérer un flot ininterrompu de larmes. Elle pleura en silence, évacuant toute la souffrance qu'elle avait accumulée. La tête se mit à lui tourner, mais Oliver l'aida à se tenir sur ses jambes, puis il lui passa un mouchoir propre. Bella essuya ses larmes tout en continuant de sangloter, revenant peu à peu à la réalité du jardin, à ses arômes exquis libérés par la forte pluie, à l'odeur de la terre, à la verdure rafraîchissante des arbres et à la fragrance des fleurs qui avaient survécu au déluge. Malgré les nuées d'insectes qui tournoyaient au-dessus des arbustes alourdis par l'ondée, l'après-midi baignait dans une atmosphère parfaitement limpide.

L'inconnue tendit la joue sous la chaleur du soleil, et Bella reconnut immédiatement ce geste qui lui était ô combien familier. Puis, de manière résolue, mais le visage empreint d'un grand calme, elle posa les yeux sur Bella et la regarda longuement de ses yeux clairs pleins de lumière. Elle se retenait manifestement de sourire, semblant attendre un signe de la part de Bella. *Attend-elle mon autorisation ?* se demanda cette dernière. Elle dansa d'un pied sur l'autre puis jeta un coup d'œil en arrière à Simone. C'est alors qu'elle n'eut plus le moindre doute.

— Mère ? lança-t-elle à mi-voix.

Diana hocha la tête et s'avança vers sa fille.

— Mais vous êtes…

— Douglas pensait que c'était préférable.

Bella s'attendit à voir resurgir la confusion et les obsessions qui avaient autrefois fait rage sous l'aspect faussement calme de Diana. Mais rien de tel ne se produisit, et elle se sentit désorientée. Cette mère aux cheveux si impeccablement ramenés en un élégant chignon… Cette mère aux yeux d'opale et au visage sans défaut… Cette mère, qui se tenait devant elle, silencieuse et digne… Qui était-elle ?

— Mais vous n'êtes jamais venue me voir ! explosa Bella.

Sa mère inspira profondément.

— Si, je suis venue.

— Quand ? Quand êtes-vous venue ?

— Tu avais quinze ans. J'avais recouvré la santé…

— Vous êtes guérie ? Guérie ? l'interrompit Bella, la voix entrecoupée par une colère et une souffrance irrépressibles. Mais vous n'êtes jamais revenue vivre avec nous.

— Je voulais te revoir, mais ton père a jugé que ce serait trop déstabilisant pour toi, d'autant qu'il t'avait dit que j'étais morte et que tu t'étais faite à cette idée.

Les larmes de Bella se remirent à couler d'abondance. Elle les essuya d'un geste vif de la main.

— Vous l'avez laissé vous chasser ? Vous, ma mère ! Vous !

Diana parut accablée, et malgré l'abattement qui se lisait sur son visage, Bella fut incapable de contenir sa colère.

— Je suis navrée, ma chérie.

— C'est peu dire.

Là-dessus, les joues en feu, Bella se tourna vers Simone. Autrefois, elle n'avait pas su comment faire face au champ de ruines qu'était la vie de sa mère. Était-ce vraiment la même femme qui se tenait à présent devant elle ?

— Après ma première lettre, pourquoi ne m'avez-vous pas dit que ma mère était en vie ? lança-t-elle à Simone en lui jetant un regard furieux.

— J'ai failli vous le dire. Diana et moi en avons discuté, et nous avons pensé qu'il était préférable de venir vous le dire en personne. Ce n'est pas le genre de nouvelle que l'on annonce par courrier.

— C'est moi, qui ai insisté pour l'accompagner, intervint Diana. Je désirais tellement te voir, mais je craignais que tu ne refuses. C'est pourquoi je n'ai pas osé faire d'autres tentatives. Et puis Simone m'a appris que tu étais en Birmanie.

— Je n'aurais pas refusé, balbutia Bella. C'était, et c'est encore, mon vœu le plus cher…

Et ce fut un nouveau flot de larmes.

Diana s'approcha aussitôt de sa fille qui se laissa prendre dans ses bras. Tandis que leurs sanglots se mêlaient, le temps parut s'arrêter, et il leur sembla que leurs larmes n'auraient pas de fin. Mais, finalement, Diana sourit entre ses larmes et sécha les joues de sa fille, exactement comme on le fait à une petite fille.

— Je suis tellement fière de toi, dit Diana. Tellement fière ! Après ton départ du collège, je t'ai écrit à Cheltenham pour te raconter toute l'histoire. Mais je n'ai jamais reçu de réponse, alors…

— Je n'ai jamais reçu vos lettres, répliqua Bella en ouvrant de grands yeux étonnés.

— Sans doute Douglas aura-t-il…

— Il pensait me protéger ?

Diana acquiesça.

Voyant que ces trois dames mouillaient désormais leurs mouchoirs en silence, Oliver intervint :

— J'ai mis du champagne au frais ! Y a-t-il des amatrices ?

— Mère, voici Oliver, votre futur gendre, parvint enfin à glisser Bella entre rires et larmes.

Un mois passa aussi vite qu'un jour et l'on fut à la veille du mariage. Cerise sur le gâteau – si cela était encore possible –, une lettre d'Emily annonça son arrivée à Rangoon le jour même. Dans une brève missive, Bella lui avait déjà fait part de la merveilleuse nouvelle, à savoir que leur mère était en fait bien vivante et qu'elle était de surcroît en ce moment même en Birmanie. Les parents d'Oliver étaient déjà arrivés dans l'intervalle et avaient pris une suite au *Strand Hotel.* Bella et sa mère exploraient le jardin de Golden Valley chaque matin avant les averses de l'après-midi, évoquant et partageant tout ce qui leur était arrivé durant leur longue séparation. Parfois, la colère de Bella, qu'elle fût dirigée contre Diana ou contre son père, renaissait. En outre, aborder les souffrances de son enfance lui était pénible. Elle ne parvenait pas à comprendre pourquoi son père avait intercepté les lettres de Diana. Lorsque sa fille lui posa de nouveau la question, Diana répondit qu'ils s'étaient jadis aimés, mais que les épreuves avaient dégradé leurs relations. Le regard triste de sa mère dissuada Bella de la questionner plus avant. L'interception des lettres mise à part, elle en vint progressivement à accepter que tous avaient fait de leur mieux, vu la situation. Grâce à Diana, elle s'était convaincue que le comportement de son père, bien que parfois malavisé, s'expliquait en grande partie par le souci qu'il avait eu de protéger sa fille.

— Et vous êtes complètement guérie à présent ? s'enquit Bella en regardant sa mère au fond de ses yeux verts, un jour que la pluie les avait forcées à se réfugier à l'intérieur.

— Complètement.

Voyant la sagesse et la compassion qui brillaient dans son regard, Bella ne douta pas un instant qu'elle disait la vérité.

Plus tard, tandis que la pluie diminuait peu avant la tombée du soir, Bella et Diana parcoururent les abords du jardin où poussaient des rosiers grimpants bien fournis. Le jardin tout entier, lavé par la pluie de mousson, était éclatant. Des diamants de lumière scintillaient sur l'herbe mouillée, et des teintes lilas et rosées faisaient chatoyer le ciel. Elles prenaient l'air en silence dans la douceur d'une brise, n'osant parler d'Elvira. Tout se passait comme si son nom était devenu tabou, sous peine, pour Bella, que le miracle d'avoir retrouvé Diana en vie ne se dissipe comme un mirage, emportant Elvira à sa suite. À la place, elles parlèrent du mariage, de la situation politique du pays, de l'avenir incertain. Diana évoqua son cheminement vers la guérison et sa gratitude envers Simone et le docteur Stokes, qui l'avaient rendue à la vie. Bella parla d'Oliver et de sa carrière. Son enthousiasme initial et l'espoir de faire elle-même carrière qui avait été le sien en arrivant en Birmanie avaient porté des fruits plutôt inattendus. Elle avait retrouvé sa mère et gagné un fiancé, et elle s'apprêtait à faire la connaissance de sa sœur ! Le chant occupait toujours une grande place dans sa vie et elle souhaitait persévérer, mais sa famille resterait une de ses priorités.

— Tu as hérité de ma voix, révéla Diana.

— Ainsi que de vos yeux verts et de vos cheveux presque roux, ajouta Bella.

Diana toucha les cheveux de sa fille.

— Les tiens sont plus dorés que les miens.

Mais Bella n'écoutait plus. Elle avisait la porte de service de la digne et charmante vieille demeure. Oliver se tenait là avec une jeune femme à son côté qu'elle n'avait jamais vue. L'inconnue lui souriait, et ses cheveux embrasés par le soleil étaient d'un roux plus vif que ceux de Diana et de Bella.

— Elvira ! s'exclama Diana d'une voix rauque à peine audible.

— Allez la rejoindre ! lança Bella avec beaucoup de douceur en l'y invitant délicatement.

Diana se tourna vers sa cadette, lui sourit, puis se mit à courir le plus vite qu'elle put, tendant les bras vers sa fille qui lui avait été enlevée vingt-six ans plus tôt et qu'elle avait cru disparue à jamais. Bella la suivit à pas lents, désireuse de laisser le temps à sa mère de savourer cet instant précieux avec Elvira. Elle jeta au passage un coup d'œil au grand tamarinier. Qui aurait pu prévoir un tel dénouement ?

Au bout de quelques minutes, elle les rejoignit et se tint devant elles. Sa mère se mit en retrait, et les deux sœurs restèrent immobiles, yeux dans les yeux. Le caractère inouï de cette rencontre tenait Bella rivée au sol comme sous l'effet d'un enchantement, malgré son grand désir de prendre sa sœur dans ses bras. Elle vit dans cette rencontre l'aboutissement de tous ses efforts. Elle n'avait jamais jeté l'éponge, pas même sous l'emprise de la terreur. À présent, incapable de faire le moindre geste, mais se réjouissant de la vue de sa sœur, elle sentit son cœur battre la chamade. Il s'emballa si bien qu'elle dut porter une main à sa poitrine. Puis le sortilège fut rompu. Emily s'avança et lui tendit les bras. Presque aussitôt, elles s'abandonnèrent dans les bras l'une de l'autre, riant et pleurant simultanément.

Elles avaient tant à se dire, tant de points à éclaircir ; néanmoins, il fut impossible à Bella de prononcer le moindre mot. Aucune des deux sœurs ne semblait savoir par où commencer. L'instant s'étira jusqu'à ce qu'elles se tournent ensemble vers Diana, puis toutes trois se dirigèrent en silence vers la maison, bras dessus, bras dessous. Il sembla à Bella que le destin avait repris son cours, que la vie un moment figée s'écoulait à nouveau, et que certaines choses trop intenses ne pouvaient être exprimées par des mots, du moins pour l'heure.

Devant la porte, elles se retournèrent ensemble pour jeter un dernier regard au jardin qui baignait dans les ors du couchant.

— J'avais une passion pour ce jardin, rappela Diana à voix basse.

— J'en ai eu la conviction la première fois que je l'ai vu, assura Bella en recouvrant l'usage de la parole.

Emily se perdit dans la contemplation du sol avant de lever les yeux vers Diana.

— Comme je suis navrée de ce qui s'est passé ici.

Diana lui prit la main et la serra.

— Nous aurons tout le temps d'en parler. Pour le moment, il me suffit que vous considériez tout cela comme du passé.

Un autre silence s'ensuivit.

— Pour changer de sujet, lança Bella, tout sourires, je sais que je m'y prends au dernier moment, mais accepterais-tu, Emily, d'être ma demoiselle d'honneur ?

Après la noce, Oliver et Bella choisirent de ne pas partir en lune de miel. Comment auraient-ils eu le cœur de s'en aller alors qu'Emily ne pouvait rester que trois semaines à Rangoon et qu'ils avaient tant à rattraper. Tôt, par une froide matinée qui augurait d'une journée agréablement fraîche et pleine de promesses, Bella et Emily étaient assises sur un banc à l'ombre du tamarinier, prêtant l'oreille au petit vent doux qui agitait les feuilles et observant les oiseaux qui passaient en piqué d'un arbre à l'autre.

— C'est ici que se trouvait ton landau le jour où tu as été enlevée, expliqua Bella. Juste là, sous le tamarinier.

Emily hocha la tête mais ne dit rien.

Elles n'avaient eu que très peu de temps pour être ensemble, et Bella ne savait pas réellement ce qu'Emily pensait de toute l'aventure. Était-elle vraiment heureuse que sa famille l'ait retrouvée ou bien maudissait-elle le sort d'avoir fait dévier à ce point le cours de sa vie ? Bella aurait voulu lui poser la question, mais elle ne savait pas comment s'y prendre. C'est alors qu'Emily prit les devants.

— Marie a été une bonne mère pour moi, d'une certaine façon, du moins autant qu'elle le pouvait, lança-t-elle, interrompant Bella dans le fil de ses pensées.

— Diana aussi, répondit cette dernière, timidement. Même si je ne m'en rendais pas compte à l'époque. Je ne comprenais pas. Je la jugeais, rejetais toute la faute sur elle.

— Tu étais une enfant.

Bella inspira par la bouche et ferma les yeux, soudain au bord des larmes.

— L'occasion t'est donnée à présent de rectifier le tir.

Bella acquiesça et expira lentement, chassant ses larmes d'un battement de cils.

— Quand j'ai appris que Marie m'avait enlevée dans ce même jardin, c'était comme si… bref, je ne trouve pas les mots. Rien ne prépare à un tel choc.

Un bref silence tomba pendant lequel Bella essaya d'imaginer ce que sa sœur avait pu ressentir.

— J'étais si en colère, poursuivit Emily. Mais j'étais triste et désorientée aussi. Tout mon univers avait volé en éclats. Toutes mes vérités n'étaient que mensonges. Mais surtout, je refusais de le croire. Je me souviens de n'avoir pas fermé l'œil pendant une semaine. Cependant, cela expliquait les dépressions et les angoisses à répétition de Marie tout au long de sa vie.

— Que veux-tu dire ?

Emily haussa les épaules.

— La culpabilité en était la raison principale.

Toutes deux gardèrent le silence pendant un long moment, puis Bella reprit la parole :

— Diana a été malade aussi pendant des années. On l'a accusée de t'avoir tuée.

Emily écarta cette idée d'un geste de la tête.

— Je suis navrée de ce qu'a fait Marie et des souffrances infligées à ta famille par sa faute, dit-elle d'une voix chevrotante. Je ne sais pas si je pourrai l'admettre entièrement un jour.

Bella lui prit une main.

— Progressivement, j'ai compris que Marie avait été torturée par le remords, à s'en rendre malade, poursuivit Emily.

— Ç'a été également le cas de Diana, mais je rends grâce au ciel qu'elle soit aujourd'hui non seulement en vie, mais en bonne santé.

— Nous avons toutes deux retrouvé notre mère, n'est-ce pas ?

Bella sourit en pensant au visage de Diana.

— Elle est merveilleusement belle, ne trouves-tu pas ?

Emily acquiesça, mais Bella décela une lueur dans son regard qui la rendit subitement nerveuse.

— Puis-je être honnête avec toi ? lâcha Emily.

— Bien sûr.

— Eh bien, en fait, le problème, c'est que je ne sais pas vraiment quoi dire à Diana. Je me sens terriblement partagée. J'ai envie d'apprendre à la connaître, et je ne saurais te dire ce que cela représente pour moi de l'avoir rencontrée. Mais d'un autre côté, et sans doute à tort, je me sens encore en devoir de défendre Marie. Ce qu'elle a fait est inexcusable, mais, vois-tu, elle m'a donné de l'amour.

Bella fit signe qu'elle comprenait et réfléchit avant de répondre :

— Diana a elle-même tant souffert que je ne doute pas qu'elle puisse comprendre, dit-elle enfin.

— Je l'espère.

— Et ton père ? Que lui est-il arrivé ?

Emily prit une brusque bouffée d'air.

— Malheureusement, mon père s'est tiré une balle dans la tête environ un an après leur départ de Birmanie. J'étais trop petite pour me souvenir de lui, mais ma mère est restée folle de chagrin pendant des années. Je suis sûre qu'elle se sentait responsable de son suicide.

— Que de culpabilité !

— Oui, mais comme je le disais, elle a fait de son mieux, et après son deuxième mariage quelques années plus tard, j'ai hérité d'un beau-père merveilleux et attentionné, et il a fait toute la différence.

— Et maintenant, tu as un petit garçon.

— Oui. La lumière de ma vie ! Vraiment. Je suis impatiente que tu le connaisses. J'espère qu'Oliver et toi viendrez bientôt à New York. Nous habitons une maison mitoyenne en grès rouge. Nous avons de la place à ne plus savoir quoi en faire.

— Avec plaisir ! s'exclama Bella, tout sourires, avec un accent new-yorkais.

— Eh, eh ! s'esclaffa Emily, on dirait que tu es en train de te transformer en Américaine, toi aussi.

Bella haussa les sourcils et joignit son rire à celui de sa sœur.

— Qui sait, il n'est pas impossible que nous nous installions aux États-Unis, même si c'est à regret que je quitterais la Birmanie.

— J'imagine.

— Je suis sûre que tes sentiments partagés au sujet du geste de Marie finiront par se tasser. Je ne peux m'empêcher de penser qu'elle devait être extrêmement perturbée au moment des faits.

— Oui. Elle n'était pas méchante, au fond. C'était simplement une femme malade et malavisée qui avait commis un acte effroyable et qui ensuite l'a payé pendant toute sa vie. Le plus horrible, c'est que je n'arrive toujours pas à lui pardonner.

— Tu y arriveras. Avec le temps.

Emily laissa retomber sa tête en avant.

— Ça fait mal, Bella.

— Je sais.

Un long silence s'installa, puis Emily considéra sa sœur par en dessous, semblant se souvenir soudain de quelque chose d'important.

— Qu'est-ce qu'il y a ? s'enquit Bella.

— Je tiens à te dire merci.

— Pour ?

— Pour tout ceci. Pour m'avoir retrouvée.

— Tu es vraiment contente ?

Des étoiles scintillèrent dans les yeux d'Emily.

— J'ai toujours voulu avoir une sœur.

— Mais ce n'est pas tout, n'est-ce pas ?

— J'ai encore tant de choses à accepter, de problèmes à résoudre, tu sais ?

Bella perçut la tristesse d'Emily et n'eut aucune peine à la comprendre. Naturellement, tout ne pouvait pas couler de source. Sa sœur devrait reconsidérer sa vie entière sous un nouveau jour, tout comme Bella avait dû le faire.

— Je serai toujours là pour t'écouter, promit Bella. Je m'y engage.

— D'accord, mais c'est nouveau pour moi.

Elles se sourirent, et Bella sut qu'elle vivait dans ce jardin un moment inestimable qu'elle chérirait entre tous et à jamais, parce qu'il mettait un terme à une histoire douloureuse et permettrait peut-être au passé de disparaître enfin. En dépit des sentiments mitigés d'Emily, elles eurent un immense plaisir à humer ensemble les arômes floraux foisonnants fraîchement libérés par la pluie dans le sous-bois et à observer les oiseaux qui entraient et sortaient à vive allure des feuillages. Sa sœur était vivante, et cela avait plus d'importance que toute autre considération. La vie lui avait fait don d'une sœur ! Quelle chance ! C'était une chance inouïe qui leur avait été accordée à toutes deux, et Bella espérait qu'elles vivraient encore longtemps pour devenir les meilleures amies du monde, pour apprendre à connaître les espoirs et les rêves secrets l'une de l'autre, pour découvrir leurs défauts et leurs appréhensions mutuelles, pour s'apporter le soutien nécessaire en toutes circonstances, y compris, au train où allait l'impermanence des choses, au cas où éclaterait une autre guerre. Rien ne pourrait abolir le sentiment de solitude qu'elles avaient connu autrefois, ni les horreurs dont Bella avait été témoin à Rangoon, mais elle était convaincue que grâce au miracle de la vie, qui donne et reprend, les années à venir compenseraient les années perdues.

Elles formeraient une famille et, au vu de son enfance placée sous le signe de la séparation, Bella ne pouvait guère demander mieux. Elle était fille, sœur, épouse, tante, et si tout se passait comme prévu, bien qu'Oliver fût pour l'instant le seul à être dans la confidence, elle serait également bientôt mère. Dans environ sept mois… Elle ressentit soudain un vif désir d'être auprès de Diana. Ses ultimes réserves eu égard au passé s'étaient enfin dissipées. Elle aimait déjà son enfant à naître et pouvait ainsi se mettre à la place de sa mère et se figurer la douleur atroce qu'elle avait dû ressentir en découvrant qu'Elvira avait disparu. Elle soupira profondément puis, perdue dans ses pensées, elle se mit à fredonner doucement.

Emily posa une main sur son bras dans un geste tendre.

— Que chantes-tu ? s'enquit-elle.

Bella se tourna vers sa sœur et lui sourit tandis qu'un souvenir lui revenait en mémoire.

— Oh, juste une mélodie de mon enfance, répondit Bella.

Puis elle tourna la tête vers la maison.

— C'est un endroit charmant, fit remarquer Emily, en s'avisant de l'intérêt de sa sœur.

— Elle devrait t'appartenir en tant qu'aînée.

— Non, Bella, elle est à toi, rétorqua Emily en serrant sa main. Tu l'as méritée. Sans toi, nous ne serions pas là aujourd'hui. C'est grâce à toi, et je t'en suis infiniment reconnaissante. Tout ce que je demande, c'est que nous ne laissions plus jamais la vie nous séparer.

Les yeux de Bella s'emplirent de larmes tandis qu'elle les tournait vers sa sœur puis vers son nouveau foyer. Ce n'était pas seulement une maison charmante, comme l'avait fait remarquer à juste titre Emily, c'était le lieu de naissance de sa merveilleuse sœur, le lieu de sa disparition et, désormais, le lieu de sa réapparition.

— J'étais horrifiée à l'idée que je ne retrouve jamais ta trace ou que tu sois morte, confia Bella.

— Eh bien, je suis là, et bien en vie. Et je n'ai pas l'intention de te laisser disparaître à ton tour.

Elles se levèrent d'un même mouvement puis firent le tour du jardin en se tenant le bras, savourant cet instant que

Bella avait tant attendu tout en redoutant qu'il n'advienne jamais. Sa sœur disparue était enfin rentrée à la maison.

— Merci, susurra-t-elle, le cœur plein de gratitude. Merci.

Note de l'autrice

Il est parfois nécessaire de prendre des libertés avec l'histoire pour ajuster certains événements à la chronologie du récit afin de servir au mieux la narration. Dans *La Disparue de Birmanie*, j'ai ainsi déplacé le massacre de Rangoon de 1930 à 1937.

J'ai effectué l'essentiel de mes recherches lors d'un séjour au Myanmar (l'ancienne Birmanie) au cours duquel je me suis rendue dans tous les lieux exploités dans le roman. À Rangoon, le *Strand Hotel* m'est apparu aussi fastueux qu'il est décrit dans le livre, et la visualisation de mes personnages sortis des années 1930 a procédé de la même évidence.

Tout comme Bella, j'ai eu beaucoup de plaisir à remonter l'Irrawaddy depuis Bagan jusqu'à Mandalay. Le temps semblait s'être arrêté tandis que je regardais défiler un paysage pratiquement inchangé depuis l'époque où sont censés vivre mes protagonistes. Mais le point d'orgue a été lorsqu'un matin, peu avant l'aube, nous avons pris les airs dans une montgolfière pour survoler la cité antique de Bagan, l'un des plus grands sites archéologiques au monde dans le centre du pays. Lorsque le soleil, en montant dans le ciel, a commencé à teinter de rose et d'or les centaines de pagodes, j'en ai eu le souffle coupé. Quelle expérience inoubliable !

En tant qu'autrice, ce circuit a été une grande source d'inspiration et, pour tout dire, l'un des voyages de recherche les plus exceptionnels de ma carrière.

J'ai également puisé quantité de renseignements inestimables sur Internet et dans de nombreux ouvrages et témoignages historiques qu'il serait trop long de citer ici.

J'ai hâte à présent d'entamer mes recherches pour mon septième livre, dont l'action se situera un peu plus près de chez moi…

Consultez régulièrement ma page Facebook ou mon site Internet pour vous tenir au courant. Et si ce n'est pas déjà fait, inscrivez-vous à mon club des lecteurs pour être prévenus en exclusivité de mes nouvelles publications et participer à des jeux-concours. Vous pouvez également me faire part de vos impressions sur Twitter.

www.dinahjefferies.com
www.facebook.com/dinahjefferiesbooks
Twitter : @DinahJefferies
https ://twitter.com/Dinah Jefferies

Remerciements

Merci une fois encore à toute l'équipe de Viking/Penguin et à mon agent, Caroline Hardman. L'écriture de ce sixième roman fut un bonheur que je dois à votre merveilleux et fidèle soutien. J'ai beaucoup de chance.

Merci également à toutes les personnes bienveillantes et serviables rencontrées durant mon séjour au Myanmar et qui m'ont tant appris sur le passé de leur pays, mais aussi sur ses difficultés actuelles.

Toute ma reconnaissance aux blogueurs et blogueuses dont la persévérance constitue une aide précieuse pour les auteurs. Que serions-nous sans vous ?

Enfin, un très chaleureux merci à tous mes lecteurs et à toutes mes lectrices.

Achevé d'imprimer en juillet 2022
Par CPI Brodard & Taupin à La Flèche
N° d'impression : 3048267
Dépôt légal : juin 2021
Imprimé en France
38122125-2